Anna Gavalda

Ensemble, c'est tout

Fine fleur de la ligne française

Анна Гавальда

Просто вместе

Издательский дом «Флюид»   FreeFly™
Москва, 2008

УДК 821.133.1–31
ББК 84(4Фра)–44
    Г12

*Защиту интеллектуальной собственности и прав
«Издательского дома "Флюид"» осуществляет юридическая
компания «Ведение специальных проектов».*

Перевод с французского Елены Клоковой

Гавальда А.
Г12   Просто вместе: Роман / Пер. с фр. – М.: ИД «Флюид»,
     2008. – 592 с. – Fine fleur de la ligne française.

Потрясающе мудрая и добрая книга о любви и одиночестве, о жизни. О счастье.

Второй роман Анны Гавальда это удивительная история, полная смеха и слез, грациозно сотканная из щемяще знакомой повседневности, из неудач и нечаянных побед, из случайностей, счастливых и не очень.

Это книга покорила сердца миллионов читателей, собрала огромное количество литературных премий, переводится на 36 языков и по ней уже снимается фильм (с Одри Тоту в главной роли).

ISBN 978–5–98358–153–1

Просто вместе

Москва
2008

*Посвящается Мюгетте (1919—2003),
невостребованной покойнице.*

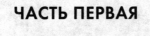

ЧАСТЬ ПЕРВАЯ

1

Полетта Лестафье вовсе не выжила из ума, как полагали окружающие. И уж конечно, различала дни недели — а что еще ей оставалось делать в этой жизни? Считать дни, ждать, когда один день сменит другой, и тут же забывать об ушедшем. Она прекрасно знала, что сегодня среда. И была совершенно готова к выходу! Надела пальто, взяла корзинку, собрала все скидочные купоны. Она даже успела услышать, как к дому подъезжает машина Ивонны... Но ее кот крутился у двери и просил есть, она наклонилась поставить на пол миску и упала, ударившись головой о порог.

Полетта Лестафье падала часто, но это был ее секрет. О нем никому нельзя было рассказывать.

«Никому, слышишь?! — мысленно пригрозила она себе. — Ни Ивонне, ни врачу, ни — уж тем более! — мальчику...»

Нужно было медленно подняться, дождаться, когда предметы обретут нормальные очертания, натереться синтолом и замазать проклятые синяки.

Синяки Полетты никогда не бывали синими. Они были желтыми, зелеными или лиловыми и очень долго не сходили с ее тела. Слишком долго. Иногда по несколько месяцев... Их было трудно скрывать. Окружающие часто спрашивали, почему она всегда одета как в разгар зимы — в чулках и теплом жакете с длинными рукавами.

Чаще других приставал с расспросами внук:

— Бабуля, ну что за дела? Давай, разоблачайся, сними ты с себя все это тряпье, помрешь от теплового удара!

Нет, Полетта Лестафье вовсе не была безумной старухой. Она знала, что огромные синяки однажды доставят ей кучу неприятностей...

Она знала, как заканчивают свои дни бесполезные старухи вроде нее. Те, что позволяют пырею заполонить весь огород, и держатся за мебель, чтобы не упасть. Старые перечницы, не способные вдеть нитку в иголку, позабывшие, как включить радио погромче. Божьи одуванчики, которые, сидя перед телевизором, тыкают подряд во все кнопки пульта и в конце концов выключают его, плача от бессилия. Плачут крошечными горькими слезинками. И сидят перед темным экраном, закрыв лицо руками.

Так что же, все кончено? В этом доме больше не будет никаких звуков? Никаких голосов? Никогда? Только из-за того, что ты забыла цвет кнопки? Ведь твой мальчик обклеил тебе пульт цветными бумажками! Одну — для переключения каналов, другую — для громкости и третью — для включения/выключения! Ну же, Полетта! Кончай реветь и взгляни на бумажки!

Прекратите на меня кричать... Они давно отлетели, эти бумажонки... Почти сразу и отклеились... Уже много месяцев я все пытаюсь нащупать эти кнопки, ничего больше не слышу — только вижу картинки и различаю какое-то смутное бормотание...

Не кричите же так, я совсем оглохну...

2

— Полетта! Полетта, вы дома?

Ивонна злилась. Ей было холодно, она куталась в шаль и чертыхалась сквозь зубы. Ей не улыбалась мысль опоздать на рынок.

Только не это.

Она вернулась к машине, с тяжелым вздохом выключила зажигание и взяла с сиденья шляпку.

Старуха Полетта, должно быть, ушла в дальний конец сада. Она все свое время проводила там. Сидела на лавочке рядом с пустым крольчатником. Просиживала там часами, возможно, с самого утра и до позднего вечера, прямая, неподвижная, покорная, сложив руки на коленях и глядя перед собой отсутствующим взором.

Старуха Полетта разговаривала сама с собой, обращалась к мертвым, молилась за живых.

Она беседовала с цветами, с кустами салата, с синичками и с собственной тенью. Старуха Полетта теряла голову и забывала, какой сегодня день недели. А ведь сегодня среда, а среда — это день покупок. Уже больше десяти лет Ивонна заезжала за ней в этот день каждую неделю. Вздыхая, она подняла щеколду на садовой калитке: «Разве же это не ужасно...»

Разве же это не ужасно — стареть, да еще в полном одиночестве? Вечно опаздывать в супермаркет, не находить у кассы пустой тележки?»

Полетты в саду не оказалось.

Ивонна забеспокоилась. Она обошла дом и, сощурившись, заглянула в окно, пытаясь понять, в чем дело.

«Иисус милосердный!» — воскликнула она, заметив лежащую в кухне на кафельном полу подругу.

Разволновавшись, женщина наспех перекрестилась, прошептала слова молитвы, перепутав Бога Сына со Святым Духом, выругалась и отправилась в сарайчик за инструментом. Она разбила стекло садовой сапкой и героическим усилием подтянулась к оконной раме.

Ивонна проковыляла через комнату, опустилась на колени и приподняла голову старой дамы из розоватой молочно-кровавой лужицы.

— Эй, Полетта! Вы что, умерли? Умерли, да?

Кот с урчанием вылизывал пол — ему были глубоко безразличны и случившаяся драма, и приличия, и даже осколки стекла на полу.

3

Ивонну попросили подняться в машину скорой помощи, хотя она к этому вовсе не стремилась. Но надо было уладить формальности и оговорить условия госпитализации.

— Вы знаете эту женщину?

— Еще бы мне ее не знать! — возмутилась Ивонна, — Мы вместе ходили в коммунальную школу!

— Вы должны поехать с нами.

— А как же моя машина?

— Да не улетит она, ваша машина! Мы вас живо доставим обратно.

— Хорошо... — сдалась она. — Съезжу за покупками позже...

Внутри было ужасно неудобно. Она с трудом втиснулась на крохотную табуретку рядом с носилками и сидела, сжимая сумочку и стараясь не потерять равновесия при каждом повороте.

Вместе с ней ехал санитар, молодой парень. Он чертыхался, потому что никак не мог попасть больной в вену, и Ивонне это не понравилось:

— Не выражайтесь так, — бормотала она, — не выражайтесь... Что это вы с ней делаете?

— Пытаюсь поставить капельницу.

— Что поставить?

По взгляду молодого человека она поняла, что лучше ей попридержать язык, и стала причитать себе под нос: «Вы только посмотрите, как он с ней обращается, да он ей всю руку исколол, нет, вы только посмотрите... Какое безобразие... Не могу больше смотреть... О пресвятая Дева Мария, заступись за нее... Эй! Вы же делаете ей больно!»

Он стоял рядом и подкручивал колесико на трубке, регулируя интенсивность тока. Ивонна считала капли и молилась, путаясь в словах. Вой сирены мешал ей сосредоточиться...

Она положила руку Полетты себе на колени и машинально теребила ее, словно подол юбки. Страх и тоска мешали ей быть поласковее...

Ивонна Кармино вздыхала, разглядывая морщины, мозоли, темные пятна и огрубевшие, грязные, в трещинах, ногти на руке Полетты. Она положила рядом свою руку и принялась сравнивать. Ну да, она моложе и не такая тощая, но главное — жизнь ее сложилась по-другому. Работала не так тяжело, видела больше любви и нежности... Уже очень давно она не гнула спину в саду. Муж все еще валял дурака с картошкой, но все остальное они с превеликим удовольствием покупали в супермаркете, во всяком случае, овощи там чистые и не приходится обдирать латук до самой сердцевины из-за слизняков... У нее была семья: Жильбер, Натали, любимые внуки... А что имела в сухом остатке Полетта? Ничего. Ничего хорошего. Покойный муж, дочь-потаскуха и внук, который вообще перестал ее навещать. Одни только заботы и воспоминания — сплошные огорчения и невзгоды...

Ивонна Кармино пребывала в задумчивости: что за жизнь была у Полетты? Такая жалкая. И неблагодарная. А ведь Полетта... Она была такой красивой в молодости! А какой доброй! Как сияла ее улыбка... И что же? Куда все это подевалось?

В этот момент губы старой дамы зашевелились, и Ивонна тут же выбросила из головы все эти глупые философствования.

— Полетта, это Ивонна. Все хорошо, душечка... Я приехала, чтобы забрать вас, и ...

— Я умерла? Это наконец случилось? — прошептала она.

— Конечно, нет, милая моя! Конечно, нет! Вовсе вы не умерли, еще чего!

— А... — прошептала Полетта, закрывая глаза. — Ах...

Это ее «ах» было просто ужасным. Короткое «ах» — и столько разочарования, отчаяния и уже смирения.

Ах, я не умерла... Ах так... Ах, тем хуже... Ах, простите меня...

У Ивонны было другое мнение:

— Ну же, Полетта, мужайтесь! Нужно жить! Все-таки нужно жить!

Старая женщина едва заметно осторожно повела головой справа налево. В знак печального, но явного сожаления. В знак несогласия.

Возможно, впервые...

И наступила тишина. Ивонна не знала, что ей сказать. Она высморкалась и с нежным участием вновь взяла руку.

— Они отправят меня в богадельню, так ведь?

Ивонна подпрыгнула.

— Боже, конечно, нет! Вовсе нет! Зачем вы так говорите? Они вас подлечат, только и всего! Через несколько дней будете дома!

— Нет. Я точно знаю, что нет...

— Вот еще новости! И почему, скажите на милость, дорогая моя девочка?

Санитар знаком попросил ее говорить потише.

— А как же мой кот?
— Я о нем позабочусь... Не беспокойтесь.
— А мой Франк?
— Мы позвоним ему и позовем его, сейчас же. Я возьму это на себя.
— Я не знаю его номер телефона. Я его потеряла...
— Я отыщу!
— Нет, не нужно его беспокоить... Он так много работает, вы же знаете...
— Да, Полетта, я знаю. Я оставлю ему сообщение. Знаете, как это сегодня заведено... У всех ребят есть сотовый телефон... Никакого беспокойства...
— Скажите ему, что... что я... что...
Она задыхалась.

Когда машина, одолев подъем, подъезжала к больнице, Полетта Лестафье прошептала со слезами: «Мой сад... Мой дом... Отвезите меня домой, пожалуйста...»

Ивонна и молодой санитар уже успели встать.

4

— Когда у вас были последние месячные?

Стоя за ширмой, Камилла выбивалась из сил, натягивая джинсы. Она вздохнула. Знала ведь, что врач задаст этот вопрос. Была просто уверена. Была к нему готова... Влезая на эти чертовы весы, заколола волосы тяжелой серебряной заколкой, сжала кулаки и вся подобралась. Она даже слегка подпрыгнула, надеясь подтолкнуть стрелку еще хоть чуточку вправо... Увы, все было тщетно, и сейчас ее начнут «прорабатывать»...

Она поняла это по тому, как хмурился доктор, пальпируя ее живот. Все вызывало у него неудовольствие — выступающие ребра и кости таза, нелепая крошечная грудь и тощие ляжки.

Она спокойно застегнула ремень, зная, что ей ничего не грозит: она ведь не в колледже, это обычный профилактический осмотр, сейчас весь этот треп закончится и она уйдет.

— Итак?

Она сидела напротив него и улыбалась.

Это было ее секретное оружие, ее фирменный прием. Улыбнуться неудобному собеседнику, чтобы сменить тему разговора, — никто пока не придумал способа действеннее. На ее беду, доктор играл по тем же правилам. Он поставил локти на стол, сцепил пальцы и обезоруживающе улыбнулся. Видимо, он все же заставит ее ответить. Ей следовало это предвидеть: доктор был симпатичный, и она невольно закрыла глаза, когда он положил ей руки на живот...

— Ну и?.. Только без вранья, договорились? Иначе лучше вообще ничего не отвечайте.

— Давно...

— Естественно, — скривился он, — естественно... Уму непостижимо — сорок восемь килограммов при росте метр семьдесят три! Если так пойдет и дальше, вас скоро можно будет вдеть в ушко, как нитку...

— Какое ушко? — спросила она, изображая святую наивность.

— Игольное, конечно.

— Ах игольное? Извините, никогда не слышала этого выражения...

Он собирался что-то сказать, но передумал, взял рецептурный бланк, вздохнул и посмотрел ей в глаза:

— Вы совсем ничего не едите?

— Конечно, ем!

Внезапно на нее навалилась страшная усталость. Ей до смерти, до посинения надоели разговоры на тему «Сколько весит Камилла?». Двадцать семь лет ее этим достают. Всегда одно и то же. Черт бы вас всех побрал — я жива! Жива и здорова! Я могу быть веселой и грустной, храброй, ранимой и странной, как все остальные девушки на свете. Я вовсе не бесплотна!

Боже, неужели нельзя хоть сегодня поговорить на другую тему?

— Вы ведь со мной согласны? Сорок восемь килограммов — это явно маловато...

— Да... — она сдалась. — Согласна... Я давно так не худела... Я...

— Что — вы?

20

— Нет, ничего.

— Да говорите же.

— Я... Мне случалось выглядеть получше...

Он молчал.

— Вы дадите мне справку?

— Да, да, конечно, — раздраженно ответил врач. — Та-ак... Как называется фирма?

— Какая?

— Та, где мы сейчас находимся, ваша фирма...

— Touclean.

— Простите?

— Touclean.

— Тэ заглавное у-к-л-и-н, — повторил он по буквам.

— Нет, к-л-е-а-н, — поправила Камилла. — Согласна, это не слишком логично, Toupropre[1] было бы лучше, но вы же знаете, как у нас любят все американизировать... Звучит более профессионально, более... wondeurfoule drim tim[2] ...

Он по-прежнему не врубался.

— Чем все-таки она занимается?

— Кто?

— Эта ваша фирма.

Она откинулась на спинку стула, вытянула перед собой руки и голосом бортпроводницы с самым серьезным видом принялась перечислять свои служебные обязанности:

— *Touclean, дамы и господа, позаботится о том, чтобы вас всегда окружала чистота. Квартиры, офисы, бюро, кабинеты, агентства, больницы, жилые и нежилые помещения — Touclean к вашим услугам. Touclean убирает, Touclean чистит, Touclean подметает, Touclean пылесосит, Touclean натирает, Touclean дезинфицирует, Touclean наводит блеск,*

21

Touclean украшает, Touclean оздоровляет, Touclean дезодорирует. Часы работы по вашему выбору. Гибкий график. Конфиденциальность. Тщательность. Разумные расценки. Touclean — профессионалы к вашим услугам!

Она выдала этот замечательный монолог на одном дыхании, совершенно ошеломив своего молодого французского доктора.

— Это шутка?

— Конечно, нет. Вы увидите всю нашу dream team[1], она ждет за дверью...

— Так чем вы занимаетесь?

— Я вам только что объяснила.

— Да, но вы... Вы!

— Я? Ну, я убираю, чищу, подметаю, пылесошу, натираю... Далее по списку...

— Вы — убор...

— Предпочитаю слово «техничка»...

Он не знал, что и подумать.

— Почему вы этим занимаетесь?

Она удивленно на него воззрилась.

— Я хотел спросить: почему именно «этим»? Этим, а не чем-нибудь другим?

— А почему не этим?

— А вам бы не хотелось заниматься чем-то более... э-э-э...

— Интересным?

— Да.

— Нет.

Он разинул рот и застыл с ручкой в руке, потом взглянул на дату на циферблате своих часов и спросил ее, не поднимая глаз:

— Фамилия?

22

— Фок.

— Имя?

— Камилла.

— Дата рождения?

— 17 февраля 1977 года.

— Держите, мадемуазель Фок, вот ваше разрешение...

— Замечательно. Сколько я вам должна?

— Ничего, это... платит Touclean.

— Ах Touclean! — повторила она, поднимаясь и сделав широкий жест рукой. — Итак, я снова могу драить сортиры, какое счастье!

Врач проводил ее до двери.

Он больше не улыбался, снова «надев» на лицо маску добросовестного благодетеля человечества.

Он сказал, протягивая ей на прощанье руку:

— И все-таки... Хотя бы несколько килограммов... Только чтобы доставить мне удовольствие...

Она покачала головой. Такие штучки с ней больше не проходили. Шантаж и участие — этого добра она нахлебалась вдоволь.

— Посмотрим, что можно сделать, — сказала она. — Посмотрим...

Следующей в кабинет вошла Самия.

Она спустилась по ступенькам медицинского трейлера, ощупывая карманы куртки в поисках сигареты. Толстуха Мамаду и Карина сидели на лавочке, обсуждая прохожих, и ворчали — им не терпелось вернуться домой.

— Ну, и чего это ты там так долго делала? — с насмешкой спросила Мамаду. — У меня, между прочим, электричка! Он что, порчу на тебя наводил?

Камилла уселась прямо на землю и улыбнулась ей. Не так, как врачу. Прозрачной, честной улыбкой. Со своей Мамаду она в игры не играла — та была ей не по зубам...

— Он как, ничего? — спросила Карина, выплевывая откушенный ноготь.

— Просто супер.

— Так я и знала! — обрадовалась Мамаду. — Говорила же я вам с Сильви — она там стояла го-ля-ком!

— Он загонит тебя на весы...

— Кого? Меня? — закричала Мамаду. — Меня? Он думает, я полезу на его весы?!

И Мамаду, весившая никак не меньше ста килограммов, звучно шлепнула себя по ляжкам.

— Да ни за что на свете! Не то я и прибор сломаю, и парня заодно придавлю! А что еще он там делает?

— Уколы, — сообщила Карина.

— Что еще за уколы?

— Да нет, я пошутила, — успокоила ее Камилла, — он всего лишь послушает твое сердце и легкие...

— Это ладно, это можно.

— И еще пощупает твой живот...

— Ага... щас! — взвилась Мамаду. — Пусть только попробует, и я его без каши съем... Обожаю вкусненьких молоденьких белых докторов....

Она похлопала себя по животу и заговорила с акцентом:

— Холесенькая жратва... Ням-ням... Духи предков советовали готовить докторишек с маниоковой мукой и куриными гребешками... Ммм....

— А что он сделает с Бредаршей?

Бредарша, она же Жози Бредар, была хитрой шлюхой, подлой предательницей, гадиной и мишенью для насмешек. Помимо всего прочего она на минуточку была их начальницей. Их «шефом по персоналу», как черным по белому было написано на ее бляхе. Бредарша портила им жизнь, и, хотя особой изобретательностью не отличалась, это их утомляло...

— С ней ничего. Нюхнет, как от нее воняет, и тут же велит одеваться.

Карина не преувеличивала. В дополнение ко всем вышеперечисленным «достоинствам» Жози Бредар еще и ужасно потела.

Когда подошла очередь Карины, Мамаду достала из корзинки пачку бумаг и плюхнула их на колени Камилле. Она ведь пообещала, что попытается разобраться во всей этой фигне.

— Что это?

— Прислали из налоговой инспекции...

— Постой, а что это за имена?

— Да это же моя семья!

— Какая семья?

— Какая семья, какая семья?! Моя, конечно! Подумай своей головой, Камилла!

— Все эти люди — твоя семья?

— Все! — Мамаду гордо кивнула.

— Черт, сколько же у тебя детей?

— У меня пятеро, у брата четверо....

— Но почему они все вписаны сюда?

— Куда сюда?

— Э... В бумагу.

— А так удобней: брат и невестка живут у нас, почтовый ящик один, вот и...

— Так нельзя... Они пишут, что у тебя не может быть девятерых детей...

— Почему это не может? — возмутилась Мамаду. — У моей матери было двенадцать!

— Подожди, не кипятись, Мамаду, я просто читаю, что здесь написано. Они просят тебя прояснить ситуацию и явиться к ним, захватив документы.

— Это еще зачем?

— Думаю, то, что ты делаешь... это незаконно. Вы с братом не имеете права записывать всех детей в одну декларацию...

— Да ведь у брата-то ничего нет!

— Он работает?

— Конечно, работает! Метет дороги!

— А твоя невестка?

Мамаду наморщила нос.

— А вот она ни хрена не делает! Ни-че-го-шень-ки. Эта ведьма сиднем сидит дома и ни за что на свете не оторвет от стула свою жирную задницу!

Камилла улыбнулась про себя: она с трудом могла вообразить, что такое, в понимании Мамаду, «жирная задница»...

— У брата с женой есть документы?

— Ну да!

— Значит, они могут подать отдельную декларацию...

— Но невестка не хочет идти в инспекцию, брат ночью работает, а днем спит, так что сама понимаешь...

— Я-то понимаю. Скажи, на скольких детей ты сейчас получаешь пособие?

— На четверых.

— На четверых?

— Так я о том и говорю, но ты как все белые — всегда права и никогда не слушаешь!

Камилла нервно присвистнула.

— Проблема в том, что они забыли Сисси...

— При чем здесь твои сиси?

— Какие сиси, идиотка! — Толстуха кипела от негодования. — Это моя младшая дочка! Малышка Сисси...

— Ага! Сисси!

— Да.

— А почему ее нет в декларации?

— Слушай, Камилла, ты нарочно или как? Именно
об этом я тебя и спрашиваю!

Камилла не нашлась что ответить...

— Правильнее всего будет тебе, брату или невестке
отправиться в инспекцию со всеми документами и на
месте объясниться с тамошней теткой...

— Что еще за «тетка»? С какой такой теткой?

— Да с любой! — взорвалась Камилла.

— Ладно, хорошо, чего ты злишься? Я так спросила,
потому что подумала, может, ты ее знаешь...

— Никого я не знаю, Мамаду. Я там никогда не была, понимаешь?

Камилла вернула Мамаду ее «макулатуру» — она
притащила даже рекламные проспекты, фотографии
машин и счета за телефон.

Та в ответ пробурчала себе под нос: «Сама говорит
„тетка“, вот я и спрашиваю, какая тетка, понятно ведь,
что бывают и дядьки, она, видишь ли, отродясь там не
была, тогда откуда ей знать, что там одни тетки? Там и
дядьки тоже есть... Кем она себя возомнила — Мадам
Всезнайкой, что ли?»

— Эй, ты что, обиделась?

— Ничего я не обиделась. Сама сказала: помогу, а не
помогаешь. Вот и все!

— Я пойду с вами.

— В инспекцию?

— Да.

— И поговоришь с теткой?

— Да.

— А если это будет не тетка?

Камилла поняла, что сейчас не выдержит, но тут вышла Самия.

— Твоя очередь, Мамаду... Держи... — Она повернулась к Камилле. — Номер телефона докторишки...

— Зачем?

— Зачем? Понятия не имею! Наверное, хочет с тобой в больницу поиграть! Вот и попросил передать номер...

Он черкнул номер своего сотового на рецептурном бланке и приписал: *Назначаю вам в качестве лекарства хороший ужин, позвоните мне.*

Камилла Фок скатала записку в шарик и щелчком выбросила его в канаву.

— Знаешь что, — произнесла Мамаду, тяжело поднимаясь со скамьи, и наставила на Камиллу указующий перст. — Если уладишь дело с моей Сисси, я попрошу брата наколдовать для тебя любимого...

— Я думала, твой брат дорогами занимается.

— Дорогами, приворотами и отворотами.

Камилла подняла глаза к небу.

— А ко мне не может мужика приворожить? — вмешалась в разговор Самия.

Мамаду прошла мимо, сделав угрожающий жест в сторону товарки.

— Сначала верни мое ведро, дьяволица, а там посмотрим!

— Черт, достала ты меня этим ведром! Не твое оно, поняла?! У тебя было красное!

— Проклятая вранья, — прошипела негритянка и удалилась...

Стоило Мамаду шагнуть на первую ступеньку, и грузовичок закачался. «Мужайся, дорогая! — мысленно пожелала Камилла, улыбнулась и взяла свою сумку. — Желаю тебе удачи...»

— Пошли?
— Сейчас.
— Поедешь с нами на метро?
— Нет, вернусь пешком.
— Ну ясно, ты-то живешь в шикарном квартале...
— И не говори...
— Ладно, до завтра...
— Пока, девочки.

Камилла была приглашена на ужин к Пьеру и Матильде. Она позвонила, чтобы отказаться, и почувствовала облегчение, попав на автоответчик.

Итак, невесомая Камилла Фок удалилась. Удерживали ее на асфальте только вес рюкзачка за спиной да эти не поддающиеся объяснению камни и камешки, которые все накапливались у нее внутри. Вот о чем ей следовало поговорить с врачом. Если бы только возникло такое желание... А может, если бы хватило сил?.. Или времени... Ну конечно, все дело во времени, успокоила она себя, сама в это не веря. Время было тем самым понятием, которое она перестала воспринимать. Она на много недель и месяцев практически выпала из жизни, и ее давешняя тирада, абсурдный монолог, в котором она пламенно доказывала себе, что мужества ей не занимать, был наглым враньем.

Какой эпитет она употребила? «Живая»? Это просто смешно — живой Камилла Фок точно не была.

Камилла Фок была призраком — по ночам она работала, а днем копила камни. Двигалась медленно, говорила мало и умела замечательно ловко исчезать.

Камилла Фок была молодой женщиной, которую всегда видели только со спины, хрупкой и неуловимой.

Тогда, перед доктором, она разыграла спектакль и сделала это с легкостью. Камилла Фок лгала. Она обманывала, принуждала себя, подавляла и подавала реплики, только чтобы не привлекать к себе внимание.

Она все-таки думала о докторе... Плевать на номер телефона, но что если она упустила свой шанс? Он казался таким терпеливым и внимательным, в отличие от всех остальных... Может, ей следовало... В какой-то момент она чуть было... Она чувствовала себя такой усталой... Нужно было и ей положить локти на стол и рассказать ему правду. Сказать, что она теперь не ест — ну почти не ест, — потому что ее живот набит булыжниками. Что каждое утро, едва открыв глаза, она уже боится задохнуться, подавившись гравием. Что окружающий мир больше не имеет для нее никакого значения и каждый новый день кажется ей неподъемным грузом. И она начинает плакать. Не потому, что ей грустно, а для того, чтобы справиться со всем этим. Слезы — это ведь жидкость, они помогают переварить каменную дрянь, и тогда она снова может дышать.

Услышал бы он? Понял бы? Конечно. Потому-то она и промолчала.

Она не хотела кончить как мать. Отказывалась говорить о своих нервах. Стоит только начать, и бог весть куда это может завести. Далеко, слишком далеко, в пропасть, во мрак. Туда, куда она боялась заглядывать.

Врать — это сколько угодно, но только не оборачиваться.

Она зашла во «Franprix» в своем доме и заставила себя купить еду. Она сделала это в знак уважения к милому молодому врачу и в благодарность за смех Мамаду. Раскатистый смех этой женщины, дурацкая работа в Touclean, Бредарша, идиотские истории Карины, перебранки, перекуры, физическая усталость, их смех по поводу и без, их жалобы — все это помогало ей жить. Именно так — помогало жить.

Она несколько раз обошла магазин, прежде чем решилась наконец купить несколько бананов, четыре йогурта и две бутылки воды.

Она заметила парня из своего дома, высокого странного типа в очках, обмотанных лейкопластырем, и несуразных брюках, вел он себя странно, как инопланетянин. Он хватал что-нибудь с полки, тут же ставил обратно, снова хватал, качал головой и выскакивал из очереди перед самой кассой, чтобы вернуть товар на место. Однажды она видела, как он выскочил из магазина и тут же вернулся обратно, чтобы купить баночку майонеза, от которой отказался минутой раньше. Этот печальный клоун веселил окружающих, заикался в присутствии продавщиц и надрывал ей сердце.

Всякий раз когда они встречались на улице или во дворе, с ним обязательно что-нибудь происходило, что выбивало его из колеи. Вот и сейчас он стоял перед домофоном и тихо скулил.

— Что — то не так? — спросила она.

— Ах! Ох! Э-э-э! Извините! — Он в отчаянии заламывал руки. — Добрый вечер, мадемуазель, простите, что я... э-э... вам докучаю, я... Я ведь вам докучаю?

Это было просто ужасно. Камилла не знала, смеяться ей над этим человеком или пожалеть его. Болезненная застенчивость, витиеватая манера выражаться и размашистые жесты ужасно ее смущали.

— Нет-нет, все в порядке! Вы забыли код?

— Черт возьми, нет! Насколько мне известно... видите ли, я... я... я никогда не рассматривал проблему под таким углом... Боже мой, я...

— Возможно, код изменили?

— Вы думаете? — спросил он таким тоном, словно она сообщила ему, что близится конец света.

— Давайте проверим... Так... 342B7...

Замок щелкнул.

— Ох, как мне неловко... Я так смущен... Я... Но ведь я делал то же самое... Не понимаю...

— Все в порядке, — сказала она, толкая дверь.

Он резко взмахнул рукой, чтобы поверх ее руки тоже дотянуться до двери, не попал и сильно ударил ее сзади по голове.

— Какой ужас! Надеюсь, вам не больно? Как я неловок, умоляю вас извинить меня... Я...

— Все в порядке, — в третий раз повторила она.

Он не двигался.

— Послушайте... — взмолилась она, — не могли бы вы убрать ногу, вы зажали мне щиколотку, ужасно больно...

Она засмеялась. На нервной почве.

Когда они оказались во внутреннем дворике, он ринулся вперед, к входной двери, чтобы распахнуть ее перед ней.

— Увы, мне не сюда... — Она сокрушенно покачала головой и махнула рукой в сторону.

— Вы живете во дворе?

— Вообще-то, нет... Скорее, под крышей.

— Вот как... Замечательно! — Он пытался освободить лямку сумки, обмотавшуюся вокруг латунной ручки. — Это... Это, должно быть, очень приятно...

— Ну... наверно... — Она поморщилась и стремительно пошла прочь. — Можно и так на это посмотреть...

— До свидания, мадемуазель, — крикнул он ей вслед, — и... поклонитесь от меня вашим родителям!

Ее родителям... Этот парень просто псих... Камилла вспомнила, что однажды ночью — она ведь обычно возвращалась домой среди ночи — встретила его во дворе в пижаме, охотничьих сапогах и с коробкой мясных котлет в руках. Он был совершенно не в себе и спросил, не видела ли она кошку. Камилла ответила, что кошку не встречала, и прошлась с ним по двору в поисках злополучного животного.

— Как она выглядит, эта кошка? — поинтересовалась она.

— Увы, я не знаю...

— Как не знаете, это же ваша кошка?

Он застыл: «Что вы! Что вы! У меня никогда не было кошки!» Ей надоело с ним разговаривать, и она ушла, качая головой. Нет, увольте, этот тип кого хочешь доведет до психушки.

«Шикарный квартал...» — так выразилась Карина. Камилла вспоминала об этом, ступая на первую из ста семидесяти двух ступенек черной лестницы, которая вела на ее голубятню. Шикарный, ты права... Она жила на восьмом этаже роскошного дома, выходившего на Марсово поле, и в этом смысле — о да! — место было шикарным: встав на табурет и наклонившись с опасностью для жизни, справа можно было увидеть верхушку Эйфелевой баши. Но во всем остальном, курочка моя, оно далеко от идеала...

Камилла цеплялась за перила, ее легкие хрипели и всхлипывали, она с трудом волокла за собой тяжеленные бутылки с водой. Она старалась не останавливаться. Никогда. Ни на одном этаже. Как-то ночью она остановилась — и застряла. Присела на пятом и заснула, уткнувшись головой в колени. Пробуждение было мучительным. Она промерзла до костей и несколько секунд не могла сообразить, где находится.

Опасаясь грозы, перед уходом она закрыла форточку и теперь с ужасом представляла, какое там пекло. Во время дождя ее конура протекала, летом там можно было задохнуться, а зимой — дать дуба от холода. Климатические условия Камилла знала как свои пять пальцев — она уже больше года жила в этой комнатенке, но никогда не жаловалась, потому что и этот курятник был для нее нечаянной радостью. Она до сих пор помнила смущенное лицо Пьера Кесслера в тот день, когда он открыл дверь этого чулана и протянул ей ключ.

Помещение было крошечное, грязное, заставленное и... ниспосланное Провидением.

К тому моменту когда он неделей раньше обнаружил ее, Камиллу Фок, у своей двери — голодную, растерянную и молчаливую, — она уже несколько ночей провела на улице.

В первый момент он испугался, заметив чью-то тень на площадке.

— Пьер...

— Кто здесь?

— Пьер... — простонал чей-то голос.

— Кто вы?

Он включил свет и испугался еще сильнее:

— Камилла? Это ты?

— Пьер, — произнесла она, всхлипывая и подталкивая к нему маленький чемоданчик, — сохраните его для меня... Это мои инструменты, и я боюсь, что их украдут... У меня все украдут... Все, все... Не хочу, чтобы они забрали его у меня, потому что... тогда я сдохну... Понимаете? Сдохну...

Он решил, что она бредит.

— Камилла! О чем ты говоришь? Откуда ты взялась? Да входи же!

За спиной Пьера возникла Матильда, и девушка без чувств упала на подстилку.

Они раздели и уложили Камиллу в дальней комнате. Пьер Кесслер сидел на стуле рядом с кроватью, с ужасом вглядываясь в ее лицо.

— Она спит?
— Кажется...
— Что произошло?
— Понятия не имею.
— Ты только посмотри, в каком она состоянии!
— Тссс...

Через сутки она проснулась среди ночи и начала потихоньку наполнять ванну, чтобы не разбудить Пьера и Матильду. Они не спали, но предпочли не смущать гостью. Камилла прожила у них несколько дней — они дали ей дубликат ключей и не задавали вопросов. Воистину, этого мужчину и эту женщину послало ей Небо.

Предлагая Камилле поселиться в маленькой комнатке для прислуги, которую Пьер сохранил за собой в доме родителей после их смерти, он достал из-под кровати ее маленький клетчатый чемоданчик.

— Забирай, — сказал он.

Камилла покачала головой.

— Предпочитаю оставить его зде...

— И речи быть не может, — сухо отрезал он. — Ты возьмешь его с собой. У нас ему делать нечего!

Матильда отвезла ее в супермаркет и помогла выбрать лампу, матрас, постельное белье, несколько кастрюль, электроплитку и крошечный холодильник.

Прежде чем расстаться, она спросила:

— У тебя есть деньги?

— Да.

— Все будет в порядке, милая?

— Да, — повторила Камилла, сдерживая слезы.

— Не хочешь оставить себе наши ключи?

— Нет-нет, все будет хорошо, правда. Я... что я могу сказать... ну что...

По ее лицу текли слезы.

— Не говори ничего.

— Ну хоть спасибо-то сказать можно?

— Да, — ответила Матильда, притянув ее к себе, — спасибо я приму с удовольствием.

Несколько дней спустя Кесслеры пришли ее проведать.

Они совершенно обессилели, поднявшись по лестнице, и рухнули на матрас.

Пьер смеялся, говорил, что это напоминает ему молодость, и напевал «Богему» Азнавура. Они пили шампанское из пластиковых стаканчиков, Матильда принесла целую сумку вкусностей. Слегка опьянев от шампанского и полные благожелательности, они приступили к расспросам. На некоторые вопросы она ответила, на другие — нет, а они не стали настаивать.

Матильда уже спустилась на несколько ступенек, когда Пьер обернулся и схватил Камиллу за руки:

— Нужно работать, Камилла... Теперь ты должна работать...

Она опустила глаза.

— Мне кажется, я много сделала за последнее время... Очень, очень много...

Пьер еще сильнее, до боли, сжал ее руки.

— Это была не работа, и ты это прекрасно знаешь!

Она подняла голову и выдержала его взгляд.

— Вы поэтому мне помогли? Чтобы иметь право сказать это?

— Нет.

Камилла дрожала.

— Нет, — повторил он, отпуская ее, — нет. Не говори глупостей. Ты прекрасно знаешь, что мы всегда относились к тебе как к дочери...

— Как к блудной дочери? Или как к вундеркинду?

Он улыбнулся и добавил:

— Работай. В любом случае у тебя нет выбора...

Она закрыла за ними дверь, убрала остатки ужина и нашла на дне сумки толстый каталог Sennelier. «Твой счет всегда открыт...» — гласила надпись на листочке. Она не смогла заставить себя пролистать книгу до конца и допила из горлышка остатки шампанского.

Она послушалась. Она работала.

Сегодня она вычищала чужое дерьмо, и это ее вполне устраивало.

Да, наверху можно было сдохнуть от жары... Накануне СуперДжози заявила им: «Не жалуйтесь, девоч-

ки, это последние хорошие денечки. Еще успеете наморозить задницы зимой! Так что нечего ныть!»

В кои веки раз она была права. Стоял конец сентября, дни стремительно укорачивались. Камилла подумала, что надо ей перестраиваться — ложиться пораньше и вставать после обеда, чтобы взглянуть на солнце. Она удивилась своим мыслям и включила автоответчик в почти беззаботном настроении.

«Это мама... Хотя... — голос зазвучал язвительно. — не уверена, что ты понимаешь, о ком речь... Мама, помнишь это слово? Его произносят хорошие дети, обращаясь к той, кто дала им жизнь... У тебя ведь есть мать, Камилла... Извини, что напоминаю о столь неприятном факте, но это третье сообщение, которое я оставляю тебе со вторника... Хотела узнать, обедаем ли мы вме...»

Камилла выключила автоответчик и поставила йогурт назад в холодильник. Села по-турецки на пол, дотянулась до мешочка с табаком и попыталась скрутить сигарету. Руки не слушались, пальцы дрожали, и ей потребовалось несколько попыток. Она до крови искусала губы, сконцентрировав все свое внимание на самокрутке. Это несправедливо. Ужасно несправедливо. Не стоит так расстраиваться из-за кусочка папиросной бумаги. Она провела почти нормальный день. Разговаривала, слушала, смеялась, даже пыталась включиться в общественную жизнь. Кокетничала с доктором, дала обещание Мамаду. Пустяк — и все-таки... Она давно не давала обещаний. Никогда. И никому. И вот несколько фраз из бездушной машины отбросили ее назад, приземлили, сломали и похоронили под грудой строительного мусора...

5

— Господин Лестафье!

— Да, шеф!

— К телефону...

— Нет, шеф!

— Что нет?

— Занят, шеф! Пусть перезвонят попозже...

Тот покачал головой и вернулся в свой кабинет, похожий на стенной шкаф.

— Лестафье!

— Да, шеф!

— Это ваша бабушка...

Вокруг захихикали.

— Скажите, что я перезвоню, — повторил разделывавший мясо Франк.

— Вы меня достали, Лестафье! Возьмите эту чертову трубку! Я вам не телефонистка!

Молодой человек вытер руки висевшей на поясе тряпкой, промокнул лоб рукавом и сказал работавшему рядом с ним парню, сделав в его сторону шутливоугрожающий жест:

— Ни к чему не прикасайся, иначе... чик — и готово...

— Ладно, ладно, вали к телефону, расскажи бабульке, какие подарки хочешь получить под елочку...

— Отвянь, придурок...

Он зашел в кабинет и, вздохнув, взял трубку:

— Ба?

— Здравствуй, Франк... Это не бабушка, это Ивонна Кармино...

39

— Мадам Кармино?

— Боже, если бы ты знал, чего мне стоило тебя разыскать... Я позвонила в Grands Comptoirs, мне сказали, ты там больше не работаешь, тогда я...

— Что случилось? — он резко оборвал ее.

— О господи, Полетта...

— Подождите.

Он встал, закрыл дверь, вернулся к телефону, сел, покачал головой, побледнел, поискал на столе ручку, сказал еще несколько слов, повесил трубку. Снял колпак, обхватил голову руками, закрыл глаза и несколько минут сидел неподвижно. Шеф наблюдал за ним через застекленную дверь. Наконец Лестафье поднялся, сунул бумажку в карман и вышел.

— Все в порядке, мой мальчик?

— Все нормально, шеф...

— Ничего серьезного?

— Шейка бедра...

— А-а, со стариками это происходит сплошь и рядом... У моей матери перелом был десять лет назад — видели бы вы ее сегодня... Бегает, как кролик по полям!

— Послушайте, шеф...

— Думаю, ты хочешь попросить отгул...

— Нет, я останусь до обеда и накрою все к ужину во время перерыва, но потом хотел бы уйти...

— А кто займется горячим к вечерней подаче?

— Гийом. Парень справится...

— Точно?

— Да, шеф.

— Уверен?

— Абсолютно.

Шеф сделал кислое лицо, окликнул проходившего мимо официанта и велел ему сменить рубашку, повернулся к своему шеф-повару и вынес вердикт:

— Я не возражаю, Лестафье, но предупреждаю вас, если вечером хоть что-нибудь пойдет не так, если я хоть раз — один только раз! — замечу непорядок, отвечать будете вы, поняли? Согласны?

— Спасибо, шеф.

Он вернулся на свое рабочее место и взялся за нож.

— Лестафье! Идите и вымойте руки! Тут вам не провинция!

— Да пошел ты, — прошептал он в ответ, закрывая глаза. — Пошли вы все...

Он молча принялся за работу. Выждав несколько мгновений, его помощник осмелился подать голос:

— Все в порядке?

— Нет.

— Я слышал твой разговор с толстяком... Перелом шейки бедра, так?

— Угу.

— Это серьезно?

— Не думаю, проблема в том, что я совсем один...

— В каком смысле?

— Да во всех.

Гийом ничего не понял, но предпочел оставить товарища наедине с его заморочками.

— Раз ты слышал мой разговор со стариком, значит, все понял насчет вечера...

— Йес.

— Справишься?

— С тебя причитается...

Они продолжили работать молча: один колдовал над кроликом, другой возился с каре ягненка.

— Мой мотоцикл...

— Да?

— Я дам его тебе на воскресенье...

— Новый?

— Да.

— Ничего не скажешь, — присвистнул Гийом, — он и правда любит свою старушку... Идет. Договорились.

Франк горько ухмыльнулся.

— Спасибо.

— Эй...

— Что?

— Куда отвезли твою бабку?

— Она в больнице в Туре.

— Значит, в воскресенье Solex тебе понадобится?

— Я что-нибудь придумаю...

Голос шефа прервал их разговор:

— Потише, господа! Что-то вы расшумелись!

Гийом подточил нож и прошептал, воспользовавшись стоявшим в помещении гомоном:

— Ладно... Возьму его, когда она поправится...

— Спасибо.

— Не благодари. Пока суть да дело, я займу твое место.

Франк Лестафье улыбнулся и покачал головой.

Больше он не произнес ни слова. Время тянулось невыносимо медленно, он едва мог сосредоточиться, огрызался на шефа, когда тот присылал заказы, старался не обжечься, чуть не погубил бифштекс и то и дело вполголоса ругался на самого себя. Он ясно осознавал, каким кошмаром будет его жизнь в ближайшие несколько недель. Думать о бабушке, навещать ее было ой как нелегко, когда она находилась в добром здравии, а уж теперь... Ну что за бардак... Только этого еще и не хватало... Он купил дорогущий мотоцикл, взяв кредит, который придется возвращать лет сто, не меньше, и нахватал дополнительной работы, чтобы выплачивать проценты. Ну вот что ему с ней делать? Хотя... Он не хотел себе в этом признаваться, но толстяк Тити уже отладил новый мотоцикл, и он сможет испытать его на шоссе...

Если все будет хорошо, он словит кайф и через час окажется на месте...

В перерыв он остался на кухне один, в компании с мойщиками посуды. Проверил продукты, пронумеровал куски мяса и написал длинную памятку Гийому. Времени заходить домой у него не было, он принял душ в раздевалке, захватил фланельку, чтобы протереть забрало шлема, и ушел в растрепанных чувствах.

Он был счастлив и вместе с тем озабочен.

6

Было почти шесть, когда он въехал на больничную стоянку.

Сестра в приемном отделении объявила, что время для посещений закончилось и ему придется приехать завтра, к десяти утра. Он стал настаивать, она не уступала.

Франк положил шлем и перчатки на стойку.

— Подождите, подождите... Вы не поняли... — Он говорил медленно, стараясь не взорваться. — Я приехал из Парижа и должен сегодня же вернуться, так что, если бы вы могли...

Появилась еще одна медсестра.

— Что здесь происходит?

Она показалась ему симпатичнее.

— Здравствуйте, э... извините за беспокойство, но я должен увидеть бабушку, ее вчера привезли на «скорой», и я...

— Как ее фамилия?

— Лестафье.

— Ах да... — Она сделала знак коллеге. — Идемте со мной...

Она вкратце обрисовала ему ситуацию, рассказала, как прошла операция, сообщила, что понадобится реабилитация, и стала расспрашивать об образе жизни пациентки. Он плохо соображал — раздражал больничный запах, шумело в ушах, как будто он все еще мчался на мотоцикле.

— А вот и ваш внук! — радостно сообщила его провожатая, открывая дверь. — Ну, видите? Я ведь говорила, что он приедет! Ладно, оставляю вас, но перед уходом зайдите в мой кабинет, иначе вас не выпустят...

Он даже не сообразил поблагодарить ее. То, что он увидел, разбило ему сердце.

Он отвернулся, пытаясь взять себя в руки. Потом снял куртку и свитер, поискал взглядом, куда бы их пристроить.

— Жарко здесь, да?

У нее был странный голос.

— Ну как ты?

Старая дама попыталась было улыбнуться, но закрыла глаза и расплакалась.

Они забрали у нее зубные протезы. Щеки совсем ввалились, и верхняя губа болталась где-то во рту.

— Так-так, мы снова влипли в историю... Ну ты даешь, бабуля!

Этот шутливый тон стоил ему нечеловеческих усилий.

— Я спрашивал сестру, она сказала, что операция прошла отлично. Теперь у тебя в ноге хорошенькая железяка...

— Они отправят меня в приют...

— Вовсе нет! Что ты выдумываешь? Пробудешь здесь несколько дней и поедешь в санаторий. Это не богадельня, а больница, только поменьше этой. Они будут тебя обхаживать, поставят на ноги, а потом — хоп! — наша Полетта снова в своем саду.

— Сколько дней я там пробуду?

— Несколько недель... А дальше все будет зависеть от тебя... Придется постараться...

— Ты будешь меня навещать?

— А ты как думаешь? Ну конечно, я приеду, у меня ведь теперь шикарный мотоцикл, помнишь?

— Но ты не гоняешь слишком быстро?

— Да что-о-о ты, тащусь, как черепаха...

— Врун...

Она улыбалась сквозь слезы.

— Завязывай, ба, так нечестно, а то я сейчас сам завою...

— Только не ты. Ты никогда не плачешь... Не плакал, когда был совсем маленьким, даже когда вывихнул руку, и то не ревел, я ни разу не видела, чтобы ты пролил хоть одну слезинку...

— Все равно, кончай.

Он не осмелился взять ее за руку из-за трубок.

— Франк...

— Я здесь, бабуля...

— Мне больно.

— Так и должно быть, это пройдет, ты лучше поспи.

— Мне очень больно.

— Я скажу сестре перед уходом, попрошу, чтобы тебе помогли...

— Ты уже уезжаешь?

— Что ты, и не думаю.

— Поговори со мной. Расскажи о себе...

— Сейчас, только свет погашу... Слепит глаза...

Франк опустил штору, и выходившая на восток комната внезапно погрузилась в мягкий полумрак. Он передвинул кресло поближе к здоровой руке Полетты и взял ее руку в свои.

Сначала Франк с трудом подбирал слова, он никогда не умел поддержать разговор, а уж тем более рассказать о себе. Начал с пустяков — сообщил, какая в Париже погода и что над городом висит смог, и перешел на цвет своего «Судзуки», потом на меню своего ресторана и продолжал все в том же духе.

День клонился к вечеру, лицо бабушки стало почти умиротворенным, и Франк решился на более откровенные признания. Он рассказал ей, из-за чего расстался с подружкой, и сообщил имя своей новой пассии, похвалился профессиональными успехами и пожаловался на усталость... Потом стал изображать своего нового соседа, и бабушка тихонько засмеялась.

— Ты преувеличиваешь...

— Клянусь, что нет! Сама увидишь, когда приедешь к нам в гости...

— Но я совсем не хочу ехать в Париж...

— Ладно, тогда мы сами к тебе заявимся, а ты накормишь нас вкусным обедом!

— Ты думаешь?

— Конечно. Испечешь картофельный пирог...

— Только не это. Выйдет слишком по-деревенски...

Потом он рассказал ей об обстановке в ресторане и как орет иногда шеф, о том, как однажды к ним на кухню заявился с благодарностью министр, и о молодом Такуми, который стал так искусен. А потом рассказал ей о Момо и госпоже Мандель. И наконец замолчал, прислушиваясь к дыханию Полетты, — понял, что она заснула, и бесшумно встал.

Он был уже в дверях, когда она окликнула его:

— Франк...

— Да?

— Знаешь, я ведь ничего не сообщила твоей матери...

— И правильно сделала.

— Я...

— Тсс, теперь спи — чем больше будешь спать, тем скорее встанешь на ноги.

— Я правильно поступила?

Он кивнул и приложил палец к губам.

— Да. А теперь спи...

После полумрака палаты свет неоновых ламп в коридоре ослепил его, и он не сразу сориентировался, куда идти. Знакомая медсестра перехватила его в коридоре.

Она предложила ему присесть, взяла историю болезни Полетты Лестафье и стала задавать обычные уточняющие вопросы, но Франк не реагировал.

— С вами все в порядке?

— Устал...

— Вы что-нибудь ели?

— Нет, я...

— Подождите, сейчас мы это поправим.

Она достала из ящика банку сардин и пачку печенья.

— Подойдет?

— А как же вы?

— Не беспокойтесь! Смотрите, у меня здесь гора печенья. Хотите красного вина?

— Нет, спасибо. Куплю колу в автомате...

— А я выпью, но это между нами, ладно?

Франк заморил червячка, ответил на все вопросы и собрался уходить.

— Она жалуется на боль...

— Завтра станет легче. В капельницу добавили противовоспалительное, утром ей будет лучше...

— Спасибо.

— Это моя работа.

— Я о сардинах...

Он доехал очень быстро, рухнул на кровать и уткнулся лицом в подушку, чтобы не разрыдаться. Только не сейчас. Он так долго держался... Продержится еще немного...

7

— Кофе?

— Нет, колу, пожалуйста.

Камилла тянула воду маленькими глоточками. Она устроилась в кафе напротив ресторана, где мать назначила ей встречу. Допив, положила руки на стол, закрыла глаза и постаралась дышать помедленнее. От этих совместных обедов, как бы редко они ни случались, у нее всегда начинал болеть живот. Встав из-за стола, ей приходилось сгибаться в три погибели, ее качало, с нее слово сдирали кожу. Ее мать с садистской настойчивостью, хотя скорее всего невольно, расковыривала одну за другой тысячи затянувшихся ранок. Камилла увидела в зеркале над стойкой, как мать входит в «Нефритовый рай», выкурила сигарету, спустилась в туалет, заплатила по счету и перешла через улицу. Она засунула руки в карманы и скрестила их на животе.

Камилла отыскала глазами сутулый силуэт матери за столиком и села напротив, глубоко вздохнув.

— Привет, мама!

— Не поцелуешь меня?

— Здравствуй, мама, — медленно повторила она.

— У тебя все в порядке?

— Почему ты спрашиваешь?

Камилла ухватилась за край стола, борясь с желанием сейчас же вскочить и убежать.

— Спрашиваю потому, что именно этот вопрос все люди задают друг другу при встрече...

— Я — не «все»...

— Неужели?

— Умоляю тебя, не начинай!

Камилла отвернулась и оглядела отвратительную отделку ресторана — под мрамор, барельефы в псевдоазиатском стиле. Чешуйчатые и перламутровые инкрустации из пластмассы и желтой пленки-лаке.

— Здесь красиво...

— Здесь просто ужасно. Но я, видишь ли, не могу пригласить тебя в «Серебряную башню». Впрочем, даже будь у меня такая возможность, я бы тебя туда не повела... Зачем бросать деньги на ветер — ты ведь все равно ничего не ешь...

Хорошенькое начало.

Мать горько усмехнулась.

— Заметь, ты могла бы сходить туда без меня, у тебя-то деньги есть! Счастье одних строится на несчастье дру...

— Прекрати немедленно! Прекрати, или я уйду! — пригрозила Камилла. — Если тебе нужны деньги, скажи, я дам.

— Ну конечно, мадемуазель ведь работает... Хорошая работа... А уж какая интересная... Уборщица... Поверить не могу: ты, воплощение беспорядка, и уборка... Знаешь, ты никогда не перестанешь меня удивлять...

— Хватит, мама, довольно. Это невозможно. *Невозможно*, понимаешь? Я так не могу. Выбери другую тему для разговора. *Другую*...

— У тебя была хорошая профессия, но ты все испортила...

— Профессия... Тоже мне профессия! Я ни капли ни о чем жалею, она не сделала меня *счастливой*.

— Но ты ведь не собиралась заниматься этим всю жизнь... И потом, что значит «была счастлива», «не была счастлива»? Идиотское слово... Счастлива! Счастлива! Ты весьма наивна, дочка, если полагаешь, будто мы приходим в этот мир, чтобы валять дурака и собирать цветочки...

— Конечно, я так не думаю. Благодаря тебе я прошла хорошую школу и твердо усвоила: наше главное предназначение — мучиться. Ты вбила мне это в голову...

— Вы уже выбрали? — спросила подошедшая официантка.

Камилла готова была расцеловать ее.

Ее мать разложила на столе таблетки и начала их пересчитывать.

— Не надоело травить себя всем этим дерьмом?

— Не говори о том, чего не понимаешь. Не будь этих лекарств, я бы давно отправилась в мир иной...

— Почему ты так в этом уверена? Какого черта никогда не снимаешь эти жуткие очки? Здесь вроде солнца нет...

— Мне так удобнее. В очках я вижу мир в его истинном свете...

Камилла улыбнулась и похлопала мать по руке. Иначе пришлось бы вцепиться ей в глотку и придушить.

Мать перестала хмуриться, немного поныла, пожаловалась на одиночество, спину, глупость коллег и неудобство кооперативов. Ела она с аппетитом и сделала недовольное лицо, когда дочь заказала еще одну кружку пива.

— Ты слишком много пьешь.

— Что да, то да! Давай чокнемся! За то, что ты в кои-то веки не говоришь глупостей...

— Ты никогда меня не навещаешь...

— Да ну? А что я, по-твоему, здесь делаю?

— Последнее слово всегда должно оставаться за тобой, да? Ты копия отец...

Камилла напряглась.

— Ну да, конечно! Не любишь, когда я говорю о нем, верно? — торжествующе воскликнула Фок-старшая.

— Прошу тебя, мама... Не продолжай...

— Я говорю о чем хочу. Не будешь доедать?

— Нет.

Мать неодобрительно покачала головой.

— Посмотри на себя... Похожа на скелет... Сомневаюсь, чтобы кто-нибудь на тебя польстился...

— Мама...

— Что «мама»? Конечно, я беспокоюсь о тебе, детей рожают не для того, чтобы смотреть, как они гибнут!

— А ты, мама, зачем меня родила?

Не успев договорить фразу до конца, Камилла поняла, что зашла слишком далеко и сейчас получит по полной программе — мать разыграет «сцену № 8». Этот номер не предполагал импровизаций, он был давно отрепетирован и исполнялся многократно: эмоциональный шантаж, крокодиловы слезы и угроза покончить с собой. Порядок произвольный.

Мать плакала, укоряла дочь за то, что та ее бросила, как сделал пятнадцатью годами раньше ее отец, называла бессердечной, восклицая, что жить ей незачем.

— Скажи мне, зачем, ну зачем я живу?

Камилла свертывала себе сигарету.

— Ты меня слышала?

— Да.

— Ну и?

— ...

— Спасибо, дорогая, благодарю от всего сердца. Ответ более чем ясный...

Она шмыгнула носом, положила на стол два ресторанных талона и ушла.

Главное — сохранять спокойствие, стремительный уход всегда был апофеозом, занавесом «сцены № 8».

Обычно занавес опускался после десерта, но сегодня они были в китайском ресторане, а ее мать не очень любила здешние пирожки, личи и приторно-сладкую нугу...

Итак, главное — сохранять спокойствие.

Сделать это было нелегко, но Камилла давно научилась прятаться в спасательную капсулу. И потому она поступила как обычно: постаралась сосредоточиться и в уме проговорить самой себе несколько прописных истин. Несколько простейших, полных здравого смысла фраз. Эти наскоро сколоченные подпорки помогали Камилле общаться с матерью... Их натужные встречи и абсурдные, тягостные разговоры были бы лишены всякого смысла, не будь Камилла уверена, что матери они необходимы. Увы, Катрине Фок эти разговоры явно шли на пользу: терзая дочь, она оживала. И даже если порой она, изобразив оскорбленную невинность, покидала «сцену» до окончания «спектакля», ей все равно удавалось отвести душу. И, что называется «словить свой кайф». Она уходила с чувством выполненного долга, одержав над дочерью громкую победу и получив заряд отрицательных эмоций для следующей встречи.

Камилла поняла весь этот расклад далеко не сразу и не без посторонней помощи. Ей в этом помогли. Когда-то, когда она была еще слишком молода, чтобы осознать происходящее, нашлись люди, которые просветили ее насчет поведения матери. К несчастью, те времена давно прошли, а тех, кому была небезразлична судьба Камиллы, уже не было рядом...

И сегодня мать отыгрывалась на дочери.

Забавная штука жизнь.

8

Официантка убрала со стола. Ресторан опустел. Камилла не уходила. Она курила и заказывала кофе, чтобы ее не вытурили.

За столиком в глубине зала старый беззубый китаец что-то бормотал себе под нос и смеялся.

Обслуживавшая их официантка ушла за стойку бара. Она перетирала стаканы и время от времени что-то выговаривала старику по-китайски. Тот хмурился, умолкал на мгновение, но почти сразу снова возобновлял свой дурацкий монолог.

— Вы закрываетесь? — спросила Камилла.

— Нет, — ответила девушка, ставя перед стариком пиалу. — Кухня больше не работает, но мы открыты всю ночь. Хотите еще кофе?

— Нет, спасибо. Я могу остаться еще ненадолго?

— Конечно, сидите! Такое развлечение для него!

— Хотите сказать, это надо мной он так смеется?

— Что вы, что кто другой...

Камилла взглянула на старика-китайца и послала ему ответную улыбку.

Тоска, в которую погрузило Камиллу общение с матерью, постепенно рассеялась. В кухне лилась вода, гремели кастрюли, из приемника доносились визгливые китайские песни, которым подпевала, приплясывая, официантка. Камилла смотрела, как старик вылавливает палочками лапшу из миски и по его подбородку течет бульон, и ей вдруг показалось, что она не в ресторане, а у кого-то дома, в гостях...

На столе перед ней стояла чашка кофе да лежал пакет с табаком. Она убрала их на соседний столик и стала разглаживать скатерть.

Медленно, очень медленно она водила ладонью по шершавой, в пятнах, бумаге.

Так прошло несколько долгих минут.
Ее мысли пришли в порядок, сердце забилось быстрее.
Камилле было страшно.
Она должна попытаться. Ты должна попытаться. Да, но я так давно не...
«Тсс, — прошептала она себе под нос. — Тихо, я здесь. Все получится, старушка. Сейчас или никогда... Давай... Не дрейфь...»

Она подняла руку над столом и дождалась, когда перестанут дрожать пальцы. Видишь, все хорошо... Схватила свой рюкзак, пошарила внутри: слава Богу, все на месте.

Камилла вынула деревянный ящичек и водрузила его на стол. Открыла, достала небольшой прямоугольный камешек и приложила к щеке — он был нежным и теплым. Когда она развернула синюю тряпицу и достала палочку для туши, вокруг запахло сандалом. Последними были выпущены из заточения бамбукового пенала две кисточки.

Та, что потолще, была из козьего волоса, тонкая — из свиной щетины.

Она встала, взяла со стойки графин с водой, два телефонных справочника и поклонилась сумасшедшему старику.

Справочники она положила на свой стул и уселась сверху, так, чтобы рука с кисточкой не касалась стола, налила несколько капель воды на камень в форме черепицы и начала растирать тушь. В ушах зазвучал голос учителя: *Вращай камень очень медленно, малышка Камилла... Нет-нет, еще медленнее! И делай это долго! Не меньше двухсот раз — так ты придаешь гибкость запястью и готовишь ум к великим свершениям... Ни о чем не думай и на меня не смотри, несчастная! Сконцентрируйся на запястье, оно продиктует тебе первое движение, первую линию — только она и имеет значение, она вдохнет жизнь в твой рисунок...*

Приготовив тушь, она нарушила завет учителя и сперва поупражнялась на уголке скатерти, стараясь вернуть забытые навыки. Начала с пяти мазков — от густо-черного до почти размытого, восстанавливая в памяти давно забытый цвет туши, потом попыталась провести несколько разных линий и была вынуждена констатировать, что уверена только в «развязанной веревочке», «волоске», «дождевой капле», «скрученной нитке» и «бычьих шерстинках». Покончив с линиями, Камилла перешла к точкам. Из двадцати, которым научил ее наставник, она вспомнила всего четыре: «круг», «утес», «зернышко риса» и «дрожь».

Так, хватит. Теперь ты готова... Она зажала тонкую кисточку большим и средним пальцем, вытянула руку над скатертью и выждала несколько секунд.

Внимательно наблюдавший за Камиллой старик ободряюще моргнул.

Камилла Фок вышла из летаргического сна, нарисовав одного воробья, потом другого, третьего — целую стаю хитроглазых воробьев.

Вот уже больше года она ничего не рисовала.

Камилла была молчаливым ребенком, в детстве она говорила еще меньше, чем сейчас. Мать заставляла ее учиться музыке, а она это ненавидела. Однажды — ее учитель опаздывал — она взяла толстый маркер и нарисовала по пальцу на каждой клавише. Мать едва не свернула ей шею, а отец, чтобы успокоить страсти, в следующие выходные привез адрес художника, который раз в неделю занимался с детьми.

Прошло совсем немного времени, и отец Камиллы умер, а она окончательно замолчала. Камилла не разговаривала даже на уроках рисования с господином Доутоном (про себя она называла учителя мсье Дугетон), хотя очень его любила.

Старый англичанин, не обращая внимания на эту странность Камиллы, обучал ее технике рисования, задавал темы и сюжеты. Он показывал, она повторяла, кивая головой в знак согласия или несогласия. Только с этим человеком, в его доме, Камилле было хорошо и спокойно. Даже ее немота, казалось, устраивала обоих: учителю не приходилось напрягаться с французским, а Камилла и так была собраннее всех остальных учеников.

И все-таки наступил день — другие дети уже ушли, — когда Доутон нарушил их молчаливый уговор и заговорил с девочкой, которая что-то рисовала пастелью в своем альбоме:

— Знаешь, кого ты мне напоминаешь, Камилла?

Она помотала головой.

— Китайского художника по имени Чжу Да[1]... Хочешь, я расскажу тебе его историю?

Она кивнула, но он в это время отвернулся, чтобы выключить чайник.

— Не слышу ответа, Камилла... Ты что, не хочешь послушать?

Теперь он смотрел на нее в упор.

— Отвечай, девочка.

Она метнула в него недобрый взгляд.

— Итак?

— Да, — выговорила она наконец.

Он удовлетворенно прикрыл глаза, налил себе чаю и сел рядом с ней.

— У Чжу Да было очень счастливое детство...

Он сделал глоток чая.

— Он был принцем из династии Мин... Его семья была очень богатой и очень могущественной. Его отец и дед были знаменитыми художниками и каллиграфами, и маленький Чжу Да унаследовал их талант. Представь себе, однажды, когда ему было всего семь лет, он нарисовал цветок, простой цветок лотоса на пруду... Рисунок был так прекрасен, что мать Чжу Да решила повесить его в гостиной: она утверждала, что от рисунка веет свежим ветерком, что можно даже вдохнуть аромат цветка, проходя мимо. Представляешь? Даже аромат! А ведь матушка Чжу Да знала толк в живописи — ее муж и отец были художниками.

Он снова поднес чашку к губам.

— Вот так и рос Да — беззаботно, в холе и неге, твердо зная, что однажды он тоже станет великим художником... Увы, когда юноше исполнилось восемнадцать, власть в стране захватили маньчжуры. Они были жестокими и грубыми людьми и не жаловали художников и писателей. Они запретили им работать. Конечно, ты догадываешься, что ничего ужаснее они придумать не могли. Семья Чжу Да потеряла покой, а его отец умер от горя. И тогда его сын — проказник, любивший смеяться, петь, говорить глупости и читать стихи, совершил невероятное... Ой, поглядите-ка, кто к нам пришел! — учитель переключился на кота, вспрыгнувшего на подоконник, и нарочно завел с ним долгую дурашливую беседу.

— Что он сделал? — прошептала наконец Камилла.

Господин Доутон спрятал улыбку в кудлатой бороде и продолжил как ни в чем не бывало:

— Он сделал невероятное. И ты никогда не догадаешься, что именно... Он решил замолчать навсегда. Навсегда, понимаешь? Поклялся, что ни одно слово не слетит с его уст! Ему были противны окружающие, в угоду маньчжурам отрекавшиеся от своих традиций и веры, и он больше не желал с ними общаться. Пусть отправляются к дьяволу! Все! Эти рабы! Эти трусы! И тогда он написал слово *Немой* на дверях своего дома, а если кто-то все-таки пытался с ним заговорить, он раскрывал перед лицом веер, на котором тоже было написано *Немой*, и махал им во все стороны, пока его не оставляли в покое.

Девочка слушала как завороженная.

— Проблема в том, что никто не может жить, совсем никак не выражая свои мысли, чувства и желания. Никто... Это невозможно... И тогда в голову Чжу Да — ему, как всем людям, тебе и мне в том числе, было что сказать — пришла гениальная мысль. Он отправился в горы, подальше от предавших его людей, и начал рисовать... Отныне, решил Чжу Да, именно так он будет самовыражаться и общаться с остальным миром — через рисунки... Хочешь посмотреть?

Он снял с полки большой черно-белый том и положил книгу перед Камиллой.

61

— Взгляни, как прекрасно... И как просто... Всего одна линия и перед тобой... Цветок, рыба, кузнечик... Посмотри на эту утку, какая она сердитая, и на горы в тумане... Обрати внимание, как он изобразил туман... Так, словно это сплошная пустота... А эти цыплята? Они такие милые, что хочется их погладить. Его тушь подобна пуху, она нежна...

Камилла улыбалась.

— Хочешь, я научу тебя так рисовать?
Она кивнула.
— Так хочешь?
— Да.

Когда все было готово, и он показал ей, как держать кисточку, и объяснил всю важность первого штриха, Камилла впала в задумчивость. Она не совсем поняла своего учителя и считала, что рисунок должен быть выполнен в одну линию, не отрывая руки от бумаги. Это было невозможно.

Она долго думала, какой сюжет выбрать, оглядывалась вокруг себя и наконец протянула руку к листу.

Она провела длинную волнистую линию, нарисовала выпуклость, клин, еще один, повела кисточку вниз зигзагообразным движением и вернулась к первой волнистой линии. Учитель не смотрел в ее сторону, и она смухлевала: оторвав кисточку от бумаги, добавила к рисунку жирную черную точку и шесть маленьких штрихов. Она предпочла ослушаться — нельзя же было оставить кота без усов.

Малкольм, послуживший ей моделью, по-прежнему спал на подоконнике, и правдолюбка Камилла закончила рисунок, заключив кота в тонкий прямоугольник.

Она встала и отправилась гладить Малкольма, а когда обернулась, заметила, как странно, почти зло, смотрит на нее учитель.

— Это ты нарисовала?

Значит, догадался, что она несколько раз отрывала кисточку от бумаги... Она наморщила нос.

— Так что, Камилла, это ты нарисовала?

— Да...

— Иди сюда, прошу тебя.

Она подошла, несколько смущенная, и села рядом.

Он плакал.

— То, что ты сделала, просто великолепно... Кажется, что твой кот вот-вот замурлычет... Ох, Камилла...

Он достал огромный, в пятнах краски, носовой платок и шумно высморкался.

— Слушай меня внимательно, детка. Я всего лишь старик, да к тому же плохой художник, но ты должна выслушать меня очень внимательно... Я знаю, жизнь у тебя не слишком простая, полагаю, тебе не всегда бывает уютно дома, и мне сказали о твоем папе, но... Нет, не нужно плакать... Вот, возьми мой платок... Есть одна вещь, которую я просто обязан тебе сказать: когда люди перестают разговаривать, они сходят с ума. Я не рассказал тебе, что Чжу Да сошел с ума и стал несчастным... Ужасно, ужасно несчастным и совсем, совсем сумасшедшим. Он снова обрел мир в душе только к старости. Ты ведь не станешь ждать, пока состаришься, правда? Пообещай мне, что не станешь. Ты очень одаренная девочка. Самая талантливая из всех моих учеников, но это ничего не значит, Камилла... Ничего не значит. Сегодняшний мир не такой, каким был во времена Чжу Да, и ты должна снова начать говорить. Обязана, понимаешь? Иначе они запрут тебя с настоящими сумасшедшими и никто никогда не увидит твоих чудесных рисунков.

За ней пришла мать, и разговор прервался. Камилла встала и произнесла хриплым срывающимся голосом:
— Подожди меня... Я еще не собрала вещи...

Однажды она получила по почте небрежно упакованную бандероль, к которой была приложена записка:

Здравствуйте,

Меня зовут Эйлин Уилсон. Мое имя наверняка ничего вам не говорит, но я была другом Сесила Доутона — когда-то он учил вас рисовать. Я имею грусть сообщить вам печальная новость — два месяца назад Сесил покинул нас.

Я знаю, что вы цените то, что я скажу вам, что мы похоронили его в окрестностях Дартмура, которого он любил, на кладбище с очень красивым видом (извините мой французский). Его кисти и краски я положила с ним в могилу вместе.

Перед смертью он просил меня послать вам это. Я уверена, что он будет иметь много радости, если вы будете рисовать ими и подумать о нем.

Эйлин У.

Камилла не смогла удержаться от слез при виде китайской туши и кисточек своего старого учителя — тех самых, которыми она сейчас рисовала...

* * *

Заинтригованная официантка подошла забрать пустую чашку и бросила взгляд на скатерть. Камилла нарисовала заросли бамбука. Стебли и листья бамбука рисовать труднее всего. *Лист, маленький, трепещущий на ветру листок, требовал от этих мастеров многолетнего труда, иногда целой жизни... Используй контрасты. У тебя всего одна краска, но ты можешь выразить все что угодно... Соберись. Если хочешь, чтобы я однажды выгравировал тебе личную печать, сделай эти листья еще более невесомыми...*

Дешевая бумажная скатерть коробилась, тушь впитывалась слишком быстро.

— Вы позволите? — спросила девушка.

Она протягивала Камилле пачку чистых скатертей. Камилла отодвинулась, положила сделанный рисунок на пол. Старичок разохался, официантка на него прикрикнула.

— Что он говорит?

— Он злится, потому что не видит, что вы рисуете...

Она добавила:

— Это мой двоюродный дедушка... Он парализован...

— Скажите, что следующий рисунок я сделаю для него.

Девушка отошла к бару и произнесла несколько слов по-китайски. Старый дядюшка успокоился и строго посмотрел на Камиллу.

Она долго вглядывалась в его лицо, а потом нарисовала на всей поверхности скатерти похожего на старика веселого человечка, бегущего вдоль рисового поля.

Она никогда не была в Азии, но изобразила на заднем плане гору в тумане, сосны, скалы и даже маленькую хижину Чжу Да на мысу. Она одела своего героя в каскетку с надписью «Nike», спортивную куртку и традиционную набедренную повязку, добавила брызги воды, рассыпающиеся из-под босых ног, и преследующих его мальчишек.

Она отодвинулась, чтобы оценить свою работу.

Многие детали ей не понравились, но старик выглядел счастливым, по-настоящему счастливым, и тогда она подложила под скатерть тарелку, открыла баночку с красной киноварью и поставила свою печать справа в центре. Встала, освободила стол старика, вернулась за своим рисунком и разложила его перед ним.

Он не реагировал.

«Приплыли, — сказала она себе, — видимо, я что-то напортачила...»

Когда его внучатая племянница вернулась с кухни, китаец издал протяжный жалобный стон.

— Мне очень жаль, — сказала Камилла, — я думала, что...

Официантка жестом остановила ее, достала очки с толстенными стеклами и надела их старому китайцу прямо под кепку. Он наклонился, сохраняя важность, и вдруг засмеялся. Детским смехом, звонким и веселым. Потом вдруг заплакал и снова засмеялся, раскачиваясь из стороны в сторону и скрестив руки на груди.

— Он хочет выпить с вами сакэ.
— Супер...

Девушка принесла бутылку, он закричал на нее, она вздохнула, снова ушла и вернулась с другой бутылкой в сопровождении остальных членов семьи — пожилой дамы, двух мужчин лет по сорок и подростка. Все смеялись, кричали, кланялись и что-то возбужденно лопотали. Мужчины хлопали ее по плечу, а паренек на спортивный манер шлепнул ладошкой по ее ладони.

Потом каждый вернулся на свое рабочее место, а внучка старика поставила на стол два стаканчика. Китаец поклонился, выпил сакэ и тут же снова налил.

— Предупреждаю, сейчас он расскажет вам всю свою жизнь.

— Меня это не пугает, — успокоила ее Камилла. — Ух... надо же, как крепко!

Официантка рассмеялась и удалилась.

Они остались вдвоем. Старик стрекотал, Камилла внимательно слушала и только кивала, когда он жестом спрашивал, можно ли ей налить.

Она с трудом поднялась, собрала вещи, прощаясь, несколько раз поклонилась старику и застыла у входа. Дверь не желала открываться, и официантке пришлось ей помочь.

— Вы здесь у себя дома, договорились? Приходите поесть, когда захотите. Он разозлится, если не придете... И загрустит...

На работу она заявилась совершенно пьяная.

Самия пришла в невероятное возбуждение:

— Эй, ты что, мужика завела?

— Да, — смущенно призналась Камилла.

— Правда, что ли?

— Да.

— Да ладно... Врешь ты все... Какой он? Симпатичный?

— Он суперский.

— Да ну, неправда... Сколько ему лет?

— Девяносто два.

— Кончай идиотничать. Сколько ему лет?

— Довольно, девушки... Потом обсудите!

Жози постучала по циферблату часов.

Камилла удалилась, глупо хихикая и спотыкаясь о шланг своего пылесоса.

9

Прошло больше трех недель. По воскресеньям Франк подрабатывал в ресторане на Елисейских полях, а по понедельникам сидел у постели бабушки.

Полетта, находившаяся теперь в санатории в нескольких километрах к северу от Парижа, с рассвета начинала ждать его приезда.

А он с трудом просыпался по будильнику. Как зомби спускался в кафе на углу, заливал в себя несколько чашек кофе, седлал мотоцикл и ехал досыпать рядом с ней в уродливом кресле из черной искусственной кожи.

Когда Полетте приносили поднос с едой, старая дама прикладывала указательный палец к губам и кивала на своего большого мальчика, который, свернувшись калачиком, спал рядом с ней. Она не отрывала от него взгляда и следила, чтобы куртка, не дай Бог, не задралась.

Она была счастлива. Он здесь. Совсем рядом. Принадлежит ей одной.

Боясь потревожить его сон, Полетта не решалась вызвать сестру, чтобы та подняла изголовье кровати, осторожно брала вилку и ела в полной тишине. Она припрятывала в тумбочку хлеб, сыр и фрукты, чтобы накормить внука, когда он проснется. Потом тихонько отодвигала поднос и, улыбаясь, складывала руки на животе.

Она закрывала глаза и дремала, убаюканная ровным дыханием мальчика и накатывающими воспоминаниями. Сколько раз ей казалось, что она потеряла своего мальчика. Словно она всю жизнь только и делала, что искала его. В саду, среди деревьев, у соседей, в хлеву. То он сидел, развалившись, у телевизора, то пропадал где-нибудь в кафе. Она искала его по обрывкам бумаги, где он записывал номера своих телефонов, по которым она никогда не могла дозвониться.

И все же она сделала для него все, что было в ее силах... Кормила, обнимала, баловала, подбадривала, бранила, наказывала и утешала, и что же? Едва научившись ходить, он тут же дал деру, а уж когда у него выросли первые три волоска на подбородке, все было кончено. Он исчез.

Во сне у нее порой искажалось лицо и подрагивали губы. Слишком много горя, неудач и сожалений... Порой бывало так трудно, так трудно... Нет, довольно, она больше не должна об этом думать, тем более что он просыпается — волосы всклокочены, на щеке отпечатался шов обивки.

— Сколько времени?

— Скоро пять...

— О, черт, уже?

— Франк, зачем ты все время чертыхаешься?

— О, трам-тарарам-там-там, уже?

— Ты голоден?

— Да нет, пить хочу... Пойду пройдусь...

«Ну вот, — подумала старая дама, — ну вот...»

— Ты уходишь?

— Да нет, не ухожу я, трах-тибедох!

— Если увидишь рыжего мужчину в белом халате, может, спросишь, когда меня выпишут?

— Угу, спрошу... — пообещал он, выходя.

— Такой высокий, в очках и...

Он был уже в коридоре.

— Ну что?

— Не видел его...

— Как?

— Брось, бабуля... — весело сказал он, — ты же не разнюнишься из-за пустяков?

— Нет, но я... Как же мой кот? И птички... Дождь шел всю неделю, и я боюсь за инструменты... Я не убрала их, они наверняка заржавеют...

— Я заеду на обратном пути и уберу их в сарай...

— Франк...

— Да?

— Забери меня с собой...

— Ччерт... Ты опять... Я так больше не могу...

Она спохватилась.

— Инструменты...

— Что?

— Их нужно смазать машинным маслом...

Он взглянул на нее, надув щеки:

— Ну это если будет минутка, ладно? Так, но это не главное, сейчас у нас гимнастика... Где твои ходунки?

— Не знаю.

— Бабуля!

— За дверью.

— Подъем, старушка, сейчас я покажу тебе птичек!

— Нету здесь никаких птичек. Одни грифы да стервятники...

Франк улыбался. Ему нравился бабкин скепсис.

— Все в порядке?

— Нет.

— Что опять не так?

— Мне больно.

— Где?

— Везде.

— Так не бывает, это неправда. Покажи, где именно у тебя болит.

— У меня болит в голове.

— Это нормально. Там у всех болит... Давай покажи мне своих подружек...

— Не хочу... Поворачивай. Не хочу их видеть, все они мне надоели.

— А вот тот старичок в блейзере — он вроде неплох, а?

— Никакой это не блейзер, дурачина ты мой, а вовсе даже пижама... К тому же он глухой, как пень... И с претензиями...

Она переставляла ноги и злословила о товарищах по несчастью — значит, все в порядке.

— Ладно, я поехал...

— Уже?

— Да, уже. Ты же хочешь, чтобы я позаботился о твоей цапке и граблях... А мне, между прочим, завтра рано вставать, и никто не подаст завтрак в постель...

— Ты позвонишь?

Он кивнул.

— Обещаешь, а сам никогда не звонишь...

— Времени нет.

— Набери номер, поздоровайся и можешь сразу вешать трубку.

— Ладно. Я, кстати, не уверен, что смогу вырваться на той неделе... Шеф везет нас на пирушку...

— Куда?

— В «Мулен-Руж».

— Правда?

— Конечно, нет! Мы едем в Лимузен, к парню, который поставляет нам мясо...

— Странная идея...

— Вот такой у меня шеф... Считает, что это важно...

— Значит, ты не приедешь?

— Не знаю.

— Франк...

— Да?

— Врач...

— Я знаю — рыжий, постараюсь его отловить... А ты упражняйся, ладно? Массажист тобой не очень доволен...

И добавил, развеселившись удивлению бабушки:

— Видишь, я все-таки звоню...

Он убрал в сарай ее инструменты, съел последние клубничины и посидел немного в саду. Кот мурлыкал и терся о его ноги.

— Не волнуйся, папаша, и ничего не бойся. Она вернется...

Звонок сотового вывел его из оцепенения. Это была его подружка. Он стал с ней заигрывать, девица захихикала.

Она предлагала сходить в кино.

Он гнал со скоростью 170 километров в час и всю дорогу искал предлог, как затащить ее в койку, минуя кинозал. Он не очень-то любил кино. К концу фильма всегда засыпал.

10

К середине ноября, когда холод начал свою подлую подрывную работу, Камилла решила наконец отправиться в хозяйственный магазин, чтобы хоть как-то улучшить свои жилищные условия. Она провела в магазине всю субботу: бродила между полками, гладила деревянные панели, восхищалась инструментами, гвоздями, винтами, болтами, дверными ручками, карнизами, банками с краской, лепниной, душевыми кабинами и всякими хромированными штучками-дрючками. Потом она отправилась в отдел садоводства, и все там привело ее в восторг: резиновые сапоги, мотыги, сетка для птичника, горшочки для рассады, чернозем и пакетики со всевозможными семенами. Одновременно она наблюдала за покупателями: беременная дама выбирала обои в пастельных тонах, молодая пара собачилась из-за уродливого бра, бодрячок предпенсионного возраста в башмаках на резиновом ходу что-то измерял столярной рулеткой и записывал результаты в блокнот.

Жизнь научила ее не доверять очевидному и не строить планов на будущее, но в одном Камилла была совершенно уверена: когда-нибудь очень-очень нескоро, когда она станет совсем старенькой, седой и морщинистой, а ее руки покроются коричневыми пятнами, у нее будет свой собственный дом. Настоящий дом с медным тазом для варки варенья, жестяной коробкой с песочным печеньем на верхней полке буфета, крепко сколоченным крестьянским столом и кретоновыми занавесками. Камилла улыбалась. Она знать не знала, как выглядит кретон, и вовсе не была уверена, что ей нужны именно такие шторы, но ей нравилось, как звучит это словосочетание — *кретоновые занавески*... У нее в доме будут комнаты для друзей и — кто знает! — может, и друзья тогда появятся? Она заведет кокетливый садик, куры будут нести яйца (она любит яйца всмятку), кошки станут охотиться на мышей-полевок, а собаки гонять кошек. Рабатка душистых трав, камин, продавленные кресла и повсюду книги. Белые скатерти, круглые узорчатые салфетки, купленные на распродаже, музыкальный центр, чтобы слушать любимые оперы отца, и печка, на которой она будет запекать к обеду мясо с морковью...

Она сможет запекать все что захочет...

Маленький домик — такие рисуют дети, с дверью и двумя окнами с обеих сторон. Старенький, скромный, тихий, увитый диким виноградом и плетистыми розами. По крыльцу будут ползать черно-красные букашки-красноклопы. Вечерами она станет сидеть на теплых каменных ступенях и ждать возвращения цапли...

В старой теплице она устроит мастерскую... Хотя... в этом она как раз не уверена... До сих пор руки плохо ее слушались, может, и не стоит больше на них рассчитывать...

Неужели она и там не найдет в конце концов покоя и умиротворения?

Но где же тогда? Где? — с тоской подумала вдруг Камилла.

Где?

Она спохватилась, подозвала продавца и постаралась сосредоточиться. Маленькая хижина в гуще леса — красивая мечта, но пока что она замерзает в своей сырой дыре, а этот парень в ярко-желтой тенниске наверняка способен ей помочь.

— Так вы говорите, дует из щелей?

— Да.

— У вас Velux[1]?

— Нет, обычная люкарна[2].

— А что, они еще существуют?

— Увы...

— Держите, вот то, что вам нужно...

Он протянул ей моток шнура-уплотнителя «специально для окон» из пластика, прочного, моющегося, пыле- и водонепроницаемого. Просто подарок судьбы.

— Степлер у вас есть?

— Нет.

— Молоток? Гвозди?

— Нет.

Она, как собачонка, ходила за ним по всему магазину, пока он наполнял ее корзинку.

— А обогреватель?

— Что у вас сейчас?

— Электрорадиатор — он всю ночь трясется и к тому же воняет!

Он очень серьезно отнесся к своей миссии и устроил ей обзорную лекцию. С ученым видом расхваливал, комментировал и сравнивал достоинства воздуходувных, масляных, инфракрасных обогревателей, керамических батарей и конвекторов. У нее закружилась голова.

— Так что же мне взять?

— Ну, тут только вы можете решить...

— В том-то и дело, что не могу...

— Возьмите масляную батарею, она в средней цене и очень надежна. Oleo фирмы Calor, например...

— Она на колесиках?

— Э-э-э... — Он начал изучать инструкцию... — Та-а-ак, сейчас посмотрим... *Механический термостат, убирающийся шнур, регулируемая мощность, увлажнитель воздуха и... колесики!* Да, мадемуазель!

— Блеск. Я смогу подтаскивать его к кровати...

— Э-э-э... Знаете... Есть еще один вариант... В постели вас может согреть любимый человек...

— Вы правы, но у него шнур не убирается...

— Что да, то да...

Он улыбался.

По дороге к окошку, где выписывали гарантийные талоны, она заметила электрокамин с фальшивыми угольками, фальшивыми поленьями, фальшивым огнем и фальшивой подставкой для дров.

— Ой! А это что такое?

— Электрокамин, но я вам не советую, барахло...

— Нет-нет, обязательно покажите!

Это был Sherbone, английская модель. Только англичане могли соорудить такую уродливую, такую китчевую вещь. В зависимости от степени нагревания (1000 или 2000 ватт) пламя поднималось ниже или выше. Камилла была в восторге:

— Гениально! Он совсем как настоящий!

— Вы видели цену?

— Нет.

— 532 евро, просто ни в какие ворота.... Идиотская штука... Не дайте себя провести...

— Я ничего не понимаю про цены в евро...

— Это нетрудно — 3500 франков за агрегат, который будет согревать вас хуже Calor, который стоит меньше 600 франков...

— Я все равно его хочу.

Этот парень был так благоразумен, но наша стрекоза, закрыв глаза, протянула свою кредитную карточку. Не раздумывая, она оплатила и доставку. Когда дама в окошке услышала про восьмой этаж без лифта, она косо посмотрела на Камиллу и сообщила, что это будет стоить на 10 евро дороже...

— Ничего страшного, — ответила та, сжавшись в комок.

Он был прав. Это было черт знает что.

Конечно, камин был полное дерьмо, но ее квартира ничего лучшего и не заслуживала. Пятнадцать квадратных метров под самой крышей, то есть всего шесть, где можно было стоять, сидеть и ходить, матрас, брошенный прямо на пол, крошечная раковина в углу, похожая скорее на писсуар в общественном сортире, — там она и умывалась, и мылась. Вещи она вешала на дверь, две картонные коробки, поставленные одна на другую, служили этажеркой. На складном столике стояла электрическая плитка, а мини-холодильник служил рабочим, обеденным и журнальным столиками одновременно. Еще в ее жилище имелись две табуретки, галогенная лампа, маленькое зеркало. Кухонный шкафчик в виде коробки. Что еще? Клетчатый чемодан, куда она сложила оставшиеся у нее краски и кисти, три папки с бумагой для рисования и... Нет, больше у нее ничего не было.

Туалет, да что там — «очко» — находился в конце коридора, справа, а чтобы воспользоваться душем, следовало положить на это самое «очко» прогнившую решетку...

Соседей у нее не было, разве что некий призрак: за дверью квартиры № 12 временами она слышала тихие голоса. Ее собственная дверь запиралась на висячий замок, а на наличнике прелестными фиолетовыми буквами было написано имя прежней хозяйки: *Луиза Ледюк*.

Маленькая горничная из прошлого века.

Нет, Камилла не жалела о покупке, хотя камин «съел» половину ее месячного жалованья... Да ладно... Плевать... Никого не касается, что она делает со своими деньгами... В автобусе она замечталась, придумывая, кого бы позвать на торжественную презентацию...

Через несколько дней она отловила своего недотепу.

— Знаете, у меня появился камин!

— Что, простите? А... Ох, это вы! Здравствуйте, мадемуазель. Унылая погода, не правда ли?

— Еще какая унылая! Так зачем же вы снимаете шапку?

— О... я... э-э... Я... Я хотел поздороваться, не так ли?

— Боже, наденьте ее обратно! Простудитесь! Кстати, я вас искала. Хотела пригласить на ужин «у камелька» как-нибудь вечером на этой неделе...

— Меня? — Он едва не поперхнулся.

— Да! Вас!

— О нет, я... как... Почему? Право же, я...

— Что вы? — нетерпеливо спросила она, внезапно утомившись: они стояли, дрожа от холода, перед своей любимой бакалеей.

— Это... мм...

— Невозможно?

— Нет, это... Это слишком большая честь для меня!

— Вот как! — Она развеселилась. — Значит, слишком большая честь... Да я же вас зову просто на ужин. Так вы согласны?

— Хорошо, да... я... Я буду счастлив разделить с вами трапезу...

— Гм...Трапеза — слишком громко сказано.

— Вот как?

— У нас будет скорее пикник... Небольшой перекус без лишних церемоний...

— Замечательно, обожаю пикники! Я даже могу прийти со своим пледом и корзиной, если хотите...

— С корзиной?

— Ну да, с корзиной для пикника...

— Такая специальная, с посудой?

— С тарелками, приборами, скатертью, четырьмя салфетками, штопо...

— Да-да, конечно, прекрасная идея! У меня ничего этого нет! Так когда же? Сегодня вечером?

— Сегодня... но... я...

— Вы что?

— Видите ли, я не предупредил своего... ээ... соседа...

— Понимаю. Пусть тоже приходит, это не проблема.

— Он? Нет, только не он, в смысле я не знаю, насколько он сможет соответствовать... Я... Поймите меня правильно, я не имею в виду его поведение, даже если... э-э-э... даже если оно не слишком нравится мне... нет... видите ли, я, скорее... Да и вообще, сегодня вечером его не будет дома. Он никогда не сидит дома по вечерам...

— Итак... — Камилла раздражалась все сильнее. — Вы не можете прийти, потому что не предупредили соседа, который никогда не бывает дома вечерами... Я правильно поняла?

Он повесил нос и крутил пуговицы на своем пальто.

— Эй, я ведь вас не заставляю? И вы не обязаны соглашаться...

— Дело в том...

— В чем?

— Нет, ничего. Я приду.

— Сегодня вечером или завтра. В другие дни я работаю в ночную смену.

— Хорошо, — прошептал он, — я согласен, завтра... Вы... Вы будете дома?

Она покачала головой.

— Да-а, с вами не соскучишься! Ну конечно, я буду дома, раз я вас приглашаю!

Он застенчиво улыбнулся.

— Значит, до завтра?

— До завтра, мадемуазель.

— Часам к восьми?

— Ровно к восьми, так и запишу.

Он поклонился и повернулся.

— Эй!

— Да?

— Поднимитесь по черной лестнице. Я живу на восьмом, квартира № 16 — третья слева...

Он махнул шапкой, в знак того, что все понял.

11

— Входите, входите! Боже, вы просто великолепны!

— О, — покраснел он, — это всего лишь канотье... Оно принадлежало моему двоюродному деду, и я подумал, что для пикника...

Камилла не верила своим глазам. Канотье — это был всего лишь последний штрих. На нем был светлый костюм с красной бабочкой, под мышкой он держал трость с серебряным набалдашником и протягивал ей огромный плетеный чемодан.

— Это и есть ваша «корзинка»?

— Да, но подождите, у меня есть для вас кое-что еще...

Он удалился куда-то в глубь коридора и вернулся с букетом роз...

— Как мило...

— Знаете, это ненастоящие цветы...

— Простите?

— Они уругвайские, кажется... Я бы предпочел цветы из сада, но среди зимы это... это...

— Это невозможно.

— Вот именно! Невозможно!

— Да входите же, будьте как дома.

Он был таким высоким, что ему пришлось сразу сесть. Он с трудом подыскивал слова, на сей раз не потому, что заикался, а потому, что был совершенно ошеломлен.

— Как... Как здесь...

— Тесно?

— Нет, я бы сказал... изящно. Да-да, изящно и очень... оригинально, вы согласны?

— Очень оригинально! — со смехом повторила Камилла.

Он немного помолчал.

— Вы правда, правда здесь живете?

— Ну-у... да...

— Постоянно?

— Постоянно.

— Весь год?

— Весь год.

— Здесь тесновато, не находите?

— Меня зовут Камилла Фок.

— Ну конечно, я очень рад. Филибер Марке де ла Дурбельер, — сообщил он, поднимаясь, и немедленно ударился макушкой о потолок.

— Так длинно?

— Да...

— А как вас зовут покороче?

— Пожалуй, даже не знаю.

— Вы видели мой камин?

— Простите?

— Вон там... Мой камин...

— Ах, так вот как он выглядит! Прелестная вещь... — добавил он, усаживаясь и протягивая ноги к пластиковому огню. — Просто изумительно... Как в английском коттедже, не правда ли?

Камилла была довольна. Она не ошиблась. Псих, конечно, но отличный парень...

— Хорош, правда?

— Просто великолепен! А греет?

— Безупречно.

— А где вы берете дрова?

— Ну, когда на улице такое творится... После всех этих ураганов с дровами проблем нет... Стоит только наклониться...

— Как я вас понимаю! Видели бы вы подлесок во владениях моих родителей... Настоящая катастрофа... Что это? Дуб? Я не ошибся?

— Браво!

Они обменялись улыбками.

— Бокал вина?

— С удовольствием.

Камилла пришла в восторг от содержимого его чемоданчика. Тут было все: фарфоровые тарелки, серебряные приборы и хрустальные стаканы, солонка, перечница, графинчик для масла и уксуса, кофейные и чайные чашки, льняные салфетки с вышивкой, салатник, соусник, компотница, коробочка для зубочисток, сахарница, рыбные приборы и кувшин для шоколада. На каждом предмете был выгравирован фамильный герб ее гостя.

— Никогда не видела ничего красивее...

— Теперь вы понимаете, почему я не мог прийти вчера... Если бы вы знали, сколько времени мне понадобилось, чтобы все это вымыть и почистить!

— Почему вы мне не сказали?

— Вы всерьез полагаете, что, скажи я: «Сегодня не могу, мне нужно освежить чемоданчик!» — вы не приняли бы меня за безумца?

Она воздержалась от комментариев.

Они расстелили скатерть на полу, и Филибер Кто-то-там сервировал стол.

Они уселись по-турецки — возбужденные, веселые, как два ребенка, решившие поиграть «в гости» и опробовать новый кухонный сервиз, которые вовсю манерничают и при этом стараются ничего не сломать. Камилла, не умевшая готовить, побывала в магазине Губецкого и набрала ассорти из тарамы, семги, маринованной рыбы и луковой запеканки. Они старательно переложили еду в маленькие салатнички двоюродного дедушки Филибера и соорудили занятный тостер из старой крышки и листа фольги, чтобы разогреть блины. Водка стояла в водосточном желобе, и им достаточно было приоткрыть окно, чтобы добавить по маленькой. В комнате сразу становилось холоднее, но у них был камин, в котором плясало веселое пламя.

Камилла, как обычно, пила больше, чем ела.

— Ничего, если я закурю?

— Прошу вас, не стесняйтесь... А я, если не возражаете, хотел бы вытянуть ноги, у меня совершенно затекло все тело...

— Ложитесь на мою кровать...

— Ни... ни в коем случае... об этом и... не может быть и речи...

Стоило ему занервничать, и он начинал запинаться и совершенно терялся.

— Да бросьте вы эти церемонии! Кстати, это диван-кровать...

— В таком случае...

— Может, перейдем на ты, Филибер?

Он побледнел.

— О нет, я... Что касается меня, я не смогу, но вы... Вы...

— Стоп! Отбой! Трубите отбой! Я ничего не говорила! Беру свои слова назад! И вообще, я нахожу разговор на «вы» очаровательным, очень...

— Оригинальным?

— Вот именно!

Филибер тоже не отличался волчьим аппетитом, но ел он так медленно и деликатно, что наша образцово-показательная маленькая хозяйка мысленно похвалила себя за то, что составила меню из холодных закусок. На десерт она купила молодой сыр: долго стояла перед витриной кондитерской, не в силах сделать выбор. Она достала свою итальянскую кофеварку, а потом пила ее нектар из чашечки — такой тонкой, что ее можно было разбить, случайно задев зубами.

Они были немногословны. Привыкли есть в одиночестве. Так что протокол не соблюдался, и оба с трудом поддерживали общение... Но они были воспитанными людьми и делали над собой усилие, чтобы сохранить лицо. Веселились, чокались, обсуждали свой квартал. Кассирш во «Franprix» — Филибер предпочитал блондинку, Камилле больше нравилась крашеная, с волосами темно-фиолетового цвета, обсуждали туристов, игру огней на Эйфелевой башне и собачьи какашки на газонах Марсового поля. Против всех ожиданий, ее гость оказался великолепным собеседником и дивным рассказчиком: он легко поддерживал разговор, у него в запасе была тьма забавных и приятных тем. Филибер обожал французскую историю и признался Камилле, что проводит большую часть своего времени в застенках Людовика XI, в передней у Франциска I, за столом средневековых вандейских крестьян или в тюрьме Консьержери с Марией-Антуанеттой — к этой женщине он питал истинную страсть. Камилла задавала тему или эпоху, а он сообщал ей массу пикантных деталей. О том, как одевались, как интриговали при дворе, какую пошлину платили или каким было подлинное генеалогическое древо Капетингов.

Это было очень забавно.

Ей казалось, что она вошла в интернет, на сайт Алена Деко.

Вопрос. Ответ.

— Вы преподаватель или что-то в этом роде?

— Нет, я... Я... Я работаю в музее...

— Вы хранитель?

— Какое величественное слово! Нет, я занимаюсь коммерческими аспектами...

— Конечно... — Она кивнула. — Наверное, это очень увлекательно... В каком же музее?

— Я, так сказать, мигрирую... А вы?

— О, я... Увы, моя работа далеко не так интересна, я просиживаю время в конторе...

Заметив, что эта тема ей неприятна, Филибер тактично замолчал.

— Как вы относитесь к творогу с абрикосовым джемом?

— С превеликим удовольствием! А вы?

— Спасибо, пожалуй, нет, все эти русские закуски оказались такими сытными...

— Вы совсем не толстая...

Испугавшись, что произнес нечто обидное, он тут же добавил:

— Но вы... э-э... очень изящны... Лицом вы напоминаете мне Диану де Пуатье[1]...

— Она была красива?

— О! Больше чем красива! — Он покраснел. — Я... Вы... Вы никогда не были в замке д'Анэ?

— Нет.

— Вам стоит туда съездить... Это дивное место, замок подарил Диане ее любовник, король Генрих II...

— Как интересно...

— Это своего рода гимн их любви. Повсюду — в камне, мраморе, дереве и на ее могильной плите — переплетены их вензеля. Там чувствуешь такое волнение... Если я не ошибаюсь, баночки с кремами и щетки для волос так и сохранились в туалетной Дианы. Однажды я отвезу вас туда...

— Когда?

— Может быть, весной?

— Устроим там пикник?

— Само собой разумеется...

Они немного помолчали. Камилла пыталась не смотреть на дырявые башмаки Филибера, а он делал вид, что не замечает пятен плесени на стенах. Оба маленькими глоточками потягивали водку.

— Камилла...

— Да?

— Вы и правда постоянно здесь живёте?

— Да.

— Но, э-э-э... а как же, э-э... Я имею в виду... Я говорю о... об удобствах...

— На площадке.

— Как?

— Хотите посетить?

— Нет-нет, я просто хотел узнать.

— Вы обо мне беспокоитесь?

— Нет... то есть... да... Здесь такая... спартанская обстановка, что...

— Какой вы милый... Но волноваться за меня не стоит... Правда... К тому же у меня теперь есть дивный камин!

Если она хотела успокоить его, то ей это явно не удалось.

— Сколько вам лет? Не сочтите мой вопрос за дерзость...

— Двадцать шесть. В феврале будет двадцать семь...

— Как моей младшей сестре...

— У вас есть сестра?

— Не одна — целых шесть!

— Шесть сестёр!

— Да. И один брат...

— И вы живете один в Париже?

— Да... Вернее, не совсем один... У меня есть сосед по квартире...

— Вы хорошо ладите?

Филибер не ответил, и Камилла переспросила:

— Что, у вас не все гладко?

— О нет... все в порядке! И потом, мы почти не видимся...

— То есть?

— Скажем так: это не замок д'Анэ.

Она рассмеялась.

— Он работает?

— Только это он и делает. Работает, спит, работает, спит. А когда не спит, приводит девиц... Любопытный персонаж, разговаривать вообще не умеет, только орет. Мне трудно понять, что эти девицы в нем находят. У меня, конечно, есть кое-какие предположения.

— Чем он занимается?

— Он повар.

— Да ну? Но он хоть подкармливает вас вкусненьким?

— Никогда. Я ни разу не видел, чтобы он что-то делал на кухне. Разве что утром, когда он терзает мою бедную кофеварку...

— Он ваш друг?

— Боже, конечно, нет! Я нашел его по объявлению, у кассы в булочной, что напротив, висел листочек: *Молодой повар из ресторана «Vert Galant» снимет комнату, чтобы отдыхать там днем во время перерыва.* Сначала он действительно приходил всего на несколько часов в день, а потом... в общем, он теперь тут живет.

— Вас это раздражает?

— Вовсе нет! Я даже сам это предложил... Понимаете, квартира несколько великовата для меня... И потом, он все умеет. Я даже лампочку поменять не могу, так что... А он мастер на все руки и отъявленный прохвост, клянусь честью... С тех пор как он здесь поселился, моя плата за электричество тает, как зимний снег на весеннем солнце...

— Он подкрутил счетчик?

— Да ему это раз плюнуть... Не знаю, какой он повар, но руки у него золотые. А поскольку в моем доме все давным-давно пришло в негодность... Нет... Он мне действительно очень нравится... Мы никогда толком не разговаривали, но у меня создалось впечатление, что он... Впрочем, я ни в чем не уверен... Порой у меня возникает ощущение, что я живу под одной крышей с монстром...

— Как в «Чужом»?

— Что, простите?

— Неважно. Проехали.

Поскольку Сигурни Уивер[1] никогда не имела дела с королем, Камилла предпочла не углубляться...

Убирались они вместе. Увидев крошечную раковину, Филибер начал умолять Камиллу позволить ему самому вымыть посуду. Его музей по понедельникам закрыт, и делать ему завтра совершенно нечего...

Они церемонно распрощались.

— В следующий раз поужинаем у меня...

— С удовольствием.

— Увы, у меня камина нет...

— Неважно! Не всем повезло заиметь коттедж в Париже...

— Камилла...

— Да?

— Будьте осторожны, хорошо?

— Я постараюсь. Но и вы, Филибер...

— Я... Я...

— Что?

— Я должен вам признаться... Знаете, я ведь работаю не совсем в музее... Скорее, рядом с музеем... В магазинчике, так сказать... Я... Я продаю открытки...

— А я, знаете ли, работаю не совсем в офисе... И тоже, скорее, рядом... Я уборщица...

Они обменялись понимающими улыбками и расстались совершенно сконфуженные.

Оба были смущены, но на душе у каждого полегчало.

Этот ужин à la russe очень удался.

12

— Что за звуки?

— Не обращай внимания, это старина Дюдюш...

— Да что он там делает? Можно подумать, собрался на кухне потоп устроить...

— Говорю тебе: плюнь, нас это не касается... Иди-ка сюда, поближе...

— Нет, оставь меня.

— Да ладно тебе... Не дуйся... Ты чего майку не снимаешь?

— Холодно.

— Ну иди, не ломайся.

— Какой он странный.

— Совсем чокнутый... Видела, как оделся «на выход»? Трость и шляпа эта клоунская... Я даже подумал, он на маскарад намылился...

— И куда же он шел?

— По-моему, на свидание...

— С девушкой?!

— Вроде, хотя я не уверен... Забудь... Давай повернись, черт...

— Отвянь.

— Эй, Орели, ты меня достала...

— Аурелия, а не Орели.

— Аурелия, Орели — один черт. Ладно... А носки ты тоже на ночь не снимаешь?

13

Наплевав на строжайший запрет — *strictly forbidden,* — Камилла складывала одежду на ригеле камина, валялась в постели до упору, одевалась под одеялом и согревала пуговицы на джинсах в ладонях, прежде чем натянуть их на себя.

Пластиковый уплотнитель мало чем помог, и ей пришлось перетащить матрас на другое место, чтобы уберечь голову от чудовищного сквозняка. Теперь она спала у самой двери, так что выйти и войти было проблемой. Она то и дело тягала тюфяк туда-сюда, если требовалось сделать три шага по комнате. Что за убожество, думала она, ну что за убожество... В конце концов она все-таки сломалась и начала писать в умывальник, держась за стену, потому что не рисковала трогать эту рухлядь. А уж о ее «турецких омовениях» лучше вообще умолчать...

Итак, она ходила грязной. Ну, может, грязной это сильно сказано, но не такой чистой, как обычно. Один или два раза в неделю она отправлялась к Кесслерам — когда была уверена, что их нет дома. Она знала расписание их экономки, которая всякий раз с тяжелым вздохом выдавала ей большое махровое полотенце. Все всё понимали. На прощанье ее всегда одаривали чем-нибудь вкусным или вручали еще одно теплое одеяло... Но однажды Матильда поймала ее на месте преступления, когда она сушила феном волосы.

— Не хочешь вернуться и пожить здесь какое-то время? Твоя комната свободна...

— Нет, спасибо, спасибо вам обоим, у меня все хорошо. Правда...

— Ты работаешь?

Камилла закрыла глаза.

— Да, да...

— Над чем? Тебе нужны деньги? Дай нам что-нибудь, Пьер заплатит аванс, ты же знаешь...

— Не могу. У меня нет ничего готового...

— А те картины, которые хранятся у матери?

— Не знаю... Их нужно разобрать... Не хочется возиться...

— Может, автопортреты?

— Они не продаются.

— Что именно ты сейчас делаешь?

— Так, всякие пустяки...

— Ты ходила на набережную Вольтера?

— Пока нет.

— Камилла...

— Да?

— Не хочешь выключить этот проклятый фен? Чтобы мы друг друга слышали...

— Я спешу.

— Чем ты на самом деле занята?

— Что ты имеешь в виду?

— Твою жизнь, конечно... Что за жизнь ты сейчас ведешь?

Чтобы никогда больше не отвечать на подобные вопросы, Камилла кубарем скатилась по лестнице и толкнула дверь первой попавшейся на пути парикмахерской.

14

— Побрейте меня, — попросила она молодого парикмахера, глядя на его отражение в зеркале.

— Не понял...

— Я хочу, чтобы вы побрили мне голову.

— Под «ноль»?

— Да.

— Нет. Я не могу этого сделать...

— Конечно, можете. Берите машинку — и вперед.

— Нет. Здесь вам не армия. В нашем заведении такого не делают... Так, Карло?

Карло за кассой читал «*Tierce Magazine*»[1].

— Чего тебе?

— Вот, девушка хочет побриться наголо...

Карло махнул рукой, что означало «А мне плевать, я только что потерял десять евро в седьмом заезде, так что не доставайте...».

— Пять миллиметров...

— То есть?

— Я оставлю пять миллиметров, иначе вы за порог выйти не сможете.

— У меня есть шапочка...

— А у меня — принципы.

Камилла улыбнулась ему, кивнула в знак согласия и почувствовала, как лезвие со скрипом скользнуло по затылку. Пряди волос падали на пол, а она смотрела, как в зеркале появляется довольно странная личность. Она ее не узнавала и уже не помнила, как она выглядела минутой раньше. Плевать она на это хотела. Зато теперь будет меньше проблем с душем на лестничной клетке, и это единственное, что имеет значение.

«Ну что, — окликнула она свое отражение в зеркале, — ты этого хотела? Избавиться от проблем, пусть даже изуродовав и потеряв саму себя, лишь бы никогда и никому ничем не быть обязанной?

Нет, серьезно... Так обстоит дело?»

Она провела ладонью по своему колючему черепу, и ей захотелось плакать.

— Нравится?
— Нет.
— Я вас предупреждал...
— Знаю.
— Они отрастут...
— Вы думаете?
— Уверен.
— Еще один ваш принцип...

— Могу я попросить у вас ручку?
— Карло...
— Ммм...
— Девушке нужна ручка...
— Мы принимаем чеки начиная с пятнадцати евро...
— Да нет, ей для другого...

Камилла взяла свой блокнот и нарисовала то, что отражалось в зеркале.

Лысая девица с жестким взглядом, держащая в руке карандаш разочарованного любителя скачек, за которой с любопытством наблюдает опирающийся на ручку метлы парикмахер. Она поставила под рисунком дату и встала, чтобы расплатиться.

— Это я, вот там?

— Да.

— Черт, вы классно рисуете!

— Пытаюсь...

15

Санитар — не тот, что приезжал в прошлый раз, Ивонна бы его узнала — как заведенный болтал ложечкой в своей чашке с кофе.

— Слишком горячий?

— Простите?

— Кофе... Он что, слишком горячий?

— Нет-нет, все хорошо, не беспокойтесь. Я должен составить отчет...

Полетта замерла в прострации на другом конце стола. Ее песенка была спета.

16

— У тебя были вши? — поинтересовалась Мамаду.

Камилла надевала халат. Разговаривать ей не хотелось. Внутри опять булыжники, собачий холод на улице, все как-то зыбко.

— Ты что, дуешься на меня?

Она помотала головой, достала из подсобки свою тележку и направилась к лифтам.

— Ты на шестой?

— Топ-топ...

— А почему на шестом всегда убираешься именно ты? Это неправильно! Нельзя поддаваться! Хочешь, я поговорю с главной? Сама знаешь, мне плевать, пусть орет сколько влезет. Меня не проймешь.

— Спасибо, не стоит! Мне все едино — что шестой, что любой другой.

Девушки не любили убираться на шестом потому, что там находились кабинеты начальства и закрытые офисы. В других помещениях — Бредарша называла их «открытыми пространствами» — порядок наводился быстрее и проще. Достаточно было выбросить мусор из корзинок, расставить кресла вдоль стен и пройтись разок пылесосом. Там даже можно было особо не церемониться с мебелью — ей все равно место на свалке.

На шестом же этаже для каждой комнаты существовал набивший оскомину ритуал: выбросить мусор, вымыть пепельницы, освободить бумагорезки, протереть столы, не сдвигая при этом ни одной хреновины, да еще убрать прилегающие комнаты и секретарские предбанники. Эти девицы клеили куда ни попадя листочки с пожеланиями-повелениями, как будто обращались к собственной прислуге, хотя вряд ли у себя дома могли позволить себе такую роскошь... *Сделайте то, сделайте сё, в прошлый раз вы передвинули лампу и кое-что сломали, и ля-ля-тополя...* Подобные замечания страшно раздражали Карину и Самию, но абсолютно не колыхали Камиллу. Если тон записки был слишком уж резким, она делала внизу приписку: *Моя не понимать по-французски* — и приклеивала бумажку на экран компьютера.

На нижних этажах обитатели кабинетов — «белые воротнички» — худо-бедно, но наводили у себя порядок, а на шестом, очевидно, считалось особым шиком разбрасывать вещи, демонстрируя крайнюю степень усталости и нежелание покидать рабочее место и вместе с тем как бы напоминая, что хозяева могут в любой момент вернуться за свой стол, к исполнению своих обязанностей у Штурвала Управления Миром. Что ж, семь футов вам под килем, ребята, вздыхала Камилла. Пусть так... У каждого свои заморочки... Но один из этих типов, сидевший в последнем по левой стене кабинете, начал ей надоедать. Может, он и был большим начальником, но при этом оставался порядочной свиньей. Не кабинет, а настоящий свинарник, демонстрирующий полное презрение к окружающим.

Десятки, а может, и сотни раз она автоматически выбрасывала бесчисленные стаканчики, где плавали окурки, и собирала с пола огрызки недоеденных бутербродов, но сегодня вечером она решила, что хватит. Собрав все «отходы жизнедеятельности» этого типа — полоски использованного пластыря с прилипшими волосками, сопливые бумажные носовые платки, старую жвачку (он приклеивал ее к пепельнице), горелые спички и обрывки бумаги, — она сложила все в кучку на дивной красоты бюваре из кожи зебу и оставила записку: *Мсье, вы свинья! Я настаиваю, чтобы отныне вы соблюдали в кабинете чистоту.*

P. S.: Взгляните под ноги, и вы увидите столь удобную вещь, которую называют корзиной для мусора... Она дополнила текст злой карикатурой, на которой поросенок в костюме-тройке заглядывал под стол, выясняя, что же под ним такое спрятано. Закончив, Камилла спустилась вниз помочь подругам в холле.

— Ты чего так развеселилась? — удивилась Карина.

— Да так.

— Чудная ты девка...

— Что у нас на очереди?

— Лестницы В...

— Опять? Да мы же их только что вымыли!

Карина пожала плечами.

— Ну ладно... Так что, идем?

— Нет. Нужно дождаться СуперЖози, она сделает сообщение...

— На тему?

— Без понятия. Вроде как мы слишком много материала расходуем...

— Надо же... На днях, помнится, она говорила прямо противоположное... Я пойду покурю на улице, присоединишься?

— Слишком холодно...

Камилла вышла одна, прислонилась к фонарю.

«...02-12-03... 00.34... — 4°С...» Светящиеся цифры бежали по верху витрины «Оптики» на противоположной стороне улицы.

Тут-то она и поняла, что ей следовало ответить Матильде Кесслер, когда та с ноткой раздражения в голосе спросила, на что похожа ее нынешняя жизнь.

«...02-12-03... 00.34... −4°C...»

Вот.
Именно на это.

17

— Да знаю я! Прекрасно все знаю! Зачем вы так драматизируете? Ведь ничего страшного не случилось.

— Послушай-ка меня, малыш, для начала смени тон, не тебе меня учить. Я почти двенадцать лет ею занимаюсь, прихожу проведать по несколько раз в неделю, отвожу в город, забочусь. Двенадцать лет, понимаешь? До сегодняшнего дня ты не слишком стремился поучаствовать... Ты мне даже спасибо ни разу не сказал. Тебе и в голову не пришло меня поблагодарить, даже в тот раз, когда я нашла твою бабушку и отвезла ее в больницу, а потом навещала каждый день. Хоть бы раз позвонил, хоть бы один цветок прислал... Ладно, в конце концов, я делаю это не для тебя, а ради Полетты. Твоя бабушка — замечательная женщина... Она хороший человек, понимаешь? Я тебя не осуждаю, мой мальчик, ты молод, у тебя своя жизнь, ты далеко живешь, но знаешь, иногда мне бывает очень трудно. У меня ведь семья, свои заботы и проблемы со здоровьем, и вот я говорю открытым текстом: пора тебе взять ответственность на себя...

— Хотите, чтобы я изуродовал ей жизнь, сдав на живодерню только потому, что она кастрюльку забыла на огне, да?

— Прекрати! Ты говоришь о ней так, словно она не человек, а собака!

— Да не о ней я говорю, не о ней, и вы прекрасно все понимаете! Сами знаете: если я помещу ее в дом престарелых, она этого не перенесет! Черт! Забыли, какой спектакль она устроила в последний раз?!

— Разве обязательно быть таким грубым?

— Извините, мадам Кармино, извините меня... У меня в голове все перепуталось... Я... Я не могу так с ней поступить, понимаете? Это все равно что убить ее...

— Если Полетта останется одна, она сама себя убьет...

— Ну и что? Может, так будет лучше?

— Ты смотришь на это по-своему, но я с тобой согласиться не могу. Не появись почтальон, дом сгорел бы, и проблема в том, что в следующий раз почтальона рядом может не оказаться... Как и меня, Франк... Как и меня... Дело зашло слишком далеко... Ответственность слишком велика... Всякий раз, направляясь к вам в дом, я со страхом спрашиваю себя, что меня там ждет, а в те дни, когда я у вас не бываю, мне не удается заснуть. Когда я звоню ей, а она не подходит, мне становится плохо, и я в конце концов всегда еду проверить, все ли в порядке. То, что с ней случилось, совсем выбило ее из колеи, она стала другим человеком. Весь день ходит в халате, не ест, молчит, не читает почту... Вчера я обнаружила ее в саду в одной комбинации... Бедняжка промерзла до костей... Я не живу, я все время жду беды... Нельзя оставлять ее в таком положении... Нельзя. Ты должен что-нибудь предпринять...

— ...

— Франк? Ты слышишь меня, Франк?

— Да...

— Ты должен смириться, мой мальчик...

— Нет. Я помещу ее в богадельню, потому что у меня нет выбора, но не просите меня смириться, этого я сделать не могу.

— Псарня, умиральня, богадельня... Почему бы тебе не называть это место «пансионом»?

— Потому что я знаю, чем все закончится...

— Не говори так, есть очень хорошие дома для престарелых. Мать моего мужа...

— А вы, Ивонна? Не могли бы вы взять уход за ней на себя? Я буду вам платить... Сколько скажете...

— Спасибо, мальчик, но я слишком стара. Я просто не могу взвалить на себя такую ответственность, мне ведь нужно ухаживать за Жильбером... А потом, Полетта должна быть под наблюдением врача...

— Я думал, вы подруги.

— Так и есть.

— Она ваш друг, но вы не моргнув глазом толкаете ее в могилу...

— Немедленно возьми свои слова назад, Франк!

— Все вы одинаковы... Вы, моя мать, да и все остальные! Говорите, что любите, но как только доходит до дела, линяете...

— Прошу тебя, не ставь меня на одну доску со своей матерью! Только не это! Какой же ты неблагодарный, мой мальчик... Неблагодарный и злой!

Она повесила трубку.

Было всего три часа дня, но Франк знал, что не заснет. Он выдохся.

Он стукнул кулаком по столу, долбанул по стене, пнул все, что оказалось в пределах досягаемости...

Надел спортивный костюм и отправился бегать, но вынужден был приземлиться на первую же скамейку.

Сначала он слабо вскрикнул, будто его ущипнули, и вдруг почувствовал, что разваливается на части. Задрожал весь с головы до ног, в груди что-то защемило и прорвалось громким рыданием. Он не хотел, не хотел, будь все трижды проклято, но справиться с собой не мог. Он плакал, как ребенок, как несчастный дурак, как человек, собравшийся закопать в землю единственное в этом гребаном мире существо, любившее его. И которое любил он сам.

Он весь съежился, раздавленный горем, весь в слезах и соплях.

Когда он наконец понял, что ничего не может с собой поделать, он обмотал свитер вокруг головы и скрестил на груди руки.

Ему было больно, холодно и стыдно.

Он стоял под душем, закрыв глаза и подставив лицо, пока не кончилась горячая вода. Он боялся взглянуть на свое отражение в зеркале и порезался, бреясь вслепую. Он не хотел ни о чем думать. Не сейчас. Ему с трудом удалось взять себя в руки, и стоит хоть чуть-чуть дать слабину, как снова тысячи воспоминаний хлынут в голову. Свою бабулю он никогда в жизни не видел ни в каком другом месте, кроме этого дома. Утром в саду, все остальное время — на кухне, а вечером — сидящей у его кровати...

Ребенком он страдал бессонницей, а когда засыпал, ему снились кошмары, он кричал, звал бабушку, клялся, что, стоит ей закрыть дверь, как его ноги проваливаются в дыру и ему приходится цепляться за спинку кровати, чтобы удержаться и не упасть в эту дыру. Учителя рекомендовали Полетте показать мальчика психологу, соседи сочувственно качали головами и советовали отвести Франка к костоправу, чтобы тот поставил ему мозги на место. Муж Полетты, дед Франка, каждый раз пытался помешать ей бежать по первому зову в комнату внука. «Ты его балуешь! — так он говорил. — Именно ты его портишь! Пусть поноет — меньше будет писаться и в конце концов заснет, вот увидишь...»

Она всегда со всеми соглашалась, но делала по-своему. Наливала ему стакан подслащенного молока с капелькой апельсинового ликера, поддерживала голову, пока он пил, а потом садилась на стул рядом с его кроватью. Совсем рядом, у изголовья. Сидела, скрестив руки, вздыхала, а потом задремывала вместе с ним. Часто даже раньше него. Это было неважно: раз она тут, с ним, значит, все в порядке и он может вытянуть ноги...

— Предупреждаю, горячая вода кончилась... — процедил Франк.

— Как это неприятно... Я так смущен, ты...

— Да прекрати ты извиняться, черт тебя побери! Это я всю ее вылил, понятно? Я. Так что кончай извиняться!

— Прости, я не думал, что...

— Вот ведь идиотство... Ладно, если тебе в кайф терзать себя и терпеть, чтобы об тебя вытирали ноги, — дело твое...

Он вышел из комнаты и отправился гладить свою форму. Придется купить несколько новых форменных курток. Ему не хватает времени. Хронически не хватает. Ни на что не хватает, будь оно все трижды неладно!

У него был всего один свободный день в неделю, и он не станет проводить его в богадельне где-нибудь в тьмутаракани в обществе хныкающей бабки!

Филибер уже расположился в кресле со своими грамотами и гербами.

— Филибер...

— А?

— Слушай... э... Извиняюсь, что наорал на тебя, я... У меня неприятности, я на пределе, да к тому же устал как собака...

— Пустяки...

— Да нет, это важно.

— Важно, знаешь ли, другое: нужно говорить «извини

меня», а не «извиняюсь». Ты не можешь извинять сам себя, с лингвистической точки зрения это некорректно...

Франк ошарашенно взглянул на него и покачал головой.

— Знаешь, ты и правда странный тип...

Уже стоя в дверях, он обернулся и буркнул:

— Эй... Залезь в холодильник, я там кое-что приволок. Кажется, это утка...

«Спасибо» Филибера повисло в пустоте. Наш гонщик стоял у выхода и ругался, как ломовой извозчик, — никак не мог найти свои ключи.

Он молча отработал смену, не моргнул глазом, когда шеф демонстративно забрал у него из рук кастрюльку, и только зубами скрипнул, когда официант вернул недостаточно прожаренное утиное филе, а потом принялся с такой силой драить плиту, как будто хотел снять с нее стружку.

Кухня опустела. Он сидел в углу и листал «Moto Journal», поджидая своего дружка Кермадека, пока тот считал скатерти и салфетки. Тот наконец заметил его и мотнул головой в его сторону: мол, ты чего, старина?

Лестафье закинул голову назад и приложил палец к губам.

— Уже иду. Мне осталось всего ничего.

Они собирались сделать круг по барам, но Франк вусмерть нажрался уже во втором по счету.

Этой ночью он снова провалился в дыру. Не в ту, детскую. Совсем в другую.

18

— Я... это... Ну... я хотел извиниться... Попросить у вас...

— Что ты хотел у меня попросить, мой мальчик?

— Прощения...

— Да я давно тебя простила... Ты ведь сам не верил в то, что тогда говорил, но все же будь поосторожнее. Надо бережнее относиться к людям, которые к тебе расположены... В старости сам убедишься, что таких совсем мало...

— Знаете, я думал о том, что вы мне вчера сказали, и понял — чтоб у меня язык отсох! — что вы правы...

— Конечно, я права... Я хорошо знаю стариков — знаешь, сколько их вокруг меня...

— Ну тогда, э...

— В чем дело?

— А в том, что мне некогда всем этим заниматься — искать место и все такое...

— Хочешь, чтобы я взяла хлопоты на себя?

— Знаете, я могу заплатить...

— Не начинай снова грубить, дурачок. Я все сделаю, но сказать ей должен ты. Тебе придется объяснить Полетте ситуацию...

— Вы пойдете со мной?

— Пойду, если хочешь, но ей и так прекрасно известно мое мнение на этот счет... Я ее давно настраиваю...

— Нужно подыскать что-нибудь классное, так ведь? Чтобы комната была хорошая и чтобы обязательно парк...

— Знаешь, это будет очень дорого стоить...

— Насколько дорого?

— Больше миллиона в месяц...

— Ох... погодите, Ивонна, вы в каких деньгах считаете? У нас теперь евро в ходу...

— Ах да, евро... Ну а я уж как привыкла, так и считаю, и за хороший интернат придется выложить больше миллиона старых франков в месяц...

— ...

— Франк...

— Это... это все, что я зарабатываю...

— Тебе следует зайти в собес и попросить пособие, узнать, какая пенсия была у твоего деда, и подать документы в Совет на помощь, выделяемую иждивенцам и инвалидам.

— Но... Она ведь не инвалид...

— Может, и так, но ей придется разыграть спектакль, когда они пришлют инспектора. Полетта не должна выглядеть слишком бодрой, иначе вы почти ничего не получите...

— О черт, вот ведь хрень какая... Простите.

— Я заткнула уши.

— Я никогда не сумею заполнить все эти бумажки... Может, расчистите для меня площадку, хоть чуть-чуть?

— Не волнуйся, в следующую пятницу я буду в Клубе, уверена, все получится!

— Спасибо, мадам Кармино...

— Да не за что... Это самое малое, что я...

— Ладно, ладно, мне пора на работу...

— Я слышала, ты теперь шеф-повар?

— Кто вам сказал?

— Госпожа Мандель...

— А...

— Она до сих пор не забыла кролика по-королевски, которого ты приготовил для них в тот вечер...

— Не помню.

— Зато она помнит, уж ты мне поверь! Скажи-ка, Франк...

— Да?

— Я знаю, это не мое дело, но... Твоя мать...

— Что моя мать?

— Не уверена, но, возможно, нужно с ней связаться... Она могла бы взять часть расходов на себя...

— Теперь уже вы грубите, Ивонна... И не потому, что вы плохо ее знаете...

— Люди иногда меняются...

— Не она.

— ...

— Только не она... Ладно, я уже опаздываю, пошел...

— До свидания, мой мальчик.

— И...

— Да?

— Постарайтесь найти что-нибудь подешевле, ладно?

— Посмотрю, что удастся сделать, и сообщу тебе.

— Спасибо.

В тот день стоял такой холод, что Франк был даже рад вернуться на раскаленную кухню к своим каторжным обязанностям. Шеф пребывал в хорошем расположении духа. От посетителей отбою не было, кроме того, он только что узнал, что в одном из журналов вскоре будет напечатан положительный отклик на его заведение.

— В такую погоду, дети мои, будет спрос на фуа гра и хорошее вино! Конец салатам, зелени и прочей ерунде! Баста! Мне нужны красивые и сытные блюда, и я хочу, чтобы клиенты уходили от нас «тепленькими»! За дело! Подбавьте жару, дети мои!

19

Камилла с трудом спускалась по лестнице. Все тело ломило, голова раскалывалась от чудовищной мигрени. Словно кто-то воткнул нож ей в правый глаз и медленно проворачивал его при каждом движении. На первом этаже ей пришлось схватиться за стену, чтобы не упасть. Ее била дрожь, она задыхалась и уже собралась было вернуться, но поняла, что просто не сумеет сейчас вскарабкаться на восьмой этаж, уж лучше она потащится на работу. В метро она по крайней мере сможет сесть...

Во дворе она столкнулась с медведем. Это оказался ее сосед, облаченный в длинную шубу.

— О, простите, мсье, — извинился он, — я... — Он поднял глаза. — Камилла, это вы?

У нее не было сил отвечать, и она проскользнула у него под рукой.

— Камилла! Камилла!

Она уткнулась лицом в шарф и ускорила шаг. От проделанного усилия у нее мгновенно закружилась голова, и ей пришлось прислониться к билетному автомату.

— Камилла, вы в порядке? Боже мой, но... Что вы сделали с волосами? И как ужасно вы выглядите... Просто чудовищно! А ваши волосы? Ваши чудесные волосы...

— Мне нужно идти, я уже опаздываю...

— Но на улице собачий холод, дорогая! Почему вы без шапки, так можно умереть. Возьмите хотя бы мою...

Камилла попыталась улыбнуться.

— Она тоже принадлежала вашему дяде?

— Черт побери, конечно, нет! Скорее, прадеду — тому, который был рядом *с маленьким генералом* во время русской кампании...

Он нахлобучил шапку ей на голову.

— Хотите сказать, эта штука побывала под Аустерлицем? — попыталась пошутить Камилла.

— Именно так! И на Березине, увы, тоже... Как вы бледны... Уверены, что хорошо себя чувствуете?

— Просто немного устала...

— Скажите, Камилла, у вас наверху не слишком холодно?

— Не знаю... Ладно, я... Я пойду... Спасибо за шапку.

В вагоне метро ее развезло от тепла, она заснула и проснулась только на конечной. Пересев на поезд, идущий в обратном направлении, она надвинула медвежью папаху на глаза, чтобы вволю поплакать от отчаяния и усталости. До чего отвратительно вонял этот старый мех...

Когда она наконец вышла на нужной станции, холод мгновенно пробрал ее до костей, и она вынуждена была присесть на скамейку на автобусной остановке, а потом прилегла и стала просить парня, стоящего рядом, найти ей такси.

Она доползла до своей комнаты и рухнула на матрас. У нее не было сил даже раздеться. В какое-то мгновение она подумала, что сейчас умрет. Кто об этом узнает? Кого это огорчит? Кто ее оплачет? У нее был жар, ее трясло, пот заливал тело, мгновенно превращаясь в ледяной саван.

20

В два часа ночи Филибер встал, чтобы попить воды. Кафельный пол на кухне был ледяным, ветер злобно бился в окно. Он постоял, глядя на пустынный проспект и бормоча под нос обрывки детских стишков... *Вот и пришла зима, убийца бедняков*... Термометр за окном показывал −6°, и он не мог не думать о маленькой женщине наверху. Интересно, спит она или нет? И что бедняжка сотворила со своей прической?

Он должен был что-то сделать. Потому что не мог просто так ее там оставить. Но и решиться на что-либо было нелегко — ведь его воспитание, его хорошие манеры, его деликатность, наконец...

Прилично ли беспокоить девушку среди ночи? Как она это воспримет? И потом, возможно, она не одна... А если она лежит в постели? О нет... Об этом он предпочитал даже не думать... Ангел и дьявол бранились друг с другом на соседней подушке — точь-в-точь как в комиксах о Тентене[1].

Впрочем... Персонажи выглядели несколько иначе...

Промерзший ангел говорил: «Послушайте, да она же умирает там от холода, эта малышка...», а другой отвечал, сложив крылья: «Знаю, друг мой, но так не поступают. Вы проведаете ее завтра утром. А теперь спите, прошу вас».

Он выслушал их перепалку, не вмешиваясь, перевернулся с бока на бок десять, нет — двадцать раз, потом попросил их умолкнуть и в конце концов отнял у болтунов подушку, чтобы не слышать их голосов.

В три часа пятьдесят четыре минуты он начал искать в темноте свои носки.

Полоска света под ее дверью придала ему мужества.

— Мадемуазель Камилла... — совсем тихо произнес он. И повторил чуть громче:

— Камилла? Камилла? Это Филибер...

Ему никто не ответил. Он сделал последнюю попытку, прежде чем отправиться восвояси. Он был уже в конце коридора, когда до него донесся какой-то полузадушенный всхлип.

— Камилла, вы там? Я беспокоился о вас и... Я...

— ...Дверь... открыта... — простонала она.

В ее каморке стоял лютый холод. Он с трудом протиснулся в дверь: мешал матрас, тут же споткнулся о кучу тряпок и опустился на колени. Приподнял одно одеяло, потом другое, старую перинку и обнаружил наконец ее лицо. Она была вся в поту.

Он положил ладонь ей на лоб.

— Да у вас высоченная температура! Вы не можете здесь оставаться... И одной вам быть нельзя... А где ваш камин?

— ... не было сил передвинуть...

— Вы мне позволите забрать вас отсюда?

— Куда?

— Ко мне.

— Не хочется двигаться...

— Я возьму вас на руки.

— Как прекрасный принц?

Он улыбнулся.

— Ну вот, теперь из-за жара у вас начинается бред...

Он оттащил тюфяк на середину комнаты, снял с нее тяжеленные башмаки и как можно осторожнее взял ее на руки.

— Увы, я не такой сильный, как настоящий принц... Э-э-э... Не могли бы вы попытаться обнять меня за шею?

Она уронила голову ему на плечо, и он поразился терпкому запаху, исходившему от ее затылка.

Похищение красавицы выглядело совсем не героически. Филибера заносило на поворотах, и он чудом не падал на каждой ступеньке. К счастью, он сообразил взять ключ от черного хода, так что спускаться пришлось всего на три этажа. Он прошел через кладовку, кухню, раз десять чуть не уронил ее в коридоре, но в конце концов все-таки уложил на кровать своей тетушки Эдме.

— Послушайте, я должен вас чуточку раскрыть... раздеть... Я... Ну, вы... Знаете, это так неловко...

Она закрыла глаза.

Ладно.

Филибер Марке де ла Дурбельер попал в критическую ситуацию.

Он вспомнил о подвигах предков, но Конвент[1] 1793 года, взятие Шоле[2], мужество Катлино[3] и доблесть Ларошжаклена[4] внезапно показались ему ничтожными...

Разгневанный ангел сидел теперь у него на плече со справочником баронессы Стафф[5] под мышкой и разглагольствовал, не закрывая рта: «Итак, друг мой, вы очень собой довольны? Ах, наш доблестный рыцарь! Поздравляю... И что теперь? Что ты теперь будешь делать?» Филибер пребывал в полной растерянности.

— Пить... — прошептала Камилла.

Ее спаситель ринулся на кухню, но там его поджидал второй брюзга — сидел на краю раковины, болтая ножками: «О да! Вперед, славный рыцарь! А как же дракон? Вы разве не собираетесь сразиться с драконом?» «Да заткнись ты!» — выпалил Филибер. И сам себе удивился, но на душе стало легче, и он с легким сердцем вернулся к постели больной. Оказывается, выругаться не так уж и трудно. Франк был прав. Взбодрившись и повеселев, он напоил ее и, собрав волю в кулак, раздел.

Сделать это оказалось нелегко, укутана она была как капуста. Сначала он снял с нее пальто, джинсовую куртку, потом один свитер, другой, водолазку и наконец что-то вроде рубашки с длинными рукавами. Так, сказал он себе, рубашку оставлять нельзя, она насквозь промокла... Ладно, тем хуже, я увижу ее... Ее... Лифчик... Ужас! Святые угодники! Она не носит лифчика! Он рывком натянул простыню ей на грудь. Хорошо... Так, теперь низ... С этим он справился спокойнее, он действовал на ощупь, под одеялом. Филибер изо всех сил потянул за джинсы. Благодарение Богу — трусики остались на месте!

— Камилла, вы сумеете сами принять душ?

Она ему не ответила.

Он обреченно покачал головой, отправился в ванную, налил в кувшин горячей воды, добавил несколько капель одеколона и вооружился махровой варежкой.

Мужайся, солдат!

Он отвернул простыню и начал обтирать ее — сначала робко, едва касаясь варежкой кожи, потом все смелее и энергичнее.

Он протер голову, шею, лицо, спину, подмышки и грудь — что поделаешь, надо, значит, надо, тем более что «это» и грудью-то можно было назвать с большой натяжкой! Живот и ноги. Со всем остальным — Бог свидетель! — она разберется сама... Он отжал варежку и положил ее Камилле на лоб.

Теперь ему понадобится аспирин... Он так сильно дернул на себя ящик кухонного буфета, что все его содержимое высыпалось на пол. Ч-ч-черт! Аспирин, аспирин...

Франк стоял в дверях, почесывая живот под майкой.

— Уй-я-я-я, — зевнул он, — что здесь творится? Что за бардак?

— Я ищу аспирин...

— В шкафу...

— Спасибо.

— Голова болит?

— Нет, это для подруги...

— Для девчонки с восьмого этажа?

— Да.

Франк захихикал.

— Погоди-ка, ты был с ней? Ходил наверх?

— Да. Пропусти, пожалуйста.

— Постой, поверить не могу... Значит, ты наконец оскоромился!

Пока Филибер шел по коридору, в спину ему звучали насмешки Франка:

— Она тебе что, с первого же раза мигрень закатила? Ну, парень, ты влип...

Филибер закрыл за собой дверь, обернулся и вполне явственно произнес: «Заткнись сам...»

Он подождал, пока таблетка растворилась, и побеспокоил Камиллу в последний раз. Ему показалось, что она прошептала слово «папа...». А может, просто пыталась объяснить, что больше не хочет пить. Он ни в чем не был уверен.

Филибер снова намочил варежку, отдернул простыню и на мгновение застыл.

Лишившийся дара речи, напуганный и очень гордый собой.

Да, гордый собой.

21

Камиллу разбудила музыка U2. Она решила, что все
еще у Кесслеров, и снова попыталась заснуть. Мысли
путались. Нет, нет, ерунда какая-то... Ни Пьер, ни Матильда, ни их горничная не могли вот так, на полную
катушку, врубить Боно. Что-то здесь не сходится... Она
медленно открыла глаза, застонав от страшной голов-
ной боли, и несколько минут привыкала к полумраку,
пытаясь хоть что-нибудь опознать в комнате.

Да где же она, наконец? Что с ней случилось?..

Она повернула голову. Все ее тело протестовало и
упиралось. Мышцы, суставы и тощая плоть не желали
совершать никаких движений. Она сжала зубы и слегка приподнялась. Ее била дрожь, она снова покрылась
липким потом.

Кровь стучала в висках. Мгновение она сидела не
двигаясь, с закрытыми глазами, дожидаясь, когда утих-
нет боль.

Она вновь осторожно приоткрыла глаза и обнаружила, что лежит в очень странной кровати. Дневной свет
едва просачивался через щелочки во внутренних став-
нях, скрытых тяжелыми бархатными гардинами, напо-
ловину соскочившими с карниза и уныло свисавшими
по обе стороны окна. У противоположной стены красо-
вался мраморный камин, увенчанный древним зеркалом. Стены спальни были затянуты тканью с цветоч-
ным рисунком, но тонов Камилла различить не могла.
Повсюду висели картины. Одетые в черное мужчины и

женщины на портретах, казалось, не меньше Камиллы были удивлены ее присутствием в этой комнате. Она повернула голову к ночному столику и заметила красивейший резной графин, а рядом — стеклянный стаканчик из-под горчицы «Скубиду». Она умирала от жажды, но не решилась налить себе воды из антикварной посудины — кто знает, в каком веке ее наливали?

Да где же она, черт побери, и кто притащил ее в этот музей?

К подсвечнику был прислонен сложенный вдвое листок: *Я не решился побеспокоить вас сегодня утром и отправился на работу. Вернусь к семи. Ваша одежда на кресле. В холодильнике утка, в изножье кровати — бутылка минеральной воды. Филибер.*
Филибер? Что она забыла в постели этого парня?
Караул.

Она собралась, пытаясь восстановить в памяти невероятную картину вчерашнего ночного загула, но вспомнила только бульвар Брюн, автобусную остановку и какого-то типа в темном пальто, которого умоляла вызвать ей такси... Неужели это был Филибер? Нет, но... Да нет, конечно, не он, она бы вспомнила...

Кто-то выключил музыку. Она услышала шаги, ругательства, хлопнула одна дверь, потом другая, и все стихло. Наступила тишина.
Ей до смерти хотелось писать, но она выждала еще несколько минут, прислушиваясь к малейшему шуму и ужасаясь самой мысли о том, что придется сдвинуть с места свои несчастные кости.
Она откинула простыни и приподняла одеяло, показавшееся ей тяжелее дохлого осла.

Ее пальцы поджались от соприкосновения с полом. На краю ковра стояли кожаные шлепанцы. Она встала, поняла, что на ней куртка от мужской пижамы, сунула ноги в тапочки и накинула на плечи свою джинсовую куртку.

Осторожно повернула ручку двери, оказалась в огромном, метров пятнадцать в длину, и очень темном коридоре и отправилась на поиски туалета...

Нет, это шкаф, здесь — детская с двумя кроватками и старой-престарой лошадкой-качалкой. А тут... Она не знала... Возможно, кабинет? На столе перед окном было так много книг, что они загораживали свет. На стене висели сабля, белый шелковый шарф и вдетый в латунное кольцо конский хвост. Настоящий лошадиный хвост. Странноватая реликвия...

Ура! Вот он, сортир...

Щеколда и ручка слива были из дерева, а толчок, учитывая его возраст, наверняка повидал не одно поколение задниц в кринолинах... На секунду у Камиллы зародились сомнения, но оказалось, что все функционирует идеально. Когда она спустила воду, раздался ошеломляющий шум. Прямо грохот Ниагарского водопада...

У Камиллы кружилась голова, но она продолжила путешествие в поисках аспирина и вошла в комнату, где царил неописуемый бардак. Повсюду была разбросана одежда, вперемешку с газетами, журналами, пустыми бутылками и ворохом бумаг: квитанции, чеки, инструкции от бытовых приборов и грозные уведомления из Казначейства. На прелестной кровати эпохи Людовика XVI валялось безобразное пестрое одеяло, а на маркетри ночного столика — курительные принадлежности. Здесь пахло хищником...

Кухня в самом конце коридора оказалась холодной, серой и унылой, черные плитки бордюра оттеняли выцветший кафель стен. Рабочие поверхности столов были из мрамора, шкафчики пустовали. Ничто — разве что древний холодильник — не наводило на мысль о том, что дом обитаем... Она нашла упаковку лекарства и опустилась на пластиковый стул. Высота потолка завораживала. Внимание Камиллы привлек белый цвет стен. Краска, должно быть, старинная, на базе свинцовых белил, годы придали ей нежную патину, этот цвет не назовешь «грязно-белым» или «цветом яичной скорлупы», скорее, «белый молочной рисовой каши» или «сладкого молочного пудинга»... Камилла мысленно смешала несколько красок и пообещала себе вернуться сюда с двумя-тремя тюбиками и проверить. На обратном пути она заблудилась и испугалась, что никогда не отыщет свою комнату. Найдя наконец нужную дверь, она скользнула внутрь, рухнула на кровать, подумала было позвонить на работу, но мгновенно провалилась в сон.

— Ну как дела?

— Это вы, Филибер?

— Да...

— Я что, в вашей постели?

— В моей постели?.. Но, но... Конечно, нет, что вы... Я бы никогда...

— Так где же я?

— В квартире моей тети Эдме, тетушки Ме — для близких... Как вы себя чувствуете, дорогая?

— Без сил. Так, словно побывала под асфальтоуклад-чиком...

— Я вызвал врача...

— Ох, ну зачем?!

— То есть как это зачем?

— Ну... Вообще-то... Вы правильно поступили... Мне в любом случае понадобится освобождение от работы...

— Я поставил подогреваться суп...

— Не хочу есть...

— Придется себя заставить. Вам понадобятся силы, иначе организм не сможет изгнать вирус... Чему вы улыбаетесь?

— У вас прямо Столетняя война получается...

— Надеюсь, вы свою битву выиграете скорее! Ага, звонят... Должно быть, врач...

— Филибер...

— Да?

— У меня при себе ничего нет... Ни чековой книжки, ни денег, совсем ничего...

— Не беспокойтесь. С этим мы разберемся позднее... После заключения мира...

— Ну что?

— Она спит.

— ...

— Она член вашей семьи?

— Она мой друг...

— В каком смысле?

— Она... она моя соседка... соседка и друг, — смешался Филибер.

— Вы хорошо ее знаете?

— Нет. Не слишком.

— Она живет одна?

— Да.

Врач поморщился.

— Вас что-то беспокоит?

— Можно сказать и так... У вас есть стол? Я должен присесть.

Филибер провел его на кухню. Врач достал рецептурные бланки.

— Вы знаете ее фамилию?

— Кажется, Фок...

— Вам кажется или вы уверены?

— Возраст?

— Двадцать шесть лет.

— Это точно?

— Да.

— Она работает?

— Да, в конторе по обслуживанию помещений.

— Простите?

— Она убирается в конторах и офисах...

— Мы говорим об одном и том же человеке? О молодой женщине, которая отдыхает сейчас в большой старинной кровати в последней по коридору комнате?

— Да.

— Вам известен ее распорядок дня?

— Она работает по ночам.

— По ночам?

— Вечерами... Когда служащие уходят...

— Вас, кажется, что-то беспокоит? — робко поинтересовался Филибер.

— Угадали. Ваша подружка на грани... Ее силы на исходе... Вы это понимаете?

— Нет, то есть да, конечно... Я замечал, что она плохо выглядит, но я... Знаете, я ведь не так уж хорошо ее знаю, я... Прошлой ночью я отправился к ней в комнату, потому что там нет отопления и...

— Слушайте, я буду с вами откровенен: учитывая полную анемию, вес и давление пациентки, я мог бы немедленно забрать ее в больницу, но как только я об этом заговорил, она впала в такое отчаяние... У меня нет истории болезни, понимаете? Мне неизвестны ни ее прошлое, ни анамнез, и я не хочу форсировать события, но как только ей станет лучше, она должна будет немедленно пройти обследование, это совершенно необходимо.

Филибер в отчаянии заломил руки.

— Но главное для нее сейчас — набраться сил. Вы должны силой заставлять ее есть и спать, иначе... Так, я даю ей больничный на десять дней. Вот рецепты на долипран и витамин С, но повторяю: никакие лекарства не заменят хорошего антрекота с кровью, тарелки спагетти, свежих овощей и фруктов, понимаете?

— Да.

— У нее есть родственники в Париже?

— Не знаю. А почему у нее такая высокая температура?

— Тяжелый грипп. Наберитесь терпения... Следите, чтобы она не потела, берегите ее от сквозняков и заставьте вылежаться дня три-четыре...

— Хорошо...

— Что-то у вас очень встревоженный вид: я, конечно, сгустил краски... хотя... не так уж и сильно... Вы справитесь?

— Да.

— Скажите-ка, это ваша квартира?

— Э-э-э... да...

— И сколько тут квадратных метров?

— Триста — или чуть больше...

— Ну-ну! — присвистнул врач. — Возможно, я покажусь вам бестактным, но скажите, чем вы занимаетесь в этой жизни?

— Спасаюсь от всемирного потопа.

— Что-что?..

— Да нет, ничего. Сколько я вам должен, доктор?

24

— Камилла, вы спите?

— Нет.

— У меня для вас сюрприз...

Он открыл дверь и вошел, толкая перед собой искусственный камин.

— Я подумал, это доставит вам удовольствие...

— О... Как это мило, но я ведь тут не останусь... Завтра вернусь к себе...

— Нет.

— Как это нет?

— Вы подниметесь в свою комнату, когда потеплеет, а пока останетесь здесь и будете отдыхать, так велел доктор. А он дал вам бюллетень на десять дней...

— Так надолго?

— Вот именно...

— Я должна его отослать...

— Простите?

— Бюллетень...

— Я схожу за конвертом.

— Нет, но... Я не хочу оставаться здесь так надолго, я... Я не хочу.

— Предпочитаете, чтобы вас забрали в больницу?

— Не шутите с этим...

— Я не шучу, Камилла.

Она заплакала.

— Вы им не позволите, правда?

— Помните войну в Вандее?

— Ну-у... Не так чтобы очень... Нет...

— Я принесу вам книги... Не забывайте: вы в доме Марке де ла Дурбельеров, и синих здесь не боятся!

— Синих?

— Республиканцев. Они хотят упрятать вас в общественное заведение, не так ли?

— Куда же еще...

— Значит, вам нечего опасаться. Я буду поливать санитаров кипящим маслом с верхней ступеньки лестницы!

— Вы совсем чокнутый...

— Все мы таковы, разве нет? Зачем вы побрили голову?

— Потому что у меня больше не было сил мыться на лестнице...

— Помните, что я рассказывал вам о Диане де Пуатье?

— Да.

— Так вот, я кое-что откопал в своей библиотеке, подождите, я сейчас...

Он вернулся с потрепанным томиком карманного формата, присел на край кровати, откашлялся и начал читать:

— *Весь двор — само собой разумеется, за исключением госпожи д'Этамп[1] (я сейчас объясню почему) — находил ее восхитительно красивой. Копировали ее походку, манеру держаться, прически. Именно она установила каноны красоты, к которым сто лет подряд яростно пытались приблизиться все женщины. Считаем до трех!*

Белые: кожа, зубы, руки.

Черные: глаза, ресницы, веки.

Красные: губы, щеки, ногти.

Длинные: тело, волосы, руки.

Короткие: зубы, уши, ступни.

Узкие: рот, талия, щиколотки.

Пышные: плечи, ляжки, бедра.
Маленькие: соски, нос, голова.
Красиво сказано, не правда ли?

— И вы находите, что я на нее похожа?

— Да, по некоторым критериям...

Он покраснел, как помидор.

— Не... не по всем, конечно, но вы... видите ли... все дело в том, как вы держитесь, вы так изящны...

— Это вы меня раздели?

Очки упали ему на колени, он начал заикаться, как безумный:

— Я... я... Ну да... я... я... Очень цццеломудренно, кля... клянусь вам... сссна... чала... я... я... нак... на... накрыл вас простыней, я...

Она протянула ему очки.

— Эй, не сходите с ума! Я просто спросила... Э-э-э... Он тоже участвовал в процедуре — тот, другой?

— К... Кто т... тот?

— Повар?

— Нет. Конечно, нет, о чем вы говорите...

— И то слава богу... Оооо... Как болит голова...

— Я сбегаю в аптеку... Вам нужно что-нибудь еще?

— Нет. Спасибо.

— Очень хорошо. Да, вот еще что... У нас нет телефона... Но, если вы хотите кого-нибудь предупредить, у Франка есть сотовый и...

— Спасибо, не беспокойтесь. У меня тоже есть сотовый... Только нужно забрать зарядное устройство из моей комнаты...

— Я схожу, если хотите...

— Нет-нет, мне не к спеху...

— Хорошо.

— Филибер...

— Да?

— Спасибо.

— Ну что вы...

Он стоял перед ней — длиннорукий, в слишком коротких брюках и слишком узком пиджаке.

— Впервые за долгое время обо мне так заботятся...

— Перестаньте...

— Но это правда... Я имела в виду... заботятся, ничего не ожидая взамен... Потому что вы... Вы ведь ничего не ждете, я не ошиблась?

— Нет, да что вы... что вы сссе... себе вообразили?! — вознегодовал Филибер.

Но она уже закрыла глаза.

— Ничего я не вообразила. Просто констатирую факт: мне нечего вам предложить.

25

Она потеряла счет времени. Какой сегодня день? Суббота? Воскресенье? Так крепко и так сладко она не спала очень много лет.

Филибер пришел предложить ей супу.

— Я встану. Пойду с вами на кухню...

— Уверены?!

— Ну конечно! Я же не сахарная!

— Ладно. Но в кухне слишком холодно, подождите меня в маленькой голубой гостиной...

— Где...

— Ах да, конечно... Какой же я глупец! Сегодня она пуста, и ее трудно назвать голубой... Это та комната, что смотрит на входную дверь...

— Та, где стоит диванчик?

— Ну, диванчик — это громко сказано... Франк нашел его однажды вечером на тротуаре и затащил наверх с помощью приятеля... Он ужасно уродливый, зато очень удобный, не могу не признать...

— Скажите, Филибер, что это за квартира? Кто здесь хозяин? И почему вы живете словно сквоттер[1]?

— Простите, но я не понял...

— Такое впечатление, что вы разбили походный лагерь.

— А, это мерзкая история с наследством... Такие случаются сплошь и рядом... Даже в лучших семьях, знаете ли...

Он выглядел искренне огорченным и раздосадованным.

— Это квартира моей бабушки по материнской линии, она умерла в прошлом году, и отец попросил меня поселиться здесь, пока не улажены формальности с наследством, чтобы эти, как вы их там назвали, не заняли ее самовольно.

— Сквоттеры?

— Вот-вот — сквоттеры! Это не какие-нибудь парни-наркоманы с булавкой в ноздре, а люди, которые одеты куда лучше, зато ведут себя не слишком элегантно... Я говорю о моих кузенах...

— Они претендуют на эту квартиру?

— Думаю, бедолаги даже успели потратить деньги, которые собирались выручить за нее! Итак, у нотариуса собрался семейный совет. В результате меня назначили консьержем, сторожем и ночным портье. Ну, вначале они, конечно, предприняли несколько попыток устрашения... Много мебели испарилось, я не раз общался с судебными исполнителями, но теперь все как будто наладилось. Теперь делом занимаются семейный поверенный и адвокаты...

— И надолго вы здесь?

— Не знаю.

— И ваши родители не возражают против того, что вы пускаете сюда незнакомых людей — вроде повара и меня?

— Думаю, о вас им знать не обязательно... Что до Франка, они были даже рады... Им известно, какой я недотепа... И потом, они вряд ли ясно представляют себе, кто он такой... К счастью! Полагают, что я встретил его в приходской церкви!

Он засмеялся.

— Вы им солгали?

— Скажем так: я был... по меньшей мере уклончив...

Она так исхудала, что могла бы заправить рубашку в джинсы не расстегивая их.

Она стала похожа на призрак и состроила себе рожу в зеркале, чтобы убедиться в обратном, обмотала вокруг шеи шелковый шарф, надела куртку и отправилась в путешествие по немыслимому османновскому[1] лабиринту.

В конце концов она отыскала жуткий продавленный диванчик и, обойдя комнату по кругу, увидела в окно заиндевевшие деревья на Марсовом поле.

А когда она обернулась, спокойно, с еще затуманенной головой, держа руки в карманах, то вздрогнула и невольно по-идиотски вскрикнула.

Прямо за ее спиной стоял одетый с ног до головы в черное верзила в сапогах и мотоциклетном шлеме.

— Э-э-э, здравствуйте... — проблеяла она.

Он не ответил, повернулся и вышел в коридор.

В коридоре он снял шлем и вошел в кухню, приглаживая волосы.

— Эй, Филу, это что еще за тетка в гостиной? Один из твоих дружков-бойскаутов или как?

— О ком ты?

— О педике, который прячется за моим диваном...

Филибер, который и так уже был на нервах из-за своего полного кулинарного бессилия, разом утратил аристократическую невозмутимость.

— Педика, как ты изволил выразиться, зовут Камилла, — прошипел он. — Она мой друг, и я прошу тебя вести себя прилично, потому что она поживет у меня еще некоторое время...

— Ну тогда ладно... Не волнуйся. Значит, это девушка? Мы об одном и том же... типе говорим? Такой лысый задохлик?

— Уверяю тебя, она девушка...

— Точно?

Филибер прикрыл глаза.

— Он твоя подружка? Тьфу ты, я хотел сказать «она». Что ты пытаешься ей сварганить? Портянки в масле?

— Представь себе, суп...

— Вот это? Суп?

— Именно. Суп из лука-порея с картошкой от Либига...

— Дерьмо это, а не суп. Кроме того, он у тебя подгорел, так что получится рвотный порошок... Что еще ты туда положил?! — с ужасом спросил он, приподняв крышку.

— Э-э-э... «Веселую корову»[1] и гренки...

— Но зачем?

— Врач... Он сказал, что она должна набраться сил...

— Ну знаешь, если она будет «набираться сил», поедая вот это варево, то сразу отбросит коньки! — И он достал из холодильника пиво и отправился к себе.

Когда Филибер присоединился к своей протеже в гостиной, она все еще пребывала в некоторой растерянности.

— Это он?

— Да, — шепнул Филибер, пристраивая большой поднос на картонную коробку.

— Он что, никогда не снимает свой шлем?

— Снимает, но вечером по понедельникам он всегда бывает невыносим... Вообще-то, в этот день я стараюсь с ним не пересекаться...

— Он слишком устает на работе?

— Как раз наоборот — по понедельникам он не работает... Не знаю, чем он занимается... Уезжает рано утром, а возвращается всегда в жутком настроении...

Полагаю, семейные проблемы... Прошу вас, ешьте, пока не остыло...

— А... что это?

— Суп.

— Да? — изумилась Камилла, пытаясь перемешать странную похлебку.

— Суп по моему рецепту... Своего рода борщ, если хотите...

— Ага, понимаю... Замечательно... Борщ... — со смехом повторила она.

И на этот раз опять же все было непросто.

ЧАСТЬ ВТОРАЯ

1

— Есть минутка? Надо поговорить...

Филибер всегда пил за завтраком шоколад, и самым большим удовольствием для него было выключить газ в последнее мгновение, не дав молоку убежать. Это была его ежедневная маленькая победа, а вовсе не ритуал и не мания. Подвиг, невидимый миру триумф. Молоко оседало, и день мог начинаться: он владел ситуацией.

Но в то утро Филибер, растерянный и даже раздраженный тем, каким тоном говорил с ним Франк, повернул не ту ручку. Молоко убежало, и по комнате мгновенно распространился неприятный запах.

— Прости, что ты сказал?
— Сказал, надо поговорить!
— Ну давай, — спокойно ответил Филибер, ставя кастрюльку отмокать, — я тебя слушаю...
— Она здесь надолго?
— Не понял...
— Слушай, кончай прикидываться. Твоя подружка, она надолго задержится?
— На столько, на сколько сама захочет...
— Ты по уши в нее влюблен, так ведь?
— Нет.
— Врешь. Я же вижу твои приемчики! Великосветские манеры, аристократическая изысканность и все такое прочее...
— Ревнуешь?

— Черт, да нет же! Этого только не хватало! Чтобы я — я! — ревновал к этому скелету? Разве у меня на лбу написано «аббат Пьер»[1], а?! — съязвил он.

— Завидуешь ты не мне, а ей. Может, тебе здесь тесновато и у тебя нет ни малейшего желания передвинуть свой стаканчик с зубной щеткой на несколько сантиметров вправо?

— Ну вот, так я и знал... Сплошные изыски... Стоит тебе рот открыть, и мне всякий раз кажется, что все твои слова, должно быть, где-то записаны, — уж больно складно говоришь!

— ...

— Да нет, погоди, я все понимаю — это твой дом, никто не спорит. Ты приглашаешь кого хочешь, оставляешь ночевать кого хочешь, можешь даже устраивать тут благотворительные ужины — не возбраняется! — но елки-палки... Нам ведь хорошо было вдвоем, разве нет?

— Ты полагаешь?

— Вот именно, полагаю! Согласен, у меня тот еще характер, у тебя — собственные тараканы в голове, и дурацкие мании, и неврозы, но в целом все шло неплохо... до сегодняшнего дня...

— А с чего ты взял, что что-то должно измениться?

— Ннну... Сразу видно — не знаешь ты баб... Эй, без обид, идет? Это ведь правда... Приведи куда-нибудь девчонку — и тут же получишь полный бардак, старик... Все сразу усложняется, начинается жуткое занудство, и вот ты уже готов своему корешу в горло вцепиться... Ты чего ухмыляешься, а?

— Да потому, что ты изъясняешься как... Как ковбой... Для меня открытие, что я — твой... кореш.

— Ладно, замнем для ясности. Но ты мог бы меня предупредить, только и всего.

— Я собирался.

— Когда?

— Да вот, за шоколадом, если бы ты дал мне возможность его приготовить...

— Извиняюсь... То есть нет, черт возьми, я же не могу сам себя извинять, ведь так?

— Совершенно верно.

— Уходишь на работу?

— Да.

— Я тоже. Пошли. Угощу тебя шоколадом внизу.

Уже во дворе Франк выложил свой последний козырь:

— Мы ведь даже не знаем, кто она такая... Ни откуда взялась...

— Я тебе покажу... Пойдем.

— Ццц... Даже не рассчитывай, что я потащусь пешком на восьмой этаж...

— Вот именно что потащишься. Я на тебя рассчитываю. Пойдем!

Впервые за все время их знакомства Филибер его о чем-то попросил. Он для порядка пробурчал себе под нос несколько ругательств и пошел вслед за ним по черной лестнице.

— Черт, как же здесь холодно!

— Это еще что... Увидишь, что будет под крышей...

Филибер снял замок и толкнул дверь.

Несколько секунд Франк молча стоял на пороге.

— Она здесь живет?

— Да.

— Уверен?

— Пошли, покажу тебе кое-что еще...

Он отвел его в другой конец коридора, ударил ногой в раздолбанную дверь и прокомментировал:

— Ее ванная... Внизу туалет, наверху — душ... Согласись — изобретательно...

По лестнице они спускались молча.

Франк снова обрел дар речи только после третьей чашки кофе:

— Ладно, только вот что... Объясни ей, как для меня важно высыпаться во второй половине дня...

— Обязательно скажу. Мы вместе скажем. Не думаю, что возникнут проблемы, потому что она тоже будет спать...

— С чего бы это?

— Она работает по ночам.

— Чем занимается?

— Убирается.

— Не понял...

— Она уборщица...

— Ты уверен?

— Зачем бы она стала меня обманывать?

— Да не знаю... Всякое случается... Может, она девушка по вызовам...

— Ну, в таком случае, у нее было бы побольше... Округлостей... Согласен?

— Ты прав... Эй, а ты не дурак, старик! — Франк с размаху шлепнул его по спине.

— О... о... Осторожно, ты... я ... уронил круассан, и... и... идиот... Теперь он по... похож на старую медузу...

Франк не слушал — он читал заголовки в «Паризьен», которая лежала на стойке.

Они заговорили одновременно.

— Скажи-ка...

— Да?

— У нее нет семьи, у этой птички?

— Знаешь, — ответил Филибер, завязывая шарф, — это тот самый вопрос, который я никак не решался задать тебе...

Франк поднял на него глаза и улыбнулся.

Добравшись до своего рабочего места, он попросил помощника отлить ему бульона «на потом».

— Эй...

— Что?

— Проследи, чтобы был наваристый, ладно?

2

Камилла решила, что перестанет принимать ежевечернюю половинку таблетки лексомила, который прописал ей врач. Во-первых, она больше не могла выносить того полукоматозного состояния, в котором пребывала все последнее время, а во вторых — не хотела допустить ни малейшего риска привыкания. Все свое детство она наблюдала за матерью, впадавшей в истерику при одной только мысли, что ей придется засыпать без снотворного, и это навсегда врезалось ей в память.

Она вынырнула из бог знает какого по счету сна, не имея даже отдаленного представления о времени, но все-таки решила встать, встряхнуться, одеться наконец и подняться к себе, чтобы выяснить, готова ли она вернуться в свою собственную жизнь, в то состояние, в котором пребывала раньше.

Проходя через кухню, чтобы попасть на черную лестницу, она увидела записку, придавленную бутылкой с янтарной жидкостью.

Разогрейте в кастрюльке, но не кипятите. Всыпьте лапшу и варите 4 минуты, слегка помешивая.

Почерк был не Филибера.

Замок с двери был сорван, и все, чем она владела, все, что любила, — все ее крошечное королевство было разорено.

Она мгновенно ринулась к маленькому красному чемоданчику, валявшемуся на полу. Нет, слава богу, они ничего не взяли, ее папки с рисунками на месте...

Скривив от отчаяния губы, едва справляясь с сердцебиением, она принялась наводить порядок, чтобы выяснить, чего не хватает.

Все было на месте. Естественно — ведь у нее ничего не было! Разве что радиобудильник... Так-то вот... Весь этот разгром из-за безделушки, которую она купила за пятьдесят монет в лавке у китайца...

Она собрала одежду в коробку, взяла чемодан и вышла не оборачиваясь. Дыхание она перевела только на лестнице.

Подойдя к дверям, она высморкалась, бросила весь свой скарб на площадку и уселась на ступеньку, чтобы свернуть себе сигарету. Первую за долгое время... Свет погас, но в этом не было ничего страшного, напротив.

«*Напротив*, — шептала она, — *напротив...*»

Она размышляла об этой туманной теории, согласно которой не стоит дергаться, если тонешь, а нужно дождаться дна, чтобы оттолкнуться от него пяткой, ибо только так можно спастись и выбраться на поверхность...

Ладно.

Кажется, так и случилось?

Она бросила взгляд на свою коробку, провела рукой по угловатому лицу и отодвинулась, пропуская мерзкую тварь, мчавшуюся по стене, между двумя трещинами.

Ну так... Успокойте меня... Все так и случилось?

Когда она вошла в кухню, теперь уже вздрогнул он.

— Ох! Вы здесь? Я думал, вы спите...

— Добрый день.

— Франк Лестафье.

— Камилла.

— Вы... вы нашли мою записку?

— Да, но я...

— Вы переносите вещи? Помощь нужна?

— Нет, я... По правде говоря, это все, что у меня есть... Меня ограбили.

— Какое свинство.

— Да уж... Точнее не скажешь... Ну вот, а теперь я, пожалуй, снова лягу в постель — у меня кружится голова и ...

— Хотите, я приготовлю вам консоме?

— Что-что?

— Консоме.

— Я не понимаю...

— Да бульон же! — раздражился он.

— Ох, простите... Нет. Спасибо. Сначала я немного посплю...

— Эй! — крикнул он ей в спину, когда она была уже в коридоре. — Голова у вас кружится от голода!

Она вздохнула. Будь дипломатичной, подруга... У этого парня такой учтивый вид, что испортить сцену знакомства будет крайне глупо. Она вернулась в кухню и села у края стола.

— Вы правы.

Он забормотал себе под нос. *Ну еще бы... Конечно, он прав... Ну вот... Теперь он опоздает...*

Он повернулся к ней спиной и занялся делом.

146

Вылив содержимое кастрюльки в глубокую тарелку, он достал из холодильника какую-то зелень, бережно завернутую в кусок бумажного полотенца, и благоговейно посыпал дымящийся суп.

— Что это?

— Кориандр.

— А как вы называете эту лапшичку?

— Японский жемчуг.

— Правда? Красиво...

Он подхватил куртку, хлопнул входной дверью и вышел, качая головой:

— *Правда? Красиво...*

Нет, эта девка — полная идиотка.

3

Камилла вздохнула и машинально взялась за тарелку, размышляя о вломившемся к ней воре. Кто это сделал? Тот призрак, что живет с ней по соседству? Заблудившийся гость? Может, он проник через крышу? Вернется ли он? Должна ли она сказать о случившемся Пьеру?

Запах — нет, аромат — этого бульона помешал ей дальше предаваться печальным мыслям. М-мм, это было просто восхитительно, ей даже захотелось накинуть на голову полотенце и вдыхать душистый пар, как при ингаляции. Что он туда положил? Цвет какой-то особенный. Теплый, жирный, красновато-коричневый с золотистым отливом, как кадмий... Прозрачные жемчужинки, изумрудные капельки измельченной травки... Изумительное зрелище! Несколько секунд она почтительно созерцала тарелку, держа ложку на весу, потом осторожно сделала первый глоток — суп был очень горячим.

Разве что в детстве она испытывала такое, пребывая в состоянии, которое Марсель Пруст определял как «погружение в себя, в то необычное, что в ней происходит», она доела суп с почти религиозным благоговением, закрывая глаза после каждой проглоченной ложки.

Возможно, все дело было в том, что она, сама того не зная, умирала от голода, или же в том, что вот уже три дня она, борясь с отвращением, пыталась заталкивать в себя супы из пакетиков, которыми кормил ее Филибер, или в том, что она теперь гораздо меньше курила, но факт оставался фактом: впервые в жизни она так наслаждалась едой в одиночестве. Она встала, чтобы взглянуть, не осталось ли супа в кастрюльке. Увы... Она поднесла тарелку к губам и выпила все, до последней капельки, поцокала языком, вымыла ложку, взяла открытый пакет лапши и написала на нем «Супер!», а потом растянулась на кровати, положив руку на отяжелевший живот.

Спасибо, маленький Иисус.

4

Она очень быстро шла на поправку. Франка она совсем не видела, но всегда точно знала, когда он был дома: хлопали двери, включался музыкальный центр, телевизор, доносились оживленные разговоры по телефону, раскатистый смех и отрывистые ругательства — и все это было совершенно ненатурально, она чувствовала. Он суетился, «озвучивая» свою жизнь во всех углах квартиры, как пес, который задирает лапу через каждые два метра, чтобы пометить «свою» территорию. Сколько раз ее подмывало вернуться к себе и вновь обрести независимость, чтобы больше никому ничем не быть обязанной. Но бывало и так, что ее передергивало при одной только мысли о том, чтобы снова лечь спать на полу и карабкаться на восьмой этаж, цепляясь за перила, чтобы не упасть.

Как все сложно...

Она теперь не знала, где ее истинное место, и к тому же действительно привязалась к Филиберу... Чего ради ей заниматься самобичеванием и бить себя в грудь, скрипя зубами? Ради независимости? Тоже мне, достояние... Она много лет молилась на это слово — и чего добилась? К чему пришла? Живет в полуразрушенной хибаре и проводит время в размышлениях о своей несчастной судьбе, не выпуская изо рта сигарету! Как трогательно... Она и сама до невозможности трогательная... Ей скоро двадцать семь, а она ничего не накопила про запас. Ни друзей, ни воспоминаний, похвастаться было нечем. Как это случилось? Почему она так и не сумела вцепиться мертвой хваткой и удержать при себе то, чем действительно могла бы дорожить? Ну почему?

Она пребывала в раздумьях. Чувствовала себя отдохнувшей. А когда этот высоченный уистити[1] приходил почитать ей, когда он тихонько прикрывал дверь, возводя очи горе из-за того, что их сосед-бандит слушал свою «зулусскую» музыку, она улыбалась в ответ и на мгновение вырывалась из цепких объятий урагана...

Она снова начала рисовать.

Просто так.

Безо всякой цели и причины. Для самой себя. Для собственного удовольствия.

Она взяла новый блокнот — последний — и «приручила» его, запечатлевая все, что ее окружало: камин, узор обоев, шпингалет окна, глуповатые улыбки Сэмми и Скубиду[2], рамочки, картины, камею, принадлежавшую даме былых времен, и строгий сюртук господина из той же эпохи. Натюрморт из собственной одежды с пряжкой валяющегося на полу ремня, облака, след, оставленный в небе самолетом, вершины деревьев за чугунным кружевом балконного ограждения и автопортрет в кровати.

Из-за пятен на зеркале и короткой стрижки в отражении она напоминала переболевшего ветрянкой мальчика...

Она снова рисовала как дышала. Прерывалась лишь затем, чтобы подлить туши в чернильницу и заправить ручку. Много лет она не чувствовала себя такой спокойной и такой живой — просто-напросто живой...

Но больше всего она любила рисовать Филибера. Он так увлекался своими историями, что его лицо отражало всю гамму переживаемых чувств — то радость, то печаль (о бедная Мария-Антуанетта!), и Камилла попросила разрешения рисовать его.

Он, конечно, чуточку позаикался для виду, но почти сразу перестал обращать внимание на скрип пера по бумаге.

Вот один из его рассказов.

Но госпожа д'Этамп ничем не напоминала госпожу де Шатобриан, она не собиралась довольствоваться пустяками. Главным для нее было добиться милостей для себя и своей семьи. А ведь у дамы было тридцать человек братьев и сестер... И она решительно взялась за дело.

Умелая любовница использовала все до единого моменты передышки, когда король восстанавливал силы между объятиями, чтобы выбить из него вожделенные должности и повышения по службе.

В конечном итоге все Писслё получили важные посты, причем в основном на церковном поприще — королевская любовница была женщиной «набожной»...

Антуан Сеген, ее дядя по матери, стал аббатом де Флёрисюр-Луар, епископом Орлеанским, кардиналом и архиепископом Тулузским. Шарль де Писслё, ее второй брат, получил аббатство де Бургей и епископство де Кондом...

Он поднял голову:
— Де Кондом... Согласитесь, это забавно...

И Камилла спешила запечатлеть эту улыбку, это веселое изумление человека, который перелистывал страницы истории Франции, как другие порножурнал.

В следующий раз его волновала другая тема:

— ...Тюрьмы были переполнены, и Карье, наделенный неограниченной властью, окруживший себя достойными соратниками, открыл новые казематы и реквизировал суда в порту. Очень скоро тиф начал косить несчастных заключенных, которых содержали в ужасающих условиях, и они мерли как мухи. Гильотина не справлялась с работой, и проконсул приказал расстрелять тысячи пленников, дав в помощь расстрельной команде «похоронную бригаду». Но арестованные продолжали прибывать в город, и тогда Карье додумался людей топить.

А вот что писал бригадный генерал Вестерман: «Вандеи больше нет, граждане республиканцы. Она мертва, пала под нашей вольной саблей, вместе со всеми женщинами и детьми. Я похоронил ее в болотах и лесах Савене. Следуя вашему приказу, я давил детей копытами лошадей и рубил женщин на куски, чтобы они не зачали новых разбойников. Я не обременю вас ни одним пленником».

И она рисовала тень, пробежавшую по искаженному судорогой страдания лицу.

— Вы рисуете или слушаете меня?

— Слушаю и рисую...

— Этот самый Вестерман... Этот монстр, служивший своей новой партии со всем пылом души, несколько месяцев спустя был арестован в компании с Дантоном, а потом им обоим отрубили головы...

— За что?

— Его обвинили в трусости... Он был умеренным...

Иногда он просил разрешения сесть в глубокое кресло в изножье ее кровати, и они читали — каждый свое, в полном молчании.

— Филибер...

— Ммм...

— Почтовые открытки...

— Да?

— Долго это будет продолжаться?

— Я... не понимаю, что вы...

— Почему вы не сделаете это своей профессией? Почему не попытаетесь стать исследователем или преподавателем? Вы имели бы полное право читать все эти книги в рабочее время, и вам бы даже стали платить деньги!

Он опустил книгу на обтянутые потертым вельветом костлявые колени, снял очки и потер глаза.

— Я пытался... Я лиценциат по истории и трижды пытался поступить в Национальную школу хартий[1], но всякий раз проваливался...

— Что, знаний не хватало?

— Да нет, конечно, хватало... — покраснел он. — Ну... во всяком случае... смею надеяться, что это так... но я... Я никогда не мог сдать ни одного экзамена... Я слишком нервничаю... Теряю сон, зрение, волосы, даже зубы! И все остальные способности. Читаю вопросы, знаю ответы, но не могу написать ни единой строчки. Сижу, застыв от ужаса, перед чистым листом бумаги...

— Но вы сдали на бакалавра? Вы ведь лиценциат?

— Да, но чего мне это стоило! Я ничего не сдавал с первого захода, хотя экзамены были несложные... Лиценциатом я стал не заходя в Сорбонну — ходил только на лекции выдающихся преподавателей, которыми восхищался, хотя эти самые лекции не имели никакого отношения к моей программе...

— Сколько вам лет?

— Тридцать шесть.

— Но вы ведь могли стать преподавателем...

154

— Представляете себе меня в классе с тридцатью ребятишками?

— Да.

— Нет. Я покрываюсь холодным потом при одной только мысли о том, чтобы обратиться с речью к аудитории, пусть даже самой немногочисленной. Я... У меня... Думаю, у меня проблемы с общением...

— А как же школа? Когда вы были маленьким?

— Я пошел сразу в шестой класс. К тому же в пансион... Ужасный был год. Худший в моей жизни... Как будто меня швырнули в огромную ванну, а плавать я не умел...

— Ну и?..

— И ничего. Я по-прежнему не умею плавать.

— В прямом или переносном смысле этого слова?

— В обоих, мой генерал.

— Вас никогда не учили плавать?

— Нет. А для чего?

— Ну... Чтобы плавать...

— Знаете, с точки зрения общей культуры, мы скорее произошли от поколения пехотинцев и артиллеристов...

— Что вы там плетете? Я вовсе не предлагаю вам ввязываться в битву на океанской глади! Я говорю о том, чтобы отправиться на морское побережье! А почему вас не отдали в школу раньше?

— Нас учила моя мать...

— Как мать Людовика Святого?

— Точно.

— Как ее звали?

— Бланш Кастильская...

— Ну да, конечно. Но почему вас учили дома? Вы что, слишком далеко жили?

— В соседней деревне была муниципальная школа, но я ходил туда всего несколько дней...

— Почему?

— Именно потому, что она была муниципальной...

— А, всё то же деление на Синих и Белых[1], да?

— Да...

— Эй, но это же было двести лет назад! С тех пор многое изменилось!

— Многое, бесспорно, изменилось. Но вот к лучшему ли? Я... Я не уверен...

— ...

— Я вас шокирую?

— Нет-нет, я уважаю ваши... ваши...

— Мои ценности?

— Да, если хотите, если это слово вас устраивает, но как же все-таки вы живете?

— Продаю почтовые открытки!

— Это безумие... Просто идиотство какое-то...

— Знаете, по сравнению с моими родителями, я очень... ээ... изменился — ваше определение! — то есть я... эволюционировал...

— Какие они, ваши родители?

— Ну...

— Похожи на набитые соломой чучела? На забальзамированные мумии? Плавают в чане с формалином вместе с лилиями?

— Отчасти вы правы... — развеселился он.

— Успокойте меня — они, во всяком случае, не передвигаются в портшезе?!

— Нет, но лишь потому, что носильщиков больше не найти!

— Чем они занимаются?

— В каком смысле?

— В смысле работы.

— Они землевладельцы.

— И это все?

— Знаете, у них много работы...

— Но... Вы очень богаты?

— Нет. Вовсе нет. Как раз напротив.

— Невероятная история...

— И как же вы выходили из положения в пансионе?

— С помощью Гафьо.

— Кто такой Гафьо?

— Не кто, а что — это очень тяжелый латинский словарь, который я клал в ранец и пользовался им, как пращой. Хватал ранец за лямку, раскручивал, придавал ему ускорение и... Фьююю! Сокрушал врага...

— Ну и?

— Что ну и?

— Как обстоят дела сегодня?

— А сегодня, моя дорогая, все очень просто: перед вами великолепный образчик homo degeneraris, то есть существо, совершенно непригодное к жизни в обществе, сдвинутое, нелепое и абсолютно анахроничное.

Он смеялся.

— И как же вы поступите?

— Не знаю.

— Пойдете к психиатру?

— Нет, но я встретил одну девушку — у себя на работе, такую чокнутую и смешную... Она мне ужасно докучает и все пристает, чтобы я пошел с ней в ее театральную студию. Она перебрала всех возможных и невозможных психоаналитиков и уверяет, что театр — самое действенное средство...

— Вот как...

— Так она говорит...

— Значит, вы никогда никуда не ходите? У вас нет друзей? Ни одной родной души? Никаких контактов... с двадцать первым веком?

— Нет. Пожалуй, нет... А вы?

5

Жизнь вернулась в привычную колею. Вечерами Камилла, борясь с холодом, садилась в метро и ехала в противоположную сторону по отношению к мощному потоку окончивших работу людей, наблюдая за измученными лицами пассажиров.

Мамаши, которым нужно было забрать своих отпрысков из школ и детских садов в седьмой зоне пригорода, засыпавшие с раскрытым ртом, прислонившись спиной к запотевшим стеклам, дамочки, увешанные дешевой бижутерией, с недовольным видом перелистывающие телепрограмму, слюнявя указательный палец с острым ноготком, мужчины в мягких мокасинах и пестрых носках, шумно вздыхая, рассеянно читающие свои бумаги, и молодые клерки с лоснящимися лицами, транжирящие деньги, болтая по купленным в кредит сотовым...

И все другие, которым оставалось лишь цепляться за поручни, чтобы не упасть... Те, кто не видел никого и ничего. Ни новогодней рекламы — золотые деньки, золото в подарок, дешевая семга и фуа гра по оптовой цене, ни газеты соседа, ни попрошайки с протянутой рукой, гнусавящего раз и навсегда затверженную просьбу о помощи, ни даже эту сидящую напротив них девушку, зарисовывающую в блокнот их потухшие глаза и складки их серых пальто.

Потом она перекидывалась парой-тройкой слов с охранником здания, переодевалась, держась за ручку тележки, натягивала бесформенные рабочие шаровары и бирюзовый нейлоновый халат с надписью *«Профессионалы у вас на службе»* и постепенно разогревалась, работая как проклятая, чтобы потом снова нырнуть в холод ночи, выкурить энную по счету сигарету и прыгнуть в последний поезд метро.

Увидев Камиллу, СуперЖози поглубже засунула кулаки в карманы и подарила ей почти нежный оскал улыбки.

— Ага... Вот и наш призрак... С меня десять евро...

— Что?

— Проспорила девушкам... Я думала, вы не вернетесь...

— Почему?

— Не знаю, так показалось... Но никаких проблем, я заплачу! Ладно, за работу. С этой погодой они нас совсем достали. Их вроде как и не учили вытирать ноги... Видели, что творится в холле?

Появилась Мамаду.

— Ты что, спала без просыпу всю неделю?

— Откуда ты знаешь?

— Из-за волос. Слишком быстро отросли...

— А у тебя как дела? Выглядишь не очень...

— Да все путем...

— Проблемы?

— Да что проблемы... Дети болеют, муж проигрывает деньги, невестка играет на нервах, сосед насрал в лифте, телефон отключили, а так все в порядке...

— Зачем он это сделал?

— Кто?

— Сосед...

— Да почем мне знать, только я его предупредила, что в следующий раз он у меня сожрет свое дерьмо! Это уж точно! Чего смеешься?

— А что с твоими детьми?

— Один кашляет, у другого несварение... Ладно... Хватит болтать, я расстраиваюсь, а когда я расстраиваюсь, от меня никакого проку...

— А как твой брат? Он не может их вылечить своими амулетами?

— Лучше бы он победителей на скачках наколдовал, бездельник...

Грязнулю с шестого этажа явно задела за живое карикатура Камиллы, и он оставил кабинет в относительном порядке. Камилла нарисовала ангела в костюме с нимбом вокруг головы и крылышками за спиной.

В квартире каждый старался найти свое место. Смущение, неуверенность и неловкость первых дней постепенно уступили место повседневной круговерти.

Камилла вставала к полудню, но около трех, когда возвращался Франк, всегда уходила к себе. К семи часам он снова отбывал на работу, иногда встречаясь на лестнице с Филибером. Камилла пила с Филибером чай, иногда они устраивали легкий ужин, ехала на работу и возвращалась не раньше часа ночи.

Франк в это время никогда не спал — слушал музыку или смотрел телевизор. Из-под его двери тянуло травкой. Камилла удивлялась, как ему удается выдерживать этот сумасшедший ритм жизни, но очень скоро поняла, что он его и не выдерживает.

Время от времени неизбежно случался взрыв. Франк начинал орать как оглашенный, открыв дверцу холодильника, потому что продукты лежали не на своих местах или были плохо упакованы. Он выкладывал их на стол, опрокидывал чайник и ругался последними словами:

— Черт! Ну сколько раз вам повторять? Масло должно лежать в масленке — оно же «цепляет» на себя все запахи! И сыр тоже! Пищевую пленку придумали не для бродячих псов! А что это такое? Салат? Почему вы оставляете его в целлофане? Целлофан же все портит! Я тыщу раз тебе говорил, Филибер! Где все эти коробки, которые я вам вчера притаранил? А это что у нас такое? Ага, лимон... Что он забыл в отделении для яиц? Начатый лимон заворачивают или кладут на блюдце, capito[1]?

Он удалялся, забрав свое пиво, а двое преступников, дождавшись, когда он с грохотом захлопнет свою дверь, возвращались к прерванной беседе.

— Она что, и правда сказала: «Если кончился хлеб, дайте им булочек...»?

— Ну что вы, конечно, нет... Она бы никогда не произнесла подобной нелепицы... Знаете, королева была очень умной женщиной...

Конечно, они могли бы с тяжелым вздохом, отставив чашки, возразить ему, что он слишком нервный для парня, который никогда не ест дома, а холодильник использует только для своих пивных банок... Но нет, не стоило заводиться.

Любит человек поорать — ну и пусть орет.

Пусть орет...

Он ведь только этого и ждет. Малейшего повода, чтобы вцепиться им в глотки. Особенно ей. Он держал ее на прицеле и принимал оскорбленный вид, если они — не дай Бог! — сталкивались. Хоть она и отсиживалась большую часть дня у себя в комнате, все-таки иногда они пересекались, и тогда она попадала под убийственную волну его негодования, что — в зависимости от настроения — повергало ее в ужасное расстройство или вызывало легкую улыбку.

— Эй, в чем дело? Чего ты хихикаешь? Лицо мое не нравится?

— Нет-нет, это я так...

И она смывалась — от греха подальше.

Она старалась быть предельно собранной в «местах общего пользования». Выходя из туалета, оставляла его девственно чистым, запиралась в ванной, даже если его не было дома, прятала свои туалетные принадлежности, дважды вытирала губкой кухонную клеенку, вытряхивала окурки в целлофановый пакет и завязывала его узлом, прежде чем бросить в помойное ведро, ходила по стеночке, была тише воды, ниже травы, избегала контактов и все время спрашивала себя, не стоит ли ей вернуться наверх...

Она снова будет мерзнуть — тем хуже для нее, но перестанет собачиться с этим великовозрастным придурком — и то слава богу.

Филибер расстраивался.

— Но Ка... Камилла... Вы сли... слишком умны, чтобы бо... бояться этого верзилу... Вы ведь... выше этого, правда?

— Вовсе нет. Ничуточки я не выше. Я такая же нервная, как он. И реагирую так же болезненно...

— Нет! Конечно нет! Вы не одного поля ягоды! Вы уже ви... видели, как он пишет? Слышали, как он смеется грубым шуткам того... того дебила ведущего? Замечали, чтобы он читал что-нибудь, кроме справочника цен на подержанные мотоциклы? По... подождите, да ведь у этого парня умственное развитие как у двухгодовалого малыша! Он ни в чем не виноват, бе... бедняга... Я ду... думаю, он попал на кухню еще мальчиком и никогда оттуда не выходил... Ну же, ос... остыньте... Будьте терпимее, будьте cool, как вы говорите...

— ...

— Знаете что отвечала мне матушка, если я осмеливался только намекнуть про то, какие ужасы творят со мной соседи по дортуару?

162

— Нет.

— «Знайте же, сын мой, жабья слизь не пристает к белой голубке». Вот что она мне говорила.

— И вас это утешало?

— Конечно нет! Совсем наоборот!

— Ну вот, сами видите...

— Да, но с вами др... другое дело. Вам не двенадцать лет... И речь ведь не идет о том, чтобы пить мочу ма... маленького негодяя...

— Они заставили вас это сделать?

— Увы...

— Тогда я понимаю, почему белая голубка...

— Да, белая голубка... она... так и не появилась... А это я все еще ощущаю, вот здесь... — Он натужно улыбнулся, тронув себя за кадык.

— Понимаю...

— И кроме того, причина его поведения — и вы это знаете не хуже меня — до нелепости проста: он ре... ревнует. Ревнует, как тигр. Поставьте себя на его место... Квартира была в пол... полном его распоряжении, он приходил когда хотел, вел себя как хотел, расхаживал в трусах или в обнимку с какой-нибудь влюбленной индюшкой. Мог орать, ругаться, рыгать в свое удовольствие, а наши с ним контакты ограничивались проблемами чисто пра... практического характера — например, протекающим краном или запасом туалетной бумаги...

Я практически никогда не выходил из своей комнаты, а если мне надо было сосредоточиться, затыкал уши берушами. Он был здесь королем... До такой степени, что ему, наверное, ка... казалось, что он у себя дома, in fine[1]... И вдруг — бах. И он теперь должен не только застегивать ширинку, но и терпеть то, что мы с вами заодно, слушать наш смех, ло... ловить обрывки разговоров, в которых он вряд ли много понимает... Вы не ду... думаете, что ему это, должно быть, непросто?

— Мне не казалось, что я занимаю так уж много места...

— Нет, на... напротив, вы очень деликатны, по... позвольте мне выразить свое мнение... Вы внушаете ему трепет...

— Приехали! — воскликнула она. — Я? Трепет? Почтение? Надеюсь, вы шутите? Да ко мне еще никто и никогда не относился с таким презрением.

— Ццц... Он не очень воспитан, это факт... но он совсем не и... идиот, этот парень, и вы не чета его подружкам, знаете ли... Вы уже видели хоть одну из них?

— Нет.

— Увидите... Это удивительно, правда... Как бы там ни было, ум... умоляю вас, будьте выше этого, над схваткой. Сделайте это для меня, Камилла...

— Но я не останусь здесь надолго, вы же знаете...

— Я тоже. Как и он, но пока постараемся жить в мире и согласии, как хорошие соседи... Мир и без наших ссор опасное место, не так ли? И потом, когда вы говорите глу... глупости, я начинаю за... заикаться...

Она встала, чтобы выключить чайник.

— Я вас не убедил...

— Да нет, я постараюсь. Но, знаете, я не привыкла к «силовым» отношениям... Обычно я отступаю, даже не пытаясь спорить...

— Почему?

— Потому что.

— Потому что это не так утомительно?

— Да.

— Это не лучшая стратегия, по... поверьте мне. В долгосрочном плане это всегда ведет к поражению.

— Я знаю.

— Кстати, о стратегии... На следующей неделе я собираюсь посетить ув... увлекательнейшую лекцию о военном искусстве Наполеона Бонапарта, хотите составить мне компанию?

— Спасибо, нет, но я с удовольствием послушаю вас. Расскажите мне о Наполеоне...

— О, это обширнейшая тема... Хотите ломтик лимона?

— Ну уж нет! Я больше к лимону ни за что не притронусь! И ни к чему другому тоже...

Он сделал большие глаза.

— Я же просил — *над* схваткой...

6

«Обретенное время» — хорошенькое название для места, все постояльцы которого доживают свои последние деньки... Ну ни фига себе...

Франк пребывал в дурном настроении. Бабушка не разговаривала с ним с того самого дня, как поселилась здесь, и он уже на окружной начинал ломать себе голову, думая, что бы такое ей рассказать. Приехав сюда в первый раз, он растерялся, и они весь день молча пялились друг на друга, как два фаянсовых мопса... В конце концов он встал у окна и начал громко комментировать происходившее на стоянке: стариков привозили и увозили, мужья собачились с женами, дети носились между машинами — один уже заработал оплеуху, плакала девушка, родстер Porsche, новенькая Ducati 5-й серии и вереница машин «скорой помощи». Захватывающая картинка, что и говорить.

Переезд взяла на себя госпожа Кармино, так что он заявился в понедельник на все готовенькое, однако не зная, что его ожидает...

Во-первых, само место... Как говорится, кошелек обязывает, и ему пришлось остановиться на государственном учреждении — доме для престарелых, сооруженном на скорую руку в окрестностях города, между свалкой промышленных отходов и заведением под названием *«Buffalo Grill»*. *Зона под застройку, зона финансовых вложений, зона частной застройки*, дерьмо. Большой кусок дерьма, стоящий посреди пустоты. Он заблудился и больше часа мотался среди гигантских складов в поисках улицы, которой не существовало, останавливался на каждом пятачке, пытаясь сориентироваться по плану, а когда наконец доехал и снял шлем, его чуть не унесло порывом ветра. «Нет, что за бред? С каких это пор стариков селят на сквозняке? Я всегда был уверен, что от ветра у них болит голова... О черт... Скажите мне, что это неправда... Что она не там... Пощадите... Скажите, что я ошибся...»

Внутри стояла адская жара. Он шел к ее комнате, и горло у него сжималось и сжалось наконец так сильно, что ему понадобилось несколько минут, чтобы обрести дар речи.

Как ужасны все эти старики — жалкие, печальные, бесцветные, стонущие, хнычущие, стучащие палками, шаркающие ногами, чмокающие протезами, пускающие слюни, пузатые, с висящими, как плети, худыми руками... Этот, с трубками в носу, и тот, разговаривающий сам с собой в углу, и та, съежившаяся в инвалидном кресле, как будто ее парализовало... На всеобщее обозрение были выставлены даже ее чулки и памперс...

Ну что за чертова жара! Почему они никогда не открывают окна? Хотят, чтобы их постояльцы побыстрее преставились?

Приехав в следующий раз, он не снимал шлем, пока не добрался до комнаты с номером «87» на двери, чтобы не видеть всего этого кошмара, но его отловила сестра и приказала немедленно разоблачиться и перестать пугать пансионеров.

Его бабуля перестала с ним разговаривать, она только пыталась поймать его взгляд, словно хотела бросить ему вызов и пристыдить: «Итак? Гордишься собой, мой мальчик? Отвечай. Гордишься?»

Ее взгляд прожигал ему спину, пока он раздвигал занавески и высматривал свой мотоцикл.

Он был слишком раздражен, чтобы заснуть. Подтаскивал кресло к ее кровати, что-то говорил, с трудом подбирая слова, рассказывал анекдоты, лепетал какие-то глупости, а потом, устав от безнадежной борьбы, включал телевизор. Он смотрел не на Полетту, а на часы за ее спиной: через два часа я смоюсь, через час, через двадцать минут...

На этой неделе он приехал не в понедельник, как обычно, а в воскресенье — Потлену его услуги не требовались. Он вихрем промчался по холлу, слегка вздрогнув при виде его нового кричащего оформления и несчастных стариков, наряженных в колпаки.

— Что происходит? У вас карнавал? — спросил он женщину в белом халате, ехавшую с ним в лифте.

— Мы репетируем небольшой рождественский спектакль... Вы внук мадам Лестафье, так ведь?

— Да.

— Ваша бабушка не слишком общительна...

— Что вы имеете в виду?

— Необщительна — это еще мягко сказано... Мадам упряма, как осел...

— Я думал, она только со мной так себя ведет. Думал, с вами она, как бы это сказать... сговорчивей...

— О, с нами она очаровательна. Душечка. Сама любезность. А вот с нашими пациентами дело обстоит куда хуже. Она не желает их видеть и скорее откажется от еды, чем спустится в общую столовую...

— Так она что, совсем ничего не ест?

— Ну что вы! Мы в конце концов сдались... И носим ей еду в комнату...

Полетта не ждала его раньше понедельника и так удивилась, что не успела надеть на лицо маску оскорбленной старой дамы. Она не лежала, вытянувшись на кровати со злым выражением лица, а сидела у окна и что-то шила.

— Ба...

Ах, черт, ей не удалось принять обиженное выражение лица и спрятать улыбку.

— Любуешься пейзажем?

Как же ей хотелось сказать ему правду! «Ты что, смеешься надо мной? При чем тут пейзаж? Нет. Я тебя караулю, малыш. Целыми днями только это и делаю... Даже когда точно знаю, что ты не приедешь. Я всегда тут сижу и жду тебя... Знаешь, я теперь узнаю твой мотоцикл издалека и дожидаюсь, пока ты снимешь шлем, чтобы „прыгнуть" в постель и сделать обиженное лицо...» Но она сдержалась, буркнув что-то неразборчивое.

Он опустился на пол у ее ног и прислонился спиной к батарее.

— Все в порядке?

— Ммм...

— Что делаешь?

— ...

— Дуешься?

— ...

Они пытались переупрямить друг друга еще с четверть часа, потом Франк почесал голову, закрыл глаза, вздохнул, подвинулся, чтобы видеть ее лицо, и произнес бесцветным голосом:

— Выслушай меня, Полетта Лестафье, выслушай очень внимательно.

Ты жила одна в доме, который обожала. Я тоже очень его любил. Утром ты вставала ни свет ни заря, готовила себе травяной чай, пила его, разглядывая цвет облаков на небе, чтобы определить, какая будет погода. Потом ты кормила подданных своего маленького королевства — своего кота, соседских кошек, малиновок, синичек и прочих божьих тварей. Потом ты брала секатор и прежде, чем заняться собой, приводила в порядок цветы. Потом ты одевалась и караулила почтальона или мясника. Этот жулик толстяк Мишель вечно отрезал тебе бифштексы весом по триста грамм каждый вместо ста, а ведь знал, мерзавец, что у тебя не осталось зубов... Ты, конечно, никогда ничего ему не говорила! Боялась, что он забудет посигналить тебе в следующий вторник... То, что оставалось, ты варила — чтобы супы получались повкуснее. В одиннадцать ты брала корзинку и шла в кафе папаши Гриво за газетой и двумя ливрами хлеба. Ты давно перестала его есть, но все-таки покупала... По привычке... И для птиц... Ты часто встречалась с кем-нибудь из давних приятельниц, и, если одна из них успевала прочесть похоронную колонку в газете раньше тебя, вы долго обсуждали дорогих усопших, горько вздыхая. А потом ты сообщала ей новости обо мне. Даже если таковых не имелось... Для местных я уже тогда сравнялся известностью с Бокюзом[1], скажешь, нет? Ты жила одна почти двадцать лет, но по-прежнему стелила скатерть, красиво накрывала стол, ставила бокалы на высокой ножке и цветы в вазочке. Если не ошибаюсь, весной это были анемоны, летом — астры, а зимой ты покупала букетик на рынке и все время обзывала его уродливым и слишком дорогим... После обеда ты отдыхала на диванчике, и твой толстый котяра приходил — так и быть! — посидеть несколько минут у тебя на коленях. Полежав, ты заканчивала работу, которую затеяла утром в саду или на огороде. Ох уж мне этот огород... Ты мало что выращивала, но все-таки он тебя подкармливал, и ты выходила из себя, когда Ивонна покупала морковь в супермаркете. Ты считала это настоящим позором...

А вот вечера были длинноваты, так? Ты надеялась, что я позвоню, но я не звонил, и тогда ты включала телевизор и садилась перед экраном, зная, что все эти глупости быстро тебя усыпят. Когда начиналась реклама, ты неожиданно просыпалась, обходила дом, кутаясь в шаль, и закрывала ставни. Этот скрип ставней в темноте — ты и сегодня его слышишь, я в этом уверен, потому что тоже его слышу. Я сейчас живу в таком утомительном городе, где вообще ничего не расслышишь, но мне достаточно прислушаться, и я различаю скрип деревянных ставней твоего дома и двери сарайчика во дворе...

Я действительно не звонил, но я о тебе думал, а когда приезжал навестить, мне и без святой Ивонны, которая всякий раз отводила меня в сторонку и, теребя за руку, докладывала обстановку, было ясно, что все плохо... Я не решался ничего тебе сказать, но видел, что и сад не такой ухоженный, и огород весь скособочился... Я видел, что ты стала меньше следить за собой, и цвет волос у тебя странноватый, и юбка надета наизнанку. Замечал, что плита заросла грязью, и что в жутких свитерах, которые ты продолжала мне вязать, полно пропусков и дыр, и что чулки ты натянула от разных пар, и что ты натыкаешься то и дело на углы и предметы... Да, да, не смотри на меня так, бабуля... Я всегда знал о тех огромных синяках, хоть ты и прятала их под жакетами...

Я мог бы начать доставать тебя намного раньше... Мог заставить ходить по врачам, скандалить, чтобы ты плюнула наконец на эту чертову лопату, тем более что ты и поднять-то ее толком не могла... Я мог попросить Ивонну приглядывать за тобой, шпионить и сообщать мне результаты твоих анализов... Мог, но говорил себе, что лучше оставить тебя в покое, и тогда в тот день, когда все окончательно разладится, ни у тебя, ни у меня не будет сожалений... По крайней мере, ты пожила в свое удовольствие. Была счастлива. И спокойна. До самого конца.

— Теперь этот день настал. Мы имеем что имеем, и ты должна подчиниться, старушка. Вместо того чтобы изводить меня и строить козью морду, лучше бы поблагодарила судьбу за везение — ты прожила больше восьмидесяти лет в таком красивом доме...

Она плакала.

— ...и кроме того, ты ко мне несправедлива. Разве я виноват в том, что живу далеко и совершенно одинок? Моя ли вина, что ты осталась вдовой? Разве из-за меня ты не родила других детей, кроме моей потаскухи матери, детей, которые могли бы сегодня заботиться о тебе? И разве это моя вина, что у меня нет ни сестер, ни братьев, которые навещали бы тебя по очереди со мной?

Нет, это не моя вина. Мой единственный грех в том, что я выбрал такую никудышную профессию. Я должен вкалывать, как полный придурок, и ничего не могу с этим поделать, а хуже всего то, что, даже захоти я что-то изменить, все равно ничего другого делать не умею... Да ты хоть понимаешь, что я работаю всю неделю, кроме понедельника, а по понедельникам приезжаю сюда? И не изображай удивление... Я говорил тебе, что по воскресеньям у меня халтура — надо выплачивать за мотоцикл, так что в постели я по утрам не валяюсь... Начинаю каждый день в половине девятого, а вечером работаю до полуночи. Чтобы все это выдержать, приходится спать днем.

Суди сама, что такое моя жизнь: ничто, пустота. Я ничего не делаю. Ничего не вижу. Ничего не знаю и —

самое ужасное — ничего не понимаю... Во всем этом бардаке было всего одно светлое пятно, одно-единственное: нора, которую я снял у этого странного типа — я тебе часто о нем рассказываю. Знаешь, он ведь настоящий аристократ... Так вот, даже тут все пошло прахом... Он привел девушку, она живет с нами и бесит меня так, что никакими приличными словами не выразишь... Она даже не его подружка! Я вообще не уверен, что этот парень сумеет однажды «произвести залп», ой, прости, «сделать решающий шаг»... Нет, это просто какая-то убогая, которую он взял к себе под крылышко, и теперь обстановочка в доме та еще, и мне придется искать другую берлогу... Ладно, плевать, я столько раз переезжал... Как-нибудь выкручусь... А вот с тобой у меня ничего не получается, понимаешь? Я в кои веки работаю с приличным шефом. Я тебе все время рассказываю, как он орет и все такое прочее, но он нормальный мужик. У нас с ним нормальные отношения, он вообще добрый... Рядом с ним я действительно расту как профессионал, понимаешь? И не могу подвести его, по крайней мере не могу уйти раньше конца июля. Я ведь рассказал ему про тебя... Объяснил, что собираюсь вернуться в Тур, чтобы быть поближе к тебе. Уверен, он мне поможет, но я сейчас на таком положении, что не хочу соглашаться абы на что. Я могу быть шефом в кафе или первым помощником в приличном ресторане. Но подавальщиком не пойду, ни за какие коврижки... Хватит, нахлебался... А ты должна потерпеть... И не смотри на меня такими глазами, иначе — скажу тебе честно — я перестану приезжать.

Повторяю: у меня всего один свободный день в неделю, и если я каждый раз буду тут у тебя впадать в депрессуху, то просто сдохну... Скоро праздники, и работы у меня будет выше крыши, и ты, черт возьми, должна мне помочь...

И последнее... Одна милая тетка из персонала сказала мне, что ты не хочешь общаться с остальными — кстати, я тебя хорошо понимаю, весельчаками твоих компаньонов не назовешь! — но ты могла бы сделать вид... Вдруг тут есть еще одна Полетта — тоже сидит в своей комнате, прячется, боится и умирает от одиночества... Может, она тоже рассказала бы тебе о своем саде и замечательном внуке, но как же вам найти друг друга, если ты сидишь тут и капризничаешь, как маленькая?

Она ошеломленно смотрела на него.

— Вот и хорошо. Я выложил все, что хотел, и теперь не могу встать, так болит жо... задница. Ну и? Что ты там мастеришь?

— Это ты, Франк? Это правда ты? Я никогда в жизни не слышала от тебя такой длинной речи... Надеюсь, ты не заболел?

— Ничего я не заболел, просто устал. Осточертело все, понимаешь?

Она долго смотрела на него, потом тряхнула головой, словно наконец очнулась, и показала ему свое шитье.

— Это для малышки Надежды, она работает в утреннюю смену. Милая девушка... Я чиню ее свитер... Кстати, вдень-ка мне нитку в иголку, я не могу найти свои очки.

— Садись на кровать, а я займу кресло, идет?

Он заснул, не успев приземлиться.
Сном праведника.

Разбудил его грохот подноса.

— Что это такое?

— Ужин.

— Почему ты не спускаешься в столовую?

— Вечером еду всегда разносят по комнатам...

— А сколько сейчас времени?

— Половина шестого.

— Что за бред? Они заставляют вас есть так рано?

— По воскресеньям всегда так, чтобы персонал мог пораньше освободиться...

— Ну и ну... Что это за еда? Она же воняет...

— Не знаю, что это, и предпочитаю не думать...

— Это рыба?

— Скорее картофельная запеканка...

— Брось, пахнет рыбой, точно... А это что за коричневая дрисня?

— Компот...

— Не может быть!

— Очень даже может...

— Уверена?

— Да я уж и сама засомневалась...

Они почти закончили свое расследование, и тут вернулась сестра.

— Ну, как дела? Вкусно? Вы закончили?

— Подождите-ка, — возмутился Франк, — и двух минут не прошло, как вы принесли ужин! Дайте ей спокойно поесть!

Сестра, ни слова не говоря, захлопнула дверь.

— И так каждый день... Но хуже всего — в воскресенье... Они торопятся уйти... Трудно на них за это сердиться, правда ведь?

Старая дама поникла головой.

— Бедная моя бабуля... Ну что за дерьмо все это... Что за дерьмо...

Она сложила салфетку.

— Франк...

— Угу...

— Прости меня...

— Это ты меня прости. Все у меня идет наперекосяк. Но ничего, я начинаю привыкать...

— Могу я теперь забрать тарелки?

— Да-да, пожалуйста...

— Поблагодарите шефа, мадемуазель, — добавил Франк, — скажите, что ужин был просто замечательным...

— Ну ладно, я, пожалуй, пойду.

— Не подождешь, пока я надену ночнушку?

— Давай.

— Помоги встать...

Он услышал, как полилась вода в ванной, и стыдливо отвернулся, пока Полетта укладывалась в постель.

— Погаси свет, малыш...

Она зажгла ночник.

— Иди сюда, посиди со мной две минутки...

— Ладно, но не больше. Мне ведь еще ехать...

— Две минуты.

Она положила руку ему на колено и задала вопрос, который он меньше всего ожидал услышать:

— Скажи-ка, девушка, о которой ты мне рассказывал... Та, что живет с вами... Какая она?

— Глупая, самодовольная, тощая и такая же испорченная, как все бабы...

— Ну и ну...

— Она...

— Она что?

— Она вроде как из умников... Да не вроде — точно интеллигентка. Они с Филибером вечно роются в книжках, часами могут трепаться о всякой ерунде. Но знаешь, что самое странное? Она уборщица...

— Да что ты?

— Ночная...

— Ночная?

— Говорю тебе — она странная... Если бы ты увидела, до чего она худая, тебе бы плохо стало...

— Она что, не ест?

— Понятия не имею. Да мне плевать.

— Как ее зовут?

— Камилла.

— Какая она?

— Я же тебе рассказал.

— Опиши мне ее лицо.

— Эй, ты почему об этом спрашиваешь?

— Чтобы ты подольше не уходил... Да нет, конечно, мне просто интересно.

— Ладно, слушай: у нее короткие каштановые волосы — совсем короткие, почти ежик... Глаза, кажется, голубые, ну, во всяком случае, точно светлые. Она... ей, да плевать я хотел!

— А нос у нее какой?

— Нормальный.

— ...

— По-моему, у нее веснушки... Она... почему ты улыбаешься?

— Нипочему, я тебя слушаю...

— Ну уж нет, я пошел, ты меня нервируешь...

7

— Ненавижу декабрь. Праздники плохо на меня действуют...

— Я знаю, мама. Сегодня ты повторяешь это уже в четвертый раз...

— Неужели ты любишь праздники?

— А что? Ты ходила в кино?

— Что я там забыла?

— Едешь в Лион на Рождество?

— Придется... Знаешь ведь, какой характер у твоего дяди... Ему нет до меня дела, но, если я проигнорирую его индейку, будет целая история... Составишь мне компанию в этом году?

— Нет.

— Почему?

— Я работаю.

— Выметаешь елочные иголки? — с сарказмом в голосе поинтересовалась мать.

— Именно так.

— Издеваешься?

— Нет.

— Заметь — я тебя понимаю. Поедать рождественское полено в компании идиотов — это просто ужасно, разве нет?

— Ты преувеличиваешь. Они милые...

— Бррр... Эти «милые» тоже плохо на меня действуют...

— Я заплачу... — Камилла перехватила счет. — Мне пора...

— Ты что, постриглась? — спросила мать у входа в метро.

— Я все ждала: заметишь ты или нет?
— Отвратительно. Зачем ты это сделала?

Вниз по эскалатору Камилла бежала.
Ей нужен глоток воздуха. Немедленно.

8

Она сразу поняла, что в доме кто-то чужой. Женщина. По запаху.

От приторно-сладкого аромата ее затошнило. Она быстрым шагом направилась к себе и увидела их — в гостиной. Франк лежал на полу и глупо смеялся, глядя на извивающуюся в танце девушку. Музыка гремела на полную мощность.

— ...Вечер, — бросила она, проходя мимо.

Закрывая дверь, она услышала, как Франк буркнул: «Не обращай внимания. Говорю тебе, нам нет до нее никакого дела... Давай, подвигайся еще чуть-чуть...»

Это была не музыка, а грохот. Бред сумасшедшего. Дрожали стены, пол и картины на стенах. Выждав несколько мгновений, Камилла решила нарушить их уединение.

— Сделай потише... Будут проблемы с соседями...

Девица замерла и захихикала.

— Эй, Франк, это она? Она? Ты Кончита?

Камилла молча рассматривала подружку Франка. Филибер был прав: фантастика!

Средоточие глупости и вульгарности. Туфли на платформе, джинсы с финтифлюшками, черный лифчик, ажурный свитер, укладка «домашнего розлива» и гелевые губы, не женщина — мечта идиота!

— Да, это я, — наконец ответила она и повторила, обращаясь к Франку: — Убавь звук, прошу тебя.

— Ты меня достала! Давай... Отправляйся баиньки в свою норку...

— Филибер дома?

— Нет, у Наполеона. Иди спать, говорю.

Девица заливалась радостным смехом.

— Где тут у вас сортир? Эй, сортир где?

— Сделай потише, или я вызову полицию.

— Давай, вызывай, только отвяжись от нас. Ну! Вали отсюда!

Шансов выйти победителем в этой схватке у Франка не было: Камилла провела несколько часов наедине с матерью.

Но Франк не мог это знать.

В общем, ему не повезло.

Она развернулась, вошла в его комнату, отшвырнула ногой какие-то тряпки, открыла окно, выдернула шнур из розетки и выбросила стереосистему с пятого этажа на улицу.

Потом вернулась в гостиную и спокойненько так процедила:

— Вот и все. Нужда в полицейских отпала.

И добавила:

— Эй... Закрой рот, шлюха, муха влетит.

Она закрылась на ключ. Он барабанил в дверь, кричал, вопил, ревел, угрожал ей всеми казнями египетскими. Пока он разорялся, она смотрела на свое отражение в зеркале и улыбалась, думая, что мог бы выйти интересный автопортрет. К сожалению, сейчас она ничего не смогла бы нарисовать — ладони были слишком влажными...

Она дождалась, пока хлопнет входная дверь, пробралась на кухню, поела и легла спать.

Он взял реванш в середине ночи.

Около четырех Камиллу разбудил шум любовной схватки из комнаты по соседству. Он рычал, она стонала. Он стонал, она вскрикивала.

Камилла поднялась и несколько минут размышляла в темноте, не собрать ли немедленно вещи и не уйти ли в свою комнатушку.

— Нет, — прошептала она, — нет, это доставит ему слишком большое удовольствие... Ну что за козел — устроить такой тарарам... Нет, так не бывает, они что, оба «виагры» нажрались? Или он попросил ее вопить погромче? Может, у этой девки не глотка, а сирена-ревун?

Он победил.
Она приняла решение.
Но заснуть не смогла.

На следующий день она встала очень рано и принялась бесшумно собирать вещи в ту же маленькую коробку, с которой пришла в эту квартиру. Потом сняла белье и сложила в большую сумку, чтобы отнести в прачечную. Ей было плохо. И не из-за того, что придется вернуться наверх... Она не хотела расставаться с этой комнатой... Запах пыли, свет, шорох шелковых штор, скрип мебели, абажуры и тусклое зеркало. И такое ощущение, что ты — вне времени... Оторвана от мира... Предки Филибера в конце концов приняли ее, и она развлекалась тем, что рисовала их — в разных костюмах и разных ситуациях. Самым интересным персонажем оказался старый Маркиз. Он был веселее всех... И моложе... Камилла отключила свой камин, мельком пожалела, что шнур у него не убирается, но не решилась выкатить агрегат в коридор и оставила его перед своей дверью.

Закончив, взяла свой блокнот, налила большую чашку чая и закрылась в ванной. Она поклялась, что заберет с собой эту комнату, самое красивое помещение в доме.

Камилла свалила все вещи Франка в ванну — дезодорант X de Mennen, старую замурзанную зубную щетку, бритвы Bic, дорогой гель для чувствительной кожи и пропахшие едой тряпки.

Попав впервые в эту ванную, Камилла не смогла удержаться от восторженного возгласа, и Филибер поведал ей, что оборудовала ее в 1894 году фирма Porsche. Каприз его прабабушки, которая была самой кокетливой парижанкой периода «бель эпок»[1]. Возможно, даже слишком кокетливой, если вспомнить, как хмурил брови его дедушка, рассказывая о «шалостях» своей матери... Чистый Оффенбах...

Когда установили ванну, соседи по дому собрались было подать коллективную жалобу-протест, опасаясь, что она проломит пол и провалится вниз, но, увидев ее, пришли в такой восторг, что дело разрешилось ко всеобщему удовольствию. Красивей ванны не было во всем доме, а возможно, и на всей улице...

Она сохранилась в первозданном виде — если не считать нескольких щербинок и царапин.

Камилла уселась на корзину с грязным бельем и начала рисовать: кафель, фризы, завитушки и украшательства, массивную фарфоровую ванну на четырех гнутых ножках в виде лап грифона, изношенные хромированные краны, массивную головку душа, «выплюнувшую» последнюю порцию воды во время войны в 1914 году, мыльницы, похожие на церковные кропильницы, и держащиеся на честном слове крючки для полотенец. Пустые флаконы — Shoking от Schiaparelli, Transparent от Houbigant и Le Chic от Molyneux, коробки рисовой пудры La Diaphane, голубые ирисы на фаянсе биде и столики — изящные до вычурности, украшенные цветами и птицами: Камилла всегда поеживалась, ставя свою уродливую современную косметичку на пожелтевшую столешницу. Унитаз отсутствовал, но бачок был по-прежнему прикручен к стене, и Камилла закончила инвентаризацию, запечатлев на бумаге ласточек, которые вот уже сто лет стартовали с его крышки.

Блокнот почти закончился. Еще две-три страницы и...

Камилле не хватило духу пролистать его, и она усмотрела в этом знак. Конец блокнота, конец каникулам.

Она сполоснула чашку и вышла, тихонько прикрыв дверь. Пока стирались простыни, она посетила магазин «Darty» рядом с Мадлен и купила Франку новую систему. Она не хотела оставаться в долгу перед этим человеком, но, выбирая, положилась на продавца.

Она любила, когда другие принимали за нее решение...

Когда Камилла вернулась, квартира была пуста. Или безмолвна. Она не стала выяснять. Поставила коробку с Sony перед дверью соседа по коридору, оставила чистые простыни на своей бывшей кровати, попрощалась с галереей предков и покатила камин в холл. Ключа она не нашла. Ладно, потом разберемся... Она поставила коробку с вещами и чайник на камин и отправилась на работу.

На Париж опускался вечер, холодало, и у Камиллы снова пересохло во рту, в желудке появилась тяжесть: проклятые булыжники вернулись. Она сделала над собой невероятное усилие, чтобы не расплакаться, и в конце концов убедила себя, что просто похожа на мать: ее раздражают праздники.

Она работала одна, в полной тишине.

Ей не очень-то хотелось продолжать свои странствия. Следовало признать очевидное. У нее ничего не получалось.

Она вернется наверх, в комнатку Луизы Ледюк, и расставит по местам вещи.

Наконец-то.

Записочка на столе от господина Грязнули отвлекла ее от мрачных мыслей:

Кто вы?

Почерк был убористый, паста — черная.

Забыв о тележке с тряпками и чистящими средствами, Камилла уселась в огромное кожаное кресло и взяла два белых листочка.

На первом она нарисовала косматую беззубую ведьму со злобной ухмылкой на лице, опирающуюся на растрепанную метлу. Из кармана ее халата виднелась литровая бутылка красного вина с надписью на этикетке: *Touclean, профессионалы и т. д. Это я и есть...*

На другом листке Камилла изобразила красотку в стиле 50-х. С рукой на крутом бедре, губками бантиком, кокетливо отставленной ножкой и пышной грудью, обтянутой прелестным кружевным фартучком. Девушка держала метелку из перьев и утверждала: *Да нет же... Это я...*

Розовым фломастером она нарисовала румянец на ее щечках...

Из-за глупостей с рисованием она пропустила последний поезд, и ей пришлось возвращаться пешком. Ну и ладно, и так хорошо... Еще один знак... Она почти достигла дна, но еще не совсем, так ведь?

Еще одно усилие.

Еще несколько часов на холоде, и все будет в порядке.

Толкнув дверь черного хода, она вспомнила, что не вернула ключи Филиберу и должна еще перетащить наверх свои вещи.

Ну и, наверное, следует написать прощальную записку своему гостеприимному хозяину?

Она направилась к его кухне и с досадой заметила, что там горит свет. Ну конечно, Марке де ла Дурбельер, этот рыцарь печального образа, у которого каша во рту, готовится изложить ей уйму дурацких аргументов, чтобы уговорить остаться. На мгновение ей захотелось повернуть назад — у нее не было сил выслушивать его излияния. Ладно, если только она не умрет этой же ночью, ей нужен ее обогревательный прибор...

9

Он стоял по другую сторону стола, щелкая язычком крышки от пивной банки.

Камилла схватилась за ручку двери и почувствовала, как ногти впиваются в ладонь.

— Я тебя ждал, — сообщил он.

— Что?

— Угу.

— ...

— Не хочешь присесть?

— Нет.

В кухне надолго повисла тишина.

— Не видел ключей от черной лестницы? — наконец спросила она.

— Они у меня в кармане...

Камилла вздохнула.

— Отдай их мне.

— Нет.

— Почему?

— Потому что я не хочу, чтобы ты уходила. Я сам уберусь... Если ты исчезнешь, Филибер мне этого в жизни не простит... Он уже сегодня как увидел твою коробку, так разозлился, что заперся у себя и не выходит... Так что я уйду. Не ради тебя — ради него. Я не могу так с ним поступить. Не хочу, чтобы он стал таким, как раньше. Филибер этого не заслуживает. Он мне помог, когда я был в полном дерьме, и я ему зла не причиню. Не хочу смотреть, как он страдает и извивается, как червяк, стоит кому-нибудь задать ему вопрос... Он начал выздоравливать еще до твоего появления здесь, но с тех пор, как ты переехала, он стал почти нормальным, и я знаю, что он глотает меньше таблеток, так что... Тебе не нужно уходить... У меня есть один приятель, который приютит меня после праздников...

Она ничего не ответила.

— Угостишь меня пивом?

— Пей.

Камилла взяла стакан и села напротив него.

— Можно закурить?

— Давай, я же сказал. Считай, что меня здесь нет...

— Я так не могу. Нет... Когда ты в комнате, в воздухе разлита такая агрессия, все так наэлектризовано, что я не могу вести себя естественно и...

— И что?

— Мы похожи, представь себе, я тоже устала. Думаю, что по другим причинам... Я работаю меньше тебя, но это не имеет значения. Моя голова устала, понимаешь? Кроме того, я просто хочу уйти. Я осознала, что не могу жить «в коллективе», и я...

— Ты?

— Нет, ерунда. Говорю же, я устала. А ты не способен нормально общаться с людьми. Не можешь без ора и оскорблений... Наверное, это из-за твоей работы, так на тебя действует твоя кухня... Не знаю... И, честно говоря, мне на это наплевать... Бесспорно одно: оставайтесь вдвоем, как раньше.

— Нет, ухожу я, выбора у меня нет... Ты для Филу важнее, ты стала важнее меня... Такова жизнь, — со смехом добавил он.

Впервые в жизни они посмотрели друг другу в глаза.

— Я кормил его лучше тебя, это уж точно! Но я ни бум-бум в белых коняшках Марии-Антуанетты... Ничего не поделаешь... Кстати, спасибо за музыкальный центр!

Камилла встала.

— Надеюсь, он не хуже прежнего?

— Все путем...

— Замечательно, — бросила она устало. — Как насчет ключей?

— Каких ключей?

— Брось...

— Твои вещи у тебя в комнате, и я застелил постель.

— А простыню сложил вдвое?

— Ну ты и зануда!

Она была уже в дверях, когда Франк спросил, указав подбородком на блокнот:

— Твоя работа?

— Где ты его нашел?

— Эй... Спокойно... Он лежал на столе... Я только посмотрел, пока ждал тут...

Она собиралась ответить, но он продолжил:

— Если я скажу кое-что приятное, ты меня не покусаешь?

— Попробуй...

Он взял блокнот, перевернул несколько страниц, дождался, когда она обернется, и произнес:

— Знаешь, это просто супер... Суперздорово... Чертовски здорово нарисовано... Это... Так я думаю... Я не очень-то во всем этом секу, то есть совсем не секу, но я вот уже два часа сижу здесь, на этой кухне, где можно окоченеть, и не заметил, как прошло время. Я ни минуты не скучал. Я... смотрел на все эти лица в блокноте... На моего Филу и всех этих людей... Как они все похожи... и до чего красивые... А уж квартира... Я год здесь живу и думал, здесь пусто... То есть я ничего не видел... А ты... ты... В общем, суперские рисунки...

— ...

— Чего ты плачешь?

— Нервы...

— Вот еще новости... Хочешь еще пива?

— Нет. Спасибо. Пойду спать...

Умываясь, Камилла слышала, как Франк барабанит в дверь Филибера и вопит:

— Ну же, парень, открывай! Все хорошо. Она здесь! Можешь наконец выйти и пописать!

Девушке показалось, что Маркиз улыбается ей с портрета. Она погасила лампу и провалилась в сон.

10

Погода улучшилась. Потеплело. В воздухе запахло веселым легкомыслием, something in di air. Люди носились по всему городу в поисках подарков, а Жози Б. перекрасилась. Замечательный цвет красного дерева выгодно оттенял оправу ее очков. Мамаду тоже купила себе изумительный парик. Однажды вечером, когда они распивали на лестничной клетке выигранную в споре бутылку игристого вина на четверых, она провела для них урок парикмахерского искусства.

— Сколько же ты сидишь в салоне, пока тебе выщипывают черепушку?

— Да недолго... Может, часа два или три... Все зависит от длины волос... Вот мою Сисси причесывали больше четырех часов...

— Больше четырех! И что она делала все это время? Сидела паинькой?

— Конечно, нет! Она ведет себя так же, как и мы: хохочет, ест, слушает наши истории... Мы ведь рассказываем много историй... гораздо больше вас...

— А ты, Карина? Что будешь делать на Новый год?

— Поправлюсь на два кило... А ты, Камилла?

— Похудею на те же два... Да нет, шучу...

— Ты празднуешь с семьей?

— Да, — соврала она.

— Ладно, девочки, надо закончить работу... — СуперЖози постучала по циферблату своих часов.

Как вас зовут? Хозяин кабинета оставил ей очередное послание.

Возможно, это была чистая случайность, но фотографию жены и детей он со стола убрал. Парень весьма предусмотрителен... Она выбросила листок в корзину и начала пылесосить.

В квартире обстановка тоже слегка разрядилась. Франк больше не ночевал, а приходя поспать в перерыв, пулей несся в свою комнату. Он даже не стал распаковывать новую Sony.

Филибер никогда не заговаривал о том, что произошло между Камиллой и Франком в тот вечер, когда он отдавал дань уважения Наполеону в Доме Инвалидов. Ему были противопоказаны любые перемены. Его душевное равновесие держалось на честном слове, и Камилла только теперь начала понимать, что он совершил настоящий подвиг, придя за ней той ночью... Какое усилие должен был сделать этот парень... У нее не выходили из головы слова Филибера о таблетках...

Филибер объявил, что уезжает в отпуск и будет отсутствовать до середины января.
— Вы едете в замок?
— Да.
— Рады?
— Право, я буду счастлив увидеться с сестрами...
— Как их зовут?
— Анна, Мари, Катрин, Изабель, Альенор и Бланш.
— А брата?
— Луи.
— Сплошь имена королей и королев...
— О да...
— А вас почему не назвали в честь какого-нибудь монарха?
— Ну, я... Я всего лишь гадкий утенок...

— Не говорите так, Филибер... Знаете, я ничего не смыслю в историях аристократических семейств, и мне по большому счету плевать на частицы и приставки к фамилиям, я даже нахожу все это несколько смешным, чуть-чуть старомодным, но в одном я уверена: вы — принц. Самый настоящий принц.

— О... — он покраснел. — Всего лишь мелкопоместный провинциальный дворянчик, не более того...

— Ладно, пусть будет мелкопоместный, согласна... Думаете, мы сможем в будущем году перейти на «ты»?

— Узнаю мою маленькую суфражистку! Как же вы привержены революциям... Знаете, мне будет трудно говорить вам «ты»...

— А мне нет. Я бы очень хотела сказать вам: Филибер, благодарю тебя за все, что ты для меня сделал, потому что, хоть ты этого и не знаешь, в некотором смысле ты спас мне жизнь...

Он ничего не ответил, только в очередной раз потупил глаза.

11

Она встала рано, чтобы проводить его на вокзал. Он так нервничал, что ей пришлось отобрать у него билет и прокомпостировать его самой. Потом они пошли выпить шоколада, но он не притронулся к своей чашке. По мере того как приближался час отъезда, у него искажалось лицо, начался тик. Перед ней снова был несчастный тип из супермаркета. Жалкий неловкий дылда, который вынужден держать руки в карманах, чтобы не расцарапать лицо, поправляя очки.

Она положила руку ему на плечо.

— Все в порядке?

— Ддда... вы... вы... сле... следите за временем, ведь так?

— Тихо-тихо-тихо... — прошептала она. — Эй... Все хорошо... Все нормально...

Он попытался кивнуть.

— Вы так нервничаете из-за свидания с семьей?

— Нн... нет, — ответил он, утвердительно кивая.

— Думайте о своих сестричках...

Он улыбнулся.

— Кто ваша любимица?

— Са... самая младшая...

— Бланш?

— Да.

— Она красивая?

— Она... Она больше, чем красивая... Она... она добра ко мне...

Поцеловаться они были не способны, но на платформе Филибер взял ее за плечо и сказал:

— Ввы... вы позаботитесь о себе, ведь правда?

— Да.

— Вы... встретите праздники с семьей?

— Нет...

— Как? — Его лицо исказилось.

— У меня нет младшей сестры, чтобы вытерпеть всех остальных...

— А-а-а...

Уже в вагоне, через окно, он продолжал увещевать ее:

— Гла... главное — не позволяйте малышу Эскофье запугать вас!

— Ладно-ладно, — успокоила она его.

Он добавил что-то еще, но она не расслышала — в этот момент загрохотал громкоговоритель. На всякий случай она кивнула, и поезд тронулся с места.

Она решила вернуться пешком и, сама того не замечая, пошла в другую сторону — не налево, вниз по бульвару Монпарнас к Военной школе, а прямо, и оказалась на улице Ренн. Ее заманили гирлянды иллюминации, витрины магазинов, оживленная толпа...

Она уподобилась насекомому, летящему на свет и запах теплой человеческой крови.

Ей хотелось стать частью этой толпы, быть как все — спешить куда-то, волноваться, суетиться... Хотелось зайти в магазин и накупить всякой ерунды, чтобы побаловать любимых ею людей. Она одернула себя: а кого, собственно говоря, она любит? Ну-ну, не заводись, прошу тебя, приказала она себе, поднимая воротник куртки. Есть Матильда, и Пьер, и Филибер, и подруги по ордену Половой Тряпки... В этом вот ювелирном ты наверняка найдешь безделушку для Мамаду — она ведь такая кокетка.... Впервые за долгое время она поступила как все, совпав с окружающими во времени и пространстве: гуляла и планировала, как потратит тринадцатую зарплату... Впервые за долгое время она не думала о завтрашнем дне. Не в переносном, а в прямом смысле этого слова. Именно о завтрашнем, следующем дне.

Впервые за очень долгое время завтрашний день казался ей... возможным. Да-да, именно возможным. У нее было место, где ей нравилось жить. Место такое же странное и удивительное, как и обитавшие там люди. Она сжимала в кармане ключи и вспоминала прошедшие недели. Она познакомилась с инопланетянином. Великодушным, сдвинутым, живущим на облаках и нисколько этим не гордящимся. Со вторым, конечно, сложнее... Она пока не знала, способен ли он говорить о чем-нибудь, кроме мотоциклов и готовки, но ведь взволновал же его — ладно, «взволновал» сильно сказано — не оставил равнодушным ее блокнот. Возможно, все и устроится: главное — найти правильный подход.

Да, ты проделала большой путь, думала она, бредя в толпе прохожих.

В это же время в прошлом году она пребывала в столь жалком состоянии, что не сумела назвать свое имя парню из подобравшей ее «скорой помощи», а два года назад она так много работала, что даже не заметила наступившего Рождества, а ее «благодетель» поостерегся напоминать — из страха, что она выбьется из ритма... Ну так что, имеет она право это сказать? Может произнести эти несколько слов, от которых еще совсем недавно у нее бы язык отсох? С ней все в порядке, она чувствует себя хорошо, и жизнь прекрасна. Уф, она это произнесла. Брось, не красней, идиотка. И не оборачивайся. Никто не слышал, как ты бормотала эту чушь, успокойся.

Она проголодалась. Зашла в булочную и купила несколько маленьких пирожных. Идеальные пирожные — легкие и сладкие. Камилла долго облизывала пальцы, прежде чем снова отправиться в магазин за подарками. Духи для Мадлен, украшения для девушек, пару перчаток для Филибера и сигары для Пьера. Вроде бы все по правилам, приличия соблюдены. Она купила самые дурацкие рождественские подарки на свете, но они подходили идеально.

Она закончила свой поход по магазинам на площади Сен-Сюльпис, в книжном. Тоже впервые за долгое время... Она больше не осмеливалась посещать подобные места. Это трудно было объяснить, но ей было слишком больно... Нет, она не могла выразить словами, в чем тут дело... Подавленность, трусость — она не хотела снова рисковать... Книжный магазин, кино, выставки, витрины художественных галерей — все это заставляло вспомнить о собственной посредственности, о своем малодушии, о том, как однажды в минуту отчаяния она выкинула все это из своей жизни и больше старалась об этом не думать.

Посещение любого из этих мест, рожденных работой чувств других людей, неизбежно напомнило бы ей о бессмысленности ее собственной жизни...

Нет, она предпочитала ходить во «Franprix».

Кто мог это понять? Никто.

Эта борьба происходила в ней самой. Скрытая от чужих глаз. Мучительная. Она обрекла себя на ночные уборки, одиночество, мытье сортиров и все никак не могла выйти победительницей.

Сначала Камилла обошла стороной отдел изящных искусств — она знала его наизусть, слишком часто посещала, когда пыталась учиться в школе с тем же названием, и позже, уже не ставя перед собой столь возвышенные цели... Она не собиралась туда идти. Еще слишком рано. А может, уже поздно. Пока она была не способна на отчаянный рывок. А возможно, наступил такой момент ее жизни, когда ей больше не следует рассчитывать на помощь великих мастеров?

С тех пор как она научилась держать в пальцах карандаш, окружающие все время твердили ей, что она способная. Очень способная. Слишком способная. Многообещающая, но слишком хитрая или чудовищно избалованная. Все эти похвалы — искренние и не очень — никуда не привели Камиллу, и сегодня, когда она годилась лишь на то, чтобы как одержимая покрывать эскизами странички своих блокнотов, она променяла бы всю свою сноровку на утраченную непосредственность. Или на волшебный карандаш, например... Раз — и все позабыто. Нет ни техники, ни эталонов, ни навыков — ничего. Все надо начинать с нуля.

Итак... Ручку держат большим и указательным пальцами... Хотя нет... Держи как хочешь. Потом будет легко, ты просто перестанешь о ней думать. И не будешь замечать рук. Все происходит где-то не здесь. Нет, это никуда не годится, это все еще слишком красиво. Никто ведь тебя не просит делать что-то непременно красивое... Плевать на красоту. Для этого есть детские рисунки и подарочная бумага в магазинах. Надевай варежки, маленький гений, маленькая пустая ракушка, надевай, говорю тебе, и тогда наконец у тебя, может быть, получится идеально неправильный круг.

Она бродила среди книг. И чувствовала себя потерянной. Книжек было так много, а она так давно перестала следить за новинками, что от всех этих красных полосок у нее кружилась голова. Она разглядывала обложки, читала аннотации, проверяла возраст авторов, морщась, если они оказывались моложе нее. Не слишком научный подход... Она подошла к полкам, где стояли книги карманного формата. Бумага низкого качества и мелкий шрифт не так пугали ее. Обложка томика, на которой был изображен мальчик в темных очках, показалась ей уродливой, зато понравились первые строки романа:

Если бы меня попросили свести мою жизнь к одному-единственному событию, я назвал бы следующее: в семь лет почтальон переехал мне голову. Никакое другое происшествие не стало бы столь же определяющим. Мое беспорядочное, запутанное существование, мой больной мозг и моя Вера в Бога, мои радости и горести — все это так или иначе проистекает из этого мгновения, когда летним утром левое заднее колесо почтового джипа придавило мою детскую голову к обжигающе-горячему гравию в резервации апачей в Сан-Карлосе.

Да, это было неплохо... Плюс ко всему книга была четырехугольная и толстая, с плотным текстом, диалогами, отрывками из писем и прелестными подзаголовками. Она продолжила листать томик.

«Глория, — торжественно произнес Барри. — Вот твой сын Эдгар. Он давно ждет встречи с тобой».

Моя мать огляделась, но в мою сторону даже не посмотрела. «Мне бы пивка», — спросила она Барри то-

неньким мелодичным голосом, и внутри у меня все сжалось.

Барри вздохнул и достал из холодильника очередную банку пива. «Это последняя уже, купим еще». Он поставил банку на стол перед моей матерью и легонько качнул ее стул за спинку. «Глория, это твой сын, — повторил он. — Твой сын здесь».

Качать спинку стула... Может, в этом что-то есть?

В самом конце книги внимание Камиллы привлек абзац, окончательно утвердивший ее в намерении купить книгу:

Честно говоря, никакой моей заслуги тут нет. Я просто выхожу из дома с блокнотом в кармане, и люди раскрываются передо мной. Я звоню в дверь, и они рассказывают мне свою жизнь, делятся своими маленькими победами, яростью и тайными сожалениями. Мой блокнот — обман, маскировка. Чаще всего я почти сразу прячу его в карман и терпеливо жду, пока они выложат все что хотели. Дальше — самое легкое. Я возвращаюсь домой, устраиваюсь перед своей Hermes Jubile и делаю то, что делаю уже двадцать лет: записываю самые интересные детали...

Разбитая в детстве голова, придурочная мать и маленький блокнотик на дне кармана...

Какое воображение...

Чуть дальше на полке Камилла увидела последний альбом Семпе[1]. Она развязала шарф, сунула его в рукав и зажала пальто между коленями, чтобы насладиться книгой со всеми удобствами. Она переворачивала страницы медленно, раскрасневшись, как это всегда с ней бывало при встречах с Семпе, от волнения и удовольствия. Она обожала их, великих мечтателей, четкость линии, выражение лиц, маркиз из предместья, зонтики старушек и невероятный лиризм ситуаций. Как он это делал? Где находил сюжеты? Вот свечи, кадильницы и огромный барочный алтарь его любимой маленькой церкви. На скамье в глубине церкви сидит женщина и говорит по сотовому, прикрывая рот ладошкой: *Алло, Марта? Это Сюзанна. Я в церкви Святой Евлалии. Хочешь, чтобы я попросила о чем-нибудь для тебя?*

Восторг души.

Какой-то мужчина оглянулся на ее смех. Ничего особенного на этой картинке не было: толстая дама обращалась к кондитеру, занятому работой. Он был в изящной плиссированной шапочке, выглядел слегка разочарованным, а еще у него торчало прелестное маленькое брюшко. *Прошло время, моя жизнь изменилась, но знаешь, Роберто, я никогда тебя не забывала...* На даме шляпа, напоминающая баварский торт с кремом, — точно такой же только что вынул из печи кондитер.

Два-три штриха тушью, но вы видите, как она взмахивает ресницами с легкой ностальгической грустью и жестокой беспечностью женщины, осознающей, что она все еще желанна... Маленькие Авы Гарднер из Буа-Коломба, роковые пергидрольные блондинки местного розлива...

На все про все — шесть линий... Ну вот как он это делал?

Камилла поставила альбом на полку, думая, что люди делятся на две категории: тех, кто понимает рисунки Семпе, и тех, кто их не понимает. Какой бы наивнобредовой ни казалась эта ее теория, она не раз оправдывалась не практике. У Камиллы имелся живой пример: одна ее знакомая всякий раз, листая «Пари Матч» и натыкаясь на подобный рисунок, смешила окружающих: «Не понимаю, что в этом смешного... Кто-нибудь должен объяснить мне, где следует смеяться...» Увы! Эта ее знакомая — ее мать. Да... Вот невезуха...

Направляясь к кассам, она встретилась взглядом с Вюйаром. И это была не фигура речи, а чистая правда: он смотрел на нее. С нежностью.

Автопортрет с тростью и канотье... Она знала эту картину, но никогда раньше не видела репродукции такого большого формата. Это оказалась обложка огромного каталога. Выходит, где-то открыта выставка? Но где?

— В Большом дворце, — подтвердил ей один из продавцов.

— Вот это да...

Странное совпадение... Она думала о нем все эти последние недели. Ее комната с темными обоями, шаль, брошенная на козетку, вышитые подушки, вытертые ковры и приглушенный свет ламп... Она много раз говорила себе: как странно, я словно попала в картину Вюйара... То же ощущение теплого чрева, кокона, в котором остановилось время, — надежного и вместе с тем удушающего, гнетущего...

Она пролистала каталог и вновь испытала неподдельный восторг. Как прекрасно... Просто изумительно... Эта женщина, стоящая спиной и открывающая дверь... Розовый корсаж, длинная черная юбка, чуть выставленная вперед точеная ножка. Как ему удалось передать это движение? Выставленная ножка — элегантная женщина — вид со спины.

И на все про все — немножко черной туши?

Как можно сотворить подобное чудо?

Совершенство произведения искусства целиком зависит от выразительных средств. В живописи их два — форма и цвет, чем чище цвета, тем совершеннее полотно...

Уснувшая сестра, затылок Мизьи Серт , кормилицы в скверах, яркие платья девочек, бледное лицо Малларме, этюды к портрету Ивонн Прентан, ее хорошенькое хищное личико, страницы его записной книжки, улыбка его подружки Люси Белен... Невозможно поймать и запечатлеть на бумаге улыбку, а вот он сумел... Вот уже лет сто мы отрываем молодую женщину от чтения книги: она нежно улыбается нам и как будто спрашивает, устало поворачивая голову: «А, это ты?»

А вот это маленькое полотно ей неизвестно... Оно написано не на холсте — на картоне... Гусь... Гениально... Четверо мужчин — двое из них в смокингах и цилиндрах — пытаются поймать насмешника гуся... Какое богатство цвета, какие резкие контрасты и противоречивость перспектив... Боже, как он, должно быть, забавлялся в тот день!

Через час у нее заболела шея, она очнулась и взглянула на цену: ух ты, пятьдесят девять евро... Нет. Это невозможно. Разве что в следующем месяце... Она сделает себе другой подарок: музыку, которую слышала вчера утром по радио, подметая кухню.

Атавистические жесты, доисторическая метла, древний кафель... Она как раз в очередной раз споткнулась и чертыхнулась сквозь зубы, когда из радиоприемника зазвучало чье-то божественное сопрано. У нее даже волоски на руках зашевелились. Она затаила дыхание: Nisi Dominus, Вивальди, Vespri Solenni per la Festa dell'Assunzione di Maria Vergine...

Ладно, хватит мечтать, довольно пускать слюни, хорош тратить деньги — пора на работу...

Работать ей пришлось дольше обычного — из-за елки, организованной одной из фирм, которую они обслуживали. Жози неодобрительно покачала головой, увидев оставленный гостями беспорядок, а Мамаду собрала с дюжину мандаринов и венских булочек для своих детей. Они опоздали на последний поезд, но Touclean оплатила им всем такси! Просто византийская роскошь! Каждая выбрала водителя по своему вкусу, и они заранее поздравили друг друга с Рождеством — работать 24-го собирались только Камилла и Самия.

12

На следующий день, в воскресенье, Камилла обедала у Кесслеров. Уклониться она не могла. Больше никого не приглашали, и разговор за столом вышел почти веселым. Ни неудобных вопросов, ни двусмысленных ответов, ни неловких молчаний. Настоящее рождественское перемирие. Впрочем, нет! Один неловкий момент все-таки возник: когда Матильда выразила беспокойство по поводу условий ее выживания в комнатушке горничной, Камилле пришлось приврать. Она не хотела сообщать им о своем переезде. Пока не хотела... Надо сохранять бдительность... Маленький злюка так и не съехал, и за одной психодрамой вполне могла последовать другая...

Взвесив на руке подарок, она заявила:

— Я знаю, что это...

— Нет.

— Да!

— Ну давай, скажи... Так что это?

Пакет был упакован в крафтовую бумагу. Камилла развязала ленточку, положила перед собой на стол, разгладила, достала блокнот.

Пьер потягивал вино. Ах, если бы только эта упрямица снова взялась за работу...

Закончив, она повернула рисунок к нему: канотье, рыжая борода, глаза, как две большие бельевые пуговицы, темный пиджак, дверная рама — она словно скопировала обложку.

Он даже не сразу понял, что произошло.

— Как тебе удалось?

— Я вчера целый час его рассматривала...

— Купила?

— Нет.

— Уф...

Помолчав, он спросил:

— Ты снова рисуешь?

— Потихоньку...

— Вот так? — он кивнул на портрет Эдуарда Вюйара. — Снова копируешь, как дрессированная собачонка?

— Нет, нет... Я... Только наброски в блокнотах... Ерунда... Рисую всякую чепуху...

— Но удовольствие хоть получаешь?

— Да.

Он ликовал.

— А-а, замечательно... Покажешь?

— Нет.

— Как твоя мать? — вмешалась великая дипломатка Матильда. — По—прежнему на краю пропасти?

— Скорее, на самом ее дне...

— Значит, все хорошо?

— Просто отлично, — улыбнулась Камилла.

Остаток вечера они провели в разговорах о живописи. Пьер комментировал работы Вюйара, искал сходство, проводил параллели, предавался бесконечным рассуждениям. Он то и дело вскакивал, снимал с полки книги, предъявляя им доказательства собственной проницательности, и в какой-то момент Камилле пришлось переместиться на самый край дивана, чтобы уступить место Морису (Дени)[1], Пьеру (Боннару)[2], Феликсу (Валлотону)[3] и Анри (де Тулуз-Лотреку)[4].

Как торговец Пьер был невыносим, а как просвещенный любитель искусства — выше всяких похвал.

Ну конечно, он говорил глупости — а кто этого не делает, рассуждая об искусстве?! — но говорил он их вдохновенно. Матильда зевала, Камилла допивала шампанское.

Когда его лицо почти исчезло в клубах дыма от сигары, он предложил отвезти ее домой на машине. Она отказалась — слишком много съела, не помешает пройтись.

Квартира была пуста и неожиданно показалась ей слишком большой, она закрылась у себя и провела остаток ночи, уткнувшись носом в свой подарок.

Она позволила себе несколько часов утреннего сна и присоединилась к коллеге раньше обычного: в канун Рождества кабинеты опустели около пяти. Они работали быстро, в тишине и молчании.

Самия ушла первой, а Камилла поболтала несколько минут с охранником:

— Это они заставили тебя надеть колпак и бороду?

— Да нет, сам проявил инициативу, для создания праздничной атмосферы!

— Ну и как, оценили?

— Да о чем ты говоришь... Всем плевать... Зато мой пес впечатлился. Не узнал меня, дурак такой, и зарычал... Клянусь, тупее собаки у меня в жизни не было...

— Как его зовут?

— Матрица.

— Это сука?

— Да нет... А почему ты решила?

— Так, нипочему... Ладно, пока... Счастливого Рождества, Матрица, — сказала она, обращаясь к лежавшему у ног охранника крупному доберману.

— Не надейся, что он ответит, эта псина ни черта не соображает, точно тебе говорю...

— Да я и не рассчитывала, — засмеялась Камилла.

Этот парень — Лаурель и Харди[1] в одном флаконе.

Было около десяти. По улицам бегали рысцой элегантно одетые люди, нагруженные пакетами с подарками. У дам уже болели ноги от лакированных шпилек, дети носились между тумбами, мужчины листали записные книжки, стоя в телефонных будках.

Праздничная суета забавляла Камиллу. Она никуда не торопилась и отстояла очередь в дорогом магазине, чтобы обеспечить себе хороший ужин. Вернее, хорошую бутылку вина. С выбором еды у нее, как всегда, возникли проблемы... В конце концов она попросила продавца отрезать ей кусок козьего сыра и положить в пакет два ореховых хлебца. Какая разница, это всего лишь дополнение к вину...

Она открыла бутылку и поставила у батареи — пусть шамбрируется! Налила себе ванну и целый час отмокала в обжигающе-горячей воде. Надела пижаму, толстые носки и любимый свитер. Из дорогущего кашемира... Остатки былой роскоши... Распаковала систему Франка, установила ее в гостиной, приготовила поднос с угощением, погасила весь свет и устроилась под одеялом на стареньком диванчике.

Она сверилась с оглавлением: Nisi Dominus оказалась на втором диске. *Вечерня Вознесения* — не совсем та месса, которая подходит для Рождества, к тому же псалмы придется слушать не по порядку...

Но какая, в конце концов, разница?

Какая разница?

Камилла нажала кнопку на пульте, закрыла глаза и оказалась в раю...

Она одна в этой гигантской квартире, с бокалом нектара в руке, а вокруг — ангельское пение.

Даже хрусталики люстры позвякивали от счастья.

Cum dederit dilactis suis somnum.
Esse, haereditas Domin filii: merces fructus ventris.

Это был номер 5-й, и она прослушала его раз четырнадцать, не меньше.

И на четырнадцатый раз ее грудная клетка наконец взорвалась и рассыпалась на тысячу осколков.

Однажды, когда они с отцом сидели вдвоем в машине и она спросила, почему он всегда слушает одну и ту же музыку, отец ответил: «Человеческий голос — самый прекрасный из всех инструментов, самый волнующий... Даже величайший виртуоз мира никогда не сумеет передать и четверти эмоций, которые способен выразить красивый голос... Голос — частица божественного в человеке... Это начинаешь понимать с возрастом... Я, во всяком случае, осознал это далеко не сразу, но... Может, хочешь послушать что-нибудь другое?»

Она успела ополовинить бутылку и поставила второй диск, когда кто-то зажег свет.

Все получилось просто ужасно, она прикрыла глаза руками, музыка внезапно показалась ей совершенно неуместной, голоса — почти гнусавыми. За две секунды мир провалился в чистилище.

— А, ты здесь?
— ...

— Не дома?

— Наверху?

— Нет, у родителей...

— Сам видишь...

— Работала сегодня?

— Да.

— Ну извини, извини... Я думал, никого нет.

— Да ничего...

— Что слушаешь? «Casta fiore»?

— Нет, это месса...

— Ты что, верующая?

Она непременно должна познакомить его с тем охранником... Эти двое поладят... Даже лучше, чем старички из «Маппет-шоу»...

— Вообще-то, нет... Слушай, погаси свет, если нетрудно.

Он ушел, но очарование было нарушено. Она протрезвела, а диван утратил форму облака. Она попыталась сконцентрироваться, взглянула на оглавление. Так, на чем мы остановились?

Deus in adiutorium meum intende

Помоги мне, Господи!

Точнее не скажешь.

Этот олух явно искал что-то на кухне, ругаясь и срывая раздражение на дверцах шкафчиков.

— Эй, ты не видела два желтых судка Tupperware[1]?
О боже...

— Большие?

— Ну да.

— Нет. Я не трогала...

— Черт... Никогда ничего не найдешь в этом бардаке... Что вы делаете с посудой? Жрете ее, что ли?

Камилла со вздохом нажала на «стоп».

— Могу я задать тебе нескромный вопрос? Зачем ты ищешь судки в два часа ночи, в Рождество?

— Затем. Они мне нужны.

Ладно. Бесполезно. Она встала и выключила музыку.

— Это моя система?

— Да... Я позволила себе...

— Черт, вещь просто суперская... Надо же, ты меня не нагрела!

— Да уж, не нагрела...

Он изумленно вытаращил на нее глаза.

— Зачем ты дразнишься?

— Низачем. Счастливого Рождества, Франк. Пошли поищем твой котелок. Да вот же он, на микроволновке...

Она снова легла на диван, а он принялся за перестановку в холодильнике. Закончив, молча пересек гостиную и направился в душ. Камилла спрятала лицо за стаканом: она наверняка израсходовала весь бак...

— Блин, кто вылил всю воду?

Он вернулся через полчаса — в джинсах и голый по пояс, свитер надел не сразу... Камилла улыбалась: это уже не намек, а чистой воды приглашение...

— Можно? — спросил он, кивнув на ковер.

— Будь как дома...

— Глазам не верю — ты ешь?

— Сыр и виноград...

— Это у тебя десерт?

— Нет, ужин...

Он покачал головой.

— Знаешь, это очень хороший сыр... И чудный виноград... И прекрасное вино...

— Налить?

— Да нет, спасибо...

У Камиллы отлегло от сердца: ей было бы жаль до душевной боли поделиться с ним остатками «Мутона-Ротшильда»...

— Все путем?

— Что?

— Я спрашиваю, как у тебя дела, — пояснил он.

— Ну... да... А у тебя?

— Устал...

— Работаешь завтра?

— Не-а.

— Хорошо, сможешь отдохнуть...

— Не-а.

Содержательная беседа...

Он подошел к столику, подцепил футляр от CD, вытащил пакетик с травкой.

— Скрутить тебе?

— Нет, спасибо.

— Какая ты правильная...

— У меня свое зелье... — Она взяла стакан.

— Ну и зря.

— Почему, разве алкоголь вреднее наркотиков?

— Конечно. Можешь мне поверить, уж я-то алкашей на своем веку повидал... И никакой это не наркотик... Это как Quality Street для взрослых...

— Верю на слово...

— Не хочешь попробовать?

— Нет, я себя знаю... Уверена, что мне понравится!

— Ну и?

— Ну и ничего... У меня проблема с тормозами... Не знаю, как объяснить... Мне очень часто кажется, что в мозгу какой-то кнопки не хватает... Не умею правильно рассчитать... Все время заносит — то в одну сторону, то в другую... Всегда нарушаю равновесие, захожу слишком далеко, и это плохо кончается... Мои увлечения.

Она удивилась самой себе. С чего это она так с ним разоткровенничалась? Может, слегка перебрала?

— Если я пью, то пью слишком много, если курю, обкуриваюсь, если влюбляюсь, теряю рассудок, а когда работаю — довожу себя до изнеможения... Ничего не умею делать нормально, спокойно...

— А когда ненавидишь?

— Об этом мне ничего не известно...

— Я думал, ты меня ненавидишь.

— Пока нет, — улыбнулась она, — пока еще нет... Когда это случится, ты не ошибешься... Почувствуешь разницу...

— Ладно... Ну так что, твоя месса закончилась?

— Да.

— Что будем слушать?

— Знаешь... Не уверена, что наши вкусы сходятся...

— Может, кое в чем и сойдутся... Подожди... Дай подумать... Уверен, что найду хоть одного певца, который тебе тоже понравится...

— Попробуй.

Он скрутил косячок и сходил к себе за диском.

— Что это?

— Ловушка для девушек...

— Ричард Кочанте?

— Да нет...

— Хулио Иглесиас? Луис Мариано? Фредерик Франсуа?

— Нет.

— Герберт Леонард?

— Гм...

— А, я знаю! Рош Вуазен!

I guess I'll have to say... This album is dedicated to you...[1]

— Неееееет...

— Дааааа...

— Марвин[2]?

— Ну! — Он развел руки. — Ловушка для девушек... Я же говорил...

— Обожаю.

— Я знаю...

— Мы настолько предсказуемы?

— Нет, к несчастью, вы совершенно непредсказуемы, но номер с Марвином проходит всякий раз. Не было в моей жизни ни одной девушки, которая не «поплыла» бы...

— Так уж и не было?

— Не было, не было, не было... Конечно, были! Но я их не помню. Они не в счет... А может, у нас до этого просто не доходило...

— Ты знал много девушек?

— Что значит знал?

— Эй! Зачем выключил музыку?

— Затем, что ошибся — поставить-то я хотел совсем другое...

— Да нет, оставь! Это мой любимый певец! А ты хотел поставить Sexual Healing[3]? Если так, то вы предсказуемы... Ты хоть знаешь историю этого альбома?

— Которого?

— «Here my dear».

— Нет, я редко его слушаю...

— Хочешь расскажу?

— Погоди... Сейчас я устроюсь... Передай мне подушку...

Он раскурил свой косячок и прилег а la «древний римлянин», подперев голову рукой.

— Валяй, рассказывай...

— Ну так вот... Но учти, я не Филибер, так что опишу в общих чертах. Here my dear означает примерно следующее: вот моя дорогая...

— Дорогая — в смысле недешевая?

— Нет, в смысле драгоценная... — пояснила она. — Первой большой любовью Марвина была девушка по имени Анна Горди. Говорят, первая любовь — всегда последняя, не знаю, так это или нет, но Марвин точно не стал бы тем, кем он стал, если бы не встретил ее... Анна была сестрой большой шишки из Motown, основателя компании Берри Горди. Она была своей в этой среде, а из него талант так и пер, ему было всего двадцать, ей — почти вдвое больше, когда они встретились. Страсть, любовь, морковь и все такое прочее... Именно она запустила его на орбиту, поставила на рельсы, помогла, направила по верному пути, поддерживала и ободряла. Пигмалион в юбке, если угодно...

— Кто-кто?

— Гуру, тренер, ядерное топливо... Им так и не удалось родить своего ребенка, и они в конце концов усыновили мальчика, но уже в 77-м их брак начинает разваливаться. Он — звезда, почти бог... Их развод — впрочем, как и все разводы на свете — превратился в настоящий кошмар... Еще бы, ставки-то в игре были запредельные... Битва была кровавая, и адвокат Марвина предложил выход, который мог успокоить страсти: все деньги, вырученные за будущий альбом Марвина, должны были достаться его бывшей жене. Судья утвердил решение, и наш идол радостно потирал руки: он собирался втюхать ей слепленное на скорую руку дерьмецо... Вот только сделать этого он не мог... Невозможно просто так сбыть с рук великую любовь. Ну в общем, кое-кому, может, и удается, но не Марвину... Чем больше он размышлял, тем яснее понимал, что повод слишком уж хорош... А может, наоборот, совершенно ничтожен... Ну так вот, он уединился и создал это маленькое чудо, в котором описал всю их историю: встречу, страсть, первые столкновения, ребенка, ревность, ненависть, гнев... Вот, слышишь? Anger, когда все разлаживается? А потом успокоение и начало новой любви... Это сверхщедрый подарок, ты так не думаешь? Он выложился до конца, показал то лучшее, на что был способен, — и все это ради альбома, который не должен был принести ему ни гроша...

— Понравилось?

— Кому, ей?

— Да.

— Нет, она возненавидела альбом. С ума сходила от ярости и очень долго попрекала его тем, что он выставил их частную жизнь на всеобщее обозрение... Ага, вот она: This is Anna's Song[1]. Послушай, как красиво... Ну признай, что это не имеет ничего общего с местью бывшей жене! Это песня о любви.

— Угу...

— А ты задумался...

— Слушай, а ты в это веришь?

— Во что в это?

— Что первая любовь — всегда последняя?

— Не знаю... Надеюсь, что нет...

Они дослушали диск до конца в полном молчании.

— Ну ладно... Черт, скоро четыре... Завтра опять будет тот еще видок...

Он встал.

— Будешь праздновать с семьей?

— С тем, что от нее осталось...

— А осталось-то много?

— Вот столечко... — он почти соединил большой и указательный пальцы...

— А у тебя?

— Вот столько... — она махнула рукой над своей макушкой.

— Ага... Значит, целый выводок... Ну пока... Спокойной ночи...

— Останешься спать здесь?

— Помешаю?

— Нет-нет, конечно нет, это я так, для справки...

Он обернулся.

— Будешь спать со мной?

— Что-о?

— Нет-нет, это я так, для справки...

Он просто пошутил.

13

На следующее утро Камилла встала около одиннадцати. Франка уже не было. Она заварила себе чаю и вернулась под одеяло.

Если бы меня попросили свести мою жизнь к одному-единственному событию, я назвал бы следующее: в семь лет почтальон переехал мне голову...

Около трех она оторвалась от чтения и вышла за табаком. В праздничный день почти все магазины были закрыты, но покупка табака была скорее предлогом — ей хотелось дать истории отстояться, предвкушая следующую встречу с новым другом.

Широкие авеню 7-го округа были пустынны. Она долго искала открытое кафе и заодно позвонила дяде. Жалобы матери («Я слишком много съела...») растворились в долетавших до нее по проводам смехе и радостных возгласах родственников.

На тротуарах уже появились елки.

Она постояла на террасе Трокадеро, любуясь акробатами на роликах и жалея, что не захватила с собой блокнот. Их сложные кульбиты не слишком ее занимали, куда интереснее были всякие хитрые устройства — качающиеся трамплины, маленькие сверкающие пирамидки, выстроенные в ряд бутылки, стоящие на ребре доски, на которых можно было с большим успехом свернуть шею и потерять штаны...

Она думала о Филибере... Что он делает в это самое мгновение?

Вскоре солнце скрылось и холод обрушился ей на плечи. Камилла зашла в одну из роскошных пивных на площади, заказала клубный сэндвич и принялась рисовать на бумажной скатерти пресыщенные лица местной золотой молодежи. Юнцы обнимали за талии прелестных, напоминающих кукол Барби подружек, похваляясь друг перед другом мамочкиными чеками.

Она прочла еще строчку Эдгара Минта и перебралась на другой берег Сены, стуча зубами от холода.
Она подыхала от одиночества.

Я подыхаю от одиночества, вполголоса повторяла она себе под нос, подыхаю от одиночества...

Может, пойти в кино? А с кем потом обсуждать фильм? Зачем человеку эмоции, если не с кем ими поделиться? Она толкнула плечом дверь, поднялась в квартиру и почувствовала разочарование, найдя комнаты пустыми.

Она немножко прибралась для разнообразия и вернулась к чтению. Нет такой печали, которую не могла бы утолить книга, говорил Монтень, а Монтень никогда не ошибался.
Когда щелкнул замок, она села по-турецки на диванчик и изобразила полное безразличие.

Он был с девушкой. Не с давешней, с другой. Но тоже весьма колоритной.

Они быстро прошли по коридору и закрылись в его комнате.
Камилла включила музыку, чтобы заглушить их любовные восторги.

Н-да...

Неловкая ситуация. Хуже не придумаешь.

В конце концов она подхватила свою книгу и переместилась в кухню, в самый дальний конец квартиры.

Через какое-то время она услышала, как они разговаривают у входной двери.

— Ты что, не идешь со мной? — удивлялась девица.

— Нет, я еле на ногах стою, не хочу выходить...

— Вот это мило... Я бросила своих, чтобы быть с тобой... Ты обещал повести меня поужинать...

— Я же сказал, что подыхаю от усталости...

— Ну давай хоть выпьем....

— Хочешь пива?

— Не здесь...

— Да сегодня же все закрыто... К тому же я завтра работаю!

— Поверить не могу... Так что, мне убираться?

— Да ладно тебе... — Его голос смягчился. — Не устраивай сцен... Приходи завтра вечером в ресторан...

— Когда?

— К полуночи...

— К полуночи... Черт знает что такое... Ладно, пока...

— Обиделась?

— Привет.

Он не ожидал увидеть ее на кухне — Камилла сидела, завернувшись в одеяло.

— Ты была здесь?

Она молча подняла на него глаза.

— Чего ты так на меня смотришь?

— Как так?

— Как на кусок дерьма.

— Вовсе нет!

— Не нет, а да! — он занервничал. — Какие-то проблемы? Тебе что-то не нравится?

— Перестань... Отстань от меня... Я ведь ничего не сказала. Мне дела нет до твоей жизни. Делай что хочешь! Я не твоя мамочка!

— Так-то лучше...

— Что едим? — спросил он, инспектируя внутренность холодильника. — Естественно, ничего... В этом доме никогда нет жратвы... Чем вы с Филибером питаетесь? Книжками? Дохлыми мухами?

Камилла вздохнула и плотнее закуталась в шаль.

— Смываешься? Ты, кстати, ела?

— Да.

— Ну конечно, вон даже поправилась слегка...

— Эй! — Камилла обернулась. — Я не сужу твою жизнь, а ты не лезешь в мою, договорились? Ты разве не собирался к дружку после праздников? Я не ошибаюсь? Значит, нам осталось продержаться всего неделю... Попробуем? Нам обоим будет проще, если ты перестанешь меня задирать... Не разговаривай со мной... Совсем.

Чуть позже он постучал в дверь ее комнаты.

— Да?

Он бросил ей на кровать пакет.

— Что это?

Но он уже вышел.

Нечто мягкое было завернуто в жуткую мятую бумагу (ее что, использовали несколько раз?!) и как-то странно пахло. Затхлостью. Столовской едой...

Камилла осторожно развернула «подношение» и сначала подумала, что это фартук. Сомнительный подарок ее соседа-хлыща. Она ошиблась. В пакете лежал

221

шарф — очень длинный, очень редкий и неважнецки связанный: дырка, нитка, две петли, дырка, нитка... два метра огрехов... Может, так теперь носят? Цвета тоже были весьма... как бы это сказать... специфические...

К подарку прилагалась записка.

Почерк престарелой учительницы, буквы в завитушках написаны дрожащей рукой бледно-голубыми чернилами.

Мадемуазель,

Франк не сумел объяснить мне, какого цвета у вас глаза, поэтому я использовала все цвета. Желаю счастья в Новом году.

Полетта Лестафье

Камилла закусила губу. За исключением книги Кесслеров — а ее в расчет можно было не принимать, потому что она подразумевала «фигу в кармане», нечто вроде: «Да, есть люди, которые посвящают жизнь творчеству...», — это был ее единственный подарок.

Боже, до чего уродливый... И какой прекрасный...

Она встала на кровати во весь рост и набросила шарф на шею на манер боа, чтобы развлечь Маркиза.

Пу-пу-пи-ду-ба-да...

Кто такая Полетта? Его мама?

Она закончила книгу среди ночи.

Ладно. Еще одно Рождество миновало.

14

Снова все та же рутина: сон, метро, работа, дом. Франк больше не разговаривал с ней, и она старалась по возможности избегать его. По ночам он редко бывал дома.

Камилла решила немного размяться. Она отправилась навестить Боттичелли в Люксембургский дворец, зашла к Зао Ву-ки[1] в Зал для игры в мяч, но отказалась от мысли посетить Вюйара, увидев длинный хвост очереди. В конце концов, напротив «прописался» Гоген! Неразрешимая дилемма! Вюйар — это, конечно, прекрасно, но Гоген... Гигант! Вот она и стояла, как Буриданова ослица, между Понтаваном[2], Маркизами[3] и площадью Вентимильи... Ужас какой...

Кончилось тем, что Камилла принялась рисовать людей в очереди, крышу Большого дворца и лестницы Малого. Внезапно к ней пристала какая-то японка: она размахивала банкнотами по пятьсот евро, умоляя купить для нее сумку в магазине Vuitton, и тряслась, как бесноватая, словно это был вопрос жизни и смерти. Камилла бессильно развела руками.

«Look... Look at me... I am too dirty...»[4] Она кивнула на свои говнодавы, слишком широкие джинсы, грубошерстный свитер и военную куртку, которую одолжил ей Филибер... «They won't let me go in the shop...»[5] Девица скривилась, забрала деньги и пристала к кому-то стоявшему в той же очереди позади нее.

Неожиданно она свернула на авеню Монтень. Так, ради интереса.

Вид у охранников был весьма и весьма внушительный... Она терпеть не могла этот квартал, где за деньги можно было получить самое худшее, что существует в этом мире: дурной вкус, власть и высокомерную спесь. Проходя мимо витрины магазина Мало, она ускорила шаг — слишком много воспоминаний! — и вернулась по набережным.

На работе ничего интересного, если не считать того, что холод стал совсем невыносим.

Она возвращалась домой одна, ела одна, спала одна и слушала Вивальди, обхватив колени руками.

Карина задумала всем вместе встретить Новый год. Камилла идти не хотела, но для спокойствия уже внесла тридцать евро — и задний ход дать не могла.

— Нужно идти, — убеждала она себя.

— Не люблю я этого...

— Почему?

— Не знаю...

— Боишься?

— Да.

— Чего?

— Жир растрясти... И потом... Мне и одной хорошо, блуждаю по собственному внутреннему миру и как бы хожу куда-то...

— Смеешься? Там не разгуляешься — повернуться негде! А жирок твой прогорклый совсем...

Такого рода беседы с собственным бедным рассудком совершенно изматывали Камиллу...

Вернувшись вечером домой, она обнаружила Франка на лестничной клетке перед квартирой.

— Ключи забыл?

— ...

— Ты давно здесь?

Он раздраженно помахал рукой перед своим закрытым ртом, напоминая, что говорить ему запрещено. Камилла пожала плечами — ведет себя как малолетний придурок.

Он отправился спать, не приняв душ, не выкурив сигарету и даже не попытавшись в очередной раз «достать» ее. Он выдохся.

На следующий день он вышел из комнаты только в половине одиннадцатого утра — не слышал звонка будильника. У него не было сил даже на ор и ругань. Камилла сидела на кухне. Он плюхнулся на стул напротив нее, налил себе литр кофе, но даже пить начал не сразу.

— Что с тобой?

— Устал.

— Ты что, вообще никогда не берешь отпуск?

— Возьму. В первых числах января... Буду переезжать...

Она посмотрела в окно.

— Будешь дома в три?

— Чтобы впустить тебя?

— Да.

— Да.

— Ты все время сидишь дома?

— Не всегда. Но сегодня никуда не выйду, раз у тебя нет ключей...

Он покачал головой, как зомби.

— Ладно, пойду, а то уволят...

Он подошел к раковине, чтобы сполоснуть чашку.

— Какой адрес у твоей матери?

Он замер у раковины.

— Зачем тебе?

— Чтобы поблагодарить...

— По... побл... — он аж поперхнулся. — За что поблагодарить?

— Ну... за шарф.

— Ааааа... Так его не мать связала, а бабуля! — с облегчением в голосе пояснил он. — Так только моя бабка умеет!

Камилла улыбалась.

— Эй, ты не обязана его носить!

— А мне он нравится...

— Я просто остолбенел, когда она мне его показала...

Он засмеялся.

— Твой шарф — это еще что... Подожди, увидишь, какой достался Филиберу...

— Ну и какой он?

— Оранжево-зеленый.

— Уверена, он его наденет... И пожалеет об одном — что не смог лично поблагодарить за подарок и поцеловать ей руку...

— Я тоже так подумал... Большая удача, что она решила подарить их именно вам... Вы двое — единственные в целом свете люди, способные носить этот ужас и не выглядеть клоунами...

Она поглядела на него.

— Эй, ты хоть понимаешь, что вроде как сказал сейчас нечто приятное?

— Думаешь, обозвать человека клоуном — все равно что сказать ему комплимент?

— Ах извините... Я решила, ты имел в виду нашу врожденную породистость, класс, так сказать...

Он ответил с секундной задержкой:

— Нет, я говорил о... о вашей внутренней свободе... наверное. О том, что вы умеете жить, совершенно наплевав на мнение окружающих. У него зазвонил мобильник. Вот уж не везет так не везет: в кои веки раз собрался пофилософствовать, и то не дали...

«Сейчас буду, шеф, уже иду... Да ладно вам, я стартую... Пусть Жан-Люк начинает... Слушайте, шеф, я пытаюсь заарканить девчонку, которая в миллион раз умней меня, так что, сами понимаете, времени требуется больше... О чем? Нет, я еще не звонил... Да я же вам говорил — он все равно не сможет... Да я знаю, что у всех у них работы выше крыши, мне ли не знать! Ладно, я этим займусь... Сейчас позвоню ему... Что? Забыть о девушке? Вы наверняка правы, шеф...»

— Мой шеф, — пояснил он, глуповато улыбаясь.
— Да неужели? — удивилась она.

Он вытер чашку и вышел, придержав дверь, чтобы не хлопнула.

Да, может, она и чокнутая, но уж точно не дура. Вот и хорошо.

С любой другой он повел бы себя иначе: повесил бы трубку — и привет горячий. А ей сказал: это мой шеф. Хотел рассмешить — и она сыграла удивление, чтобы поддержать шутку. Говорить с ней — все равно что в пинг-понг играть: она держала темп и срезала мяч в углы в самые неожиданные моменты, а он сам себе казался не таким уж кретином.

Он спускался по лестнице, держась за перила, и слышал, как скрипит, потрескивает и пощелкивает старый дом у него над головой. То же самое и с Фили-бером, потому он и любил с ним разговаривать.

Филу знал, что не такой уж он на самом деле урод и что главная проблема у него как раз таки с речью... Ему вечно не хватает слов, и он нервничает, потому что не способен ни хрена объяснить... Рехнуться можно!

По всем этим причинам он и не хотел уходить... Что он будет делать у Кермадека? Напиваться, курить, пе-ребирать DVD да листать в сортире журнальчики?

Высший класс.

Как в двадцать лет.

Он отработал смену, пребывая в задумчивости.

Единственная девушка во вселенной, способная но-сить шарф его бабули, оставаясь красавицей, никогда не будет принадлежать ему.

Идиотская жизнь...

Он прошел через пекарню, шеф снова обложил его за то, что он до сих пор не позвонил своему бывшему помощнику, и вернулся домой, полумертвый от уста-лости.

Спал он всего час — нужно было отнести белье в прачечную. Он собрал все свои шмотки и сложил в по-додеяльник.

15

Нет, ну надо же...

Снова она. Сидит у машины номер семь с мешком мокрого белья у ног. И читает.

Он устроился напротив, но она его не заметила. Это всегда его восхищало... То, как она и Филибер умеют сосредоточиться... Ему это напоминало пивную, где некий тип преспокойно наслаждается жизнью, пока вокруг рушится мир. Впрочем, ему многое напоминало пивную... Он явно переусердствовал в детстве с телевизором...

Он решил поиграть сам с собой, сказал себе: вообрази, что ты только что вошел в эту вонючую прачечную самообслуживания на авеню де ла Бурдонне 29 декабря в пять часов вечера и впервые в жизни заметил эту девушку, — что бы ты подумал?

Он уселся на пластиковом табурете, сунул руки в карманы куртки и прищурился.

Прежде всего ты решил бы, что это парень. Так он и подумал, когда увидел ее впервые. Нет, не психопатка, а именно парень, только слишком женоподобный... Ты бы сразу потерял интерес. Хотя... Сомнения все же остались бы... Из-за рук, из-за шеи, из-за манеры поглаживать нижнюю губу ногтем большого пальца... Да, ты бы сомневался... Неужели все-таки девушка? Девушка, напялившая на себя мешок. Чтобы спрятать свое тело? Ты постарался бы смотреть в другую сторону, но то и дело невольно возвращался бы взглядом обратно. Потому что в этом парне что-то такое... Особенное...

Войди ты в занюханную прачечную-автомат на авеню де ла Бурдонне 29 декабря в пять часов пополудни и заметь ты этот силуэт, колеблющийся в унылом свете неоновых ламп, сказал бы себе в точности следующее: черт побери... Ангел...

В этот момент она подняла голову, увидела его, мгновение не реагировала, как будто не узнавала, и в конце концов улыбнулась. Это была не улыбка — так, легкий отблеск, знак, понятный лишь посвященным...

— Твои крылья? — спросил он, кивая на мешок.

— Что, прости?

— Да так, проехали...

Одна из сушилок остановилась, и она вздохнула, бросив взгляд на часы. К машине подошел типичный бродяга — вынул куртку и обтрепанный спальник.

Вот ведь как интересно... Сейчас он проверит свою теорию на практике... Ни одна нормальная девушка не положит вещи в сушку после бомжовских тряпок, уж он-то это точно знает — как-никак пятнадцать лет таскается по прачечным.

И он уставился на нее.

Она не отшатнулась и не засомневалась, на ее лице даже на мгновение не появилась гримаса отвращения. Она просто встала, мгновенно засунула одежду в машину и спросила, может ли он разменять ей деньги.

А потом вернулась на свое место, к своей книге.

Он почувствовал легкое разочарование.

Идеальные люди такие зануды...

Прежде чем вновь погрузиться в чтение, она спросила:

— Скажи-ка...

— Да?

— Если я подарю Филиберу на Новый год стиральную машину с сушкой, ты сможешь установить ее до отъезда?

— ...

— Чему ты улыбаешься? Я что, сказала очередную глупость?

— Нет, нет...

Он сделал неопределенный жест рукой.

— Ты не поймешь...

— Эй, — она приложила большой и указательный пальцы ко рту, — по-моему, ты сейчас слишком много куришь, я права?

— Вообще-то, ты нормальная девчонка...

— А зачем ты мне это говоришь? Конечно, я нормальная девчонка...

— ...

— Разочарован?

— Нет.

— Что читаешь?

— Путевой дневник...

— Интересно?

— Супер...

— О чем там?

— Ну... Вряд ли тебе это будет интересно...

— Уверен, что не будет, — хмыкнул он, — но уж больно мне нравится тебя слушать... Знаешь, я вчера снова ставил диск Марвина...

— Да что ты...

— Слушал-слушал...

— Ну и?..

— Проблема в том, что я ни черта не понимаю... Потому и поеду работать в Лондон. Хочу учить английский...

— Когда уезжаешь?

— Должен был получить место осенью, но теперь уж и не знаю... Из-за бабушки... Все дело в Полетте...

— А что с ней такое?

— Пфф... Не слишком-то мне хочется об этом говорить... Расскажи лучше об этих путевых заметках...

Он придвинул к ней свой стул.

— Знаешь, кто такой Альбрехт Дюрер?

— Писатель?

— Нет, художник.

— Никогда не слышал...

— Да нет же, я абсолютно уверена, что ты видел его рисунки... Некоторые из них очень знамениты... Заяц... Дикие травы... Одуванчики...

— ...

— Для меня он бог. Ну... у меня их много, но он — номер один... А у тебя боги есть?

— Ну...

— В твоей работе? Например, Эскофье, Карем, Курнонский?

— Ну-у...

— Бокюз, Робюшон, Дюкас?

— А-а, ты об образцах для подражания! Конечно, есть, но они неизвестные... вернее, не такие известные... Менее шумные... Знаешь Шапеля?

— Нет.

— Пако?

— Нет.

— Сандеренса?

— Это тот, что работает у Люки Картона?

— Да... С ума сойти, сколько всего ты знаешь... И как это у тебя выходит?

— Ничего особенного, знаю понаслышке, но в самом заведении никогда не была...

— Так вот, он — настоящий... Он и Пако для меня мэтры... А если они не так знамениты, как остальные, так только потому, что проводят время на кухне... Так я думаю... Так себе это представляю... Хотя, может, я и ошибаюсь по всем статьям...

— Но кулинары общаются между собой? Вы делитесь опытом?

— Скорее, нет... Мы не очень-то болтливы... Слишком устаем, чтобы трепаться. Кое-что друг другу показываем, приемчики всякие, обмениваемся идеями, рецептиками, подтибренными в разных местах, но не более того...

— Жаль...

— Если бы мы умели красиво выражаться, не занимались бы этой работой, ясно же. Я, во всяком случае, тут же все бы бросил.

— Почему?

— Да потому... В этом нет никакого смысла... Это рабство... Видела, как я живу? Черт знает что. Ладно... Все... Я, вообще-то, о себе говорить не люблю... Так что там твоя книга?

— Да, моя книга... Дюрер вел дневник во время путешествия в Голландию, в 1520—1521 годах... Даже не дневник... Это была записная книжка, ежедневник... Доказательство того, что я напрасно считаю его богом. Он был совершенно обычный человек. Умел считать деньги, приходил в бешенство, если обнаруживал, что таможенники его надули, то и дело бросал жену, играл и проигрывал, был по-детски наивен, любил вкусно поесть, волочился за женщинами... А еще он был гордецом... Но в общем все это не так уж важно, он даже выглядит как-то человечнее. И... Мне продолжать?

— Да.

— Поначалу у него была веская причина отправиться в это путешествие, речь шла о выживании семьи и всех, кто работал в его мастерской... Дюреру покровительствовал император Максимилиан I. Он был настолько одержим манией величия, что сделал художнику абсолютно безумный заказ: повелел изобразить себя во главе необыкновенной процессии, чтобы обессмертить на вечные времена... Длина этого полотна должна была достигать пятидесяти четырех метров... Можешь себе представить?

Для Дюрера императорский заказ стал манной небесной... Он на годы вперед обеспечивал его работой... Но ему не повезло: Максимилиан вскоре умер, и прощай годовая рента ... Настоящая драма... Итак, он пускается в путь, с женой и служанкой, чтобы подольститься к будущему императору Карлу V и дочери своего покойного благодетеля Маргарите Австрийской: он должен непременно добиться возобновления этой самой ренты...

Таковы обстоятельства... В общем, он в некотором шоке, но это не мешает ему наслаждаться путешествием. Его восхищает все: лица, нравы и обычаи чужестранцев, их наряды. Он посещает мастерские художников, восхищается работой ремесленников, заходит во все церкви, накупает гору безделушек и диковин, вывезенных из Нового Света: попугая, бабуина, черепаший панцирь, кораллы, корицу, лосиное копыто и много всякой другой дребедени. Он радуется, как ребенок, ему не лень сделать крюк, чтобы взглянуть на выбросившегося на берег Северного моря кита... И, конечно же, он рисует. Как сумасшедший. Ему пятьдесят, он достиг вершин мастерства, и что бы он ни писал — попугая, льва, моржа, подсвечник или портрет своего трактирщика, — это... Это...

— Это что?

— Ну вот, смотри...

— Нет-нет, я в этом ничего не понимаю!

— А ничего и не нужно понимать! Взгляни на этого старика... Какое почтение он внушает... А этот молодой красавец, видишь, какой гордец? Как он в себе уверен? Кстати, похож на тебя... Ну надо же... То же высокомерие, те же раздутые ноздри...

— Да ну? Ты находишь его красивым?

— Вообще-то рожа у него та еще...

— Его шляпа портит...

— Ну да, конечно... Ты прав, — улыбнулась она. — Все дело в шляпе... — А этот вот череп вообще потрясный! Он как будто издевается над нами, бросает вызов: «Эй... Глядите, ребята... Вот что вас ждет...»

— Покажи.

— Вот. Но мне больше всего нравятся его портреты, а легкость, с которой он их писал, просто убивает. В путешествии картины служили Дюреру разменной монетой: твое умение против моего, твой портрет в обмен на обед, на четки, на безделушку для жены, на плащ из заячьих шкурок... Мне бы понравилось жить в те времена... Я считаю натуральный обмен гениальной экономической системой...

— Ну так все-таки, чем закончилась эта история? Он вернул назад свои деньги?

— Да, но какой ценой... Толстуха Маргарита относится к нему с высокомерной спесью, эта идиотка даже отвергнет портрет отца, который он написал специально для нее... Кстати, Альбрехт мгновенно обменял его на простыню! Кроме того, он вернулся домой совсем больным — подцепил какую-то дрянь на морском берегу, когда смотрел на кита, — кажется,

болотную лихорадку... Эй, смотри, машина освободи-
лась...

Он со вздохом поднялся.

— Отвернись, не хочу, чтобы ты видела мое испод-
нее...

— А мне смотреть не обязательно — у меня богатое
воображение... Думаю, Филибер носит полосатые трусы, а вот ты — я уверена! — предпочитаешь коротень-
кие боксерские шортики от Hom, такие обтягиваю-
щие, с надписями на поясе...

— Сильна ты, что и говорить... Ладно, глаза-то все-
таки опусти...

Он засуетился, засыпал порошок и облокотился на
машину.

— А знаешь, не такая уж ты и крутая... Иначе не была бы уборщицей, а брала бы пример с этого мужика...
Работала бы...

Молчание...

— Ты прав... Я сильна только в трусах...

— Ну уже неплохо, так ведь? Может, это твое при-
звание... Кстати, ты свободна 31-го?

— Хочешь пригласить на вечеринку?

— Нет, хочу предложить работу.

— Почему нет?

— Потому что я ничего не умею!

— Да погоди, никто не собирается заставлять тебя готовить! Просто поможешь с подготовкой...

— Что такое *подготовка*?

— Все, с чем разбираются заранее, чтобы сэкономить время в разгар готовки...

— И что мне придется делать?

— Лущить каштаны, чистить лисички, снимать кожуру с виноградин и вынимать из них косточки, мыть салат... Одним словом, массу скучных вещей...

— Не уверена, что справлюсь даже с этим...

— Я тебе все покажу, все растолкую...

— У тебя не будет времени...

— Верно. Вот я и введу тебя в курс дела загодя. Завтра принесу «материалы» домой и проинструктирую тебя во время перерыва...

— ...

— Соглашайся... Тебе будет полезно пообщаться с народом... А то живешь среди покойников, беседуешь с парнями, которые даже ответить тебе не могут... Все время одна... Потому и спотыкаешься на ровном месте...

— А я спотыкаюсь?

— Нет.

— Слушай, ну окажи мне личную услугу... Я пообещал шефу, что найду кого-нибудь нам в помощь, но никого не нашел... Я в полном дерьме, понимаешь?

— ...

— Ну же... Последнее усилие... Потом я навсегда скроюсь с твоих глаз...

— Я приглашена на вечеринку...

— Когда ты должна там быть?

— Не знаю, скажем, к десяти...

— Никаких проблем. Будешь. Я оплачу тебе такси...

— Хорошо...

— Спасибо. Отвернись-ка еще раз, мое белье высохло.

— Мне в любом случае пора... Я уже опаздываю...

— О'кей, до завтра...

— Ты сегодня ночуешь?

— Нет.

— Разочарована?

— Господи, как же с тобой тяжело, парень!

— Эй, я ради тебя стараюсь! А то ведь с трусами ты могла и промахнуться, знаешь ли...

— Если бы ты только знал, с какой высокой башни мне плевать на твои трусы!

— Тем хуже для тебя...

— Ну что, начнем?

— Я тебя слушаю. Что это?

— Где?

— В чемоданчике?

— А, это... Мой ящик с ножами. Ножи для меня все равно что кисти для художника... Без них я ничто, — вздохнул он. — Теперь понимаешь, от чего зависит моя жизнь? От старого ящика, который к тому же плохо закрывается...

— Давно он у тебя?

— У-у-у... С самого детства... Бабуля мне его подарила, когда я поступал в училище.

— Можно посмотреть?

— Валяй.

— Расскажи мне...

— Что рассказать?

— Для чего они предназначены... Я обожаю учиться...

— Ладно... Большой называют кухонным, или ножом шеф-повара, он универсальный, квадратный — для костей и для сухожилий, а еще им отбивают мясо, самый маленький нож называют буфетным, такой есть на любой кухне... Кстати, возьми его, он тебе понадобится... Длинным чистят и тонко режут овощи, а вот тем — маленьким — срезают жилы и жир с мяса. Вот этим, с негнущимся лезвием, отделяют кости, а самым тонким — рыбное филе от костей. Последним режут ветчину...

— А этот для заточки остальных...

— Йес.

— А этот?

— Да так, ерунда... Для всяких украшательств, но я им давно не пользуюсь...

— Что им делают?

— Разные чудеса... Покажу в другой раз... Так ты готова?

— Да.

— Смотри внимательно, ладно? Предупреждаю сразу, каштаны — жуткое занудство... Эти уже ошпарили кипятком, их легче чистить... Так всегда делают... Помни, главное — не повредить ядра... Маленькие жилки должны быть хорошо видны... Под скорлупой находится бархатистая шкурка, ее нужно снимать как можно деликатнее...

— Но это займет уйму времени!

— Ха! По этой самой причине ты нам и нужна...

Он был терпелив. Объяснил ей, как следует протирать лисички влажной тряпкой и как счистить землю, не повредив ножку.

Она забавлялась. У нее была легкая рука. Ее бесила собственная медлительность, но процесс доставлял удовольствие. Она мгновенно научилась вынимать кончиком лезвия косточки из виноградинок.

— Так, со всем остальным разберемся завтра... С салатом и прочей ерундой проблем не будет...

— Твой шеф сразу поймет, что я ни на что не гожусь...

— Это уж точно! Вот только выбора у него не будет... Какой у тебя размер?

— Не знаю.

— Ладно, найду тебе штаны и куртку...

— А размер ноги?

— 40-й.

— Кроссовки есть?

— Да.

— Не лучший вариант, но сойдет...

Пока он наводил порядок на кухне, она скрутила себе сигарету.

— Где она будет, твоя вечеринка?

— В Бобиньи... У одной девушки... Мы вместе работаем...

— Сможешь начать завтра в девять утра?

— Конечно.

— Предупреждаю: будет всего один короткий перерыв... Максимум час. В полдень мы не откроемся, но вечером будет человек шестьдесят гостей, если не больше. С правом индивидуального заказа для каждого... Это что-то с чем-то... По двести двадцать евро на рыло... Я постараюсь отпустить тебя как можно раньше, но при любом раскладе освободишься ты не раньше восьми...

— А ты?

— Я... Предпочитаю не задумываться... Ужин в Новый год — это всегда сущая каторга... Но платят за нее хорошо — что да, то да... Тебе, кстати, тоже перепадет тыщонка[1]...

— Да ладно, как получится...

— А вот и не ладно! Сама поймешь завтра вечером...

18

— Ну, пора... Кофе выпьем там.
— Да я же потону в этих штанах!
— Не страшно.

Через Марсово поле они почти бежали.

Камиллу поразили оживление и деловая атмосфера на кухне.

Ее мгновенно кинуло в жар...
— Вот, шеф. Маленький свежеиспеченный помощник.

Шеф что-то буркнул в ответ и отослал их, махнув рукой. Франк познакомил ее с высоким заспанным парнем:

— Вот, это Себастьян. Он буфетчик. На сегодняшний вечер Себастьян твой царь, бог и полководец, идет?
— Очень рада.
— Мммм...
— Но дело ты будешь иметь не с ним, а с его помощником... Как зовут парня? — спросил он у Себастьяна.
— Марк.
— Он здесь?
— В холодильных камерах...
— Ладно, доверяю ее тебе...
— Что она умеет?
— Ничего. Но она справится, сам увидишь.

И Франк отправился переодеваться.
— Он объяснил насчет каштанов?
— Да.

— Тогда приступай... — Себастьян кивнул на огромную кучу каштанов на столе.

— Я могу сесть?

— Нет.

— Почему?

— На кухне вопросов не задают, а только отвечают: «Да, мсье» или «Да, шеф».

— Да, шеф.

Ну и придурок. Зачем только она согласилась на эту работу? Дело пошло бы гораздо быстрее, работай она сидя...

К счастью, кофеварка уже забулькала. Она поставила кружку на этажерку и принялась за работу.

Четверть часа спустя — у нее уже болели руки — кто-то окликнул ее:

— Все в порядке?

Она подняла голову и обомлела.

Она его не узнала. Классные брюки, безупречно отглаженная куртка с двумя рядами круглых пуговиц, на кармане синим шелком вышито его имя, на шее пижонский платочек, фартук, ослепляющий белизной, на голове ловко сидит накрахмаленный колпак. Камилла всегда видела его одетым на босяцкий манер, и он показался ей очень красивым.

— В чем дело?

— Ни в чем. Ты так красив.

И вот тут он — этот кретинский кретин, этот воображала, этот бахвал, этот маленький провинциальный матадор-горлопан, души не чающий в своем огромном мотоцикле, — да-да, он покраснел.

— Униформа — великое дело, — добавила она, улыбаясь, чтобы успокоить его.

— Ну да... Вообще-то, ты права...

И он ушел, пихнув попавшегося ему на пути члена команды, а заодно и обругав его.

Никто не произносил ни слова. Ножи с чавканьем крошили продукты, звякали тарелки, хлопали створки дверей, каждые пять минут в кабинете шефа звонил телефон.

Завороженная Камилла разрывалась между стремлением сосредоточиться на работе, чтобы кто-нибудь тут же не обложил ее крутой бранью, — и желанием не упустить ни одной детали действа. В отдалении маячила спина Франка. Он выглядел выше и спокойнее, чем обычно. Ей показалось, что она его совсем не знает.

Она тихо спросила компаньона по лущению каштанов:

— А Франк, чем он занимается?
— Кто это?
— Лестафье.
— Он отвечает за соусы и мясо...
— Это сложно?
Прыщавый поднял глаза к потолку.
— Ужасно! Это самая сложная работа. После шефа и первого помощника он номер третий в команде...
— Он так хорош?
— Как сказать... Он придурок, но силен. Я бы даже сказал, он супер. Кстати, сама увидишь — шеф всегда обращается к нему, а не к заму. За ним он приглядывает, а на Лестафье только изредка посматривает...
— Но...
— Шшш...

Когда шеф хлопнул в ладоши, объявляя перерыв, она подняла голову, и лицо ее перекосилось от боли. У нее болел затылок, спина, запястья, руки, ноги, ступни и бог знает что еще — она не могла вспомнить названия этих частей тела.

— Поешь с нами? — спросил ее Франк.

— А это обязательно?

— Нет.

— Тогда я, пожалуй, выйду пройтись...

— Как хочешь... Все в порядке?

— Да. Тяжеловато, конечно... Но вы здорово работаете...

— Смеешься? Да там и делать-то нечего... Даже клиентов нет!

— Ну...

— Вернешься через час?

— А то...

— Сразу не выскакивай, остынь хоть чуть-чуть, не то простудишься...

— Ладно.

— Хочешь, чтобы я пошел с тобой?

— Нет-нет. Хочу побыть одна...

— Ты должна что-нибудь съесть, обязательно.

— Конечно, папочка.

Он пожал плечами.

— Тссс...

Она заказала сэндвич в кафе, куда ходят одни только туристы, и села на скамью у подножия Эйфелевой башни.

Она соскучилась по Филиберу.

Достала сотовый и набрала номер замка.

— Добрый день, у аппарата Альенор де ла Дурбельер, — произнес детский голос. — С кем имею честь?

Камилла растерялась.

— Э-э-э... Я... Могу я поговорить с Филибером?

— Мы сейчас обедаем. Хотите что-нибудь передать?

— Его нет?

— Он дома, но мы обедаем. Я ведь объяснила...

— А... Ну да, конечно... Нет, передавать ничего не нужно, просто скажите, что я его целую и желаю счастливого Нового года...

— Не могли бы вы напомнить ваше имя?

— Камилла.

— Просто Камилла?

— Да.

— Очень хорошо. До свидания, мадам Простокамилла.

До свидания, маленькая соплячка.

Черт, да что все это значит? Что за выкрутасы? Бедный Филибер...

— В пяти разных водах?

— Да.

— Он будет просто стерильным!

— Именно так...

Камилла потратила на салат чертову прорву времени. Каждый лист следовало перевернуть, отсортировать по размеру и чуть ли не под лупой разглядеть. Она никогда не видела такого разнообразия размеров, форм и цветов.

— А вот это что такое?

— Портулак.

— А это?

— Шпинат.

— А это?

— Сурепка.

— А это?

— Ледяная голова.

— Красивое название...

— Откуда ты такая взялась? — спросил ее сосед.

Она прекратила допрос.

Потом она вымыла специи и высушила их в специальной гигроскопичной бумаге. Травки следовало разложить по кастрюлькам из нержавейки и старательно перебрать, прежде чем украшать ими холодные закуски. Она колола грецкие орехи и фундук, чистила инжир, очистила гору лисичек и наделала кучу масляных шариков двумя ребристыми шпателями. Следовало быть очень внимательной и положить на каждое блюдечко один шарик из сладкого масла, другой — из соленого. В какой-то момент она засомневалась, и ей пришлось попробовать масло, подцепив кусочек кончиком ножа. Бррр, гадость! Она терпеть не могла масло и стала вдвое внимательнее. Официанты продолжали разносить кофе посетителям, напряжение в воздухе росло с каждой минутой.

Кое-кто работал молча, другие потихоньку матерились, а шеф изображал говорящие часы:

— Семнадцать часов двадцать восемь минут, господа... Восемнадцать часов три минуты, господа... Восемнадцать часов семнадцать минут, господа... — Он как будто решил довести их до безумия.

Делать ей было больше нечего, и она стояла, опираясь руками о свой рабочий стол и поднимая то одну ногу, то другую, чтобы хоть чуть-чуть снять усталость. Ее сосед по столу упражнялся, выделывая узоры из соуса вокруг ломтика фуа гра на прямоугольных тарелках. Легким движением он встряхивал ложечку и вздыхал, разглядывая причудливые зигзаги. У него ни разу не получилось ничего путного. И все-таки это было красиво...

— Что ты хочешь нарисовать?

— Не знаю... Что-нибудь оригинальное...

— Можно я попробую?

— Давай.

— Как бы не испортить...

— Да ничего, валяй, я просто тренируюсь, это не для клиентов...

Первые четыре попытки вышли плачевными, но на пятый раз она поймала движение...

— Эй, гляди-ка, очень хорошо... Можешь повторить?

— Нет, — засмеялась она. — Боюсь, что нет... Но... Может, у вас есть шприц или что-нибудь в этом роде?

— Ну-у...

— Мешочки с наконечниками?

— Должны быть. Посмотри там, в ящике...

— Наполнишь его соусом?

— Зачем?

— Так, есть одна идея.

Она нагнулась, высунула язык и нарисовала трех маленьких гусей.

Марк позвал шефа.

— Это что еще за глупости? Дети мои, мы не в студии Уолта Диснея!

И он удалился, качая головой.

Расстроенная Камилла пожала плечами и вернулась к своему салату.

— Все это не готовка... А полная фигня... — продолжал он ворчать с другого конца кухни. — И знаете, что хуже всего? Сказать, что меня убивает? А то, что этим недоумкам наверняка понравится. Сегодня люди хотят именно этого — глупых сюсечек! А, ладно, в конце концов, сегодня праздник... Вперед, мадемуазель, принимайтесь за дело — вам предстоит изобразить ваш птичий двор на шестидесяти тарелках... Живо, малышка!

248

— Отвечай: «Да, шеф!» — подсказал Марк.

— Да, шеф!

— Я ни за что не сумею... — простонала Камилла.

— Рисуй по одной птичке на каждой тарелке...

— Слева или справа?

— Слева, это логичнее...

— Не будет выглядеть по-идиотски?

— Да нет, получится забавно... В любом случае выбора у тебя нет...

— Лучше бы я промолчала...

— Принцип номер один. Будет тебе наука... На, держи, вот хороший соус...

— А почему он красный?

— Основа свекольная... Начинай, я буду передавать тебе тарелки...

Они поменялись местами. Она рисовала, он отрезал ломти фуа гра, располагал на тарелках, посыпал смесью перца и соли, передавал третьему участнику их маленькой команды, который с ювелирной точностью раскладывал листья салата.

— Что делают остальные?

— Собираются поесть... Мы присоединимся потом... Мы открываем бал, они нас сменят... Поможешь мне с устрицами?

— Мне что, придется их открывать?!

— Да нет, успокойся, только красоту навести... Кстати, ты почистила зеленые яблоки?

— Да. Они вон там... О, черт! Индюшонок получился...

— Извини. Умолкаю.

Мимо них прошел хмурый Франк. Они показались ему уж слишком расслабившимися. Или даже веселыми.

И ему это не слишком понравилось...

— Развлекаетесь? — насмешливо спросил он.

— Делаем что можем...

— Успокой меня... Подогревать хотя бы не потребуется?

— Почему он так сказал?

— Не обращай внимания, это профессиональный стеб... Те, кто занимается горячим, чувствуют себя небожителями, они священнодействуют и нас, трудяг, презирают. Мы к огню не приближаемся... Ты хорошо знаешь Лестафье?

— Нет.

— Понятно, а то я удивился...

— Чему?

— Да так, проехали...

Пока другие обедали, двое высоченных негров отскребли и вымыли пол, а потом прошлись несколько раз швабрами, чтобы быстрее просохло. Шеф и какой-то до ужаса элегантный тип что-то обсуждали в кабинете.

— Это клиент?

— Нет, метрдотель...

— А-а-а... Классно выглядит...

— Все они в зале красавчики... В начале каждого приема мы выглядим этакими чистюлями, а они пылесосят зал в мятых штанах и майках, а потом все меняется: «кухонщики» потеют, воняют, измызгиваются до ушей, а они дефилируют — свежие, как огурчики с грядки, с прическами волосок к волоску, в безупречных костюмчиках...

Франк подошел ее проведать, когда она заканчивала последнюю стопку тарелок.

— Можешь идти, если хочешь...

— Да нет... Никуда я не пойду... Не хочу пропустить спектакль...

— Тебе есть, чем ее занять?

— А то! Работы навалом! Может взять на себя саламандру...

— Это что еще такое? — заволновалась Камилла.

— Вот та штука — мобильный гриль... Возьмешь на себя тосты?

— Конечно... Кстати... Могу я поджарить себе ломтик?

— Без проблем.

Франк проводил ее до агрегата.

— Все в порядке?

— Просто блеск. И Себастьян вполне мил...

— Угу...

— ...

— Вид у тебя какой-то странноватый... В чем дело?

— Да так... Хотела поздравить Филибера, позвонила — и нарвалась на какую-то соплячку...

— Не переживай, я сейчас сам позвоню...

— Не стоит. Они снова окажутся за столом...

— Это уж мои проблемы...

— Алло... Простите, что беспокою, это Франк де Лестафье, сосед Филибера по дому... Да... И вас тоже... Здравствуйте, мадам... Могу я с ним поговорить — это по поводу бойлера... Да... Конечно... Всего доброго, мадам...

Он подмигнул. Камилла улыбнулась и выдохнула дым.

— Филу! Это ты, толстенький мой кролик? С Новым годом, сокровище мое! Нет, целовать я тебя не целую, но передаю трубку твоей маленькой принцессе. О чем о чем? Да хрен с ним, с бойлером, все с ним в порядке!

Ладно, с Новым годом, с новым здоровьем и тысяча поцелуев сестричкам. Ну не всем, конечно... Только тем, у кого большие сиськи!

Камилла сощурилась и взяла трубку. Нет, с бойлером все в порядке. Да, я вас тоже целую. Нет, Франк не запер ее в шкаф. Да, она тоже часто о нем думает. Нет, она еще не сдала анализ крови. Да, Филибер, я тоже желаю вам здоровья...

— У него был хороший голос, так ведь? — прокомментировал Франк.

— Я насчитала всего восемь заиканий.

— Ну вот, я же говорю...

Когда они вернулись на рабочие места, ветер переменился. Те, кто трудился без головных уборов, надели крахмальные пилотки, шеф водрузил свой огромный живот на стойку и положил на него скрещенные руки. В помещении воцарилась мертвая тишина.

— За работу, господа...

Казалось, что температура в комнате растет на градус в секунду. Все суетились, стараясь при этом не мешать соседу. Лица были напряжены, с губ то и дело слетали ругательства. Кто-то оставался невозмутимым, другие — как вон тот японец, например, — готовы были взорваться.

Официанты выстроились в очередь к стойке, шеф придирчиво осматривал каждую тарелку, а стоявший рядом помощник стирал маленькой губочкой следы пальцев и капельки соуса с краев.

Когда толстяк наконец кивал, очередной официант, сцепив от напряжения зубы, подхватывал тяжеленное серебряное блюдо.

252

Камилла вместе с Марком занималась закусками, раскладывала по тарелкам какие-то рыжие штучки — то ли чипсы, то ли корочки. Вопросов она больше не задавала. Последний штрих она наводила, раскладывая веточки резанца.

— Шевелись, сегодня вечером нам не до красоты...

Она нашла кусочек бечевки, чтобы подвязать штаны, и все время шипела, потому что бумажная пилотка то и дело сползала ей на глаза. Марк вытащил из своей коробки с ножами маленькую заколку и протянул ей:

— Держи...

— Спасибо.

Потом она выслушала инструкции одного из официантов, который объяснил ей, как именно следует срезать корки с треугольных кусочков сдобного хлеба.

— Насколько они должны быть зажарены?

— Ну... Пусть будут золотистыми, вот и все...

— Давай, поджарь один. Покажи, какой именно цвет тебе нужен...

— Цвет, цвет... Дело не в цвете, а в ощущении...

— Но я-то буду отталкиваться от цвета, так что сделай образец, иначе я буду все время дергаться.

Она очень ответственно отнеслась к поручению и ни разу никого не задержала, кидая тосты официантам в сложенную салфетку. Не помешал бы небольшой комплимент: «О, Камилла, какие замечательные тосты ты нам делаешь!» Но, увы...

Она все время видела спину Франка — он навис над своими плитами, как ударник над барабанами: дзинь крышкой здесь, дзинь крышкой там, ложечку приправы туда, ложечку соли сюда. Высокий худой парень, помощник шефа, как поняла Камилла, все время задавал ему вопросы. Франк отвечал односложно и через раз. Все кастрюли были медные, он передвигал их с помощью прихватки и, видимо, пару раз обжегся — Камилла видела, как он тряс рукой и дул на пальцы.

Шеф нервничал. Скорее, скорее... Не зарывайтесь! Подогрейте! Пережарили. «Соберитесь, господа, соберитесь!» — то и дело призывал он.

Их работа подходила к концу, а в другой части кухни становилось все жарче. Зрелище впечатляло. Лица поваров заливал пот, и они на манер котов тыкались головой в плечо, чтобы промокнуть лоб. Парень, занимавшийся жарким, был пунцово-красным и без конца тянул из бутылки воду, колдуя над своими птичками. (Нечто с крылышками, одни меньше самого маленького цыпленка, другие — в два раза больше...)

— С ума можно сойти... Какая там температура, как думаешь?
— Точно не знаю... Над печами — не меньше сорока... Может, даже пятьдесят... В смысле физической нагрузки это самая тяжелая работа... Давай отнеси это на мойку... И смотри никого не задень...

Она вытаращила глаза, увидев горы кастрюль, сотейников, металлических мисок, дуршлагов и сковородок, ровными пирамидами стоявших в огромных баках. Вокруг не было ни одного белого человека, а невысокий паренек, к которому она обратилась, в ответ только покачал головой и принял от нее очередную порцию грязной посуды. Судя по всему, он ни бельмеса не понимал по-французски. Камилла несколько мгновений наблюдала за ним, и, как это случалось всякий раз при встрече с изгнанником с другого конца света, лампочки Матери Терезы слабо замигали у нее в мозгу. Откуда он? Из Индии? Из Пакистана? Что за жизнь он вел? Как попал сюда? Приплыл? Прилетел? На что надеялся? Какую цену заплатил? Чем пожертвовал? Где живет? Большая ли у него семья? Где его дети?

Поняв наконец, что ее присутствие нервирует посудомойщика, она ушла, скорбно покачав головой.

— Откуда приехал этот парень?
— С Мадагаскара.
Первый прокол.
— Он говорит по-французски?
— Конечно! Он здесь уже двадцать лет!
Та-а-ак, пора тебе ложиться спать, недотрога...

Она устала. Нужно было все время что-то лущить, резать, чистить или убирать. Чистое безумие... Как им удается перемалывать такое количество жратвы? Зачем так набивать брюхо? Да они же сейчас лопнут! 220 евро, это сколько в пересчете? Почти 1500 франков... Пфф... Сколько всего можно купить на эти деньги... Если извернуться, хватит даже на небольшое путешествие... Например, в Италию... Сидеть на террасе кафе, слушая бездарный треп красоток, потягивающих из толстенных чашечек слишком сладкий и слишком крепкий кофе...

Да, на эти деньги можно организовать чудную жизнь: рисовать, гулять по площадям красивейших городов мира, любоваться лицами людей и томными котами... Накупить кучу книг, дисков и даже шмоток на всю оставшуюся жизнь...

Через несколько часов все будет съедено, оплачено, переварено и извергнуто...

Она была не права, рассуждая подобным образом, и знала это. Она трезво смотрела на вещи. Камилла разлюбила есть еще в детстве, потому что завтрак, обед и ужин были для нее настоящей пыткой. Для маленькой одинокой чувствительной девочки эта ноша была слишком тяжелой. Один на один с матерью, которая курила, как пожарник, ставя на стол тарелку с едой, приготовленной как попало: «Ешь! Это полезно для здоровья!» — заявляла она, закуривая очередную сигарету. Иногда к ним присоединялся отец, тогда девочка как можно ниже опускала голову, чтобы не выдать себя. «Скажи, Камилла, ты скучаешь по папе? Так ведь, ну скажи?» — допрашивали ее.

А потом было уже поздно. Она потеряла интерес к еде... Да и мать в какой-то момент совсем перестала готовить... С тех пор она ела как птичка, с другими случаются вещи похуже, например прыщи. Все вокруг доставали ее, но она как-то выкручивалась. И никто ничего не мог с ней поделать: выглядела она вполне благоразумной... Она не желала иметь ничего общего с их жалким миром, но когда чувствовала голод, ела. Конечно, она ела, иначе не дожила бы до сегодняшнего дня! Ела. Но без них. В своей комнате. Йогурты, фрукты или мюсли — между делом, читая, мечтая, рисуя лошадей или переписывая слова песен Жан-Жака Гольдмана.

Унеси меня отсюда.

Да, она знала собственные слабости, и с ее стороны было полным идиотизмом осуждать тех, кто способен получать удовольствие от застолья. И все-таки... 220 евро за ужин — без вина! — это чистое безумие, разве нет?

В полночь шеф поздравил их с Новым годом и выставил всем шампанское.

— С Новым годом, мадемуазель, и спасибо за ваших уточек... Шарль сказал, что клиенты были в восторге... Увы, я в этом не сомневался... Счастливого Нового года, господин Лестафье... Ведите себя потише, в 2004-м получите прибавку...

— Сколько, шеф?

— Какой вы быстрый! Вырастет мое к вам уважение!

— С Новым годом, Камилла... Мы... Ты... Мы не поцелуемся?

— Конечно, поцелуемся!

— А со мной? — спросил Себастьян.

— И со мной, — тут же присоединился Марк... — Эй, Лестафье! Быстро к станку, что-то убегает!

— Уже иду, Дюкон. Ладно, в общем... Она закончила? Можно ей присесть?

— Хорошая идея, пойдемте ко мне в кабинет, деточка, — вмешался шеф...

— Нет-нет, я хочу остаться с вами до конца. Поручите мне что-нибудь...

— Ладно... Будешь помогать кондитеру с украшательствами...

Она складывала узоры из тонкой, как папиросная бумага, стружки, играла шоколадными завитушками, апельсиновыми цукатами, глазированными фруктами и засахаренными каштанами. Помощник кондитера взирал на ее действия, благоговейно сложив руки на груди, и повторял: «Вы настоящий художник! Настоящий художник!» Шеф смотрел на эти излишества другими глазами: «Для сегодняшнего вечера сойдет, но красота — не главное... Еду готовят не ради красоты, черт побери!»

Камилла улыбалась, украшая взбитые сливки красным соком.

О да... Красота — далеко не главное! Уж она это знает лучше многих...

К двум часам наступило затишье. Шеф не расставался с бутылкой шампанского, некоторые повара сняли шапочки. Все выдохлись, но каждый хотел побыстрее навести порядок на своем рабочем месте и уйти. Разворачивались километры пленки, чтобы все завернуть, перед холодильными камерами возникла толчея. Многие комментировали вечер и анализировали промахи: кто что прозевал и почему, какие были продукты... Как бегуны, разорвавшие грудью ленточку и не способные остановиться, они надраивали столы и инструменты, чистили плиты и расставляли посуду. Для них это просто способ снять стресс и не загнать себя до смерти, подумала Камилла...

Она помогала им до самого конца, вычищая внутренности холодильного шкафа.

Потом она стояла, прислонясь к стене, и наблюдала, как официанты суетятся вокруг кофеварок. Один из них толкал перед собой огромную тележку со всякими лакомствами — шоколадными пирожными, маршмеллоу, джемами, крошечными трубочками с корицей и прочими вкусностями... Хм... Как же ей хотелось курить...

— Опоздаешь на свой праздник...

Она обернулась и увидела перед собой старика.

Франк из последних сил пытался держаться молодцом, но выглядел усталым, как собака, сгорбленным, бледным до зелени, красноглазым и осунувшимся.

— Ты как будто постарел лет на десять...

— Очень может быть... Ужасно устал... Плохо спал... И вообще не люблю такие банкеты... Всегда одно и то же... Подвезти тебя в Бобиньи? У меня есть второй шлем... Через минуту буду готов.

— Нет... Что-то не хочется... Когда я туда попаду, они уже надерутся... Весело напиваться вместе со всеми, в противном случае получается не слишком здорово...

— Ладно, я тоже поеду домой, еле стою на ногах...

В их разговор вмешался Себастьян:

— Может, дождемся Марко и Кермадека и завалимся куда-нибудь?

— Нет, я выдохся... Поеду домой...

— А ты, Камилла?

— Она тоже ус...

— Вовсе нет, — перебила она, — ну да, я ужасно устала, но все-таки хочу праздника!

— Уверена? — спросил Франк.

— Конечно, нужно встретить Новый год... Чтобы он был лучше уходящего.

— Я думал, ты терпеть не можешь праздники...

— Верно, но представь себе, это мое первое мудрое решение: «В 2003-м били меня плетью, а в 2004-м сама спляшу с чертом!»

— Куда вы собрались? — со вздохом спросил Франк.

— К Кетти...

— О нет, только не туда... Ты же знаешь...

— Ладно, тогда в «La Vigie»...

— С ума сошел.

— Какой же ты зануда, Лестафье... Из-за того что ты перещупал всех официанток в округе, мы никуда не можем пойти! Кого ты трахнул у Кетти? Ту шепелявую толстушку?

— Вовсе она не шепелявила! — возмутился Франк.

— Ну да, когда напивалась, говорила нормально, а трезвая — еще как шепелявила, точно тебе говорю... Ладно, проехали, она в любом случае больше там не работает...

— Уверен?

— Угу.

— А рыжая?

— Она тоже уволилась. Эй, тебе ведь это безразлично, ты с ней или как?

— Вовсе он не со мной! — запротестовала Камилла.

— Ага... Что ж... Разбирайтесь сами, а мы отправимся, как только ребята закончат...

— Хочешь пойти?

— Да. Но сначала мне нужно принять душ...

— Хорошо. Я тебя здесь подожду, домой не поеду — иначе свалюсь... Эй...

— Что?

— Ты меня так и не поцеловала...

— Получай... — Она запечатлела на его лбу целомудренный поцелуй.

— И это все? Я думал, ты в 2004-м решила «сплясать с чертом».

— Ты всегда выполняешь свои обещания?

— Нет.

— Вот и я тоже.

19

Бог его знает почему — может, она устала меньше остальных или просто медленнее пьянела, но очень скоро ей пришлось перейти с пива на вино — чтобы не отстать от других. У нее возникло ощущение, что она вернулась на десять лет назад, когда некоторые вещи еще казались простыми и ясными... Искусство, жизнь, будущее, ее талант, ее возлюбленный, ее место в этой жизни, ее кольцо для салфетки рядом с тарелкой и всякие другие глупости...

Что ж, в этом было что-то приятное...

— Эй, Франк, ты будешь сегодня пить или как?

— Я без сил...

— Брось, только не ты... У тебя вроде выходной намечается?

— Намечается.

— Ну и?

— Я старею...

— Давай пропусти рюмашку... Завтра выспишься...

Он безо всякой охоты подставил рюмку: спать ему завтра не придется. Завтра он отправится в *«Обретенное время»*, Общество защиты стариков, будет есть гадкие шоколадки с двумя или тремя одинокими старушонками, шамкающими зубными протезами, а его любимая бабуля будет вздыхать, глядя в окно.

Теперь у него все сжималось внутри, стоило ему выехать на автостраду...

Он предпочитал не травить себе душу заранее и одним глотком опрокинул рюмку.

Он втихаря наблюдал за Камиллой и заметил удивительную вещь: ее веснушки то появлялись, то исчезали...

Она назвала его красивым, а теперь вот кадрит этого верзилу, все они одинаковы...

Франк Лестафье пал духом.

И даже испытывал легкое желание заплакать...

Ну и? Что не так, парень?

Ну-у... Откуда начинать?

Паршивая работа, паршивая жизнь, бабка в богадельне и грядущий переезд. Отдых на продавленном диване-раскладушке. Расставание с Филибером. Он больше не будет щекотать его, чтобы научить защищаться, отвечать, реагировать, привлекать к себе внимание, наконец. Не сможет дразнить, называя сладким котеночком. Перестанет подкармливать вкусненьким. Лишится возможности изумлять своих подружек видом кровати короля Франции и роскошной ванной комнаты. Не услышит, как Филибер с Камиллой беседуют о войне 14-го года, будто сами в ней участвовали, или обсуждают Людовика XI, словно он с ними не раз выпивал. Не будет подстерегать ее, принюхиваться к запаху табачного дыма, открывая дверь, чтобы понять, вернулась ли она, не сможет хватать украдкой ее блокнот, чтобы посмотреть, что она наработала за день. Эйфелева башня перестанет быть его ночником. Он может остаться во Франции, терять по килограмму в день на своей гребаной работе, чтобы тут же набирать его в пивной. Продолжать подчиняться. Всегда. Все время. Он только и делал, что подчинялся. А теперь дошел до... Ну давай, скажи это наконец! Ладно, хорошо... Дошел до ручки... Ей-богу, создается впечатление, что жизнь может наладиться при одном условии — если он и дальше будет страдать...

Черт, может, хватит, а? Почему бы не взяться за кого-нибудь еще? Я свое поимел...

Я увяз по уши, ребята, так что отвяньте от меня... Я сыт по горло. Я оплатил свой счет.

Она наступила ему на ногу под столом.

— Эй... С тобой все в порядке?

— С Новым годом, — буркнул он.

— Что-то не так?

— Пойду спать. Пока.

20

Она тоже не задержалась. С этими ребятами особо не повеселишься... Все время ноют, какая дебильная у них работа... Да и Себастьян начал ее раздражать... Чтобы получить шанс лечь с ней в койку, этому кретину следовало быть поучтивее с самого утра. Если парень ведет себя безупречно задолго до того, как ему в голову придет идея запрыгнуть на тебя, из отношений может что-нибудь выйти...

Он лежал, свернувшись калачиком, на диване.

— Спишь?

— Нет.

— Тебе плохо?

— В 2004 году я скорее всего помру, — простонал он.

Она улыбнулась.

— Браво...

— Еще бы, я уже три часа ищу подходящую рифму... Можно так: в 2004-м стану волком.

— Да-а-а, ты просто гениальный поэт...

Он замолчал. Не было сил играть — он слишком устал.

— Поставь нам красивую музыку, ну ту, что ты слушала тогда...

— Нет. Если тебе уже грустно, не поможет...

— Но ты останешься еще ненадолго, если поставишь свою Castafiore?

— Выкурю сигарету и пойду...

— Договорились.

И Камилла в сто двадцать восьмой раз за эту неделю поставила Nisi Dominus Вивальди...

— Переведи мне.

— Сейчас, подожди... Господь одаривает тех, кого любит, пока они спят....

— Гениально...

— Красиво, да?

— Не зна-а-а-ю... — зевнул он. — Я в этом ни черта не смыслю...

— Забавно... То же самое ты говорил вчера о Дюрере... Но этому нельзя научиться! Это прекрасно и все тут.

— А вот и нет. Думай что хочешь, но этому учатся...

— ...

— Ты верующая?

— Нет. Хотя... скорее, да... Когда я слушаю подобную музыку, или вхожу в изумительную церковь, или смотрю на волнующую меня картину — скажем, на «Благовещение», — мое сердце переполняется чувствами, и мне начинает казаться, что я верю в Бога, но это не так: верю я в Вивальди... В Вивальди, и в Баха, и в Генделя, и в Анджелико[1]... Они — боги... А тот, Бог Отец, — не более чем предлог, отговорка... Единственная его заслуга заключается в том, что он всех их — всех! — вдохновил на создание шедевров...

— Люблю, когда ты со мной разговариваешь... Я как будто умнею на глазах...

— Прекрати...

— Да нет, это правда...

— Ты слишком много выпил.

— Нет. Как раз не допил...

— Ладно, слушай... Красивое место... И гораздо более веселое... Именно это я больше всего люблю в мес-

265

сах: радостные куски — Gloria, например, они утешают тебя после трагических фрагментов... Все как в жизни...

Долгое молчание.

— Спишь?
— Нет, смотрю, как догорает твоя сигарета.
— Знаешь, я...
— Что?
— Я думаю, тебе стоит остаться. Думаю, то, что ты говорил мне о Филибере и моем уходе, все до последнего слова относится и к тебе... Думаю, он будет очень несчастен, если ты уедешь, ты — залог его хрупкого равновесия, как и я...
— Э-э-э... Можешь повторить последнюю фразу по-французски?
— Оставайся.
— Нет... Я... Я совсем не такой, как вы двое... Нельзя складывать в один сундук тряпки и салфетки, как говорит моя бабуля...
— Ты прав, мы разные, но до какой степени? Может, я ошибаюсь, но, по-моему, мы втроем составляем отличную команду убогих. Ты не согласен?
— Я лучше промолчу...
— И вообще, что такое «разные»? Я не умею даже яйца сварить — и провела с тобой день на кухне, ты слушаешь только техно — и засыпаешь под Вивальди... Твоя байка про тряпки с салфетками — полный бред... Жить вместе людям мешает их глупость, а вовсе не различия... Совсем наоборот, без тебя я бы никогда не сумела распознать лист портулака...
— Ну, теперь ты научилась, и зачем тебе это?
— Еще одна глупость. При чем тут «зачем»? Почему надо все и всегда измерять полезностью? Да мне пле-

266

вать, пригодится мне это или нет — я теперь знаю, что это такое...

— Видишь, какие мы разные... Что ты, что Филу — вы живете в выдуманном мире, вы понятия не имеете о жизни, не знаете, что это такое — драться за выживание и все такое прочее... Я интеллектуалов отродясь не встречал, но именно такими, как вы с Филу, их себе и представлял...

— А как ты их себе представлял?

Он начал бурно жестикулировать.

— А вот так: фью, фью... Ах, маленькие птички, ох, прелестные бабочки! Фью, фью, боже, какие миленькие... Вы прочитаете еще раз эту главу, друг мой. Ну конечно же, дорогая. Я с удовольствием, и на улицу не пойду. Нет-нет, ни в коем случае — там воняет!

Она встала и выключила музыку.

— Ты прав, ничего не выйдет... Лучше тебе убраться... Но прежде, чем я пожелаю тебе счастливого пути, позволь мне сказать две вещи. Первая касается интеллектуалов, гнилых интеллигентов, умников, яйцеголовых... Самое простое — издеваться над ними... Да уж, это чертовски легко и просто. Чаще всего кулаки у них ни к черту не годятся, да и не любят они этого — драться... Драка возбуждает их не больше грохота сапог по брусчатке, звяканья медалей и больших черных машин, так что... Достаточно отнять у них книгу, гитару, карандаш или фотоаппарат, и вот они уже ни на что не годны, эти придурки... Кстати, диктаторы чаще всего именно так и поступают: разбивают очки, жгут книги и запрещают концерты — это им ничего не стоит, больше того — помогает избежать проблем в будущем... Но знаешь что... Если быть «интеллектуалом» — значит любить учиться, проявлять любознательность и внимание, восхищаться миром, трепетать от волнения, пытаясь понять, как все устроено, и, ложась вечером спать, чувствовать себя чуть меньшим придурком, чем накануне, то — да! — я интеллектуалка и горжусь этим... Даже жутко горжусь. И, поскольку я — интеллектуалка, как ты говоришь, то не могу не читать твои мотоциклетные газетенки, которые валяются в сортире, и знаю, что у R 1200 GS есть электронная хреновина, позволяющая ему ездить на паленом бензине... Так-то вот!

— Что ты там лепечешь?

— Да, я — «яйцеголовая», но я тут как-то позаимствовала у тебя комиксы «Joe Bar Team» и полдня над ними хихикала... А второе — не тебе читать нам мораль, парень! Думаешь, твоя кухня — это реальный мир? Заблуждаешься. Ровным счетом наоборот. Вы никогда никуда не ходите, варитесь в собственном соку. Ты-то что знаешь о мире? Да ничего. Ты пятнадцать лет живешь по раз и навсегда установленному расписанию, подчиняешься оперетточной иерархии и всегда спишь в неурочное время. Может, ты потому и выбрал эту работу? Чтобы так и сидеть у мамочки в животе, чтобы всегда было тепло и сыто... Ты работаешь больше и тяжелее нас, кто бы сомневался, но мы — жалкие интеллектуалы! — не боимся брать на себя ответственность за этот мир. Фью, фью, покидаем каждое утро свои берлоги. Филибер отправляется в лавочку, я иду убираться, и можешь быть уверен — мы-таки работаем. А твоя система выживания... *Жизнь — джунгли, борись за жизнь* и всякая такая хрень... Да мы ее наизусть знаем... Еще и тебя научить можем, если хочешь... На сем — хорошего тебе вечера, доброй ночи и счастливого Нового года.

— Ты что-то сказал?

— Проехали. Сказал, что не больно-то ты веселилась...

— Верно, я сварлива.

— Что это значит?

— Посмотри в словаре...

— Камилла...

— Да?

— Скажи мне что-нибудь хорошее...

— Зачем?

— Чтобы год хорошо начался...

— Нет. Я тебе не музыкальный автомат.

— Ну давай...

Она обернулась.

— Пусть тряпки и салфетки лежат в одном ящике, жизнь гораздо забавнее, если в ней есть место беспорядку...

— Хочешь, чтобы я сказал тебе что-то приятное в честь Нового года?

— Нет. Да... Давай.

— Знаешь что... Твои тосты были просто великолепны...

ЧАСТЬ ТРЕТЬЯ

1

На следующий день он вошел к ней в комнату около одиннадцати. Она сидела у окна, одетая в кимоно.

— Что делаешь? Рисуешь?

— Да.

— А что рисуешь?

— Первый день года...

— Покажи.

Она подняла голову и сжала зубы, чтобы не рассмеяться.

На нем был старомодный костюм в стиле Hugo Boss, 80-е — он был ему чуточку великоват и чуточку блестел, рубашка горчичного цвета из вискозы, пестрый галстук и ботинки из грубой свиной кожи — явно ужасно неудобные.

— Ну что еще? — проворчал он.

— Нет, ничего, ты ... Ты чертовски элегантен...

— Я веду бабушку обедать в ресторан...

— Ну... — Камилла фыркнула. — Она будет страшно гордиться таким красивым парнем...

— Чего ты смеешься? Знала бы ты, как меня все это достает. Ничего, потерпим...

— Ты идешь с Полеттой? С той, что связала для меня шарф?

— Да. Кстати, я потому и пришел... Ты вроде говорила, у тебя что-то есть для нее?

— Совершенно верно.

Она встала, передвинула кресло и начала рыться в своем чемоданчике.

— Садись вот сюда.

— Это еще зачем?

— Будем делать подарок.

— Решила меня нарисовать?

— Да.

— Не хочу.

— Почему?

— ...

— Не знаешь?

— Не люблю, когда на меня смотрят.

— Я все сделаю быстро.

— Нет.

— Как угодно... Я думала, она обрадуется твоему портрету... Честный обмен, понимаешь? Но не стану настаивать. Я никогда не настаиваю. Не мой стиль...

— Ладно. Но только быстро, идет?

— Не годится...

— Что не годится?

— Да костюм... Галстук и все остальное. Это не ты.

— Хочешь, чтобы я разделся догола? — хихикнул он.

— О да, это будет полный кайф! Обнаженный краса-вец... — ответила она не моргнув глазом.

— Шутишь, да?

Он запаниковал.

— Конечно, шучу... Ты для этого слишком старый! И наверняка слишком волосатый...

— А вот и нет! А вот и нет! Волос у меня как раз в меру!

Она смеялась.

— Ладно. Ты хоть пиджак сними и удавку свою ос-лабь...

— Ну да, я весь взмок, пока узел завязывал...

— Посмотри на меня. Нет, не так... Расслабься, а то можно подумать, что тебе черенок от метлы в задницу загнали... Я тебя не съем, идиот.

— О да... — взмолился он. — Съешь меня, Камилла, ну хотя бы укуси...

— Отлично. Мне нравится эта идиотская ухмылка. Как раз то, что надо...

— Ну что, долго еще?

— Почти готово.

— Надоело. Поговори со мной. Расскажи какую-нибудь историю, чтобы время быстрее прошло...

— О ком на этот раз?

— О себе.

— ...

— Чем будешь сегодня заниматься?

— Уборкой... Поглажу... Выйду прогуляться... Свет очень хорош... Посижу в кафе или в чайном салоне... Поем булочек с ежевичным желе... Ням-ням-ням... Если повезет, в салоне будет песик... Я коллекционирую псов из чайных салонов... У меня для них специальный блокнот — красивый такой, с молескиновой обложкой... Раньше у меня был такой же для голубей... Я знаю все о голубях. С Монмартра, с Трафальгарской площади в Лондоне, с площади Святого Марка в Венеции — я всех запечатлела...

— Скажи мне...

— Да!

— Почему ты всегда одна?

— Не знаю.

— Не любишь мужчин?

— Приехали... Если девушка не реагирует на твое неотразимое обаяние, она наверняка лесбиянка, так ты рассуждаешь?

— Да нет, мне просто интересно... Одеваешься ты безобразно, стрижешься «под ноль», и вообще...

Они помолчали.

— Да люблю я мужчин, люблю, успокойся... Девушек тоже — заметь, но предпочитаю мужиков...

— А ты уже спала с девушками?

— Да тыщу раз!

— Издеваешься?

— Да. Все, готово. Можешь одеваться.

— Покажи мне.

— Ты себя не узнаешь. Люди никогда себя не узнают...

— Что это за пятно вот здесь?

— Это тень.

— Чего?

— Это называется сепия...

— А это что?

— Твои бачки.

— Да ну?

— Разочарован? Вот, возьми еще один. Я его сделала вчера, когда ты играл на плей стейшн...

Он заулыбался.

— Ага! Это точно я!

— Мне самой больше нравится первый, но... Вложи в какой-нибудь журнал, чтобы не помялись...

— Дай мне листок.

— Зачем?

— Затем. Я тоже, если захочу, могу тебя нарисовать...

Он вгляделся в ее лицо, наклонился, высунув от усердия язык, что-то начирикал на бумаге и протянул ей свою мазню.

— Сейчас посмотрим! — Камилла была заинтригована.

Он изобразил спираль. Домик улитки с маленькой черной точкой в самой глубине.

Она не реагировала.

— Точка — это ты.

— Я... Я поняла...

У нее дрожали губы.

Он вырвал у нее листок.

— Эй! Камилла! Это просто шутка! Я хотел тебя развеселить! И все!

— Ну да, конечно, — кивнула она, поднося руку ко лбу. — Просто шутка, я понимаю... Ладно, беги, а то опоздаешь...

Он натянул комбинезон и, открывая дверь, треснул себя шлемом по голове.

Маленькая точка — это ты...

Да, парень, ты законченный мудак.

2

В кои веки раз у него за спиной не висел тяжелый рюкзак с едой, и он налег грудью на бак и нажал на газ: сейчас голова его быстро проветрится. Ноги сжаты, руки вытянуты, в груди тепло, шлем вот-вот треснет... Выжать предельную скорость, выкинуть из головы проблемы, и пусть мир катится в тартарары.

Он ехал быстро. Слишком быстро. И делал это сознательно. Нарочно.

Сколько Франк себя помнил, у него между ног всегда был какой-нибудь мотор, в ладонях — зуд, и он никогда не считал смерть серьезной проблемой, воспринимая ее как еще одно досадное препятствие... Раз его не станет и страдать не придется, какая, к черту, разница?

Как только у него появились хоть какие-то деньги, он немедленно влез в долги и купил мопед, большой не по возрасту.

Обзаведясь шустрыми приятелями, умевшими «делать бабки», он снова поменял мопед — чтобы выгадать несколько миллиметров на спидометре. Он не дергался на светофорах, не шлифовал асфальт шинами, не ввязывался в состязание с другими водителями и не считал нужным попусту рисковать. Всего этого Франк не делал, но как только предоставлялась возможность, он смывался и гонял по дорогам, давя на газ и играя на нервах у своего ангела-хранителя.

Он любил скорость. По-настоящему любил. Больше всего на свете. Даже больше девушек. Это были самые счастливые минуты в его жизни — минуты покоя, умиротворения, свободы... В четырнадцать он царил на дорогах Турени, лежа грудью на руле мопеда, и был похож на жабу на спичечной коробке (так тогда говорили), в двадцать купил себе первый подержанный мотоцикл на деньги, заработанные летом в поганой забегаловке близ Сомюра, а сегодня это стало его единственным развлечением: мечтать о мотоцикле, покупать его, доводить до ума, испытывать его, начинать мечтать о другом мотоцикле, тащиться в комиссионку, продавать предыдущий, покупать, доводить... и так до бесконечности.

Не будь у него мотоцикла, он бы чаще звонил своей старушке, моля Бога, чтобы она не пересказывала ему каждый раз всю свою жизнь...

Проблема заключалась в том, что проветрить мозги уже так просто не получалось. Даже при скорости 200 километров в час он не ощущал привычной легкости.

Даже при 210 и 220 его одолевали мысли. Он изворачивался, хитрил, морщился, ежился, но все было напрасно — мысли словно прилипли к его телу, и от заправки до заправки продолжали лезть в голову.

Сегодня, 1 января, в сухой и сверкающий, как новая монета, денек, он мчался на своем двухколесном друге, без сумки, без рюкзака за спиной, на пирушку с двумя очаровательными бабульками, и предупредительные автомобилисты уступали ему дорогу, а он махал рукой в знак благодарности.

Он сдался и прокручивал в голове одну и ту же заезженную песню: за что ему такая жизнь? Сколько еще придется терпеть? Как от всего этого избавиться? За что такая жизнь? Сколько еще придется терпеть? Где искать спасения? За что?

Он умирал от усталости, но пребывал скорее в хорошем настроении. Он пригласил Ивонну, чтобы отблагодарить ее и с тайной надеждой, что она возьмет на себя застольную беседу, а он проведет время «на автопилоте». Улыбочка направо, улыбочка налево, несколько ругательств, чтобы доставить им удовольствие, а там, глядишь, и кофе подадут...

Ивонна должна была забрать Полетту из богадельни, а потом они втроем встречались в «Отеле путников» — маленьком ресторанчике с яркими скатерками и букетиками засушенных цветов, где он проходил практику, а потом какое-то время работал. Это было в 1990-м. Тысячу миллионов световых лет назад. Но вспоминал он то время с удовольствием...

На чем он тогда ездил?

Кажется, на Fazer Yamaha?

Он мчался, закладывая зигзаги между разделительными линиями, подняв забрало шлема, чтобы чувствовать солнце. Он не переедет. Не сейчас. Он останется в этой слишком большой квартире, куда однажды утром, вместе с девушкой в ночной рубашке, сошедшей с небес, вернулась жизнь. Девушка была немногословна, но с тех пор, как они стали соседями, их дом ожил. Филибер начал выходить из своей комнаты, и они каждое утро пили вместе шоколад. Он сам перестал шваркать дверьми, чтобы не разбудить ее, и легче засыпал, слыша, как она что-то делает в соседней комнате.

Сначала он ее просто не выносил, но теперь все наладилось. Он ее прижал...

Эй, ты сам-то понял, что сейчас сказал?

В смысле?

Да ладно, не придуривайся, чего там... Давай, Лестафье, посмотри мне в глаза и ответь — только искренне: ты и правда думаешь, что «прижал» ее?

Ну... нет...

Так-то лучше... Я знаю, парень, что ты не слишком хитер, но... Ты меня напугал!

Что, теперь уж и посмеяться нельзя?

3

Он снял комбинезон под козырьком автобусной остановки, поправил галстук и шагнул в дверь.

Хозяйка раскрыла ему объятия.

— Какой же ты красавец! Сразу видно, одеваешься в Париже! Рене тебя обнимает. Он потом к вам подойдет...

Ивонна поднялась ему навстречу, а бабушка нежно улыбнулась.

— Ну, девочки? Провели день у парикмахера, как я погляжу?

Они прыснули, сделали по глотку розового и пропустили его к окну с видом на Луару.

Полетта надела свой парадный костюм с меховым воротником и брошку под старину. Парикмахер дома престарелых не пожалел краски, и ее волосы цвета само прекрасно гармонировали с розовой скатертью.

— Он здорово постарался, твой мастер, уж покрасил так покрасил...

— Я сказала то же самое, — вмешалась Ивонна, — чудный цвет, правда, Полетта?

Полетта кивала и улыбалась, вытирая уголки губ вышитой салфеткой, и растроганно смотрела на своего дорогого мальчика.

Все получилось в точности так, как он предвидел. «Да», «нет», «неужели?», «быть того не может!», «вот же черт...», «ах, извините», «ох!» и «трам-тарарам» — вот и все слова, которые он произнес за столом, Ивонна прекрасно заполняла паузы...

282

Полетта была немногословна.

Она смотрела на реку.

Шеф подошел выразить им почтение и захотел угостить дам коньяком. Сначала они отказались, но потом выдули за милую душу, как церковное вино после причастия. Он рассказал Франку несколько поварских историй и поинтересовался, когда тот вернется работать на родину...

— Парижане ни черта в еде не понимают... Женщины сидят на диете, а мужчины только о счетах и думают... Голову даю на отсечение: влюбленные к тебе не ходят... В полдень — деловые люди, этим вообще плевать, что они едят, а вечером — только пары, празднующие двадцатилетие свадьбы и лающиеся из-за того, что машину могут оттащить на штрафную стоянку... Я ошибаюсь?

— О, знаете, мне, вообще-то, плевать... Я просто делаю свое дело.

— Так я о том и говорю! В Париже ты работаешь за зарплату... Возвращайся, будем ходить с друзьями на рыбалку...

— Хотите продать заведение, Рене?

— Пфф... Кому?

Пока Ивонна ходила за своей машиной, Франк помог бабушке надеть плащ.

— Вот, она дала мне это для тебя...

Наступила тишина.

— Тебе не нравится?

— Нравится... Конечно, нравится...

Она заплакала.

— Ты такой красивый...

Она указывала на тот рисунок, который ему не понравился.

— Знаешь, она носит его каждый день, твой шарф...

— Врунишка...

— Клянусь тебе!

— Значит, ты прав... Эта малышка ненормальная, — добавила она, сморкаясь и улыбаясь сквозь слезы.

— Ба... Не плачь... Мы прорвемся...

— Ну да... Вперед ногами...

— ...

— Знаешь, иногда я говорю себе, что готова, а в другие дни я... Я...

— Ох... родная моя...

И он впервые за всю свою жизнь обнял бабушку.

Они расстались на стоянке, и он почувствовал облегчение: слава богу, не придется самому возвращать ее в эту дыру.

Когда он сел в седло, мотоцикл показался ему слишком тяжелым.

Он назначил свидание подружке, у него были деньги, крыша над головой, работа, он даже нашел друзей — и все-таки подыхал от одиночества.

«Ну и дерьмо, — прошептал он себе под нос, чертово дерьмо...» Он не чертыхнулся в третий раз потому, что, во-первых, легче от этого не становилось, а во-вторых, запотевал козырек шлема.

Ну и дерьмо...

4

— Ты снова забыл кл...

Камилла не закончила фразу. Это был не Франк, а давешняя девушка. Та, которую он, «попользовавшись», выпер из дома в рождественский вечер...

— Франка нет?

— Уехал навестить бабушку...

— Который час?

— Около семи...

— Ничего, если я останусь и подожду его?

— Конечно... Входи...

— Я помешала?

— Вовсе нет! Я дремала перед телевизором...

— Ты смотришь телек?!

— Смотрю... А что тебя так удивляет?

— Предупреждаю — я выбрала самую дебильную передачу. Девки, одетые как шлюхи, и ведущие в костюмах в облипку поводят бедрами и читают текст по бумажке... Это что-то вроде караоке со знаменитостями, но я никого не узнаю...

— Да ну, вот этого наверняка знаешь — он из «Star Academy»...

— Что такое «Star Academy»?

— Вот видишь, я была права... Франк говорил, что ты вообще не смотришь телевизор...

— Он преувеличивает... Вот эта передача — просто прелесть... Как будто барахтаешься в чем-то теплом и липко-сладком... Ммм... Все участники — красавчики, не переставая целуются, а бабы моргают, чтобы тушь не растекалась. Чертовски волнительно, сама увидишь...

— Подвинешься?

— Давай... — Камилла протянула девице угол одеяла. Что-нибудь выпьешь?

— Чем ты травишься?

— Белым бургундским...

— Пойду за стаканом...

— Что там происходит? Я ничего не понимаю...

— Сейчас объясню. Налей мне.

Во время рекламных пауз они болтали. Девушку звали Мириам, она приехала из Шартра, работала в парикмахерском салоне на улице Сен-Доминик и снимала квартирку в 15-м округе. Обе беспокоились насчет Франка и решили послать ему эсэмэску. К концу третьей рекламной паузы они стали подружками.

— Ты давно его знаешь?

— Около месяца...

— Это у вас серьезно?

— Нет.

— Почему?

— Да потому, что он только о тебе и говорит! Шучу... Он одно сказал — что ты чертовски здорово рисуешь... Слушай, а давай я приведу тебя в порядок?

— В каком смысле?

— Волосы...

— Сейчас?

— Потом я буду слишком пьяная и могу отчикать тебе ухо!

— Но у тебя даже ножниц нет...

— А бритвенные лезвия в ванной есть?

— Вроде да... По-моему, Филибер все еще пользуется неандертальским палашом...

— Что именно ты будешь делать?

— Придам форму...

— Как насчет того, чтобы сесть перед зеркалом?

— Боишься? Будешь за мной надзирать?

— Просто посмотрю, как ты работаешь...

Мириам стригла, Камилла рисовала.

— Подаришь его мне?

— Нет, все что угодно, только не этот... Я храню все автопортреты, даже такие уродливые...

— Зачем?

— Не знаю... Мне кажется, если буду рисовать, в один прекрасный день наконец узнаю себя...

— А в зеркале ты себя не узнаешь?

— Собственное отражение всегда кажется мне уродливым.

— А на рисунках?

— А на рисунках — нет...

— Ну что, так лучше?

— Ты сделала мне бачки, как Франку...

— Тебе идет.

— Помнишь Джин Сиберг[1]?

— Нет, а кто это?

— Актриса. Она носила такую же прическу, только волосы у нее были белокурые...

— Не проблема... Если захочешь, я тебя в следующий раз покрашу!

— Она была прехорошенькая... Жила с одним из моих любимых писателей... А потом однажды утром ее нашли мертвой в собственной машине... Откуда у такой красивой девушки взялись силы на то, чтобы убить себя? Несправедливо, правда?

— Может, тебе стоило нарисовать ее при жизни?

— Мне тогда было всего два года...

— И об этом мне Франк говорил...

— О том, что она покончила с собой?

— Да нет, о том, что ты знаешь кучу историй...

— Это потому, что я люблю людей... Скажи... Сколько я тебе должна?

— Прекрати...

— Ладно, я тебе кое-что подарю...

Она сходила к себе в комнату и вернулась с книгой.

— «Страхи царя Соломона»... Интересно?

— Не оторвешься... Не хочешь еще раз ему позвонить? Как-то мне неспокойно... Вдруг он попал в аварию?

— Да ну... Напрасно ты дергаешься... Он просто забыл обо мне... Я начинаю привыкать...

— Так зачем остаешься с ним?

— Чтобы не быть совсем одной...

Они открывали вторую бутылку, когда он вошел и снял шлем.

— Какого черта вы тут делаете?

— Смотрим порнушку, — хихикнули пьяненькие подружки. — Нашли в твоей комнате... Не знали, что выбрать, да, Мими? Как он там называется?

— *«Убери свой язык, и я пукну».*

— Ну да, ну да... Суперская картина...

— Что это за чушь? Нет у меня никаких порнофильмов!

— Да что ты? Странно... Может, кто-то забыл у тебя кассету? — съязвила Камилла.

— Или ты ошибся, — включилась в игру Мириам. — Думал, что берешь *«Амели»*, а получил *«Убери свой...»*.

— Да вы совсем рехнулись... — Он посмотрел на экран. — Напились в стельку!

— Ага... — сконфуженно хихикнули они.

— Эй... — Камилла окликнула Франка, который, что-то недовольно бормоча себе под нос, пошел было к двери.

— Что еще?

— Не хочешь продемонстрировать невесте, как хорош ты был сегодня?

— Нет. Отстаньте.

— Ой, ну покажи, зайчик, покажи! — заныла Мириам.

— Стриптиз, — потребовала Камилла.

— Долой одежду! — поддержала Мириам.

— Стриптиз! Стрип-тиз! Стрип-тиз! — хором скандировали они.

Он покачал головой, закатил глаза, попытался сделать возмущенный вид, но у него ничего не вышло. Он смертельно устал. И хотел одного — рухнуть на кровать и проспать неделю.

— Стрип-тиз! Стрип-тиз! Стрип-тиз!

— Прекрасно. Сами напросились... Выключите телевизор и готовьте мелкие купюры, курочки мои...

Он поставил «Sexual Healing» — наконец! — и начал свой «номер», сняв мотоциклетные перчатки.

Когда зазвучал припев —

Get up, get up, get up,
let's make love tonight,
wake up, wake up, wake up,
cause you do it right, —

он рывком расстегнул три последние пуговицы своей горчично-желтой рубашки и начал крутить ее над головой, вихляя бедрами на манер Траволты в «Прирожденных убийцах».

Девочки топали ногами, держась за бока от смеха.

На Франке остались только брюки: он повернулся и начал медленно спускать их вниз, а когда показалась надпись DIM DIM DIM на широкой эластичной резинке трусов, подмигнул Камилле. В этот момент песня закончилась, и он мгновенно натянул одежду.

— Ладно, все это очень мило, но я иду спать...

— О...

— Вот невезуха...

— Я хочу есть, — объявила Камилла.

— Я тоже.

— Франк, мы проголодались...

— Кухня — там, все время прямо, потом налево...

Несколько минут спустя он снова появился — в клетчатом халате Филибера.

— Ну? Вы не едите?

— Нет. Придется, видно, помирать с голоду... Не везет так не везет: стриптизер одевается, вместо того чтобы разоблачиться, повар не желает готовить...

— Сдаюсь, — вздохнул он, — чего вы хотите? Соленого или сладкого?

— Ух ты... Вкусно...

— Это всего лишь макароны... — ответил наш скромник голосом ведущего кулинарного шоу.

— Что ты туда положил?

— Да так, разные разности...

— Изумительно, — повторила Камилла. — А что на десерт?

— Бананы фламбе... Сожалею, дамы, но мне пришлось использовать припасы «судовой кухни»... Сами увидите... Но ром — не какой-то там Old Nick из «Monoprix»[1]!

290

— Ням-ням-ням-ням, — повторили они, вылизывая тарелки. — А потом что?

— А потом баиньки. Для тех, кого это интересует, моя комната — последняя справа по коридору.

Они выпили чаю и выкурили по последней сигарете, пока Франк клевал носом на диване.

— До чего он хорош, наш дон жуан... с его сексуальной аурой... — пискнула Камилла.

— Ты права, он милашка...

Пребывавший в полудреме объект их внимания улыбнулся и приложил палец к губам, прося заткнуться.

Камилла вошла в ванную следом за Франком и Мириам. Они слишком устали для всяких там цирлих-манирлих — «после-вас-моя-дорогая», и Камилла вытащила из стаканчика свою зубную щетку и пожелала Мириам — та уже умылась — спокойной ночи.

Франк чистил зубы над раковиной. Когда он разогнулся, они встретились взглядами.

— Это она над тобой поработала?

— Да.

— Здорово получилось.

Они обменялись улыбками в зеркале, и эта половинка секунды длилась дольше стандартного отрезка времени.

— Могу я надеть твою серую футболку? — крикнула из комнаты Мириам.

Продолжая чистить зубы, Франк снова обратился к Камиллиному отражению в зеркале:

— Эфопфостовертизиотизмакавдатебеневдешпать...

— Что ты сказал? — она удивленно вздернула брови.

Он сплюнул пасту.

— Я сказал: это просто верх идиотизма — когда человеку негде ночевать...

— О да... — она кивнула и улыбнулась. — Это полный идиотизм. Ты прав...

Камилла обернулась к нему.

— Послушай, Франк, мне нужно сказать тебе кое-что важное... Вчера я призналась, что никогда не выполняю решения, которые сама же и принимаю, но одно мы должны вместе принять и вместе же выполнить...

— Хочешь бросить пить?

— Нет.

— Курить?

— Нет.

— Так что же тогда?

— Я хочу, чтобы ты прекратил играть со мной в игры...

— В какие еще такие игры?

— Ты сам прекрасно знаешь... Твой секс-план, все эти «намеки тонкие на то, чего не ведает никто»... Я... я не хочу тебя потерять и ссориться не хочу. Пусть теперь все здесь будет хорошо... Пусть этот дом останется местом... Местом, где будет хорошо нам троим... Спокойным местом, без заморочек... Я... Ты... У нас с тобой все равно ничего не получится, и я... Было бы обидно все испортить...

Он был так потрясен, что не сразу кинулся в ответную атаку.

— Погоди-ка, ты это о чем? Я никогда не говорил, что собираюсь с тобой спать! Даже если бы захотел, ни за что не смог бы! Ты слишком худая! Ни один мужик не захочет тебя приласкать! Да ты пощупай себя, старушка! Потрогай! Это же полный бред...

— Теперь понимаешь, как я была права, предупреждая тебя? Понимаешь, насколько я проницательна? У нас с тобой никогда бы не связалось... Я пытаюсь говорить с тобой как можно тактичнее, а ты отвечаешь мне грубостью и агрессией, глупостью и злостью. Да это просто счастье, что ты никогда не сможешь до меня дотронуться! Счастье! Да меня тошнит от одной только мысли о твоих красных лапищах и обгрызанных ногтях! Прибереги их для своих подавальщиц!

Она стояла, вцепившись в ручку двери.

— Так, ладно, проехали... Лучше мне было промолчать... Какая же я дура... Чертова идиотка... Вообще-то, обычно я себя так не веду. Никогда... Если пахнет жареным, я вжимаю башку в плечи и ухожу на полусогнутых...

Он присел на край ванны.

— Да, именно так я обычно и поступаю... Но сегодня я, как полная кретинка, заставила себя поговорить с тобой, потому что...

Он поднял голову.

— Почему?

— Да потому... Я ведь уже сказала... Важно, чтобы эта квартира оставалась нейтральной зоной... Мне вот-вот стукнет двадцать семь, а я впервые живу в таком месте, где мне хорошо, куда хочется возвращаться вечером, и пусть я попала сюда совсем недавно, но вот стою тут перед тобой, забыв о самолюбии, хотя ты обложил меня по полной программе, потому что боюсь его потерять... Ты... Ты понял хоть слово из того, что я сказала, или для тебя это полная тарабарщина?

— ...

— Ладно, все... Пойду прилас... черт... пойду лягу...

Он не удержался от улыбки.

— Извини, Камилла... Я веду себя с тобой как полный пентюх...

— Да.

— Почему я такой?

— Хороший вопрос... Ну так что? Зароем топор войны?

— Давай. Видишь, я уже копаю...

— Блеск. Может, поцелуемся?

— Нет. Переспать с тобой — в самом крайнем случае — это еще куда ни шло, но поцелуй в щечку — ни за что. Это уж слишком...

— Какой же ты дурак...

Он встал, помедлив мгновение, согнулся, долго рассматривал пальцы на ногах, руки, ногти, погасил свет и занялся любовью с Мириам, стараясь издавать как можно меньше звуков, чтобы та, другая, не услышала.

5

И хотя этот разговор дался ей ох как нелегко и, раздеваясь, она с еще большим недоверием рассматривала свое тело и ощущала бессильное разочарование, видя, как выпирают костлявые коленки, бедра, плечи — все, что считается признаком женственности, и хотя она долго не могла заснуть и все думала, в чем ошиблась, она ни о чем не жалела. Уже на следующее утро — по тому, как он двигался и шутил, небрежным знакам внимания, проявляемому неосознанному эгоизму — она поняла: ее послание дошло.

Присутствие Мириам в жизни Франка тоже разряжало ситуацию: он помыкал ею, но часто ночевал у нее, что помогало ему снимать напряжение.

Иногда Камилла сожалела об их невинном флирте... Дура ты несчастная, говорила она себе, это было так приятно... Но приступы слабости быстро проходили. Она всегда слишком дорого платила за свои чувства и точно знала, что за безмятежность судьба возьмет с нее по высшему тарифу. Да и потом, с этим человеком все так непросто... Где кончается искренность и начинается игра? Она предавалась размышлениям, ковыряя вилкой недоразморозившуюся запеканку из кабачков и вдруг заметила на подоконнике нечто странное...

Это был ее портрет, который он нарисовал вчера «с натуры».

Все та же раковина от улитки и возле нее сердцевина свежего салата.

Она глупо улыбнулась и вернулась к своим кабачкам.

6

Они отправились покупать супернавороченную стиральную машину и заплатили пополам. Франк ужасно обрадовался, когда продавец заметил: «Мадам совершенно права...» — и начал через слово называть ее «дорогушей».

— Преимущество этих комбинированных машин, — вещал продавец, — назовем их «два в одном», заключается в экономии места... Увы, все мы хорошо знаем, как сегодня обстоит с жильем у молодоженов...

— Скажем ему, что живем втроем на четырехстах квадратных метрах? — шепотом спросила Камилла, взяв Франка под руку.

— Умоляю тебя, дорогая... — ответил он раздраженным тоном, — не мешай мне слушать мсье...

Она настояла, чтобы он подключил машину до приезда Филибера — «все это его ужасно травмирует», — и провела полдня, надраивая маленькую комнатку рядом с кухней, которую когда-то наверняка называли «прачечной»...

Камилла обнаружила огромное количество простыней, вышитых скатертей, фартуков и вафельных салфеток... Затвердевшие, растрескавшиеся куски мыла лежали в очаровательных коробочках, соседствуя с кристаллами соды, льняным маслом, испанским отбеливателем, спиртом для чистки трубок, воском «Сен-Вандрий» и крахмалом «Реми», мягким, как кусочки бархатного паззла... Впечатляющая коллекция разнокалиберных щеток, красивая, похожая на зонтик, метелка, самшитовые распялки для перчаток и нечто вроде сплетенной из лозы ракетки для выбивания ковров.

Она расставляла сокровища по ранжиру и переписывала их в толстую тетрадь.

Камилла решила увековечить все это и подарить рисунки Филиберу в тот день, когда ему придется съехать...

Стоило ей затеять уборку — и она оказывалась сидящей по-турецки перед огромными шляпными коробками с письмами и фотографиями и проводила много часов наедине с усатыми красавцами в мундирах, ренуаровскими великосветскими дамами и маленькими мальчиками в одежде маленьких девочек: в пять лет они позировали, стоя рядом с деревянной лошадкой-качалкой, в семь — с серсо, а в двенадцать — с Библией, чуть выставляя вперед плечико, чтобы все увидели, какие красивые у них нарукавники первого причастия...

Она обожала это место и, сидя там, часто забывала о времени, а потом летела сломя голову по коридорам метро и покорно выслушивала вопли СуперЖози... Что поделаешь...

— Куда ты?
— На работу, я опаздываю, как сволочь...
— Оденься потеплее, замерзнешь...
— Да, папочка... Кстати...
— Что?
— Завтра возвращается Филу...
— Да ну?
— Я взяла отгул... Ты будешь дома?
— Не знаю...

— Ладно...

— Надень хотя бы шарф...

Дверь за ней уже захлопнулась...

«Интересно получается, — проворчал он себе под нос. — Довожу ее — плохо, проявляю заботу — еще хуже. Она меня убивает, эта девка...»

Новый год, те же заморочки. Те же тяжелые полотеры, те же вечно забитые пылесосы, те же пронумерованные ведра («и больше никаких глупостей, девочки!»), те же вонючие чистящие средства, те же засорившиеся раковины, та же чудная Мамаду, те же усталые коллеги, та же взвинченная Жожо... Все то же самое.

Камилла чувствовала себя лучше и перестала убиваться на работе. Она оставила свои булыжники у входа, снова начала рисовать, ловила дневной свет и не видела особых причин и дальше жить «наизнанку»... Лучше всего ей работалось по утрам, но разве это возможно, если не ложишься раньше двух-трех ночи и выматываешься на работе — не только тяжелой физически, но и абсолютно расслабляющей мозги?

У нее зудели руки, в голове стучало: скоро вернется Филибер, с Франком вполне можно ужиться, квартире цены нет... Одна мысль никак не давала ей покоя... Нечто вроде фрески... Да нет, не фрески, это слишком громко сказано... Воспоминание... Да, именно так. Хроника, воображаемая история места, в котором она сейчас жила... Здесь так много воспоминаний... Не только предметы. Или фотографии. Дух. Обстановка.

Атмосфэррра, как сказал бы Филибер... Шепоты, шорохи, трепет... Книги, картины, надменная лепнина, фарфоровые выключатели, оголенные провода, металлические чайнички и котелки, горшочки из-под паштетов, обувные колодки и пожелтевшие от времени этикетки.

Конец целого мира...

Филибер предупредил их: однажды — может, уже завтра? — им придется съехать, забрав свои шмотки, книги, диски, воспоминания и желтые Tupperware.

А что потом? Кто знает? В лучшем случае — разделят между собой наследники, в худшем — комиссионки, старьевщики или благотворительные организации... На стенные часы и шелковые цилиндры желающие наверняка найдутся, но жидкость для чистки трубок, шнур с кистями для опускания занавеса, лошадиный хвост с трогательным ex-voto[1] — In memorial Venus[2], 1887—1912, — рыжей гордячки с крапчатым носом, остатки хинина в синем флаконе на столике в ванной — о них кто позаботится?

Выздоровление? Сон наяву? Сладкое безумие? Камилла не знала ни когда, ни как эта идея пришла ей в голову, но она была твердо убеждена (может, старый Маркиз подсказал?): все это — элегантный умирающий мир, музей буржуазного искусства и традиций — ждал только ее прихода, ее взгляда, ее нежности и ее восторженного пера, чтобы кануть наконец в вечность...

Эта нелепая идея время от времени посещала ее, но средь бела дня ее часто прогоняла язвительная ухмылка: бедная моя глупышка... Куда ты лезешь? Кто ты такая? Да кому все это интересно?

Но ночью... О, ночью! Когда она наконец разделывалась со своей дурацкой работой, где проводила прорву времени, согнувшись над ведром с грязной водой и утирая нос рукавом нейлонового халата, раз десять, а то и сто наклоняясь, чтобы подобрать с пола смятый пластиковый стаканчик или бумажку, а потом километр за километром плелась по светящимся мертвым светом подземным переходам, разрисованными пошлыми граффити, которые не могли скрыть под собой фразы типа «А он? Что он чувствует, находясь внутри вас?», когда наконец заходила в квартиру, клала ключи на столик и на цыпочках пробиралась в свою комнату, она уже не могла не слышать зовущие ее голоса. «Камилла... Камилла...» — скрипел паркет. «Удержи нас...» — молило старьё. «Черт возьми! Почему эти Tupperware, а не мы?» — гневался старый генерал, сфотографированный на смертном одре. «Правильно! — вторили хором медные ручки и полуистлевшие ленты. — Почему?»

Чтобы успокоить их, она усаживалась в темноте и медленно сворачивала себе сигаретку. Во-первых, говорила она, плевать я хотела на эти самые Tupperware, а во-вторых — вот она я, вам просто нужно разбудить меня до полудня, банда умников...

И она думала о принце Салина: вот он возвращается домой после бала, идет пешком по парижским улицам, один... Смотрит на валяющийся на мостовой окровавленный остов бычьей туши, оскальзывается на гнилой картофелине и понимает: его мир гибнет, он бессилен, остается только молить Небо не затягивать агонию...

Тип с шестого этажа оставил для нее пакетик шоколадок Mon Cheri. «Вот же придурок!» — хмыкнула про себя Камилла и презентовала конфеты своей «любимой начальнице». Хозяина кабинета она поблагодарила от имени Старой Карги: «Ну спасибочки... А может, у вас есть с ликером?»

«Шутница ты, Камилла, — вздохнула она, кладя рисунок на стол. — Та еще шутница...»

В этом вот состоянии духа — полумечтательном-полунасмешливом, одной ногой среди героев «Леопарда»[1], другой — в чужой грязи — она вошла в помещение за лифтами, где они держали бидоны с жавелевой водой и прочие хозпричиндалы.

Камилла уходила последней. Начав раздеваться в темноте, она поняла, что в подсобке кто-то есть...

Сердце подпрыгнуло и остановилось, по ногам потекло что-то горячее: она описалась.

— Здесь есть... Есть кто-нибудь? — проблеяла она, ощупывая стену в поисках выключателя.

Он сидел на полу: взгляд безумный, глаза запали — то ли от наркотиков, то ли от ломки. Боже, как же хорошо Камилла знала подобное выражение лица! Он не шевелился и даже не дышал, сжимая руками морду собаки.

Несколько секунд они молча смотрели друг на друга. Как только стало ясно, что ни один из них не погибнет по вине другого и парень приложил палец к губам, Камилла погасила свет.

Сердце у нее снова забилось, икая и проскакивая через раз. Она схватила пальто и начала пятиться спиной, как рак.

— Код? — простонал он ей вслед.

— Пр... простите?

— Код здания?

Она едва смогла вспомнить цифры, пробормотала код заплетающимся от страха голосом, на ощупь отыскала дверь и на ватных ногах выскочила на улицу, обливаясь ледяным потом.

— Не жарко сегодня вечером... — охранник был настроен поболтать.

— ...

— Все в порядке? Можно подумать, ты с призраком столкнулась...

— Устала...

Ей было холодно. Она запахнула полы пальто, прикрывая мокрые брюки, машинально пошла не в ту сторону, а когда опомнилась, начала ловить такси прямо на мостовой.

Камилла села в шикарный универсал. Градусник на приборной доске показывал температуру внутри и «за бортом» ($+21°$, $-3°$). Она расставила ноги, прислонилась лбом к стеклу и всю дорогу наблюдала за бездомными, ночевавшими на вентиляционных решетках и в подворотнях.

Эти непримиримые безумцы отвергали любую помощь общества: они не использовали покрывала из фольги, чтобы не попадать в лучи фар проезжающих мимо машин, и предпочитали теплый асфальт кафельному полу ночлежек.

У Камиллы дергалось лицо.

К горлу подступали горькие воспоминания...

Интересно, кто он, этот ее призрак? Такой молодой... А собака? Черт знает что... Он же никуда не может сунуться из-за пса! Она должна была с ним поговорить, предупредить о злобном добермане охранника, поинтересоваться, не голоден ли он... Да нет, ему требовалась не еда, а доза... А дворняга когда в последний раз получала порцию сухого корма? Камилла вздохнула. Кретинка... Беспокоиться о кобеле, когда половина человечества мечтает о месте на вентиляционном люке, — верх идиотизма... Давай ложись спать, тетка, мне за тебя стыдно. Да что с тобой такое? Гасишь свет, чтобы не видеть его, а потом мерзнешь на заднем сиденье шикарной тачки, кусая кружевной платочек из-за угрызений совести...

Пора в постельку...

Квартира была пуста. Камилла нашла какую-то бутылку, выпила, сколько смогла, с закрытыми глазами добрела до постели и вскочила среди ночи.

7

Камилла стояла перед табло, сунув руки в карманы, и, подпрыгивая от нетерпения, пыталась разобраться в расписании.

— Поезд из Нанта, — сообщил знакомый голос у нее за спиной. — Прибывает на 9-й путь в 20.35. Ожидаемое опоздание — 15 минут... Как обычно...

— Надо же, ты здесь?

— Как видишь... — кивнул Франк. — Пришел подержать свечку... Смотрю, ты красоту навела! Что это? Помада? Или я ошибаюсь?

Она спрятала улыбку в дырки своего шарфа.

— Глупый ты...

— Не глупый, а ревнивый. Для меня ты губы никогда не красишь...

— Это не помада, а блеск для растрескавшихся губ...

— Обманщица. Ну-ка покажи...

— Ни за что. Ты все еще в отпуске?

— Заступаю на вахту завтра вечером...

— Как твоя бабушка?

— В порядке.

— Ты отдал ей мой подарок?

— Да.

— И что?

— Сказала, что ты наверняка втюрилась в меня по уши, раз сумела так здорово нарисовать...

— Ну...

— Выпьем что-нибудь?

— Нет. Я просидела взаперти весь день... Сяду вот там и буду смотреть на людей...

— Можно поскучать вместе с тобой?

Они втиснулись на скамейку между газетным киоском и компостером и принялись наблюдать Великий круговорот обезумевших пассажиров.

— Давай! Беги, парень! Беги! Хоп... Слишком позднааа...

— Евро захотел? Нет. Разве что сигарету...

— Можешь объяснить, почему это самые корявые девки всегда носят джинсы с заниженной талией? Никак я этого понять не могу...

— Евро? Эй, да ты минуту назад ко мне подгребал, старик!

— Ты погляди, какая классная бабка в чепце! У тебя блокнот с собой? Нет? Жалко... А этот? До чего радуется встрече с женой...

— Тут дело темное, — не согласилась Камилла, — она вряд ли жена, скорее всего любовница...

— Почему это?

— Мужик является на вокзал с чемоданчиком, кидается к бабе в роскошной шубке и начинает целовать ее в шею... Так что ты уж мне поверь: что-то здесь нечисто...

— Да ну... Может, она его жена...

— Брось! Его жена сейчас в Кемпере, укладывает спать малышей! Зато вот эти — точно супруги... — Камилла хихикнула, кивнув на самозабвенно ругавшихся мужчину и женщину.

Он покачал головой.

— Какая же ты злюка...

— А ты слишком сентиментальный...

Мимо них просеменила очень странная парочка, старик и старушка, совсем старенькие и сгорбленные, — они нежно держались за руки. Франк пихнул Камиллу локтем:

— Вот!

— Снимаю шляпу...

— Обожаю вокзалы.

— Я тоже, — ответила Камилла.

— Когда попадаешь в незнакомое место совсем не обязательно устраивать экскурсии: сходи на рынок да на вокзал — и все поймешь...

— Совершенно с тобой согласна... А ты где-нибудь был?

— Нигде...

— Что, ни разу не уезжал из Франции?

— Провел два месяца в Швеции... Работал поваром в посольстве... Но дело было зимой, и я ничего не видел. Да и с выпивкой там засада — ни баров, ничего...

— Ясно... А вокзал? И рынки?

— Говорю тебе — я работал...

— Интересно было? Чему ты смеешься?

— Да так...

— Расскажи мне.

— Нет.

— Почему?

— Потому...

— Ага! Значит, здесь замешана женщина...

— Нет.

— Заливаешь, я вижу... По носу вижу: когда ты врешь, он у тебя вытягивается...

— Ладно, может, пошлепаем? — он попытался перевести разговор на другую тему.

— Сначала расскажи...

— Ну чего пристала... Про эти глупости и вспоминать-то не стоит...

— Ты спал с женой посла?

— Нет.

— С дочерью?

— Да! С дочерью! Довольна?

— Очень довольна, — ответила Камилла жеманным голоском. — Она была хорошенькая?

— Страхолюдина.

— Брооось.

— Точно тебе говорю. Ее не захотел бы даже швед, прикупивший спиртное в Дании и наклюкавшийся в стельку субботним вечером...

— И что это было? Благотворительность? Акт милосердия? Физзарядка?

— Жестокость...

— Расскажи.

— Нет. Только если признаешь, что ошиблась и давешняя блондинка — жена того хмыря....

— Я ошиблась: шлюха в бобровой шубе — его законная супруга. Они женаты уже шестнадцать лет, у них четверо детей, они обожают друг друга, сейчас они едут в лифте — спускаются на подземную стоянку, и она набрасывается на него в порыве страсти, глядя краем глаза на часы, потому что перед отъездом поставила разогревать рагу из телятины в белом вине и хотела бы довести мужа до оргазма прежде, чем подгорит лук-порей...

— Ну вот еще... В рагу из телятины лук-порей отродясь не клали!

— Что ты говоришь...

— Ты спутала с тушеной говядиной...

— Ну ладно, так что у тебя вышло с той шведкой?

— Она была не шведка, а француженка... Вообще-то, меня ее сестра возбуждала... Эдакая избалованная

307

принцесса... Вертихвостка... Косила под Spice Girls... Она тоже помирала со скуки... Девчонка была горячая, в одном месте у нее зудело, и она вечно крутилась на кухне, попкой своей маленькой вертела перед нами. Завлекала всех кого не лень: опустит пальчик в кастрюлю и облизывает, а сама смотрит исподлобья, как невинная овечка... Ты меня знаешь — я парень простой, вот и прихватил однажды ее за задницу, а она распищалась, засранка. Мол, пожалуюсь папочке и все такое прочее... Я человек незлобивый, но динамисток страсть как не люблю... Вот я и трахнул ее старшую сестру — пусть знает, что почем в этой жизни...

— Но это же подло по отношению к страхомодине!

— Страхомодинам вообще в жизни не везет, сама знаешь...

— И что было потом?

— Потом я уехал...

— Почему?

— ...

— Дипломатический инцидент?

— Можно и так сказать... Давай, пошли...

— Знаешь, я тоже люблю, когда ты мне истории рассказываешь...

— Тоже мне история...

— С тобой часто такие случались?

— Нет. Я вообще-то предпочитаю хорошеньких!

— Нужно было пройти подальше, — ныла Камилла. — Мы его пропустим, если он поднимется по лестнице прямо к стоянке такси...

— Не дергайся... Я знаю моего Филу как облупленного... Он всегда чешет по прямой до упора, пока не ударится лбом об столб, просит прощения и только тогда поднимает глаза в поисках выхода...

— Уверен?

— На все сто... Эй, да ты что — втюрилась?

— Любовь тут ни при чем... Сам знаешь, каково это... Выходишь из вагона с барахлом, одуревший, усталый... Никаких встречающих не ждешь, и тут — бац! В конце платформы маячит знакомый силуэт... Никогда о таком не мечтал?

— Я вообще не мечтаю...

— *Я вообще не мечтаю...* — передразнила его Камилла. — Ну чистый апаш! Предупреждаю, девочка: динамисток — не терплю!

Он был раздавлен.

— Смотри, кажется, это он... — сказала Камилла.

Франк оказался прав: Филибер был единственным пассажиром без рюкзака и чемодана на колесиках. Одет он был не в джинсы с кроссовками, держался очень прямо, шел медленно: в одной руке у него был большой кожаный чемодан, обвязанный армейским ремнем, в другой — раскрытая книга...

Камилла улыбалась.

— Я не влюблена в Филу, но я хотела бы иметь такого старшего брата...

— Ты единственный ребенок?

— Я... Не уверена... — прошептала она и бросилась к своему обожаемому подслеповатому зомби.

Ну конечно, он был смущен, и заикался, и уронил чемодан на ноги Камиллы, и рассыпался в извинениях, и немедленно уронил очки. Конечно.

— Ох, Камилла, вы... вы... Кидаетесь, как щенок... Но, но, но...

— И не говори, Филу, — проворчал Франк, — она совсем озверела...

— Возьми его чемодан, — приказала висевшая на шее у Филибера Камилла. — Знаешь, у нас для тебя сюрприз...

— Боже, нет... Я... Я не слишком люблю сюрпризы... не... не нуж... не нужно было...

— Эй, голубки! Может, притормозите чуток? Ваш денщик устал... Черт, да что ты туда засунул? Доспехи?

— Несколько книг... Больше ничего...

— Проклятье! Филу, да у тебя этих книг — хоть жопой ешь! Зачем ты эти-то из замка приволок?

— Наш друг в отличной форме, — шепнул Филибер на ухо Камилле. — У вас все в порядке?

— У кого это у нас?

— О... ну... у вас...

— Не поняла?

— У т... тебя...

— У меня? — с улыбкой переспросила она. — Очень хорошо. Я рада, что ты вернулся...

— Я тоже... Все было спокойно? Я не увижу в квартире траншей? Мешков с песком?

— Проблемы? Ни одной? У него сейчас подружка...

— Вот как? Прекрасно... А как прошли праздники?

— Какие праздники? Праздник у нас сегодня вечером! Мы отправимся куда-нибудь ужинать... Я вас приглашаю!

— Куда это ты нас приглашаешь? — промурлыкал Франк.

— В «La Coupole»!

— Только не туда... Это не ресторан, а завод по изготовлению жратвы...

Камилла грозно нахмурилась.

— Именно туда! В «La Coupole». Я обожаю это место... Туда ходят не для того, чтобы есть, а из-за декора, обстановки, публики... И чтобы побыть вместе...

— *Не для того, чтобы есть...* В жизни ничего глупее не слышал!

— Ну и ладно, не хочешь идти — не надо, тем хуже для тебя, мы с Филибером все равно отправимся. Попрошу заметить — это мой первый каприз в наступившем году!

— Там наверняка не будет мест...

— Будут! В крайнем случае подождем в баре...

— А как же библиотека господина Маркиза? Я что, попру ее с собой в ресторан?

— Оставим чемодан в камере хранения и заберем на обратном пути...

— Ты все продумала... Черт, Филу! Да скажи же что-нибудь!

— Франк...

— Что?

— У меня шесть сестер...

— И?

— Скажу тебе просто и ясно: признай свое поражение. Чего хочет женщина, того хочет Бог...

— Кто это сказал?

— Народная мудрость...

— Приплыли! До чего же вы оба мне надоели с вашими цитатами...

Он успокоился, когда она взяла его под руку. Они шли по бульвару Монпарнас, и зеваки расступались, давая им дорогу.

Со спины они выглядели очень авантажно...

Слева худой дылда в шубе *«Бегство из России»*, справа крепыш в куртке *Lucky Strike*, а между ними — девушка. Она щебечет, смеется, подпрыгивает, мечтая, чтобы они подняли на руки и скомандовали: «И раз! И два! И три! Оп...»

Она держала их очень крепко. Все ее душевное равновесие зависело только от них. Вперед, назад — ходу нет. Только здесь...

Тощий верзила шел, слегка наклонив голову, крепыш шагал, засунув кулаки глубоко в карманы потертой куртки.

Оба они, сами того не сознавая, думали в точности то же самое: вот мы идем втроем по улице, мы голодны, как волки, мы вместе, и пусть все катится в тартарары...

Первые десять минут Франк вел себя просто невозможно, критикуя все на свете: меню, цены, обслуживание, шум, туристов, парижан, американцев, курильщиков и некурящих, столики, омаров, свою соседку, свой нож и безобразную статую, которая наверняка испортит ему аппетит.

Камилла и Филибер хихикали.

Выпив бокал шампанского, два стакана шабли и съев шесть устриц, он наконец заткнулся.

Филибер, совершенно не умевший пить, все время смеялся — глуповато и беспричинно. Он то и дело ставил бокал на стол, промокал губы и бормотал, подражая знакомому кюре из деревенского прихода: «Ааа-минь, ааах, до чего же я счастлив быть с вами...» По настоянию друзей он сообщил им новости о жизни своего маленького дождливого королевства, о семье, наводнениях и рождественском ужине у кузенов-интегристов, попутно объяснив с мрачноватым юмором массу невероятных обычаев, чем совершенно их заворожил.

Франк изумленно таращил глаза и каждые десять секунд повторял как заведенный: «Да ну?», «Нет!», «Нееет...».

— Говоришь, они обручены уже два года и никогда... Погоди... Не верю...

— Ты должен выступать в театре, — тормошила Филибера Камилла. — Уверена, ты будешь великолепным шоуменом... Ты столько всего знаешь и рассказываешь так остроумно... И так беспристрастно... Мог бы, например, очаровать публику историями о странностях родовой французской знати...

— Ты... правда так думаешь?

— Я просто уверена! Да, Франк? Слушай... Ты же сам говорил, что какая-то девушка в музее хотела взять тебя с собой на курсы...

— Ддда... Но... но я слишком за... заикаюсь...

— Нет, когда рассказываешь, речь у тебя красивая и плавная...

— Ввы... вы так считаете?

— Да. Твое здоровье, мой высокородный друг! Я пью за то, чтобы в новом году ты принял верное решение! И не жалуйся — его будет легко выполнить...

Камилла расчленяла крабов и делала для них дивные бутербродики. Она с детства обожала блюда из даров моря, потому что возни было много, а есть не приходилось почти ничего. Прячась за горой колотого льда, она могла целый вечер морочить голову сотрапезникам, и никто не доставал ее советами и вопросами. Она подозвала официанта, чтобы заказать еще одну бутылку, проигнорировав практически нетронутую еду на своей тарелке, сполоснула пальцы, ухватила тост, откинулась на спинку стула и закрыла глаза.

Клик-кляк.
Все замерли.
Время остановилось.
Счастье.

313

Франк рассказывал Филиберу истории о карбюраторе, и тот терпеливо слушал, в очередной раз демонстрируя широту образования и величия души:

— Конечно, 89 евро — это сумма, — степенно кивал он, — а... что об этом думает твой друг... толстяк...

— Толстяк Тити?

— Да!

— Ну, знаешь, Тити... Ему плевать... У него таких головок цилиндров навалом...

— Ну конечно, — с искренним участием отвечал Филибер, — толстяк Тити — это толстяк Тити...

Он не издевался над Франком. В его словах не было ни малейшей иронии. Толстяк Тити — это толстяк Тити, так оно и есть.

Камилла спросила, кто хочет съесть с ней на двоих блины фламбе. Филибер предпочел сорбет[1], а Франк решил оговорить условия:

— Погоди... Ты из каких птичек? Из тех, что говорят «на двоих», а потом сжирают все сами, невинно хлопая ресницами? Или из тех, что собирают ложкой весь крем с торта? Или ты из тех, кто держит слово?

— А ты закажи — и узнаешь...

— Восхитительно...

— Нет, они разогретые, слишком толстые, и масла слишком много... Я сам напеку тебе блинов, поймешь разницу...

— И когда ты...

— Когда станешь благоразумной девочкой.

Филибер чувствовал, что ветер переменился, но пока не понимал, в какую сторону он теперь дует.

Этого не понимал никто.

В чем и заключалась вся прелесть ситуации...

Поскольку Камилла настаивала, а «чего хочет женщина...», они поговорили о деньгах: кто и за что будет платить, когда и как? Кто будет ходить за покупками? Сколько стоит потратить на рождественские подарки консьержке? Чьи имена будут стоять на почтовом ящике? Будут они устанавливать телефон или нет и что делать с гневными посланиями из Казначейства относительно задолженности по налогам? А уборка? Каждый наводит порядок в своей комнате? Отлично, но почему это кухню и ванную всегда убирают они с Филу? Кстати, в ванную нужно поставить мусорную корзинку, я этим займусь... А ты, Франк, выбрасывай пустые пивные банки и бутылки и открывай хоть иногда окно в своей комнате, не то все мы подцепим какую-нибудь заразу... О сортире. Не забывайте поднимать сиденье и предупреждайте меня, когда кончается бумага... И еще: может, купим приличный пылесос... Швабра фирмы Bissel времен Первой мировой — это, конечно, вещь, и все-таки... Ага... Что еще?

— Ну что, Филу, ангел мой, теперь понимаешь, почему я уговаривал тебя не селить в доме бабу? Видишь, что происходит? И это только начало...

Филибер Марке де ла Дурбельер улыбался. Нет, он не видел, что происходит. Он провел две унизительные недели, ежесекундно чувствуя кожей раздраженный взгляд отца, который больше не мог скрывать своей неприязни. Его первенец не интересовался ни землей, ни финансами и меньше всего — собственным социальным положением. Бездарь, придурок, торгующий открытками в музее и начинающий мучительно заикаться всякий раз, когда младшая сестра просит его передать соль. Единственный наследник родового имени, не способный сохранять должную дистанцию в разговоре со сторожем охотничьих угодий. «Я этого не заслужил...» — шипел он себе под нос каждое утро, глядя, как Филибер ползает по полу, играя с Бланш в куклы...

— Вам больше нечем заняться, сын мой?

— Нет, отец, но я... я... Скажите, если вам нужна моя помощь...

Но дверь хлопнула прежде, чем он успел закончить фразу.

— Ты должен сказать, что приготовишь обед, а я отвечу, что пойду в магазин, а потом ты скажешь, что спечешь вафли и что мы пойдем гулять с детьми в парк...

— Согласен, клопик, согласен. Все будет так, как ты скажешь...

Бланш и Камилла были для Филибера его девочками, они любили его и даже иногда целовали. Ради этого он готов был терпеть презрение отца и купить хоть пятьдесят пылесосов.

Тоже мне, проблема...

Поскольку именно Филу был у них спецом по манускриптам, клятвам, пергаментам, картам и договорам, он убрал кофейные чашки на соседний столик, достал из ранца листок и торжественно вывел: *Хартия авеню Эмиль-Дешанель. Для жильцов и других посе...*

Он отвлекся.

— А кем был этот самый Эмиль Дешанель, детки?

— Президентом Республики!

— Нет, президента звали Поль. А Эмиль Дешанель был литератором, профессором Сорбонны, которого уволили за книгу *«Католицизм и социализм»*... Хотя, возможно, она называлась *«Социализм и католицизм»*... Кстати, моя бабушка всегда сердилась, когда ей подавали визитку... Так на чем я остановился?

Он перечитал все положения составленного им документа, в том числе пункты о туалетной бумаге и мусорных мешках, и пустил его по кругу, чтобы каждый мог добавить свои условия.

— Вот я и стал якобинцем... — вздохнул он.

Франк и Камилла с неохотой отставили стаканы и понаписали кучу глупостей...

Невозмутимый Филибер достал палочку воска и под изумленными взглядами друзей поставил внизу свою печать, потом сложил листок втрое и небрежно опустил его в карман куртки.

— Скажи... Ты всегда таскаешь с собой снаряжение времен Людовика XIV? — Франк наконец-то обрел дар речи.

— Мой воск, мою печать, мои соли, мои золотые экю, мой герб и мои яды... Конечно, драгоценный друг...

Франк, узнавший одного из официантов, отправился с визитом на кухню. Вернувшись, он сообщил:

— Я настаиваю — это завод по производству жратвы. Но красивый завод...

Камилла попросила счет — *нет-нет, я настаиваю, а вы за это пропылесосите!* — они забрали чемодан, отбрехиваясь от вокзальных попрошаек, Lucky Strike оседлал свой мотоцикл, а двое других взяли такси.

8

Она безуспешно караулила его всю неделю. Никаких признаков его присутствия. Охранник, с которым она теперь регулярно болтала (у Матрицы не опустилось правое яичко, какое несчастье!), тоже ничем ее не утешил. А ведь Камилла точно знала, что он обретается где-то поблизости. Еда, которую она регулярно прятала за бидонами с чистящими средствами — хлеб, сыр, салаты Saupiquet, бананы и корм Fido, — сразу исчезала, но там не оставалось ни собачьего волоска, ни крошки хлеба, ни даже запаха... Для наркомана он был поразительно организованным, так что у Камиллы даже появились сомнения, того ли человека она подкармливает... Может псих охранник кормит ее припасами своего убогого добермана? Камилла прощупала почву и выяснила, что Матрица питается исключительно крокетами, обогащенными витамином B_{12}, с ложечкой рицинового масла для шерсти. Жестянки с собачьим кормом — дерьмо. Как можно кормить пса тем, что не захочешь есть сам?

Действительно, как можно?

— А крокеты? Их ты тоже вряд ли станешь употреблять...

— Да ты что! Ем за милую душу!

— Да ладно тебе...

— Клянусь!

Хуже всего было то, что она ему верила. Доберман Одинокое Яйцо и человек Одинокий Мозжечок вполне могли хрустеть крокетами со вкусом цыпленка, сидя в жарко натопленной халупе перед экраном телевизора и глядя порнушку... Еще как могли.

Так прошло много дней. Иногда он не приходил. Батон зачерствел, сигареты лежали на месте. Случалось, он забирал только собачий корм... Слишком много дури и еда не нужна? Ломка и нет сил на пирушку? Камилла перестала брать в голову... Проверила на всякий случай подсобку — стоит разгружать сумку или нет? — и привет горячий.

У нее были другие заботы...

В квартире все шло гладко, и дело было не в хартии, не в Мириам и не в СНС[1] — просто каждый из них жил своей жизнью, стараясь не досаждать соседям. Каждое утро они обменивались приветствиями, вечером расслаблялись, как умели. Гашиш, травка, красное вино, инкунабулы, Мария-Антуанетта или Heineken — каждый «оттягивался» по-своему, и все «тащились» от Марвина.

Днем она рисовала, а Филибер — если он случайно оказывался дома — читал ей вслух или комментировал семейные альбомы.

— Это мой прадедушка... Молодой человек рядом с ним — его брат, дядя Элай, а на переднем плане — их фокстерьеры... Они устраивали собачьи бега, а господин кюре — вот он сидит — определял на финише победителя.

— Да уж, твои родственнички не скучали...

— И были правы... Через два года они отправились на Арденнский фронт, а полгода спустя оба погибли...

А вот на работе все разладилось... Во-первых, грязнуля с шестого этажа как-то вечером подстерег ее и, глупо хихикая, поинтересовался, куда она дела свою метлу. Он ржал взахлеб над своей шуткой и, не отставая, тащился за ней по коридору, повторяя: «Я уверен, это вы! Я уверен, это вы!» Да отвали ты, хрен моржовый, надоел. Кончилось все тем, что она обернулась и ткнула пальцем в СуперЖози, разглядывавшую вены на ногах: мол, это не я — она...

Game over.

Во-вторых, она больше не могла выносить Бредаршу...

Та была глупа, как пробка, имела на сантим власти и безбожно ею злоупотребляла (Touclean все-таки не Пентагон!), потела, брызгала слюной и все время ковыряла в зубах колпачком ручки. Но самой отвратительной была ее привычка отпускать расистские шуточки: она на каждом этаже зажимала Камиллу в углу и говорила какую-нибудь гадость — все остальные девушки в их команде были цветными.

Камилла долго сдерживалась, чтобы не заехать начальнице половой тряпкой по роже, но терпение у нее в конце концов кончилось, и она велела ей заткнуться и не утомлять окружающих.

— Нет, да вы только послушайте... Как она со мной разговаривает! Ты вообще что здесь делаешь? Что делаешь тут с нами? Шпионишь? Я вот вчера подумала: может, тебя хозяева прислали вынюхивать и стучать... Знаю я, где ты живешь, и все такое прочее... Ты не из наших, так ведь? От тебя воняет богатством, воняет деньгами. Убирайся, надзирательница!

Остальные не вмешивались. Камилла пошла прочь, толкая перед собой тележку.

Она обернулась.

— На то, что говорит эта, мне плевать — я ее презираю... А вот вы... Дуры несчастные, я ведь ради вас разоряюсь, чтобы она перестала вас унижать... И благодарности не жду — засуньте ее сами знаете куда! Но сортиры помыть могли бы и помочь: если кто не заметил, я у вас главный и единственный чистильщик унитазов...

Мамаду издала странный звук и сплюнула: к ногам Жози шлепнулся чудовищный сгусток слюны и мокроты. Потом она подхватила ведро, раскачала его и шлепнула Камиллу по заднице.

— Откуда это у девки с такой маленькой попкой взялся такой большой рот? Удивляюсь я на тебя...

Выпустив пар, все наконец разошлись. На Самию Камилле было плевать. А вот с Кариной дело обстояло сложнее... Ей нравилась девушка, ненавидящая свое настоящее имя Рашида, и лизавшая задницу фашизоидной сучке. Эта малышка далеко пойдет...

С этого дня расклад изменился. Дебильная работа и тошнотворная атмосфера — это уж слишком...

Разойдясь с коллегами, Камилла, как это ни странно, обрела друга... Мамаду теперь поджидала ее у метро и работала с ней в паре. Впрочем, работала за двоих Камилла, а негритянка при сем присутствовала. Нет, она не отлынивала, боже упаси, но проку от нее не было никакого. Она была такой огромной и толстой, что тратила четверть часа на работу, которую Камилла легко делала за две минуты. Многострадальные кости Мамаду с трудом носили ее чудовищные ляжки, гигантские груди и гипертрофированное сердце. Скелет артачился, и в этом не было ничего удивительного.

— Ты должна похудеть, Мамаду...

— Что да, то да... А ты-то сама когда придешь к нам на цыпленка? — всякий раз отбрехивалась та.

Камилла предложила ей сделку: я буду работать, а ты в это время со мной разговаривать.

Она не думала, что тем самым выпустит джина из бутылки... Детство в Сенегале, море, пыль, маленькие козочки, птицы, нищета, девять братьев и сестер, старый белый отец, который вынимал свой стеклянный глаз, чтобы повеселить их, приезд во Францию в 72-м вместе с братом Леопольдом, помойки, неудачный брак, муж, впрочем, вполне милый, дети, невестка, которая весь день торчит в «Тати», пока она корячится на работе, сосед, который снова наложил кучу, на этот раз — на лестнице, веселье, неприятности, ее кузина Жермена — она повесилась в прошлом году, и две ее чудные дочки-близняшки остались сиротками, голландский батик, кулинарные рецепты и миллион других историй, которые Камилла готова была слушать до бесконечности. Ей больше не нужно было читать «Courrier International», «Senghor» или местный выпуск «Parisien», достаточно было поусерднее драить пол и слушать во все уши. А если мимо проходила Жози — бывало это нечасто, — Мамаду делала вид, что орудует тряпкой, а когда потное облако плыло дальше, распрямлялась.

Одно признание следовало за другим, и Камилла решилась задать более откровенные вопросы. Коллега рассказывала ей ужасные вещи — во всяком случае, они казались таковыми Камилле — с обезоруживающей беспечностью.

— Но как же ты управляешься? Как держишься? С этим адским распорядком дня...

— Та-та-та... Не рассуждай о том, чего не понимаешь. Ад куда страшнее... Ад — это когда ты больше не можешь видеть тех, кого любишь... Все остальное не считается... Мне сходить за чистыми тряпками?

— Ты запросто найдешь работу поближе к дому... Твои дети не должны оставаться одни по вечерам, никогда не знаешь, что может случиться...

— За ними присматривает невестка.

— Но ведь ты говоришь, что на нее нельзя положиться...

— Иногда можно.

— Touclean — большая фирма, я уверена, у нее есть другие объекты... Хочешь, я тебе помогу? Напишу в отдел кадров? — спросила Камилла, разгибаясь.

— Нет. Ничего не делай, несчастная! Жози есть Жози, но она на многое закрывает глаза... Я толстая и болтливая, и эта работа для меня — жуткое везение... Помнишь, осенью нас осматривал глупый молодой докторишка? Так вот, он грозился, что не подпишет мне разрешение, говорил «Ваше сердце утонуло под жиром»... А Жози все уладила, и ты не лезь, ладно?

— Постой... Мы об одной и той же Жози говорили? О тупой хамке, которая всегда обращается с тобой как с куском дерьма?

— О той самой! — расхохоталась Мамаду. — Я с другой не знакома. Хвала всем богам!

— Да ты же сама ее только что обложила по полной программе!

— Когда это я ее обкладывала? — взвилась Мамаду. — Я бы себе такого ни за что не позволила.

Камилла молча освобождала бумагорезку. Жизнь — тот еще фокусник, любит доставать кроликов из шляпы...

— Но ты все равно очень милая... Приходи как-нибудь вечером к нам домой — брат наколдует тебе сладкую жизнь, любовь и кучу детишек.

— Пфф...

— Что это за «пфф»? Разве ты не хочешь малышей?

— Нет.

— Не говори так, Камилла. Накличешь беду...

— Чего ее кликать — она уже здесь...

Негритянка бросила на нее негодующий взгляд.

— Тебе должно быть стыдно говорить такие вещи... У тебя есть работа, дом, две руки, две ноги, родная страна, возлюбленный...

— Чего?

— Ах! Ах! Ах! Она не понимает! Думаешь, я не видела тебя с Нурдином? — злорадно поинтересовалась Мамаду. — Не слышала, как ты нахваливаешь его жирного пса? Может, тебе кажется, что у меня и глаза заплыли жиром, а?

Камилла покраснела.

Чтобы доставить Мамаду удовольствие.

А Нурдин этим вечером был взвинчен до предела и туже, чем обычно, затянут в комбинезон поборника справедливости. Нурдин науськивал собаку и воображал себя инспектором Гарри...

— Что еще случилось? — поинтересовалась Мамаду. — Чем это твой теленок так недоволен?

— Не знаю, но что-то не так... Идите, девочки... Здесь может быть опасно...

Для полноты счастья Нурдину не хватало только автомата — *рейбана* или *калаша*...

— Идите отсюда, кому сказал!

— Эй, успокойся, — ответила она, — не возбуждайся так...

— Дай мне делать мою работу, жирдяйка! Я ведь тебя не учу метлу держать!

Н-да... Гони природу в дверь...[1]

Камилла спустилась вместе с Мамаду в метро, дождалась, когда негритянка сядет в поезд, снова вышла на улицу, несколько раз обошла квартал и наконец отыскала его. Он сидел, прислонившись спиной к стеклу витрины, собака спала у него на коленях.

Он поднял глаза, но узнал ее не сразу.

— Это ты?

— Да.

— И еду ты приносила?

— Да.

— Ну спасибо...

— ...

— Тот псих вооружен?

— Понятия не имею...

— Что ж, ладно... Пока...

— Если хочешь, покажу место, где можно переночевать...

— Пустующая квартира?

— Что-то в этом роде...

— Там кто-нибудь есть?

— Никого...

— Далеко?

— У Эйфелевой башни...

— Нет.

— Как хочешь...

Она не сделала и трех шагов, когда перед сгорающим от нетерпения Нурдином остановилась полицейская машина. Он догнал ее в самом начале бульвара.

— Что ты хочешь взамен?

— Ничего.

Метро исключается. Они дошли пешком до остановки вечернего автобуса.

— Иди первый, а собаку оставь мне... Тебя он с ней не пустит... Как зовут твоего пса?

— Барбес...[1]

— Там я его нашел...

Она взяла собаку на руки и лучезарно улыбнулась шоферу. Деваться тому было некуда.

Они устроились на заднем сиденье.

— Какой он породы?

— А разговаривать обязательно?

— Нет.

— Я повесила замок, но это для видимости... Вот, держи ключ. И не теряй, другого у меня нет...

Она толкнула дверь и спокойно добавила:

— В коробках остались кое-какие продукты... Рис, томатный соус, галеты... Там одеяла. Здесь батарея... Не включай на полную мощность, пробки вылетят... На лестничной клетке сортир — «очко». Как правило, он в твоем единоличном пользовании... Я говорю «как правило», потому что слышала шум напротив, но ни разу никого не видела... Так... Что еще? Ах да! Я когда-то жила с наркоманом и знаю, как все будет. Знаю, что однажды — может, даже завтра — ты исчезнешь и вынесешь все, что здесь имеется. Знаю, что попытаешься толкнуть украденное, чтобы заплатить за «улет». Радиатор, плитку, матрас, сахар, салфетки — все... Ладно... Я это знаю. Единственное, о чем я прошу, — веди себя тихо. Это не моя квартира... Не создавай мне трудностей... Если завтра я найду тебя здесь, то скажу консьержке, что сама тебя привела, чтобы избежать заморочек. Вот так.

— Кто это нарисовал? — спросил он, кивнув на изображение-обманку — огромное распахнутое окно с видом на Сену и сидящей на перилах балкона чайкой.

— Я...

— Ты здесь жила?

— Да.

Барбес, недоверчиво обнюхивавший углы, успокоился и свернулся калачиком на матрасе.

— Я пошла...

326

— Эй...

— Да?

— Почему?

— Потому что со мной произошло в точности то же самое... Я была на улице, и один человек привел меня сюда...

— Я надолго не останусь...

— Мне наплевать. Ничего не говори. В любом случае вы никогда не говорите правду...

— Я наблюдаюсь в Мармоттане...

— Конечно... Пока... Хороших снов...

9

Три дня спустя мадам Перейра торжественно выплыла из-за газовой занавески и окликнула ее в холле:

— Скажите-ка, мадемуазель...

Черт, недолго музыка играла. Да отвяжись ты... Вспомни рождественские пятьдесят евро...

— Добрый день.

— Да-да, здравствуйте, мадемуазель...

Лицо консьержки пылало праведным гневом.

— Тот поросенок, он ваш друг?

— Я не понимаю, о ком вы...

— Мотоциклист.

— А... Да. — Камилла облегченно вздохнула. — Какая-то проблема?

— Не одна — пять! Этот мальчик начинает меня раздражать! Нет, вы только подумайте! Идемте, я вам покажу!

Камилла потащилась за ней во двор.

— Ну?

— Я... Я ничего не вижу...

— Масляные пятна...

В сильную лупу на асфальте действительно можно было бы разглядеть пять черных капелек...

— Механизмы — это очень красиво, но от них много грязи, передайте вашему другу, чтобы перестал пачкать во дворе, моя собака не любит делать свои дела на газету, ясно?

Решив эту проблему, она смягчилась. Позволила себе прокомментировать погоду: «Очень здоровая температура! Хороша против микробов!» Высказалась на тему блестящих латунных ручек: «Красиво, что и говорить... Но чтобы их начистить!» Посетовала насчет собачьих какашек, налипающих на колеса сумок-тележек... Пожалела даму с шестого этажа: бедняжка только что потеряла мужа! Она совершенно успокоилась.

— Госпожа Перейра...

— Да?

— Не знаю, заметили вы или нет, но я приютила у себя на восьмом друга...

— Бросьте, бросьте, я в чужие дела не лезу! Люди появляются, люди исчезают... Не скажу, что все понимаю, но...

— Я имею в виду парня с собакой...

— Венсана?

— Ну...

— Венсана! Того, у которого СПИД и грифон[1]?

Камилла онемела.

— Он сам ко мне пришел вчера — Пикуш весь изгавкался из-за двери, ну, мы и познакомили наших зверюшек... Знаете, как это у них бывает: обнюхают друг другу задницы и успокаиваются... Почему вы так странно на меня смотрите?

— С чего вы взяли, что у него СПИД?

— Иисус Милосердный, да он сам мне сказал! Мы с ним выпили портвейна... Кстати, не хотите стаканчик?

— Нет... нет... Спасибо...

— Я ему посочувствовала, не повезло бедняжке... Но сейчас ведь это научились хорошо лечить... Придумали новые лекарства...

Она так глубоко задумалась, что забыла о лифте. Что означает вся эта хренота? Почему тряпка не с тряпками, а салфетки не с салфетками?

Жизнь была проще, когда ей приходилось переваривать только собственные булыжники... Не говори так, идиотка...

Ты права. Не буду.

— Что происходит?

— Что-что... Взгляни на мой свитер... — бушевал Франк. — Все эта гребаная машина! Черт, как я его любил... Посмотри! Нет, ты посмотри! Он стал совсем крошечным!

— Подожди, я отрежу рукава, и ты подаришь его консьержке для ее крысы...

— Давай, смейся. Новенький Ральф Лорен...

— Вот я и говорю — ей понравится! Хотя она и так тебя обожает...

— Да ну?

— Она только что сказала мне: «До чего гордый вид у вашего друга на его прекрасном мотоцикле!»

— Врешь!

— Чтоб я сдохла!

— Ладно, ладно, режь... Занесу по дороге...

Камилла кусала губы, чтобы не расхохотаться, и мастерила муфточку для Пикуша.

— Предупреждаю, счастливчик, тебе грозит поцелуй...

— Не пугай...

— Где Филу?

— Хочешь сказать Сирано? На занятиях, в театре...

— Правда?

— Видела бы ты его... Он снова переоделся в бог-его-знает-кого... Длинный плащ и все такое...

Они смеялись.

— Я тебя обожаю...

— Я тебя тоже...

Она отправилась готовить себе чай.

— Хочешь?

— Нет, спасибо... — Он покачал головой. — Мне пора. Скажи-ка...

— Что?

— Не хочешь проветриться?

— Что?

— Когда ты в последний раз сбегала из Парижа?

— Вечность назад...

— В воскресенье забивают свинью, поедешь со мной? Уверен, тебе будет интересно... В смысле рисунков, понимаешь?

— Где состоится действо?

— У одних друзей, в Шер...

— Не знаю...

— Да ладно тебе! Поедем... На это правда стоит посмотреть... Однажды — очень скоро — все это исчезнет, как не бывало...

— Я подумаю.

— Вот-вот, подумай. Это твоя работа — думать. Где мой свитер?

— Вот... — Камилла показала ему изумительный бледно-зеленый чехол для шавки консьержки.

— Черт... Ральф Лорен... Я сдохну от злости, клянусь тебе...

— Брось... Заимеешь двух верных друзей...

— Блин, да эта пучеглазая моська и так все время ссыт на мой мотоцикл!

— Не волнуйся, все будет хорошо, — фыркнула она, придерживая для него дверь... — *Та, та, уферяю фас, у него ошен гортый вит на этом мотоцикле...*

Камилла выключила чайник, взяла свой блокнот, уселась перед зеркалом и наконец-то рассмеялась. Как сумасшедшая. Как девчонка. Она воображала себе сцену: самодовольный простофиля небрежно стучится в дверь привратницкой, держа в руках серебряный поднос с фетровой муфточкой и парой собачьих башмачков... Господи! До чего же это здорово — смеяться! До чего здорово... Волосы у нее разлохматились, и она нарисовала свои вихры, и свои ямочки, и свою глупую ухмылку, и подписала: *Камилла, январь 2004-го*, а потом приняла душ и решила, что поедет с ним.

Она его должница...

Послание на мобильнике. Мать... О нет, только не сегодня... Чтобы стереть послание, нажмите на «звездочку». Хорошо. Нажмем.

Остаток дня она провела наедине с музыкой, своими сокровищами и коробкой акварели. Курила, ела, облизывала кунью кисточку, смеялась сама с собой и недовольно скривилась, поняв, что пора отправляться на работу.

«Ты хорошо расчистила площадку, — говорила она себе, направляясь к метро, — но работа не окончена, так? Ты ведь не остановишься?»

Я делаю, что могу, делаю, что могу...

Действуй, тебе оказывают доверие.

Нет, нет, не нужно, от этого у меня начинается стресс.

Да ладно тебе... Давай поторопись. Ты сильно опаздываешь...

10

Филибер впал в отчаяние. Он как пришитый таскался за Франком по квартире и уговаривал:

— Это неразумно. Вы едете слишком поздно... Через час совсем стемнеет... Будет очень холодно... Нет, это полное безрассудство... Поезжайте за... завтра утром...

— Завтра утром забивают свинью.

— Ну чт... что за дикая идея! Ка... Камилла, — он ломал руки, — ос... останься со мной, я поведу тебя в Ча... в Чайный дворец...

— Да все будет в порядке, — рыкнул Франк, засовывая зубную щетку в носки, — мы же не на край света едем... Час дороги — и мы на месте...

— Бо... боже, нне... не говори так... Ты... ты снова пом... помчишься ка... как безумный...

— Да не помчусь я...

— Помчишься, я те... я ттебя... знаю...

— Кончай, Филу! Я верну ее тебе невредимой, клянусь... Идешь, мисс?

— О... Я... Я...

— Ты — что?! — Франк вышел из себя.

— У меня... в целом мире... никого, кроме вас, нет...

Наступила тишина.

— Приехали-приплыли... Поверить не могу... Вступают скрипки...

Камилла встала на цыпочки, чтобы поцеловать его.

— У меня тоже, кроме тебя, никого нет... Не волнуйся...

Франк вздохнул.

— Ну за какие грехи я попал в компанию с этими шутами гороховыми? Что за мелодраму вы мне тут устраиваете?! Мы не на войну отправляемся, черт побери! Нас не будет всего двое суток!

— Я привезу тебе хороший стейк, — пообещала Камилла, садясь в лифт.

Двери закрылись.

— Эй...

— Что?

— Не бывает свиных стейков...

— Неужели?

— Вот тебе и «неужели».

— А что тогда есть?

Он закатил глаза.

11

У Орлеанских ворот он съехал на обочину и попросил ее слезть.

— Погоди, кое-что не так...

— Что?

— Когда я наклоняюсь, ты должна наклоняться вместе со мной.

— Уверен?

— Ну конечно, я уверен! Не будешь повторять мои движения, попадем в неприятности!

— Но... Я думала, что, отклоняясь в другую сторону, держу равновесие...

— Черт, Камилла... Не мне давать тебе урок физики, но дело тут в оси гравитации, понимаешь? Если наклоняться одновременно, лучше сцепление с асфальтом...

— Уверен?

— Да. Наклоняйся вместе со мной. И доверяй мне...

— Франк...

— Ну что еще? Боишься? Еще не поздно поехать на метро.

— Мне холодно.

— Уже?

— Да...

— Так... Отпусти ручки и прижмись ко мне... Приклейся и засунь ладони под куртку...

— Ладно.

— Эй...

— Что?

— Рук не распускай, ясно? — насмешливо добавил он и с сухим щелчком опустил козырек ее шлема.

Ровно через сто метров она снова замерзла, на автомагистрали обледенела, а когда они въехали на двор фермы, не смогла разжать рук.

Он помог ей слезть и довел до двери.

— А, вот и ты... Что это ты нам привез?

— Несчастную девицу.

— Входите, да входите же, говорю!.. Жаннин! Это Франк с подружкой...

— Ах, бедняжка... — запричитала хозяйка. — Да что ты с ней такое сделал? Боже... Ну не кошмар ли, а? Она же вся синяя... Эй, подвиньтесь... Жан-Пьер! Подставь стул к камину!

Франк опустился перед ней на колени.

— Эй, нужно снять пальто...

Она не реагировала.

— Подожди, я помогу... Ну-ка, давай сюда ноги...

Он снял с нее ботинки и носки — три пары!

— Вот так... А теперь верх...

Она так одеревенела, что он ужасно намучился, выдергивая ее руки из рукавов... Ничего, ничего... Ах ты, маленькая моя сосулечка...

— Черт! Дайте же ей чего-нибудь горячего! — хором закричали присутствующие.

Она снова стала центром всеобщего внимания и притяжения.

Вопрос на миллион: как разморозить парижанку, не разбив ее на куски?

— У меня есть горячие почки! — громогласно объявила Жаннин.

В комнате повеяло паникой. Положение спас Франк.

— Нет-нет, я сам... У вас остался бульон? — спросил он, поднимая крышки на кастрюлях.

— Вчера варили курицу.

— То что надо... Я займусь... А вы пока налейте ей выпить.

Камилла лакала бульон, и на ее лицо возвращались краски.

— Тебе лучше?

Она благодарно кивнула.

— За что?

— Ты второй раз кормишь меня самым вкусным бульоном на свете...

— Не бойся, во второй, но не в последний... Сядешь с нами за стол?

— А можно мне остаться у камина?

— Конечно! — закричали остальные. — Оставь ее в покое! Мы закоптим ее, как окорок!

Франк нехотя встал.

— Можешь пошевелить пальцами?

— Ну... да...

— Ты должна рисовать, поняла? Я буду для тебя готовить, а ты рисуй... Никогда не останавливайся, ясно?

— И сейчас?

— Я все-таки не садист... Не сейчас, а вообще, всегда...

Она закрыла глаза.

— Идет.

— Хорошо... Давай стакан, налью тебе еще...

И Камилла постепенно оттаяла. Когда она наконец присоединилась к сотрапезникам, ее щеки горели румянцем.

Она ничего не понимала в их разговоре и просто смотрела на их восхитительные рожи и улыбалась до ушей.

— Ну что... По последней — и спать! Завтра всем рано вставать, детки! Гастон прибудет к семи...

Все начали подниматься.

— Кто такой Гастон?

— Забойщик, — прошептал Франк, — увидишь завтра... Тот еще тип... Что-то с чем-то...

— Вот, это здесь... — сказала Жаннин. — Ванная напротив, и я положила на стол чистые полотенца. Нравится?

— Просто супер, — ответил Франк. — Блеск... Спасибо....

— Не выдумывай, малыш... При чем тут спасибо... Сам знаешь, мы ужасно рады тебя видеть... А как Полетта?

Он наморщил нос.

— Ладно, не расстраивайся... — она сжала его руку. — Все наладится, вот увидишь...

— Вы бы ее не узнали, Жаннин.

— Не стоит об этом, я же сказала... Ты в отпуске, расслабься...

Когда хозяйка ушла, закрыв за собой дверь, Камилла заволновалась.

— Эй! Тут одна кровать!

— Естественно! Это деревня, а не гостиница «Ибис»!

— Ты им сказал, что мы парочка? — возмутилась Камилла.

— Вовсе нет! Сообщил, что приеду с подружкой, только и всего!

— Так, давай разберемся...

— В чем это мы будем разбираться? — он занервничал.

— Подружка — это девушка, с которой ты спишь. Господи, о чем я только думала!

— Ну ты и зануда...

Он сидел на кровати, пока она разбирала вещи.

— Это впервые...

— Что?

— Я впервые привожу сюда кого-то.

— Уж конечно. Забой свиньи — не самое прелестное зрелище на свете...

— Свинья тут ни при чем. Как и ты. Это...

— Ну что это?

Франк улегся поперек кровати и уставился в потолок.

— У Жаннин и Жан-Пьера был сын... Фредерик... Потрясающий парень... Мой кореш... Единственный друг, который был у меня в жизни... Мы вместе ходили в школу гостиничного хозяйства... Если бы не он, я бы ничему не научился... Не знаю, где бы я был сейчас, но... В общем... Он погиб десять лет назад... Автомобильная авария... Какой-то придурок не остановился на знак... Ну вот... Я, конечно, не Фред, но пытаюсь... Приезжаю каждый год... Свинья — предлог... Они смотрят на меня — и что видят? Воспоминания, слова, лицо их мальчика, каким оно было в двадцать лет. Жаннин, она все время до меня дотрагивается, тискает... Зачем, по-твоему? Да просто я — живое доказательство, что он все еще здесь... Уверен, она постелила нам свои лучшие простыни и сейчас стоит на верхней ступеньке лестницы, вцепившись в перила...

— Это его комната?

— Нет. Та комната закрыта...

— Так зачем же ты меня привез?

— Чтобы ты рисовала, и потом...

— Да?

— Не знаю, захотелось...

Он фыркнул.

— А насчет спанья не волнуйся... Мы положим матрас на пол, а я посплю на сетке... Договорились, принцесса?

— Договорились.

— Смотрела «Шрек»? Мультик?

— Нет, а что?

— Ты похожа на принцессу Фиону... Только она покрепче, конечно...

— Конечно.

— Давай... Помоги мне. Эти деревенские матрасы весят тысячу тонн...

— Ты прав, — простонала она. — Чем он набит?

— Поколения усталых крестьян.

— Веселенький ответ...

— Ты не будешь раздеваться?

— Да я уже разделась... Я в пижаме, не видишь?

— Останешься в свитере и носках?

— Да.

— Я гашу?

— Конечно!

— Ты спишь? — спросила она через несколько минут.

— Нет.

— О чем ты думаешь?

— Ни о чем.

— О молодости?

— Может быть... Ни о чем.

— Тебе не хочется вспоминать свою молодость?

— Она мало что стоила...

— Почему?

— Черт! Если начну рассказывать, до утра не закончу...

— Франк...

— Да?

— Что с твоей бабушкой?

— Она старая... И осталась совсем одна... Всю жизнь бабушка спала в такой же широкой, как эта, кровати, на матрасе, набитом шерстью, с распятием в изголовье, а сейчас умирает в мерзкой клетке...

— Она в больнице?

— Нет, в доме престарелых...

— Камилла...

— Да?

— У тебя глаза открыты?

— Да.

— Чувствуешь, какая черная здесь ночь? Как прекрасна луна? Как блестят звезды? Слышишь дом? Трубы, полы, стены, шкафы, ходики, огонь в очаге, птицы, звери, ветер... Слышишь все это?

— Да.

— А она — нет. Больше нет... Ее комната выходит на стоянку, где круглые сутки горит свет, слушает металлический скрип тележек, разговоры санитарок и храп соседок... Их телевизоры орут всю ночь. И... И она подыхает...

— А твои родители? Они не могут позаботиться о ней?

— Ох, Камилла...

— Что?
— Лучше не спрашивай... Спи.
— Не хочу.

— Франк...
— Ну что еще?
— Где они, твои родители?
— Понятия не имею.
— То есть как это?
— У меня их нет.
— ...
— Отца я не знал... Какой-то незнакомый мужик «облегчился» на заднем сиденье машины... А моя мать... она...
— Что?
— Она была не слишком довольна, ну и...
— Что?
— Ничего...
— Что — ничего?
— Она не хотела...
— Этого мужика?
— Нет — маленького мальчика.
— Тебя воспитала бабушка?
— Бабушка и дедушка...
— Он умер?
— Да.

— Ты никогда ее больше не видел?
— Камилла, заклинаю тебя, умолкни. Иначе потом тебе придется укачивать меня в своих объятиях...
— Я согласна. Давай. Я готова рискнуть...
— Лгунья.
— Так не видел?
— ...
— Прости. Умолкаю.

Она услышала, как он перевернулся на другой бок.

— Я... До десяти лет я ничего о ней не слышал... На день рождения и Новый год мне всегда дарили подарки, но потом я узнал, что они меня дурили... Из любви, но все-таки дурили... Она никогда нам не писала, но я знаю, что бабуля каждый год посылала ей мои школьные фотографии... И на одной из них... поди знай, может, я вышел лучше обычного... А может, учитель меня причесал. Или фотограф показал мне пластмассового Микки-Мауса, чтобы я улыбнулся? Неважно, маленький мальчик на фотографии заставил ее почувствовать угрызения совести, и она заявилась, чтобы забрать меня с собой... Не буду пересказывать тебе ужасающие подробности... Я орал как резаный, потому что хотел остаться, бабуля меня утешала и все повторяла, как это замечательно, что у меня наконец появится настоящая семья, и выла громче меня, и прижимала к своей пышной груди... А дед молчал... Я могу не продолжать? Ты достаточно умна — сама домыслишь... Поверь, было жарко...

В конце концов я сел в ее машину, и мы уехали. Она познакомила меня со своим мужем и со своим младшим сыном, показала, где я буду спать...

Сначала мне все ужасно нравилось, особенно спать на втором ярусе кровати, но однажды вечером я расхныкался и сказал, что хочу вернуться домой. Она ответила, что мой дом теперь здесь, и велела заткнуться, чтобы не разбудить малыша. В ту ночь я описался. В ту и во все последующие. Ее это выводило из себя. Она говорила: я уверена, ты это делаешь нарочно, лежи в луже, тем хуже для тебя. Это все твоя бабка виновата. Она тебя испортила. А потом я чокнулся.

Понимаешь, я ведь всегда жил на свободе, бегал по полям, каждый вечер после школы ходил на рыбалку, дед брал меня с собой по грибы, на охоту, в кафе... Я вечно шлялся в сапогах, бросал велосипед в кустах и «перенимал опыт» у браконьеров — и вдруг оказался в дешевом гнилом доме в занюханном предместье, запертый в четырех стенах с телевизором и другим малышом, которому доставались вся любовь и нежность... И я слетел с катушек. Я... Нет... Неважно... Три месяца спустя она посадила меня в поезд, сказав, что я сам все испортил...

Ты все испортил... Ты все испортил... Эти слова все еще звенели у меня в ушах, когда я садился в «Симку» деда. И знаешь, что было хуже всего...

— Что?

— Эта сука разбила меня... вдребезги... Я так и не стал прежним... Детство кончилось, я не хотел их ласк и всего этого дерьма... Хуже всего было не то, что она меня забрала, а те ужасы, которые наговорила о бабушке, прежде чем снова выкинуть из своей жизни. Она задурила мне голову своим враньем... Будто бы мать заставила ее оставить меня, а потом выставила за дверь, что она боролась, скандалила, но дед достал ружье и...

— Она все это придумала?

— Конечно... Но я-то этого тогда не знал... Ничего не понимал, а может, хотел поверить? Наверное, меня это устраивало — верить, что нас разлучили насильно и что, если бы дед не пригрозил ей своей берданкой, я жил бы как все и меня не обзывали бы сыном последней шлюхи... Твоя мать потаскуха, ты — выблядок, вот что они говорили. Я тогда и слов-то таких не знал... Был полным придурком...

— А потом?

— А потом я стал жутким говном... Сделал все, чтобы отомстить... Заставить их заплатить за то, что лишили меня такой чудесной мамочки...

Он скалился.

— И я преуспел. Еще как преуспел... Таскал сигареты у деда, крал из кошелька продуктовые деньги, все запорол в колледже, и меня выгнали, гонял на мопеде, сидел в задних комнатах кафе и щупал девок... Ты и вообразить не можешь, что я творил... Был главарем. Лучшим. Королем подонков...

— А потом?

— А потом баю-бай. Продолжение в следующей серии...

— Ну? Не хочешь заключить меня в объятия?

— Меня гложут сомнения... Тебя ведь все-таки не изнасиловали...

Он наклонился к ней.

— Тем лучше. Потому что я не желаю с тобой обниматься. Во всяком случае, не так... Больше не хочу... Я долго играл с тобой в эту маленькую игру, но теперь все... Мне больше не весело... Черт, сколько у тебя одеял?

— Три... И перинка...

— Это ненормально... Ненормально, что ты вечно мерзнешь и два часа отходишь от поездки на мотоцикле... Ты должна поправиться, Камилла...

— ...

— У тебя тоже, у тебя... нет семейного альбома с фотографиями умильных родственников. Я прав?

— Да.

— Расскажешь когда-нибудь?

— Может быть...

— Я больше не буду доставать тебя вопросами...

— О чем?

— Я сказал, что Фред был моим единственным другом, но это не так. У меня есть еще один друг... Паскаль Лешампи, лучший кондитер в мире... Запомни его имя...

Он — бог. Простой песочный пирог с кремом, торты, шоколад, слоеное тесто, нуга, шу — все, к чему он прикасается, становится шедевром. Это вкусно, красиво, тонко, удивительно и суперсложно. Я встречал немало умелых ремесленников, но тут другое... Совершенство. Кроме того, он очаровательный человек... Чистый Иисус, сахарный торт, сливочный крем. Так вот, он был огромным. Огромнейшим. Но это ерунда. Подумаешь, размеры! Беда в том, что от него жутко воняло. Невозможно было находиться с ним рядом дольше одной минуты — чтобы не вырвало. Ладно, опущу детали — насмешки, советы, мыло, подброшенное в шкафчик, и все такое прочее... Как-то мы оказались в одном номере в гостинице — я поехал на конкурс его помощником... Он, естественно, победил, но я в конце дня был в таком состоянии, что не передать словами... Не мог дышать, собирался просидеть всю ночь в баре, только чтобы не оставаться рядом с ним... Я удивлялся — видел, что он принимал душ утром. Ну вот, мы вернулись в гостиницу, я набрался и все ему выложил. Ты слушаешь?

— Да, конечно, слушаю...

— Я сказал: Паскаль, ты воняешь. От тебя несет смертью, старик. Что за хренота такая? Ты что, не моешься? И вот этот огромный медведь, этот гений, этот весельчак, эта гора мяса начинает плакать и плачет, плачет, плачет... Льет слезы, как фонтан... Икает, как ребенок... Жуткое зрелище... Он был безутешен, этот кретин... Господи, как же мне было плохо... Он поплыл в одну секунду, без предупреждения... Я поворачиваюсь, чтобы уйти в ванную, и тут он хватает меня за руку. И говорит: «Посмотри на меня, Лестаф, погляди на этот кошмар...» Черт, я чуть не сблевал!

— Почему?

— Во-первых, из-за его тела... Оно выглядело отвратительно. Но главное — именно это он и хотел мне показать — меня и сейчас передергивает, как вспомню... В складках кожи у него было полно болячек и корок, именно эта кровавая чесотка и воняла... Я пил всю ночь, чтобы прийти в себя. А Паскаль еще рассказал, что ему жуть как больно умываться, но он трет себя, как помешанный, чтобы убрать запах, и поливает кожу одеколоном, сцепив зубы, чтобы не плакать... Какая ночь, какая тоска...

— А потом?

— На следующий день я потащил его в больницу «скорой помощи». Это было в Лионе... Доктор чуть не рухнул, когда увидел его раны. Он их почистил, выписал кучу мазей, притираний и порошков и велел похудеть, а в конце не выдержал и спросил: «Ну почему вы так долго терпели?» Он не ответил. А я, когда мы уже были на вокзале, решил выяснить все до конца: «Нет, ну правда, почему ты так долго терпел?» — «Потому что мне было слишком стыдно...» И тогда я поклялся, что это случилось со мной в последний раз.

— О чем ты?

— О том, что больше не буду доставать толстяков... Презирать их... Судить людей по их внешности... Ни толстых, ни худых. Тебя в том числе. Я уверен, ты будешь меньше мерзнуть и станешь гораздо аппетитней, если наберешь пару-тройку килограммов, но говорить с тобой об этом больше не буду. Слово пьяницы.

— Франк...

— Эй, договорились же, что спим!

— Поможешь мне?

— В чем? Меньше мерзнуть и стать поаппетитней?

— Да...

— Чтобы тебя похитил первый попавшийся вонючий барсук? Ни за что. Предпочитаю видеть тебя рахитичной, но с нами... Уверен, Филу меня поддержит...

Она не ответила.

— Разве что самую чуточку... Как только увижу, что сиськи у тебя слишком налились, сразу прекращу тебя откармливать.

— Согласна.

— Черт, снова ты меня сделала... Ладно, вот как мы поступим. Во-первых, ты перестаешь ходить за покупками, потому что покупаешь всякую фигню. С козинаками, печенюшками и конфетками покончено! Не знаю, во сколько ты встаешь по утрам, но со вторника кормить тебя буду я, идет? Каждый день, в три часа. Не волнуйся, я бабские вкусы в еде знаю — ни жареной уткой, ни рубцом по-овернски травить тебя не стану... Буду готовить специально для моей принцессы... Рыбу, мясо на гриле, тушеные овощи — все, что ты любишь... Порции будут маленькие, но съедать придется все. Иначе я сразу все брошу. Вечерами меня дома не бывает, так что доставать тебя будет некому, но я запрещаю тебе кусочничать. В начале каждой недели я по-прежнему буду готовить для Филу большой котелок супа — и все. Главная задача — ты должна «подсесть» на мою стряпню. Вставать утром с мыслью о том, что сегодня в меню. Ладно... Не обещаю чего-то грандиозного в каждую кормежку, но будет вкусно, увидишь... А когда начнешь округляться, я...

— Что?

— Я тебя съем!

— Как ведьма в сказке о Ганзеле и Гретель?

— Точно. И можешь не трудиться протягивать мне куриную косточку вместо руки — я не слеподыр! А теперь умолкни... Сейчас почти два часа ночи, а завтра будет долгий день...

— Я знаю твой секрет — изображаешь злобного людоеда, а сам очень милый...

— Заткнись.

12

— Подъем, толстушка!

Он поставил поднос в изножье матраса.

— Боже! Завтрак...

— Не заводись. Это не я — Жаннин. Давай шевелись, мы опаздываем... Съешь хотя бы гренок, на пустой желудок тебе этого не пережить...

Едва она появилась во дворе, даже не успев вытереть
губы, как ей тут же протянули стаканчик белого вина.

— Примите, дамочка! Нужно взбодриться!

Их было человек пятнадцать: хозяева, работники,
соседи, друзья... Те, что постарше, облачились в при-
вычные халаты, молодняк щеголял в комбинезонах.
Притопывали, чтобы согреться, чокались, обменивались новостями, ржали и вдруг умолкли: появился Гастон со своим огромным ножом.

Франк комментировал:

— Это забойщик.

— Я поняла...

— Видела его руки?

— Впечатляет...

— Сегодня забивают двух свиней. Хрюшки умные
— их утром не кормили, и они точно знают, что случится... Чувствуют... Ага, первого ведут... Где твой
блокнот?

— Да здесь он, при мне...

Камилла вздрогнула — не думала, что кабан окажется таким огромным...

Они вытащили хряка во двор, и Гастон оглушил жертву ударом дубины. Свинью мгновенно уложили на скамью и связали, оставив голову свисать вниз. До этого момента все шло нормально, ужас начался, когда забойщик вонзил нож в сонную артерию. Он не убил свинью, но разбудил ее. Участники действа навалились на тушу, кровь хлестала из перерезанной шеи, одна из женщин подставила под струю котелок... Кровь она перемешивала голой рукой — не ложкой там какой-нибудь, не подумайте... Бррр. Но самым невыносимым был звуковой ряд спектакля... Свинья все кричала и кричала, и чем сильнее текла кровь, тем отчаяннее звучал ее вопль и тем меньше он напоминал крик безмозглой скотины... Он звучал почти по-человечески. Хрипы, мольбы... Камилла судорожно сжимала пальцами блокнот, всем остальным — они точно знали, как все будет происходить, — тоже было не по себе... Да ладно, чего там... Выпьем еще для поднятия духа...

— У вас тут все без церемоний... Спасибо...
— Все в порядке?
— Да.
— Не рисуешь?
— Нет.

Камилла не какая-нибудь там дурочка — она не позволила себе ни одного идиотского замечания. Для нее худшее было еще впереди. Худшим для Камиллы была не смерть как таковая — ничего не поделаешь, такова юдоль земная... Верхом жестокости она сочла судьбу второго приговоренного... Возможно, человек действительно венец творения и имеет право взирать на всех остальных свысока, — Камилла в гробу это видала, но эмоции она сдерживала с трудом. Второй кабан все слышал и точно знал, что произошло с его товарищем по несчастью: он не стал ждать, когда его приведут на гильотину, и орал, как ишак. Идиотское сравнение... Ну конечно, он визжал, как свинья, которой приставили нож к шее.

— Черт, могли бы хоть уши ему заткнуть!

— Петрушкой? — поинтересовался насмешник Франк.

И тогда она стала рисовать — чтобы не видеть. Сконцентрировалась на руках Гастона, чтобы не слышать.

Ее трясло.

Когда «сирена» умолкла, Камилла положила блокнот в карман и подошла. Все было кончено, любопытство взяло верх. Она подставила стакан виночерпию.

Они обжигали туши газовой горелкой, и в воздухе стоял запах жареной свинины... М-да, мрачноватый каламбурчик... Потом их отскоблили самодельной щеткой, являвшей собой верх изобретательности: к деревянной доске были прибиты перевернутые пивные крышки.

Камилла и ее зарисовала.

Мясник начал расчленять тушу, и Камилла прошла за скамью, чтобы не упустить ни одной детали.

— Что это?

— Где?

— Тот прозрачный липкий шар...

— Мочевой пузырь... Плохо, что он полный... Это мешает мастеру работать...

— Вовсе мне это не мешает! Глядите! — Гастон махнул ножом.

Завороженная Камилла присела на корточки, разглядывая пузырь.

Мальчишки с подносами сновали между кухней и не успевшей остыть тушей.

— Прекрати пить.

— Да, м'дам Рика.

— Я доволен. Ты хорошо держалась.

— А ты за меня боялся?

— Мне было любопытно... Ладно, у меня есть работа...

— Ты куда?

— За оборудованием... Иди погрейся, если хочешь...

Она нашла всех в кухне. Выводок веселых хозяюшек с деревянными досками и ножами.

— Иди сюда! — крикнула ей Жаннин. — Ну-ка, Люсьенна, пустите ее поближе к печке... Дамы, представляю вам подружку Франка — мы ее воскрешали вчера вечером... Садись с нами...

Аромат кофе смешивался с запахом теплой требухи, и все смеялись и болтали... Настоящий курятник...

Явился Франк. А, вот и он! Наш повар! Они расхихикались пуще прежнего. Жаннин растрогалась до слез, увидев его в белой куртке.

Проходя за спиной Камиллы к плитам, он похлопал ее по плечу. Она высморкалась в тряпку, висевшую у него на поясе, и присоединилась к веселью остальных.

В этот самый конкретный исторический момент Камилла спросила себя, не влюбляется ли она в него... Черт. Это в программу не входило... Нет, нет, думала она, хватая доску. Да нет же, все дело в Диккенсе... Она не попадает в западню...

— Чем мне заняться? — спросила она.

Они объяснили ей, как нарезать мясо мелкими кусочками.

— Для чего это?

В ответ раздался хор голосов:

— Для колбасы! Для сосисок! Для паштетов!

— А что вы делаете зубной щеткой? — поинтересовалась она у соседки.

— Мою кишки...

Брр.

— А Франк?

— Франк будет стряпать... Делать кровяную колбасу и всякие другие вкусности, начинять паштеты...

— Что за вкусности?

— Голова, хвост, уши, ножки...

Брр в квадрате.

Мы вроде договаривались, что специалистом по вопросам питания она начнет работать не раньше вторника?

Франк явился из подвала с картошкой и луком, увидел что она пялится на соседок, пытаясь сообразить, как правильно держать нож, и разъярился.

— Не прикасайся ни к чему такому! Это не твое. Отрежешь палец — будешь в полном дерьме... У каждого своя работа. Где блокнот?

Он обратился к кумушкам:

— Вы не против, если она вас нарисует?

— Нет.

— Да! У меня завивка разошлась...

— Не кокетничай, Люсьенна! А то мы не знаем, что у тебя парик!

Веселенькая обстановка: дамский клуб по-фермерски...

Камилла вымыла руки и рисовала до вечера. В доме, на улице. Кровь, акварель. Собаки, кошки. Дети, старики. Огонь, бутылки. Халаты, фуфайки. Под столом — тапочки на меху. На столе — натруженные руки. Франк со спины, ее собственное отражение в котелке из нержавейки.

Она подарила каждой по портрету, выслушала восторги и попросила детей показать ей ферму — хотелось подышать свежим воздухом. И протрезветь...

Малыши в толстовках с Бэтменом и резиновых сапогах бегали по двору, гонялись за курами и дразнили собак, таская у них перед носом длинные куски требухи.

— Брэдли, пошел вон! Не смей заводить трактор, убьешься!

— Я хотел ей показать...

— Тебя зовут Брэдли?

— Ну да!

Брэдли Твердый Орешек, Брэдли-атаман оголился, чтобы продемонстрировать свои шрамы.

— Если сложить их вместе, — похвалился он, — получится целых восемнадцать сантиметров...

Камилла с уважением покивала и нарисовала ему двух Бэтменов: Бэтмена улетающего и Бэтмена, сражающегося с гигантским осьминогом.

— Как ты научилась так здорово рисовать?

— Ты тоже наверняка хорошо рисуешь. Все хорошо рисуют...

Вечером они пировали. Двадцать два человека за столом и свинина повсюду. Хвосты и уши жарились в очаге, и они заключали пари, в чьи тарелки все это шмякнется. Франк постарался на славу. Сначала он

354

подал суп — густой, наваристый и очень ароматный. Камилла макала в тарелку хлеб, но съела всего несколько ложек. Потом пришел черед кровянки, ножек, языка... далее по списку... Она слегка отъехала на стуле от стола и дурила сотрапезников, подставляя стакан чаще других. Дошла очередь и до десертов — каждая хозяйка пришла со своим тортом или пирогом. Последним номером программы стала самогонка...

— Ну, это вы просто обязаны попробовать, крошка... Кровохлебки, которые отказываются, навсегда останутся девственницами...

— Хорошо... Но только капельку...

Камилла обеспечила себе лишение невинности под хитрым взглядом соседа — во рту у него было полтора зуба — и воспользовалась всеобщей сумятицей, чтобы уйти спать.

Она рухнула на постель как подкошенная и заснула под веселый гомон, доносившийся через щели в паркете.

Она спала глубоким сном, когда он лег рядом. Она заворчала.

— Не волнуйся, я слишком пьяный, ничего я тебе не сделаю... — прошептал он.

Она лежала к нему спиной, и он уткнулся носом ей в затылок и просунул под нее руку, чтобы притянуть к себе как можно ближе. Короткие волосы щекотали ему ноздри.

— Камилла...

Спала она? Или только делала вид? Ответа он не дождался.

— Мне хорошо с тобой...

Легкая улыбка.

Грезила она? Спала? А бог его знает...

В полдень они проснулись каждый в своей постели. Ни он, ни она ни слова не промолвили о том, что случилось ночью.

Тяжелая голова, смущение, усталость... Они убрали матрас на место, сложили простыни, умылись по очереди и оделись, не обменявшись ни единым словом.

Лестница показалась им опаснейшим местом на свете. Жаннин молча подала кофе в больших кружках. Две женщины уже возились на другом конце стола с сосисочным фаршем. Камилла подвинула стул к камину и выпила кофе, глядя на огонь и ни о чем не думая. Да, вчера она явно злоупотребила — к горлу подступало после каждого глотка. Что делать... Стареем, девушка...

От запахов, доносившихся с кухни, Камиллу затошнило. Она поднялась, налила себе еще кофе, достала из кармана пальто пакет с табаком, вышла во двор и села на «свинячью» скамью.

Почти сразу следом за ней вышел Франк.

— Можно?

Она подвинулась.

— Башка трещит?

Она кивнула.

— Знаешь, я... Мне нужно навестить бабушку... Есть три варианта: могу оставить тебя здесь и вечером забрать, можем поехать вместе, и ты меня где-нибудь подождешь, пока я буду ее окучивать, или же я подброшу тебя на вокзал, и ты вернешься в Париж одна...

Она ответила не сразу. Поставила кружку, свернула сигарету и закурила, глубоко затянувшись.

— А ты-то сам что предлагаешь?

— Не знаю, — соврал он.

— Мне не очень хочется оставаться здесь без тебя.

— Ладно, тогда на вокзал... Ехать на мотоцикле тебе сейчас не по силам... Когда устаешь, замерзаешь еще быстрее...

— Вот и хорошо, — ответила она.

— Черт...

Жаннин настояла на своем. И не спорьте, все равно я упакую вам кусок мяса. Она проводила их до дороги, обняла Франка и шепнула ему несколько слов на ухо — Камилла не разобрала, что именно.

Когда он остановился на первом светофоре перед шоссе, она подняла козырьки на их шлемах.

— Я поеду с тобой...

— Ты точно этого хочешь?

Она кивнула, и ее немедленно отбросило назад. Вжик. Жизнь мгновенно приобрела ускорение. Ладно... Тем хуже.

Сцепив зубы, она легла ему на спину.

13

— Подождешь меня в кафе?

— Да нет, посижу внизу.

Они не сделали и трех шагов по холлу, как наперерез Франку кинулась дама в небесно-голубом халате. Взглянув ему в лицо, она грустно покачала головой.

— Ваша бабушка снова взялась за свое...

Франк вздохнул.

— Она в своей комнате?

— Да, собрала вещи и никому не позволяет к себе прикоснуться. Со вчерашнего вечера сидит не двигаясь, с пальто на коленях...

— Ела?

— Нет.

— Спасибо вам.

Он обернулся к Камилле.

— Я оставлю тебе вещи?

— Что происходит?

— А то, что мадам Полетта начинает доставать меня своими глупостями!

Его лицо было белым, как мел.

— Я даже не уверен, стоит ли мне идти туда сейчас... Ничего не понимаю... Совершенно потерялся...

— Почему она отказывается есть?

— Эта старая кляча верит, что я заберу ее с собой! Она теперь выкидывает этот номер каждый раз. Черт, хочется сдохнуть...

— Мне пойти с тобой?

— Это ничего не изменит.

— Изменить не изменит, но разнообразие внесет...

— Ты думаешь?
— Конечно... Пошли.

Франк вошел первым и объявил натужно-веселым голосом:
— Бабуля... Это я... У меня для тебя сюр...
У него не хватило мужества закончить фразу.
Старая дама сидела на кровати и не отрываясь смотрела на дверь. Она надела пальто, туфли, шарфик и даже маленькую черную шляпку. У ее ног стоял незакрытый чемодан.

Душераздирающее зрелище... «Безупречно точное определение», — подумала Камилла: от жалости и сочувствия у нее едва не остановилось сердце.
Она выглядела такой хрупкой и трогательной с этими выцветшими глазками и острым личиком... Мышонок... Маленькая затравленная Селестина...

Франк повел себя так, словно ничего не произошло.
— Ну вот! Ты снова слишком тепло укуталась! — шутил он, быстро и ловко раздевая ее. — А здесь просто жарища! Сколько градусов? Не меньше двадцати пяти... Я сказал этим, внизу... сказал: вы перебираете с градусами, но разве они послушают... Вчера мы были у Жаннин — они забивали свинью, и скажу тебе: у них в сосисочной коптильне не такое пекло... С тобой все в порядке? Ух ты, какое красивое покрывало! Значит, ты наконец получила заказ из la Redoute¹? Они не слишком торопились... А чулки подошли? Я не ошибся... Честно говоря, почерк у тебя тот еще... Я выглядел полнейшим придурком, когда начал требовать у продавщицы туалетную воду Monsieur Michel²... Бедняжка так странно на меня посмотрела, что я решил показать ей твою бумажку. Ей пришлось надеть очки... Она не

сразу сообразила, но потом все-таки поняла, что ты хотела Mont-Saint-Michel¹... Ничего история, да? Вот, держи... Слава богу, флакон цел...

Он надевал бабушке тапки, болтая без умолку, только бы не смотреть на нее.

— Вы малышка Камилла? — спросила Полетта, просияв.

— Э-э... да...

— Подойдите, чтобы я могла вас получше рассмотреть...

Камилла присела рядом.

Полетта взяла ее ладони в свои.

— Да вы же совсем замерзли...

— Мотоцикл виноват...

— Франк...

— Да?

— Быстренько сделай нам чаю! Нужно согреть нашу девочку!

Он присвистнул. Благодарю тебя, Господи. Самое трудное позади... Он запихал свои вещи в шкаф и поискал глазами чайник.

— Возьми пирожные и ложечку в моей тумбочке...
— Полетта повернулась к Камилле: — Итак, это вы... Вы — Камилла... Ох, как же я рада вас видеть...

— Я тоже... Спасибо вам за шарф...

— О да, шарф... Сейчас, подождите...

Она встала и принесла Камилле пакет со старыми каталогами по вязанию «Phildar».

— Одна подруга, Ивонна, принесла их мне... для вас... Выберите что-нибудь на свой вкус... Но только не рисовую косичку. Этот узор я не знаю...

Март 1984-го. Ладно...

Камилла медленно листала мятые страницы.

360

— Вот этот очень мил, да?

Полетта указывала пальчиком на ужасно уродливый кардиган с косами и золотыми пуговицами.

— Да... Но я, пожалуй, предпочла бы такой большой толстый свитер...

— Толстый свитер?

— Да.

— Насколько толстый?

— Знаете, такой, типа водолазки...

— Листайте дальше, такие модели должны быть в мужском разделе!

— Вот этот...

— Франк, крольчонок, мои очки...

Господи, как же он был счастлив! Прекрасно, бабуля, продолжай в том же духе. Отдавай мне приказы, выставляй перед ней дураком, только не хнычь. Умоляю. Не лей слезы.

— Вот... Ладно... Я вас оставлю. Пойду пописаю...

— Да-да, оставь нас.

Он улыбался.

Какое счастье, нет, ну какое счастье...

Он закрыл за собой дверь и несколько раз подпрыгнул. Еще и еще раз. Он бы сейчас расцеловал любую самую страшенную инвалидку. Какая удача, будь он проклят, удача! Он больше не один. Он не одинок! «Оставь нас» — так она сказала. Конечно, девочки, я вас оставляю! Мне только это и надо! Только это!

Спасибо, Камилла, спасибо. Даже если ты больше никогда сюда не приедешь, мы получили трехмесячную отсрочку благодаря твоему чертову свитеру! Шерсть, цвета, образцы... На какое-то время будет о чем поговорить... Черт, да где же здесь сортир?

Полетта устроилась в своем кресле, а Камилла уселась на пол, спиной к батарее.

— Вам удобно?

— Да.

— Франк тоже всегда так садится...

— Вы съели пирожное?

— Целых четыре!

— Вот и славно...

Они взглянули друг на друга, поняли друг друга без слов и завели немой разговор. Конечно же, о Франке, о том, как плохо жить вдалеке друг от друга, о молодости и о природе, о смерти, об одиночестве, о том, как быстро проходит время, о счастье быть вместе и о том, что все в жизни выходит не так, как планируешь.

Камилле ужасно хотелось нарисовать Полетту. Ее лицо напоминало растущую на обочинах дороги травку, дикие фиалки, незабудки, лютики... Оно было открытым, нежным, сияющим и тонким, как рисовая бумага.

Тоска и печаль уходили, глаза лучились счастьем.

Камилла находила ее прекрасной.

Полетта думала в точности то же самое. Эта малышка такая изящная, спокойная и элегантная, хоть и одета как бродяжка. Ах, будь сейчас весна, она повела бы ее в свой сад и показала цветущую айву, и они нюхали бы жасмин. Нет, эта девочка не такая, как все.

Упавший с неба ангел, вынужденный носить тяжелые, как у каменщика, ботинки, чтобы не воспарить над землей...

— Она ушла? — переполошился Франк.

— Да нет, я здесь! — откликнулась Камилла, поднимая руку над кроватью.

Полетта улыбнулась. Кое-что можно разглядеть и без очков... На нее снизошло умиротворение. Она должна смириться. Она это наконец сделает. Ради него. Ради нее. Ради всех.

Такова жизнь... Забудем о смене времен года... Что поделаешь... Всему свой срок. Она больше не будет надоедать ему. Не станет каждое утро думать о своем саде, она... Она постарается вообще ни о чем больше не думать. Теперь его очередь жить.

Его очередь...

Франк с какой-то новой для него веселостью рассказывал Полетте, как они провели вчерашний день, а Камилла показывала сделанные наброски.

— Что это такое?

— Мочевой пузырь свиньи.

— А это?

— Ее революционные сапоги-носки-копытца!

— Кто этот малыш?

— Э... Не помню его имени...

— А это?

— Спайдермен... Не путать с Бэтменом!

— Чудесно быть такой талантливой...

— Ну что вы, ерунда...

— Я не о ваших рисунках, милая, а о вашем взгляде... О, вот и мой ужин! Вам пора возвращаться, дети... Уже стемнело...

Погодите-ка... Она что, и правда сама отсылает нас? Франк обалдел. Настолько, что, поднимаясь с пола, машинально схватился за штору и — естественно! — сорвал карниз.

— Черт!

— Оставь, это неважно, и сейчас же прекрати ругаться, как извозчик!

— Уже перестал.

Он шмыгнул носом и улыбнулся. Давай, Полетта. Вперед. Не стесняйся. Ругайся. Кричи. Шуми. Ворчи. Всплывай на поверхность.

— Камилла...

— Да?

— Могу я попросить вас об услуге?

— Конечно!

— Позвоните мне, когда доедете, — ради моего спокойствия... Он никогда не звонит, и я... Если хотите, дождитесь первого гудка и можете вешать трубку, я пойму и спокойно засну...

— Обещаю.

Они шли по коридору, и тут Камилла поняла, что забыла в комнате перчатки. Войдя, она увидела Полетту у окна — та караулила их.

— Я... мои перчатки...

Старая дама с розовыми волосами проявила великодушие: она не обернулась, а только махнула рукой и покачала головой.

— Это ужасно... — произнесла Камилла, пока Франк сидел на корточках перед своим мотоциклом.

— Не говори так... Сегодня она была в суперской форме! Кстати, благодаря тебе... Спасибо...

— Нет, это ужасно...

Они помахали крошечному силуэту в окне четвертого этажа и влились в бесконечную череду выезжающих со стоянки машин. У Франка явно полегчало на душе. А вот Камилла даже думать ни о чем не могла.

Он остановился перед их подворотней, но мотор заглушать не стал.

— Ты... Не идешь со мной?

— Нет. — Голос прозвучал приглушенно — из-за шлема.

— Что ж, ладно... Пока...

14

Было около девяти, но свет нигде не горел.

— Филу? Ты дома?

Он сидел на кровати. В полной прострации. Накинув на плечи одеяло и заложив книгу ладонью.

— Как дела?

— ...

— Плохо себя чувствуешь?

— Я ужасно волновался... Жжждал... ввас... намного раньше.

Камилла вздохнула. Черт... Не один, так другой...

Она повернулась спиной к Филиберу, облокотилась на камин и закрыла лицо руками.

— Прекрати, Филибер, очень тебя прошу. Перестань блеять. Не поступай так со мной. Не нужно все портить. Я уехала впервые за много лет... Распрямись, сбрось это траченное молью пончо, положи книгу и спроси меня — этак небрежно-весело, как ты умеешь: «Итак, Камилла? Ваша маленькая вылазка удалась?»

— И... итак, Кка... Камилла? Вылазка удалась?

— На все сто, спасибо, что поинтересовался! А ты какую битву штудировал?

— При Павии[1]...

— Очень интересно...

— Да нет, это было ужасно.

— Кто с кем сражался?

— Валуа с Габсбургами... Франциск I с Карлом V...

— Ну конечно! Карла V я знаю! Он стал императором Священной Римской империи после Максимилиана I[2]!

— Боже, откуда тебе это известно?
— Ага! Признайся, не ожидал?

Он снял очки и потер глаза.
— Так поездка тебе действительно понравилась?
— Высший класс...
— Покажешь мне свой блокнот?
— Если встанешь... Суп остался?
— Кажется, да...
— Жду тебя на кухне.
— А Франк?
— Испарился...

— Ты знал, что он сирота? Ну что мать его бросила?
— Догадывался...

Камилла так устала, что не стала ложиться, понимая, что все равно не уснет. Она притащила в гостиную свой камин и курила, слушая Шуберта.

«Зимний путь».

Она расплакалась и внезапно снова ощутила где-то глубоко в горле мерзкий вкус камней.

Папа...

Стоп, Камилла. Марш в постель. У тебя расходились нервы. Ничего удивительного — романтическая расслабленность, холод, усталость, Филу... Перестань сейчас же. Как не стыдно!

О, черт!
Что?
Я забыла позвонить Полетте...
Так давай звони!
Но уже поздно...
Тем более! Поторопись!

— Это я. Камилла... Разбудила?

— Нет... Нет...

— Я забыла позвонить...

— ...

— Камилла...

— Да?

— Знаете, деточка, вам следует позаботиться о своем здоровье...

— ...

— Камилла?

— Со... согласна...

На следующий день она валялась в постели до самого ухода на работу. Франк оставил ей какую-то еду в тарелке на столе. Рядом лежала «инструкция»: *Вчерашнее филе-миньон с черносливом и домашней лапшой. Разогревать в микроволновке три минуты.*

Ну надо же, написал без единой ошибки.

Она поела стоя и сразу почувствовала себя лучше.

Камилла работала молча.

Отжимала тряпки, вытряхивала пепельницы, увязывала мешки с мусором.

Домой возвращалась пешком.

Хлопала в ладоши, согревая руки.

Поднимала голову.

Размышляла.

И чем напряженнее размышляла, тем быстрее шла.

Почти бежала.

В два часа ночи она разбудила Филибера.

— Мне надо с тобой поговорить.

15

— Сейчас?

— Да.

— Нн... но который час?

— Плевать на время, выслушай меня!

— Передай мне, пожалуйста, очки...

— Не нужны они тебе, здесь темно...

— Камилла... Прошу тебя.

— О, спасибо... Я лучше слышу с моими окулярами... Итак, солдат? Чему я обязан этой засадой?

Камилла перевела дух и выложила ему все. Говорила она долго.

— Доклад окончен, господин полковник...

Филибер был ошеломлен.

— Молчишь?

— Да уж, это всем наступлениям наступление...

— Ты против?

— Подожди, дай мне подумать...

— Кофе?

— Хорошая мысль. Выпей чашечку, а я пока приду в себя...

— Что тебе принести?

Он закрыл глаза и махнул на нее рукой, предлагая убраться.

— Итак?

— Я... Скажу тебе честно: не думаю, что это хорошая идея...

— Да? — Камилла прикусила губу.

— Да.

— Почему?

— Потому что ответственность слишком велика.

— Такой ответ меня не устраивает. Он ничего не объясняет. У нас куда ни плюнь — попадешь в человека, не желающего брать на себя ответственность... Их слишком много, Филибер... Ты же не думал об этом, когда пришел забрать меня с ледяного чердака, где я три дня лежала без еды и воды...

— Еще как думал, представь себе...

— И что? Жалеешь?

— Нет. Но ты не должна сравнивать. Это совсем другое дело...

— Ничего не другое! В точности то же самое!

Они помолчали.

— Ты прекрасно знаешь, что это не моя квартира... Мы обречены... Казнь не отменена, а всего лишь отсрочена... Уже завтра утром я могу получить официальную бумагу, предписывающую мне освободить помещение в течение ближайшей недели...

— Да ну... Сам знаешь, каковы эти дела о наследстве... Вполне может так выйти, что ты еще лет десять здесь прокантуешься...

— Или меня выкинут уже через месяц... Поди знай... Когда речь идет об очень больших деньгах, даже самые ужасные сутяги в конце концов договариваются...

— Филу...

— Не смотри на меня такими глазами. Ты слишком многого от меня хочешь...

— Ничего я не хочу. Я прошу тебя довериться мне...

— Камилла...

— Я... Я никогда вам не рассказывала, но... Пока мы не встретились, у меня и правда была сволочная жизнь. Ну да, если сравнивать с детством Франка, все покажется игрушками, но мне все-таки кажется, одно другого стоит... Просто мне вливали яд по капле... И потом я... Не знаю, как это случилось... Наверное, я вела себя как идиотка, но...

— Но ты...

— Я... Я потеряла всех, кого любила, и...

— И?

— И, когда я говорила, что в целом мире у меня есть только ты, это была... Ну как мне тебя убедить? Вчера был мой день рождения. Мне исполнилось двадцать семь, и поздравила меня только мать. Увы. Сказать, что она мне подарила? Пособие по похудению. Смешно, правда? Остроумно до невозможности. Мне жаль, что приходится доставать тебя, Филибер, но ты должен помочь мне еще раз... Еще один раз... Обещаю: больше я тебя ни о чем не попрошу.

— У тебя был день рождения? — всполошился Филибер. — Почему же ты нам ничего не сказала?

— Плевать на день рождения! Я хотела тебе рассказать, но по большому счету все это не имеет никакого значения...

— Еще как имеет! Я был бы рад подарить тебе что-нибудь...

— Вот и прекрасно, сделай это сейчас.

— Если я соглашусь, ты позволишь мне еще поспать?

— Так и быть...

Какой уж там сон...

16

В семь утра она вышла на тропу войны. Отправилась в булочную и купила мягкий батон своему любимому капралу.

Когда он пришел на кухню, она сидела на корточках перед раковиной.

— О-ей... — простонал он, — большие маневры... Уже?

— Я хотела принести тебе завтрак в постель, но не решилась...

— И правильно сделала. Я один знаю точную дозировку моего шоколада.

— Ох, Камилла... Сядь, умоляю... У меня от тебя кружится голова...

— Если сяду, сообщу тебе еще кое-что важное...

— Вот беда... Ладно, продолжай стоять...

Она села напротив, положила руки на стол и посмотрела ему прямо в глаза.

— Я снова начинаю работать.

— Не понимаю...

— Я только что отправила письмо с просьбой об отставке...

Он ничего не ответил.

— Филибер...

— Да.

— Не молчи. Скажи мне что-нибудь.

Он опустил чашку и облизнул усы.

— Нет. Тут я пас. Это ты должна решить сама, красавица моя...

— Я бы хотела занять дальнюю комнату...

— Но Камилла... Там же полный хаос!

— И миллиард дохлых мух, я знаю. Но это самая светлая комната, одно окно выходит на восток, другое на юг...

— А что делать с хламом?

— Я им займусь...

Он вздохнул.

— Если женщина что-то задумала...

— Увидишь, ты будешь мной гордиться...

— Очень на это рассчитываю. Ну а я?

— Что ты?

— Имею я право тоже попросить тебя кое о чем?

— Давай...

Он начал заливаться румянцем.

— Пп... представь себе, что ты... ты хочешь по... подарить... сделать подарок девушке, ко... которую не знаешь, что бы ты выбрала?

Камилла взглянула на него исподлобья.

— О чем ты?

— Нне... при... не придуривайся... Ты... ты все хорошо поняла...

— Не знаю... А по какому поводу?

— Никакого специального ппо... повода нет...

— Когда тебе это нужно?

— В субботу.

— Подари ей «Герлен».

— Ччч... что?

— Духи...

— Я... Я никогда не сумею вы... выбрать...

— Хочешь, чтобы я пошла с тобой?

— По... пожалуйста...

— Конечно! Сходим сегодня, когда у тебя будет перерыв на ланч...

— Сп... спа... спасибо...

— Ка... Камилла...

— Что?

— Она... она просто... друг, ты поняла?

Камилла рассмеялась и встала.

— Ну естественно...

Она бросила взгляд на календарь с котятами и воскликнула, изображая удивление:

— Ну надо же! В субботу у нас День Святого Валентина! Ты знал?

Он снова опустил нос в чашку с шоколадом.

— Ладно, оставляю тебя, у меня много работы... В полдень зайду за тобой в музей...

Он остался допивать шоколад, а она покинула кухню с «Аяксом» и упаковкой губок под мышкой.

Когда Франк вернулся на перерыв, в квартире все было перевернуто вверх дном, но Камилла и Филибер отсутствовали.

— Это что еще за бардак?

Он проснулся около пяти. Камилла возилась с лампой.

— Что здесь происходит?

— Я переезжаю...

— Куда? — он побледнел.

— Вот туда, — она ткнула пальцем в гору переломанной мебели и ковер из мертвых мух на полу. — Представляю тебе мою новую мастерскую...

— Здесь?!

— Да!

— А твоя работа?

— Будет видно...

— А Филу?

— О... Филу...

— Что?

— Он в преддверии...

— А?

— *Со временем ты все узнаешь...*

— Помощь нужна?

— Еще как!

Дело пошло гораздо быстрее. Франк за час перетащил всю рухлядь в соседнюю комнату — окна в ней забраковали из-за «никуда не годных косяков»...

Камилла воспользовалась моментом передышки — он пил холодное пиво, оценивая объем проделанной работы, — и дала последний залп:

— В следующий понедельник, в обед, я хотела бы отпраздновать свой день рождения с тобой и Филибером...

— Э... Ты не хочешь перенести на вечер?

— Зачем?

— Ты же знаешь... По понедельникам я хожу «в наряд»...

— Конечно, извини, я неудачно выразилась: в следующий понедельник, в обед, я хочу отпраздновать свой день рождения с Филибером, тобой и Полеттой.

— Там? В богадельне?

— Боже упаси! Надеюсь, ты сумеешь приискать для нас симпатичный ресторанчик!

— А как мы туда доберемся?

— Можно взять машину напрокат...

Он молча размышлял, допивая пиво.

— Ладно, — он отставил бутылку. — Одно плохо — потом-то я снова стану приезжать один, и она будет разочарована...

— Вполне вероятно...

— Знаешь, ты не обязана делать это для нее.

— Я делаю это для себя.

— Хорошо... Насчет машины не волнуйся... Один мой приятель будет счастлив махнуться на мой мотоцикл... Какая же дрянь эти мухи...

— Я ждала, когда ты проснешься, чтобы пропылесосить...

— У тебя все в порядке?

— Да. Ты его видел, твоего Ральфа Лорена?

— Нет.

— Она пеелестна, малинькая собатька, она очень довольная...

— Сколько тебе исполняется?

— Двадцать семь, а что?

— Где ты была раньше?

— О чем ты?

— До этой квартиры?

— Наверху, ты же знаешь!

— А до того?

— Сейчас на это нет времени... Как-нибудь, когда будешь ночевать дома, я тебе расскажу...

— Ты обещаешь, а потом...

— Не злись, я теперь лучше себя чувствую... И расскажу тебе назидательную историю о жизни Камиллы Фок...

— Что означает слово «назидательная»?

— Хороший вопрос... Назидательная значит поучительная, но я шучу.

— То есть?

Проще говоря, это будет история о доме, который рухнул...

— Как Пизанская башня?

— Точно!

— Черт, опасно жить с интеллектуалкой...

— Да совсем наоборот! Это оччень приятно!

— Нет, опасно... Жутко рискованно. Я все время боюсь сделать орфографическую ошибку... Что ты ела в двенадцать?

— Сэндвич, с Филу... Но я видела, ты поставил что-то в духовку, и немедленно это съем... Спасибо... Ужасно вкусно.

— Да не за что. Я пошел...

— У тебя все хорошо?

— Устал...

— Так поспи! Поспи!

— Да я сплю, но... Ладно... Пошел.

17

— Надо же... Пятнадцать лет носу не казал, а теперь заявляешься чуть ли не каждый день!

— Привет, Одетта.

Они расцеловались.

— Пришла?

— Пока нет...

— Ну и ладно, мы пока устроимся... Это мои друзья: Камилла...

— Добрый день.

— ...и Филибер.

— Счастлива познакомиться. У вас очарова...

— Ладно-ладно, потом закончишь свои реверансы...

— Какой ты нервный!

— Ничего я не нервный — просто есть хочу.

Ага, вот и она...

— Привет, бабуля, здравствуйте, Ивонна. Выпьете с нами?

— Здравствуй, мальчик. Пить не буду, спасибо, меня ждут дома. Когда мне за ней приехать?

— Мы сами ее отвезем...

— Но не очень поздно, хорошо? В прошлый раз мне сделали выговор... Она должна быть на месте до половины шестого, иначе...

— Да-да, Ивонна, хорошо, я все понял. Привет вашим...

Франк присвистнул.

— Итак, бабуля, давай я тебя познакомлю: Филибер...

— Мое почтение...

Он наклонился и поцеловал Полетте руку.

— Так, садимся. Нет-нет, Одетта! Никакого меню! Положимся на фантазию шефа!

— Аперитив?

— Шампанского! — решил Филибер и спросил, поворачиваясь к соседке по столу:

— Вы любите шампанское, мадам?

— Да, конечно... — Полетта была смущена его великосветскими манерами.

— Вот вам шкварочки, погрызите пока...

Все были чуточку скованны. К счастью, белое вино с виноградников Луары, щука по-польски и козьи сыры быстро развязали языки. Филибер ухаживал за Полеттой, Камилла смеялась глупым шуткам Франка.

— Мне было... Ччерт... Ба, сколько мне было лет?

— Господи, да разве я сейчас вспомню? Тринадцать? Четырнадцать лет?

— Я тогда только начал учиться... И жуть как боялся Рене, стеснялся очень. Да-а... Он много чему меня научил... Мучил, как хотел, издевался... Не помню точно, что он мне однажды показал... Кажется, шпатели — лопатки такие кулинарные — и сказал:

«Вот эта — большая кошка, а та — маленькая. Не забудь, когда преподаватель спросит... Книги книгами, а это — настоящие кухонные словечки. Наш профессиональный жаргон. По нему узнают хороших подмастерьев. Ну? Запомнил?

— Да, шеф.

— Как называется вот эта?

— Большая кошка, шеф.

— А другая?

— Ну... маленькая...

— Маленькая что, Лестафье?

— Маленькая кошка, шеф!

— Хорошо, мой мальчик, очень хорошо... Ты далеко пойдешь...»

До чего же глупым я тогда был! Поиздевались они надо мной всласть... Но веселились мы не каждый день, правда, Одетта? Были и пинки, и затрещины...

Сидевшая с ними за столом хозяйка качала головой.

— Теперь-то он утихомирился, сам знаешь...

— Да уж конечно! С нынешними ребятками так не пошутишь!

— Не говори мне о нынешней молодежи... Им ничего нельзя сказать — сразу обижаются... Только и умеют, что дуться и обижаться. Меня это беспокоит... Они вообще беспокоят меня сильнее вас, хоть и не поджигают помойку, как вы когда-то...

— Надо же, а я и забыл о том случае!

— Зато я помню, уж ты мне поверь!

Свет погас. Камилла задула свечи, и все зааплодировали.

Филибер выскользнул из зала и вернулся с большим свертком.

— Это подарок от нас двоих...

— Но идея твоя, — уточнил Франк. — Если тебе не понравится, я ни при чем. Я собирался нанять для тебя стриптизера, но он не согласился...

— О, спасибо! Как мило с вашей стороны!

Это был столик акварелиста, так называемый «полевой».

Филибер начал «с выражением» читать описание:

— *Складывающийся и наклонный, с двумя досками, устойчивый, с большой рабочей поверхностью и двумя ящиками. За ним можно работать сидя. У него четыре съемные складные ножки из бука, каждая пара имеет*

380

распорку, обеспечивающую устойчивость, в сложенном виде она запирает ящики. Наклон доски осуществляется благодаря зубчатой рейке. Вмещает пачку бумаги большого формата 68 X 52 см. Кстати, там есть несколько листов — на тот случай, если... Прилагаемая ручка позволяет перемещать стол в сложенном виде. И это еще не все, Камилла... под ручкой предусмотрено место для маленькой бутылочки воды!

— Что, только воду можно наливать? — всполошился Франк.

— Да это не для питья, дурачина, — съязвила Полетта, — а для того, чтобы смешивать краски!

— Ну да, конечно, я же идиот...

— Тебе... Тебе нравится? — встревожился Филибер.

— Он великолепен!

— Ты бы пре... предпочла го... голого парня?

— Я успею опробовать его сейчас же?

— Давай, мы все равно ждем Рене...

Камилла достала из сумки крошечную коробочку акварели, раскрыла столик и устроилась перед застекленной дверью.

Она рисовала Луару. Медленную, широкую, спокойную и невозмутимую. Со спокойными песчаными отмелями, пристанями, старыми лодками и бакланом на берегу. На бумаге появились блеклые камыши и голубое небо. Зимнее небо — свинцовое, высокое, торжественное, сверкающее в разрывах между двух пухлых растрепанных облаков.

Одетта завороженно следила за работой Камиллы.

— Как это у нее получается? В коробочке всего восемь красок!

— Я мухлюю, но вы меня не выдавайте... Вот. Это подарок.

— Спасибо, моя милая! Большое спасибо! Рене! Иди посмотри!

— Обед за мой счет!

— Да нет, что вы...

— Я настаиваю...

Когда она вернулась за стол, Полетта передала ей под столом пакет: там была шапочка в пару к шарфу. Такие же дыры и те же тона. Класс.

Явились охотники, и Франк с хозяином дома отправились следом за ними на кухню. Мужчины попивали коньяк и обсуждали содержимое ягдташей. Камилла любовалась своим подарком, а Полетта рассказывала Филиберу, как жила во время войны. Он сидел, вытянув длиннющие ноги, и увлеченно слушал.

А потом он все-таки наступил, этот неприятный момент, уже смеркалось, и Полетта села в машину рядом с водителем.

Никто не произносил ни слова.

Пейзаж за окном становился все уродливее.

Они обогнули город и миновали скучные торговые зоны: супермаркет, гостиницы, где номер с кабельными ТВ-каналами стоит 29 евро, склады и мебельные стоки. Наконец Франк припарковался. На самой границе зоны.

Филибер вылез, чтобы открыть Полетте дверь, а Камилла стянула с головы шапочку.

Полетта погладила ее по щеке.

— Ладно, давайте... — буркнул Франк. — Завязывайте с этим... Не хочу получить по полной программе от матери настоятельницы!

Когда он возвращался к машине, силуэт Полетты появился на фоне окна — она отдергивала занавески.

Он сел за руль, скривился и шумно выдохнул, прежде чем включить зажигание.

Они еще не успели выехать со стоянки, когда Камилла хлопнула его по плечу.

— Остановись.

— Что еще?

— Остановись, говорю!

18

Он обернулся.

— В чем дело?..

— Во сколько вам *это* обходится?

— Что *это*?

— Вот этот дом?

— Почему ты спрашиваешь?

— Сколько?

— Около десяти штук...

— Кто платит?

— Пенсия деда — семь тысяч сто двенадцать франков, остальное, кажется, Генеральный совет, хотя я не очень понимаю...

— Я хочу две тысячи, остальное ты оставишь себе и ради моего спокойствия перестанешь ишачить по воскресеньям...

— Подожди, о чем ты говоришь?

— Филу...

— Ну уж нет, моя дорогая, это *твоя* идея!

— Но дом-то твой, дружище...

— Эй! Что происходит? Из-за чего сыр-бор?

Филибер зажег свет в салоне.

— Если хочешь...

— И, если она захочет, — уточнила Камилла.

— ...мы заберем ее с собой, — улыбнулся Филибер.

— С... собой? Куда? — пролепетал Франк.

— К нам... домой...

— Когда... когда заберем?

— Сейчас.

— Се... сейчас?

— Скажи, Камилла, у меня бывает такой же оглоушенный вид, когда я заикаюсь?

— Конечно, нет, — успокоила она его, — у тебя взгляд *не такой идиотский*...

— А кто будет ею заниматься?

— Я. Но на моих условиях...

— А твоя работа?

— Нету больше никакой работы! Была, да вся вышла!

— Но как же...

— Что?

— Ее лекарства и все такое прочее...

— А что лекарства? По-твоему, я не сумею дать ей таблетку или капли? Пилюльки пересчитать не так уж и трудно!

— А если она упадет?

— Да не упадет, я ведь буду рядом!

— Но... Где... где она будет спать?

— Я уступлю ей свою комнату. Все предусмотрено... Он положил голову на руль.

— А ты что об этом думаешь, Филу?

— Сначала был против, теперь — за. Думаю, твоя жизнь намного упростится, если мы ее увезем...

— Но ведь старый человек — тяжелая обуза!

— Ты полагаешь? Сколько весит твоя бабушка? Пятьдесят кило? Думаю, даже меньше...

— Не можем же мы вот так просто взять и увезти ее?

— Неужели?

— Не можем...

— Если нужно будет заплатить неустойку, мы это сделаем...

— Могу я пройтись?

— Давай.

— Свернешь мне сигарету, Камилла?

— Держи.

Он вышел, хлопнув дверцей.

— Это идиотизм, — сообщил он, вернувшись.

— А мы и не утверждали обратного... Так, Филу?

— Никогда. Мы вполне вменяемые!

— Вам не страшно?

— Нет.

— Мы еще не то видели, правда?

— О да!

— Думаете, ей понравится в Париже?

— Мы везем ее не в Париж, а к нам!

— Покажем ей Эйфелеву башню...

— Мы ей покажем массу вещей куда более красивых, чем Эйфелева башня.

Он вздохнул.

— Ну и как мы будем действовать?

— Я все беру на себя.

Когда они подъехали, она по-прежнему стояла у окна.

Камилла убежала. Франк и Филибер наблюдали из машины китайский театр теней: маленький силуэт обернулся, тот, что повыше, начал жестикулировать, тени качали головами, пожимали плечами, а Франк все повторял и повторял: «Это глупость, это глупость, говорю вам, это глупость... Ужаснейшая глупость...»

Филибер улыбался.

Силуэты поменялись местами.

— Филу...

— Угу...

— Что такое эта девушка?

— А?

— Эта девушка, которую ты для нас нашел... Кто она такая? Инопланетянка?

Филибер улыбался.

— Фея...

— Именно так... это... Она — фея... Ты прав. Скажи... у них... у фей... есть пол или...

— Да что они там делают, черт подери?

Свет наконец погас.

Камилла открыла окно и выкинула на улицу огромный чемодан. Сходивший с ума от беспокойства Франк подпрыгнул:

— Черт, да что у нее за мания — швырять вещи в окно?

Он смеялся. И плакал.

— Господи, Филу... — По его щекам катились крупные слезы. — Я уже сколько месяцев не могу смотреть на себя в зеркало... Веришь? Нет, ты мне скажи, веришь? — Франка била крупная дрожь.

Филибер протянул ему платок.

— Все хорошо. Все хорошо. Мы станем ее баловать... Ни о чем не волнуйся...

Франк высморкался и кинулся к своим *девочкам*, пока Филибер подбирал чемодан.

— Нет, нет, садитесь вперед, молодой человек! У вас длинные ноги, вы...

Очень долго в машине стояла мертвая тишина. Каждый спрашивал себя, не совершили ли они и вправду ужасную глупость... А потом вдруг Полетта — святая простота! — одной фразой разрядила обстановку:

— Скажите... Вы сводите меня в театр? Мы пойдем в оперетту?

Филибер обернулся и запел: *Я бразилец, у меня много золота, и я приехал из Рио-де-Жанейро, сегодня я еще богаче, чем прежде, Париж, Париж, я снова твой!*

Камилла взяла Полетту за руку, а Франк улыбнулся ей в зеркало.

Мы сидим вчетвером в этой прогнившей тачке, мы свободны, и мы вместе, и корабль плывет...

И они затянули хором:
— *И я кладу к твоим ногам все, что украаал!*

ЧАСТЬ ЧЕТВЕРТАЯ

1

Это всего лишь гипотеза. История скоро закончится, и подтверждения своей правоты мы не получим. Да и в чем вообще можно быть уверенным? Сегодня тебе хочется одного — сдохнуть, а завтра просыпаешься и понимаешь, что нужно было всего лишь спуститься на несколько ступенек, нащупать на стене выключатель и увидеть жизнь в совсем ином свете... Но эти четверо вознамерились прожить все, что соблаговолит отмерить им судьба, как счастливейшее время своей жизни.

С этого самого мгновения, когда они показывают ей ее новый дом, с волнением и опаской ожидая реакции и комментариев (она не промолвит ни слова), и до следующего поворота судьбы их усталые лица будет обдувать проказливый теплый ветерок.

Ласка, передышка, бальзам на раны, утешение.

Sentimental healing[1], как говорят островитяне...

Итак, отныне в семействе Недотеп есть бабушка, и, пусть даже семейка неполная и никогда таковой не будет, они не намерены сдаваться.

Раньше они ходили в отстающих? Вечно были в проигрыше? Так ведь все зависит от сдачи, как говорят картежники! А теперь у них каре, как в покере... Ну, может, не каре тузов — слишком много шишек каждый набил в прошлой жизни, слишком много ран нанесла им судьба, и не все зажили! — но... Каре!

Увы, они не слишком здорово играли...

Даже если и настраивались на выигрыш. Да и как

можно требовать умения блефовать от разоруженного шуана, хрупкой феи, простоватого паренька и старой дамы с синяками по всему телу?

Нереально.

Ну и ладно... Делать небольшие ставки и выигрывать «по маленькой» все равно лучше, чем лежать в темноте под одеялом...

2

Камилла не стала отрабатывать положенные две недели: от Жози Б. и правда слишком воняло. Она должна была явиться в центральный офис (сильно сказано...), чтобы обсудить свой уход и получить... Как они это назвали?.. Полный и окончательный расчет. Она проработала больше года и ни разу не брала отпуск. Камилла взвесила все «за» и «против» и решила наплевать на деньги.

Мамаду злилась:

— Ах ты... Ах ты, — все повторяла и повторяла она, наддавая Камилле шваброй по ногам. — Ах ты...

— Что я? — разозлилась Камилла, когда Мамаду произнесла свое «Ах ты...» в сотый раз. — Закончи наконец фразу, черт бы тебя побрал! Что я?

Негритянка грустно покачала головой.

— Да ничего...

Камилла перешла в другую комнату.

Она жила в другой стороне, но вошла вместе с Мамаду в пустой вагон и села рядом, заставив ее подвинуться. Мамаду и Камилла напоминали злящихся друг на друга Астерикса и Обеликса[1]. Малышка ткнула толстуху локтем в жирный бок, та ответила и едва не отправила ее в нокдаун.

— Эй, Мамаду... Не злись...

— Я не злюсь, и я запрещаю тебе называть меня Мамаду. Меня зовут не Мамаду! Ненавижу это имя! Его придумали в Touclean, но меня зовут не так. Ты ведь с нами уже не работаешь, верно? Вот и не называй меня больше этим именем — никогда, поняла?

— Интересно... И как же тебя зовут на самом деле?

— Не скажу.

— Послушай, Мам... Моя дорогая... Я скажу тебе правду: я ухожу не из-за Жози. И не из-за работы. И не потому, что мне просто захотелось уйти. Не из-за денег... Знаешь, у меня есть другая профессия... Дело... в котором... я не уверена... но, думаю, оно может сделать меня намного счастливее...

Они помолчали.

— А еще... я теперь забочусь об одной старой даме и не могу уходить из дома по вечерам, понимаешь? Она плохо ходит и без посторонней помощи может в любой момент упасть...

Мамаду не отвечала.

— Ладно... Я выхожу... Иначе снова пропущу последний поезд...

Негритянка силой удержала ее.

— Останься. Успеешь пересесть. Сейчас только тридцать четыре минуты первого...

— Так что ты там делаешь?

— Где там?

— В другой профессии...

Камилла протянула ей блокнот.

— Держи, — произнесла Мамаду, пролистав все страницы, — это здорово. Я согласна. Можешь уходить, и все-таки... Все-таки я рада, что мы познакомились, кузнечик, — добавила она и отвернулась.

— Хочу попросить тебя об одной услуге, Мама...

— Хочешь, чтобы мой Леопольд наколдовал тебе удачу и богатых клиентов?

— Нет. Я хочу, чтобы ты мне попозировала...

— О чем это ты?

— Я хочу тебя нарисовать...

— Меня?

— Да.

— Издеваешься или как?

— С самого первого дня, когда мы встретились в Нейи, я мечтала написать твой портрет...

— Прекрати, Камилла! Я ведь даже не красивая!

— Я нахожу тебя очень красивой.

— Правда? — после долгой паузы переспросила Мамаду.

— Чистая правда...

— Да что в этом красивого? — удивилась она, ткнув пальцем в свое отражение в черном стекле. — Ну скажи, что?

— Если твой портрет выйдет хорошо, люди узнают все, о чем ты рассказывала мне с тех пор, как мы познакомились... Все... Твою мать и твоего отца. И твоих детей. И море. И... как там ее звали?

— Кого?

— Твою маленькую козочку?

— Були...

— Они увидят Були. И твою кузину — ту, что умерла, и... И все остальное...

— Ты говоришь как мой брат! Болтаешь невесть что, выдумщица!

— Но... я не уверена, что сумею... — помолчав, призналась Камилла.

— Да неужели? Знаешь, если на твоей картинке Були не окажется у меня на башке, я буду довольна! — ухмыльнулась Мамаду. — Но... То, о чем ты просишь, займет много времени?

— Да.

— Тогда я не смогу...

— У тебя есть мой телефон... Возьми два отгула в Touclean и приходи. Я тебе заплачу... Натурщикам всегда платят... Это ведь настоящая работа, понимаешь? Ладно, пока. Может... может, поцелуемся?

Негритянка сжала Камиллу в объятиях.

— Как тебя зовут, Мамаду?

— Не скажу. Мне мое имя ужас как не нравится...

Камилла бежала по платформе, жестом прося Мамаду позвонить. Ее бывшая коллега устало кивнула. Забудь меня, белая малышка, забудь меня. Да ты уже забыла...

Она шумно высморкалась.

Она любила с ней разговаривать.

Что да, то да...

Никто другой никогда ее не слушал.

3

В первые дни Полетта не выходила из своей комнаты. Она боялась побеспокоить остальных, заблудиться, упасть (они так спешили, что забыли ее ходунки) и — главное — пожалеть о своем скоропалительном решении.

Часто у нее в голове все путалось, она заявляла, что чудесно проводит отпуск, и спрашивала, когда они собираются отвезти ее домой...

— Куда это домой? — бесился Франк.

— Ну как же... Ты знаешь... домой... ко мне...

Он тяжело вздыхал.

— Говорил я вам, эта затея — жуткая глупость... А теперь вот у нее крыша совсем поехала...

Камилла бросала взгляд на Филибера, а Филибер смотрел в сторону.

— Полетта...

— А, это ты, малышка... Ты... Как, говоришь, тебя зовут?

— Камилла...

— Ах да! Что тебе, деточка?

Камилла решила не деликатничать. Она напомнила старушке, откуда и почему они ее забрали и как каждому из них придется теперь переменить свою жизнь.

Она разговаривала с Полеттой жестко, почти жестоко, чем совершенно ее обескуражила.

— Значит, я никогда не вернусь к себе домой?

— Нет.

— Но как же...

— Пойдемте со мной, Полетта...

Камилла взяла ее за руку и повела по квартире. Гораздо медленнее, чем в первый раз, попутно «расставляя вешки».

— Здесь у нас туалет... Видите, Франк прикручивает ручки, чтобы вы могли держаться...

— Идиотство... — пробурчал он.

— Здесь кухня... Большая, правда? И холодная... Но я вчера собрала столик на колесах... Чтобы вы, если захотите, могли есть у себя в комнате...

— Или в гостиной, — вмешался Филибер. — Знаете, вы не обязаны целый день сидеть в одиночестве...

— Так, теперь коридор... Он очень длинный, но вы можете держаться за панели, правда? Если нужна помощь, мы сходим в аптеку за новыми «ходунками»...

— Было бы хорошо...

— Никаких проблем! Один мотоциклист в доме уже есть...

— Здесь ванная... Об этом нужно поговорить серьезно, Полетта... Садитесь на стул... Взгляните-ка... Видите, как красиво...

— Очень. Я такого никогда прежде не видела...

— Отлично. Знаете, что завтра сделает ваш внук с помощью своих друзей?

— Нет...

— Они все здесь порушат. Установят для вас душевую кабину, потому что ванна слишком высокая и в нее трудно залезать. Так что, пока не поздно, вы должны принять окончательное решение. Вы либо остаетесь — и тогда мальчики принимаются за работу, либо вам все это не улыбается, и тогда — никаких проблем!

— поступайте, как хотите, Полетта, но сказать нам о своем решении вы должны прямо сейчас, ясно?

— Вы поняли? — переспросил Филибер.

Старая дама вздохнула, помолчала несколько секунд (они показались им вечностью!), теребя полы своего жилета, подняла голову и с тревогой в голосе спросила:

— А о табурете вы подумали?

— О каком табурете?

— Понимаете, я ведь совершенно беспомощна... Я, конечно, могу сама принять душ, но без табурета ничего не выйдет, так что...

Филибер сделал вид, что записывает заказ на ладони.

— Табурет для дамы из дальней комнаты! Заказ принят! Что-нибудь еще?

Она улыбнулась.

— Больше ничего...

— Совсем ничего?

Она наконец решилась:

— Мне нужна моя телепрограмма — знаете, «Tele Star», мои кроссворды, спицы и шерсть для свитера малышки, баночка Nivea — свою я где-то оставила, конфеты, приемничек — маленький, я поставлю его на тумбочку, раствор с пузырьками для протезов, подвязки, носки и халат потеплее, а то здесь везде сквозняки, причиндалы, пудра, одеколон — Франк забыл его забрать, еще одна подушка, лупа и чтобы вы передвинули мое кресло к окну и...

— И? — встревожился Филибер.

— И, пожалуй, все...

Франк, стоявший в сторонке с ящиком инструментов, хлопнул Филибера по плечу.

— Черт возьми, приятель, теперь придется обслуживать двух принцесс...

— Эй, поаккуратней! — прикрикнула на него Камилла. — Посмотри, сколько от тебя пыли...

— И прекрати ругаться, будь любезен! — добавила его бабушка.

Он удалился, волоча ноги и причитая:

— Оооо мамаа моя дорогая... Мало никому не покажется... Даа, дружище, нам конец... Лично я возвращаюсь на работу, там спокойнее. Если кто соберется в магазин, принесите картошку, я сделаю вам запеканку... И чтобы правильная была! Ищите подпись на сетке: «Для картофельного пюре»... Уяснили?

«Плохо, плохо, плохо, просто ужасно...» — думал он — и ошибался. Никогда в жизни им не было так хорошо.

Звучит, конечно, смешно, но это была чистая правда, а что смешно, так это их давно не колыхало: впервые в жизни каждому по отдельности и всем им вместе взятым казалось, что у них появилась настоящая семья.

Даже больше чем настоящая — они сами ее выбрали, именно такую они и хотели, за такую сражались, а взамен она требовала одного — чтобы они были счастливы вместе. Даже не счастливы — это уж слишком! Просто чтобы были вместе, только и всего. Такая вот им выпала удача.

4

После разговора в ванной Полетта изменилась. Как будто расставила собственные вешки и с удивительной легкостью погрузилась в окружавшую ее новую действительность. Возможно, ей требовалось доказательство? Доказательство того, что ее ждали и что ей рады в этой огромной пустой квартире, где ставни закрывались изнутри, а пыль никто не вытирал со времен Реставрации Бурбонов. Раз уж они устанавливают ради нее душ... Она немножко растерялась, когда лишилась пары-тройки привычных мелочей, и Камилла часто вспоминала ту сцену. Как часто люди впадают в отчаяние из-за ничтожных пустяков, и как стремительно все могло полететь к черту, если бы рядом не оказалось терпеливого верзилы, спросившего «Чего изволите?» и сделавшего вид, что он записывает ее пожелания в воображаемом блокноте. О чем, собственно, шла речь? О жалкой газетенке, лупе и нескольких пузырьках... С ума сойти... Камилла с наслаждением философствовала, но подрастерялась, когда они выбирали зубную пасту во «Franprix»: Steradent, Polident, Fixadent и другие стоматочудеса совершенно выбили ее из колеи.

— Скажите, Полетта... То, что вы называете... «причиндалами»... это...

— Ты же не заставишь меня пользоваться подгузником, как это делали там? Они говорили — это дешевле... — возмутилась старая дама.

— Так это прокладки! — обрадовалась Камилла. — Как это я сразу не догадалась...

«Franprix» они знали наизусть, и очень скоро этот старомодный магазин им осточертел. Они переместились в «Monoprix» и разгуливали по залам с тележками и списком покупок, который Франк составлял для них с вечера.

Ах, «Monop'»...

Вся их жизнь...

Полетта всегда просыпалась первой и ждала, когда один из мальчиков принесет ей завтрак в постель. Если «дежурил» Филибер, на подносе красовались щипчики для сахара, вышитая салфетка и маленький кувшинчик со сливками. Он помогал ей встать, взбивал подушки и раздвигал шторы, комментируя погоду. Никогда ни один мужчина не был с ней таким предупредительным, и неизбежное случилось: Полетта всем сердцем, как и все остальные, полюбила его. Франк обслуживал бабушку этак... «по-деревенски». Ставил кружку кофе с цикорием на тумбочку и с ворчанием чмокал в щечку — он вечно опаздывал.

— Пописать не хочешь?

— Подожду малышку...

— Да ладно тебе, ба! Дай ей передохнуть! Может, она еще час проспит! Ты ведь столько не вытерпишь...

Но она была непреклонна:

— Я подожду.

Франк удалялся, ругаясь сквозь зубы.

«Давай, жди... Жди ее... Не ты одна ее ждешь, черт бы все это побрал... Я тоже ее жду! А что еще остается делать? Сломать обе ноги, чтобы она и мне улыбнулась? Не надоедай Мэри Поппинс, не мучь ее...»

В этот самый момент она вышла из комнаты, сладко потягиваясь.

— Что ты там ворчишь?

— Ничего. Живу в одном доме с принцем Чарльзом и сестрой Эмманюэль — ухохотаться можно. Уйди с дороги, я опаздываю... Кстати...

— Что?

— Дай-ка мне свою лапку... Отлично! — возликовал он, пощупав ее руку. — Молодец, толстушка... Берегись... На днях попадешь в котел...

— Даже не мечтай, поваренок... Даже не мечтай.

— Посмотрим, пышечка моя, посмотрим, чья возьмет...

Жизнь и правда стала намного веселее.

Он вернулся, держа куртку под мышкой.

— В следующую среду...

— Что — в следующую среду?

— Накануне у меня будет слишком много работы, последний день масленицы перед постом — это всегда полный кошмар, но в среду мы поужинаем вместе...

— В полночь?

— Я постараюсь вернуться пораньше и напеку тебе таких блинов, каких ты сроду не ела...

— Ну слава богу! А то я уж испугалась, что ты собрался наконец со мной переспать!

— Накормлю тебя блинами — и займемся любовью.

— Отлично.

Отлично? Черт, как же ему было плохо, этому дураку... Интересно знать, что он будет делать до среды? Биться лбом о фонари, запарывать соусы и покупать новое белье? Катастрофа! Она его таки достала! Тоска... Ладно, лишь бы ждать пришлось не напрасно... Он пребывал в сомнениях, но все-таки решил купить новые трусы...

Так... Grand Marnier подойдет для фламбе, точно вам говорю... А что не подожгу, то выпью.

Камилла наливала себе чай и садилась на кровать к Полетте, поправив ей одеяло. Они ждали, когда уберутся Франк и Филибер, включали телевизор и смотрели «Магазин на диване». Восторгались, хихикали, высмеивали наряды рекламных зазывал, а Полетта, так и не привыкшая к евро, удивлялась дешевизне жизни в Париже. Время переставало существовать, день тянулся бесконечно — от чаепития до «Monoprix», от «Monoprix» до газетного киоска.

Им казалось, что они в отпуске. В первом за долгие годы для Камиллы и первом — но за всю ее жизнь! — для Полетты. Они хорошо ладили и понимали друг друга с полуслова. Дни удлинялись, и обе женщины молодели.

Камилла стала, говоря языком официальных инстанций, сиделкой. Это «звание» очень ей подходило, а свое полное медицинское невежество она компенсировала прямотой и недвусмысленностью выражений, что раскрепощало их обеих.

— Давайте, Полетта, прелесть моя, не стесняйтесь... Я потом вымою вам задницу под душем...
— Уверена?
— Конечно!
— Тебе не противно?
— Отнюдь.

Установка душевой кабины оказалась слишком сложным делом, и Франк соорудил специальную нескользящую ступеньку, чтобы бабушке было легче влезать в ванну, куда ставился старый стул с подпиленными ножками, Камилла стелила на сиденье махровое полотенце и сажала на него свою питомицу.

— Боже... — стонала она, — но меня это смущает... Ты не можешь себе представить, как мне неловко, что тебе приходится это делать...

— Перестаньте...

— Неужели тебе не противно это старое тело? Не противно? Правда?

— Знаете, я... Думаю, у меня другой подход... Я... Я прослушала курс анатомии, я нарисовала множество обнаженных тел, и натурщики были вашими ровесниками, и даже старше, так что целомудренная застенчивость — не моя проблема... Не знаю, как вам объяснить поточнее. Знаете, когда я смотрю на вас, то не говорю себе: ага, морщины, и сиськи обвисли, и живот дряблый, и седые волосы на лобке, и колени узловатые... Не сочтите за оскорбление, но ваше тело интересует меня отдельно от вас. Я думаю о работе, о технике, о свете и контурах тела... Вспоминаю некоторые картины... Безумных старух Гойи, аллегории Смерти, мать Рембрандта, его пророчицу Анну... Простите, Полетта, все, что я вам говорю, ужасно, но... Знаете, я смотрю на вас холодным отстраненным взглядом!

— Как на интересную зверушку?

— Можно сказать и так... Как на достопримечательность...

— И что?

— И ничего.

— Ты и меня нарисуешь?

— Да.

Они помолчали.

— Да, если вы позволите... Я хочу рисовать вас, пока не выучу наизусть. Пока вы не перестанете меня замечать...

— Я позволю, конечно, позволю, но... Ты ведь даже не моя дочь... Ох, как же мне неловко...

404

В конце концов Камилла разделась и опустилась перед ней на колени на сероватую эмаль.

— Помойте меня.

— Что?

— Возьмите мыло, варежку и помойте меня, Полетта.

Она послушалась и, дрожа от холода на своей банной молитвенной скамеечке, протянула руку к спине девушки.

— Эй, трите сильнее!

— Боже, как ты молода... Когда-то и я была молодой. Конечно, не такой складненькой...

— Хотите сказать худой? — перебила ее Камилла, хватаясь руками за кран.

— Нет-нет, я, правда, хотела сказать «тоненькой»... Когда Франк впервые рассказывал мне о тебе, он все время повторял: «Ох, бабуля, она такая худая... Знала бы ты, какая она худая...», но вот теперь я на тебя посмотрела — и не согласна. Ты не худая — ты тонкая. Напоминаешь ту женщину из «Большого Мольна»[1]... Как ее звали? Напомни мне...

— Я не читала эту книгу...

— Она тоже была аристократкой... Ах, как глупо...

— Мы сходим в библиотеку и посмотрим... Давайте-давайте! Трите ниже! Нечего стесняться! Подождите, я повернусь... Вот так... Видите? Мы в одной лодке, старушка! Почему вы так на меня смотрите?

— Я... Этот шрам...

— Этот? Ерунда...

— Нет... Не ерунда... Что с тобой стряслось?

— Говорю вам — ничего.

С этого дня они больше ни разу не обсуждали, у кого какая кожа.

Камилла помогала ей садиться на унитаз, потом ставила под душ и намыливала, говоря о чем-нибудь постороннем. С мытьем головы получалось хуже. Стоило старой даме закрыть глаза, и она теряла равновесие, заваливаясь назад. Они решили взять абонемент в парикмахерскую. Не в своем квартале — им это было не по карману («Кто такая Мириам? — ответил им кретин Франк. — Не знаю я никакой Мириам...»), — а где-нибудь подальше, рядом с конечной автобуса. Камилла изучила по своему плану маршруты, ища место поживописней, полистала «Желтые страницы», выясняя расценки на еженедельную укладку, и выбрала маленький салон на Пиренейской улице, в последней зоне автобуса № 69.

По правде говоря, разница в ценах не оправдывала такой далекой поездки, но это была прелестная прогулка...

И вот теперь она каждую пятницу, на заре, в тот час, когда светлеет... и так далее, и тому подобное, усаживала растрепанную Полетту в автобус у окна, читала ей путеводитель по Парижу, а если они застревали в пробках, рисовала: парочку пудельков в пальтишках Burberry на Королевском мосту, ограду Лувра, букс и самшит на набережной Межиссери, фундамент Бастилии, надгробия и склепы Пер-Лашез... Когда ее подружка-старушка сидела под феном, она читала истории о беременных принцессах и покинутых певцах. Потом они обедали в кафе на площади Гамбетты. Не в «Le Gambetta» — это место было чуточку слишком пафосным на их вкус, — а в «Bar du Metro»: там пахло табачным дымом, посетители напоминали разорившихся миллионеров, а у бармена был склочный характер.

Полетта, соблюдавшая режим, неизменно заказывала форель в миндальном соусе, а бессовестная Камилла наслаждалась горячим сэндвичем с сыром и ветчиной. Они заказывали вина — да — да! — и за милую душу выпивали. За нас! На обратном пути Камилла садилась напротив Полетты и рисовала те же самые вещи, но только увиденные глазами кокетливой налаченной старой дамы, которая не решалась прислониться к стеклу, чтобы не повредить свои великолепные лиловые кудряшки. (Парикмахерша — ее звали Иоанна — уговорила Полетту сменить цвет: «Ну что, согласны? Я возьму «Opaline cendree»... № 34...» Полетта хотела взглядом посоветоваться с Камиллой, но та увлеченно читала историю о неудачной липосакции. «А это не будет выглядеть слишком уныло?» — забеспокоилась Полетта. «Уныло? — возмутилась Иоанна. — Да что вы! Это будет прелестно и очень живенько!»)

Она нашла точное слово: живенько. В тот день они вышли на улицу набережной Вольтера, чтобы кое-что купить, в том числе новую чашечку для разведения акварели в Sennelier.

Цвет Полетты теперь назывался «Лиловый Виндзорский» — она изменила бледному «Розовому золотистому»...

Это выглядело гораздо шикарней...

В другие дни они посещали «Monoprix». Им требовался целый час, чтобы преодолеть двести метров от дома до входа в магазин, дегустировали новый Danette, отвечали на идиотские вопросы анкетеров, опробовали новую помаду, примеряли жуткие муслиновые шарфики. Они бродили между рядами, болтали, комментируя великосветские манеры дам из 7-го округа и подростков — их безумный смех, невероятные истории, звонки мобильников и обвешанные плюшевыми зверюшками и брелоками рюкзачки. Они развлекались, вздыхали, хихикали... Они оживали. Времени хватало, у них впереди была вся жизнь...

5

Иногда Камилле приходилось заменять Франка у плиты. Полетта несколько раз честно пробовала ее стряпню — переваренные макароны и подгоревшую яичницу, — а потом твердо вознамерилась научить ее азам кулинарного искусства. Она сидела на стульчике рядом с плитой и объясняла простейшие понятия: *пучок душистой травы, чугунная гусятница, раскаленная сковорода, пряный отвар.* Видела она плохо, но обоняние ее не подводило... Лук, шкварки, мясо, так, правильно, очень хорошо, достаточно. Теперь помой вот это... Отлично!

— Прекрасно. Не обещаю сделать из тебя искусную повариху, но что-нибудь получится...

— А как было с Франком?

— О чем ты?

— Это вы его всему научили?

— Ну что ты, конечно, нет! Думаю, я привила ему вкус... Но главному учила не я... От меня он узнал, как готовить самые простые — деревенские дешевые блюда... Когда мужу пришлось уйти с работы из-за сердца, я нанялась кухаркой в одну богатую семью...

— И брали его с собой?

— Конечно! А куда мне было девать малыша? Но потом все изменилось... Потом...

— Что?

— Сама знаешь, в жизни все непросто... Потом я знать не знала, где он бывает, куда ходит... Но... Франк очень способный мальчик... У него был вкус к этому делу. Пожалуй, он только на кухне и успокаивался...

— Сейчас все так же.

— Ты видела?

— Да. Он брал меня с собой — подмастерьем... И я его там не узнавала!

— Вот видишь... Но если бы ты только знала, чего нам стоило заставить его учиться... Он с ума сходил от злости...

— А сам-то он чего хотел?

— Ничего. Хотел заниматься всякими глупостями... Камилла, ты слишком много пьешь!

— Смеетесь?! Да я вообще ничего не пью с тех пор, как вы здесь! Держите, глоточек красного сухого очень даже полезен для артерий. Это не я придумала — так врачи говорят...

— Ну... ладно... маленький стаканчик...

— И не делайте такое лицо... Вы что, в тоску впадаете от спиртного?

— Да нет, это из-за воспоминаний...

— Несладко пришлось?

— Временами очень...

— Из-за него?

— Из-за него, из-за самой жизни...

— Он мне рассказывал...

— Что?

— О своей матери... О том дне, когда она приехала забрать его, и о том, что тогда случилось...

— Знаешь... Самое отвратительное в старости... Налей-ка мне еще... Дело не в теле, которое отказывается служить тебе, а в угрызениях совести... Мысли о прошлом мучают тебя, терзают днем и ночью... Все время... Бывает, пытаешься их прогнать и не знаешь — то ли закрыть глаза, то ли не закрывать совсем... Наступает такой момент, когда... Господь свидетель, я пыталась... Пыталась понять, почему все у нас пошло наперекосяк... Все... Но...

— Но?

Полетта дрожала.

— Но у меня ничего не получается. Я не понимаю. Я...

Она плакала.

— С чего же все началось?

— Началось с того, что я поздно вышла замуж... О, у меня, как у всех, была своя великая любовь... Вот только ничего из нее не получилось... И я пошла за очень милого мальчика, чтобы доставить удовольствие родным. Мои сестры давно отделились, у каждой была своя семья, и я... Ну, в общем, я тоже стала замужней дамой...

Вот только детей все не было... Каждый месяц я проклинала свое чрево и плакала, застирывая белье. Таскалась по врачам, даже в Париж приезжала на консультацию... Ходила и к целителям, и к колдунам, и к каким-то жутким бабкам, которые советовали мне делать кошмарные вещи... И я их делала, Камилла, делала, не задумываясь. Приносила в полнолуние в жертву овечек и пила их кровь, глотала... Нет, не могу... Это было чистое варварство, поверь мне на слово... Прошлый век... Обо мне говорили, что я «помечена»... А сколько было паломничеств... Каждый год я ездила в Блан и совала палец в дырку святого Женитура, а потом отправлялась в Гаржилес — потереть пальцем изображение святого Грелюшона... Смеешься?

— Не имена, а чистая умора...

— Подожди, это еще не все... Необходимо было поднести в дар святому Гренуйяру из Прейи ex-voto[1] — маленького воскового младенчика...

— Гренуйяру?

— Ну да! Боже, до чего они были хороши, мои восковые детки... Настоящие пупсики... Разве что не говори-

410

ли... А потом — я давно потеряла надежду и смирилась — это случилось... Я забеременела... Мне было хорошо за тридцать.... Ты вряд ли поймешь, но я уже тогда состарилась. Так появилась Надин, мать Франка... Как мы с ней тетешкались, как баловали эту девочку...Как королеву. Мы сами ее испортили. Слишком сильно любили... Или неправильно любили... Спускали ей все капризы... Все, кроме последнего... Я отказалась дать ей денег на аборт... Я не могла, понимаешь? Не могла. Я слишком много выстрадала. Дело было не в религии, не в морали, не в пересудах соседей, а в ярости. Я задыхалась от ярости. Я бы скорее убила ее, чем помогла выскоблить живот... Неужели... Неужели я была не права? Ответь мне. Сколько жизней я испортила? Сколько страданий причинила? Сколько...

— Тихо, тихо, тихо...

Камилла погладила ее по ноге.

— Тихо...

— Ну так вот, она... Она родила этого малыша и оставила его мне... «Вот, — сказала она, — ты его хотела — так получай! Довольна?»

Полетта закрыла глаза.

— Теперь ты довольна? — повторяла она, собирая чемодан. — Теперь довольна? Как можно говорить подобное? И разве возможно такое забыть? Скажи мне. Ответь... Она оставила мальчика с нами, а несколько месяцев спустя вернулась и забрала его, а потом снова привезла сюда. Казалось, все мы сходим с ума. Особенно Морис, мой муж... Думаю, она довела своего отца... Она возвращалась еще раз — чтобы забрать малыша, потом приезжала за деньгами — якобы на сына! — и сбежала среди ночи, «забыв» его у нас. Однажды — это стало последней каплей — она заявилась к нам как ни в чем не бывало, и Морис встретил ее на пороге с ружьем в руках. «Видеть тебя больше не желаю, шлюха несчастная! — кричал он. — Нам стыдно за тебя, ты не заслуживаешь этого малыша. И ты его больше не увидишь. Ни сегодня, ни потом. Давай вали отсюда. Оставь нас в покое». Камилла... Это ведь была моя девочка... Девочка, которую я ждала десять долгих лет... Девочка, которую я обожала. Обожала... Боже, как же я любила вытирать ей мордочку после еды... Как я ее облизывала... Мы дали этой малышке все. Все! Самые красивые платья. Каникулы у моря и в горах, лучшие школы... Все, что было хорошего в нас, мы отдали ей. События, о которых я тебе рассказываю, происходили в маленькой деревушке... Она уехала, но все, кто знал ее с детства и прятался за ставнями, наблюдая за спектаклем, который устроил Морис... они-то остались. И я продолжала встречаться с ними каждый день... Это было... Бесчеловечно... Сущий ад. Участие добрых соседей — худшее, что есть на этом свете... Одни говорят: «Мы молимся за вас...» А сами хотят узнать пикантные подробности. Другие спаивают твоего мужа, приговаривая: «Мы и сами поступили бы точно так же, черт побери!» Мне много раз хотелось их прибить, клянусь тебе... Жалела, что у меня нет атомной бомбы!

Она засмеялась.

— Что было дальше? Он остался с нами. И ни у кого ничего не просил... Мы любили его. Как умели... Возможно, иногда мы даже проявляли излишнюю строгость... Не хотели повторять прежних ошибок... Послушай, тебе не стыдно рисовать меня вот в таком виде?

— Нет.

— Ты права. Стыд — бесполезное чувство... Пользы он человеку не приносит — разве что окружающих может потешить. Насладившись твоим стыдом, они возвращаются домой, закрывают ставни, надевают тапочки и переглядываются, самодовольно улыбаясь. В их семьях, уж конечно, ничего подобного произойти не может! Послушай, детка... Успокой меня. Надеюсь, ты не рисуешь меня со стаканом в руке?

— Нет, — улыбнулась Камилла.

Они помолчали.

— Но потом ведь все наладилось...

— С малышом? Да... Он хороший мальчик... Способен на глупости, но открытый, смелый. Он проводил время со мной, на кухне, или с дедом — в саду... А еще они часто ходили на рыбалку... Характер у моего внука был не сахар, но рос он как все дети... Жить с двумя стариками, которые давно утратили охоту говорить друг с другом, было не слишком весело, но... Мы делали все, что было в наших силах... Играли с ним... Сохраняли всех народившихся котят... Возили его в город... Водили в кино... Давали деньги на футбольные наклейки, покупали новые велосипеды... Знаешь, он ведь хорошо учился в школе... О, первым учеником он, конечно, не был, но старался... А потом она снова вернулась, и мы вдруг подумали: будет хорошо, если он уедет... Ведь даже такая странная мать лучше, чем вообще никакой... И потом у него был бы отец и младший брат и что это не жизнь — расти в умирающей деревне, а в городе он сможет учиться в хорошей школе... Но мы снова ошиблись... Попали впросак. По неопытности. Как безмозглые идиоты... Продолжение тебе известно: она разбила ему сердце и посадила в поезд «Париж—Тулуза», отходивший в 16.12...

— И вы больше никогда ничего о ней не слышали? Не видели ее?

— Нет. Только во сне... Во сне я часто ее вижу... Она смеется... Она такая красивая... Покажешь мне, что ты там нарисовала?

— Ничего. Вашу руку на столе...

— Зачем ты слушаешь мою болтовню? Почему тебя это интересует?

— Мне нравится, когда люди раскрываются...

— Почему?

— Не знаю. Похоже на автопортрет, вам так не кажется? Созданный с помощью слов...

— Ну а ты?

— А что я? Я не умею рассказывать...

— Ненормально, что ты проводишь все свое время с такой старухой, как я...

— Неужели! Вы точно знаете, что нормально, а что нет?

— Тебе бы следовало ходить куда-нибудь... Видеться с людьми... С твоими ровесниками! Ну-ка... Сними крышку с кастрюли... Ты помыла грибы?

— Она спит? — спросил Франк.

— Кажется...

— Слушай, меня подстерегла консьержка, придется тебе к ней сходить...

— Ты снова въехал в помойку?

— Нет. Это из-за парня, которого ты поселила наверху...

— О, черт... Он что-то натворил?

Он развел руками и покачал головой.

Пикуш разволновался, и мадам Перейра открыла застекленную дверь, прижав руку к груди.

— Входите, входите... Садитесь...

— Что происходит?

— Садитесь, говорю вам.

Камилла раздвинула подушки и присела на диванчик, обитый узорчатой тканью.

— Я его больше не вижу...

— Кого? Венсана? Но... Мы на днях столкнулись, он спускался в метро...

— Когда на днях?

— Не помню... В начале недели...

— Так вот, говорю вам — я его больше не вижу! Он исчез. Пикуш будит нас по ночам, так что я бы его не пропустила, сами знаете... Боюсь, с ним что-то случилось... Нужно сходить проверить, моя милая... Придется к нему подняться.

— Хорошо.

— Иисус Милосердный! Думаете, он умер?

Камилла открыла дверь.

— Эй... Если он умер, сразу мне скажите, ясно? Знаете... — Она нервно теребила медальон. — Мне не нужны неприятности в доме, вы меня понимаете?

8

— Это Камилла, впустишь меня?

Лай, какие-то шорохи.

— Ты откроешь или я позову кого-нибудь и высажу дверь?

— Нет... не могу... — ответил хриплый голос. — Мне слишком плохо... Приходи потом...

— Когда?

— Вечером.

— Тебе ничего не нужно?

— Нет. Отстань.

Камилла повернулась, чтобы уйти.

— Хочешь, я выгуляю твою собаку?

Он не ответил.

Камилла медленно спускалась по лестнице.

Она в полном дерьме.

Ей не следовало приводить сюда этого человека... Легко быть великодушной, распоряжаясь чужим добром... Нимб над головой она себе обеспечила! Наркоман на восьмом, бабулька, не вылезающая из постели, — и она за них отвечает! А ведь всю жизнь сама цеплялась за перила лестницы, чтобы не сломать шею. Просто блеск... Слава победителю. Довольна собой? Крылья при ходьбе не мешают?

О, проклятие!.. Не ошибаются только те, кто ничего не делает, так ведь?

Ладно, никто не хотел тебя обижать... Знаешь, на улице полно других бомжей... Один вон прямо перед булочной расположился... Почему бы тебе и его не подобрать? Ах у него нет собаки? Бедняга, знал бы он...

«Ты меня утомляешь... — ответила Камилла Камилле. — Ты меня ужасно утомляешь...»

А давай ему посоветуем... Пусть найдет себе шавку. Только маленькую. Трясущуюся от холода кудрявую болонку. Да, именно болонку. А может, щенка? За пазухой куртки... Тут ты точно сломаешься. У Филибера полно свободных комнат...

Удрученная Камилла присела на ступеньку и уткнулась лбом в колени.

Подведем итоги.

Она почти месяц не видела мать. Нужно что-то решать, иначе снова придется иметь дело со «скорой помощью» и промыванием желудка. Она, конечно, привыкла, но удовольствие все равно сомнительное... Один восстановительный период чего стоит... Да-а... Наша малышка все еще слишком чувствительна...

Полетта прекрасно помнила все, что происходило между 1930-м и 1990-м, но совершенно терялась между вчера и сегодня, причем с каждым днем ситуация только ухудшалась. Может, она теперь слишком счастлива? Она как будто сложила лапки и спокойненько шла ко дну... Ладно... В этом она все равно ни черта не смыслит... Сейчас Полетта спит, а потом придет Филибер, и они будут смотреть *Вопросы для чемпиона*, причем Филу ни разу не ошибется, отвечая на эти самые вопросы. Оба обожают эту передачу. Вот и чудно.

А Филибер, он у нас Луи Жуве[1] и Саша Гитри[2] «в одном флаконе». Сейчас он пишет. Закрывается у себя и пишет, а два вечера в неделю репетирует. Судя по всему, новостей на любовном фронте нет. Ничего страшного. Отсутствие новостей — тоже хорошие новости.

Франк... Ничего особенного. Ничего нового. Все хорошо. Его бабуля в тепле, холе и неге. Как и его мотоцикл. Он приходит поспать в перерыв и по-прежнему ишачит по воскресеньям. «Еще чуть-чуть, понимаешь? Я не могу подвести их. Нужно найти замену...»

Знаем, знаем... Может, дело и правда в замене, а может, мы замахнулись на мотоцикл покруче? Этот парень хитрюга. Тот еще тип... А чего ему стесняться? В чем проблема? Он ведь ни о чем их не просил. Когда эйфория первых дней прошла, он вернулся к своим котелкам. Ночью ему приходится зажимать рот подружке, когда Камилла встает, чтобы выключить телевизор Полетты... И все-таки... Никаких проблем. Никаких...

Что до нее, так она явно предпочитает документальные фильмы о плавательном пузыре морских петухов и уход за Полеттой работе в Touclean. Конечно, она могла бы вообще не работать, но общество хорошо ее вымуштровало... Интересно, это потому, что ей не хватает веры в себя или, наоборот, она слишком в себе уверена? Может, она боится оказаться в такой ситуации, когда придется зарабатывать на жизнь, пустив ее под откос? Кое-какие связи остались... Нет, она не рискнет еще раз нырнуть в дерьмо... Сменить блокнот с рисунками на полное безделье... У нее просто духу не хватит. И не потому, что стала лучше... Просто постарела. Уф.

Итак, проблема находится тремя этажами выше. Вопрос номер 1: почему он отказался открыть дверь? Был под кайфом или в ломке? Насколько правдива история о лечении? Может, он придумал всю эту туфту, чтобы морочить голову таким идиоткам, как она, и их консьержкам? Почему он выходит только по ночам? Продается, чтобы добыть денег на дозу? Все они одинаковы... Лжецы, которые пускают вам пыль в глаза и вымаливают прощение, стоя на коленях, пока вы кусаете в кровь кулаки... Негодяи...

Когда Пьер позвонил две недели назад, ей пришлось взяться за старое: она вновь начала лгать.

«Камилла, это Кесслер. Что еще за новости? Кто поселился в моей комнате? Перезвони немедленно».

Спасибо, толстуха Перейра, спасибо тебе.

Богоматерь Фатимская[1], молитесь за нас.

Камилла решила обезоружить его:

— Это мой натурщик, — сообщила она, не успев даже поздороваться. — Мы работаем...

Он заглотнул наживку.

— Натурщик?

— Да.

— Ты с ним живешь?

— Нет! Я же сказала — мы работаем.

— Камилла... Я... Мне бы так хотелось тебе поверить... Но могу ли я...

— ...

— Кто заказчик?

— Вы.

— ?..

— ...

— Ты... ты...

— Думаю, это будет сангина...

— Хорошо...

— Ладно, пока...

— Эй!

— Да?

— Что у тебя за бумага?

— Хорошая.

— Уверена?

— От Даниеля...

420

— Прекрасно. Если что-то понадобится...

— Знаю, знаю, я обращусь к вашему продавцу. Ладно, потом полюбезничаем.

Она повесила трубку.

Камилла со вздохом встряхнула коробок спичек. Выбора у нее нет.

Сегодня вечером, накрыв одеялом старушку, у которой наверняка сна не будет ни в одном глазу, она снова поднимется на восьмой этаж и поговорит с ним.

В последний раз, когда Камилла пыталась удержать собравшегося «в ночное» наркомана, она заработала удар ножом в плечо... Там было совсем другое дело. Он был ее парнем, она его любила и все-таки... Тот «знак внимания» причинил ей ужасную боль...

Черт. Спички кончились. Ну за что ей все это? Богоматерь Фатимская и Ганс Христиан Андерсен, не покидайте поле боя. Побудьте с нами еще немного.

И она, как девочка со спичками из сказки великого датчанина, встала, подтянула штаны и отправилась в рай к своей бабушке...

9

— Что это?

— О... — Филибер покачал головой. — Так, ничего, ерунда...

— Античная драма?

— Неееет...

— Водевиль?

Он схватил свой словарь:

— Варикоз... вена ... водевиль... *Легкая комедия, строящаяся на неожиданных поворотах сюжета, недоразумениях и остротах...* Да. Именно так... — Он с глухим стуком захлопнул книгу. — Легкая остроумная комедия.

— О чем она?

— Обо мне.

— О тебе?! — поразилась Камилла. — Но я думала, в вашей семье разговоры о себе табу?

— Я принял решение отступить от правил... — объявил он, выдержав паузу.

— Ну-у... э... А бородка... Она... Это для роли?

— Тебе не нравится?

— Конечно, нравится... Она... в стиле денди... Как в «Бригадах Тигра», тебе не кажется?

— В каких бригадах?

— Да уж, телевидение не твой конек, что говорить... Ладно, проехали... Слушай... Мне нужно подняться к себе... Проверить жильца на восьмом... Могу я поручить тебе Полетту?

Он кивнул, разглаживая свои усики.

— Иди, беги, лети навстречу судьбе, дитя мое...

— Филу...

— Да?

— Если я через час не спущусь, приходи за мной, ладно?

10

В комнате царил безупречный порядок. Кровать застелена, на складном столике две чашки и пакет сахара.

Он сидел на стуле, спиной к стене, и читал. Когда она поскреблась в дверь, захлопнул книгу и поднялся ей навстречу.

Оба чувствовали себя неловко. Вообще-то говоря, это была их первая нормальная встреча. Молчание удалось нарушить не сразу.

— Ты... Выпьешь чего-нибудь?
— С удовольствием...
— Чай? Кофе? Колу?
— Кофе подойдет.

Камилла устроилась на табурете, спрашивая себя, как это ей удалось так долго здесь прожить. Влажно, темно и... безысходно. Потолок такой низкий, а стены такие грязные... Просто невозможно... Может, это была не она, а кто-то другой?

Он возился у плитки, знаком предложив ей насыпать кофе из банки Nescafe.

Барбес спал на кровати, время от времени приоткрывая один глаз.

Он взял стул и сел напротив нее.

— Рад тебя видеть... Могла бы прийти и пораньше.
— Я не решалась.
— Жалеешь, что притащила меня сюда?
— Нет.

— Жалеешь. Но ты не дергайся... Я жду отмашки и отвалю... Через несколько дней.

— Куда ты поедешь?

— В Бретань.

— К своим?

— Нет. В центр... Человеческого отребья. Черт, я идиот. В центр выживания, так надо говорить.

— ...

— Моя докторша нашла это место... Там делают удобрения из водорослей... Из водорослей, дерьма и умственно отсталых... Гениально, правда? Я буду единственным нормальным рабочим. Ну, относительно «нормальным»...

Он улыбался.

— Вот, посмотри брошюру... Класс, да?

Два придурка с вилами перед сточной ямой.

— Стану производителем «Algo-Foresto» — делается из компоста, водорослей и конского навоза... Я уже сейчас люблю эту работу... Говорят, вначале стремно — из-за аромата! — но потом перестаешь замечать...

Он закурил.

— Похоже на летние каникулы...

— И сколько ты там пробудешь?

— Сколько понадобится...

— Ты на метадоне?

— Да.

— Давно?

Он махнул рукой.

— Справляешься?

— Нет.

— Ничего... Скоро увидишь море!

— Блеск... Ладно... Так зачем ты пришла?

— Из-за консьержки... Она думала, ты умер...

— Придется ее разочаровать...

424

— Ясное дело.

Они смеялись.

— Ты... У тебя ВИЧ?

— Да нет... Я приврал, хотел ее разжалобить... Чтобы она полюбила моего пса... Нет... нет... с этим пронесло... Убивал себя стерильно...

— Это твой первый курс дезинтоксикации?

— Да.

— Сдюжишь?

— Да.

— ...

— Мне повезло... Тут ведь все дело в хороших людях, а я... думаю, я таких встретил...

— Ты о враче?

— О *врачихе*! Но не только... Еще есть психиатр... Дедуля, все мозги мне перелопатил... Знаешь, что такое V33?

— Это лекарство?

— Да нет, типа растворителя для очистки краски с деревянных поверхностей...

— Ну конечно! Бутылка зеленая с красным, да?

— Наверно... Так вот, этот дед — моя V33. Окунает с головой в раствор, все лопается, он берет шпатель и отковыривает все дерьмо... Полюбуйся на меня — под черепушкой я голый, как червяк!

Он больше не улыбался, у него тряслись руки.

— Черт, как больно... Слишком больно... Я не думал, что...

Он поднял голову.

— Есть еще кое-кто... Одна малышка... С тоненькими ножками... Больше я ничего разглядеть не успел — она слишком быстро натянула штаны...

— Как тебя зовут?

— Камилла.

— Камилла... Камилла... — повторил он и отвернулся к стене. — В тот день когда мы встретились, Камилла, мне было совсем худо... Я промерз до костей и совсем расхотел сопротивляться... Вот так... Но появилась ты... И я пошел с тобой... Я ведь галантный парень...

Они помолчали.

— Не надоело меня слушать?

— Налей мне еще кофе...

— Извини. Это из-за старика... Я стал настоящей балаболкой...

— Говорю же — все в порядке.

— Знаешь, это важно... Для тебя в том числе...

Она вопросительно подняла брови.

— Твоя помощь, твоя комната, твоя еда — это очень ценно, но, понимаешь, когда ты меня нашла, я был в полном ауте... Меня глючило. Я хотел к *ним* вернуться... Я... И вот этот тип меня спас. Он и твои простыни.

Он положил между ними книгу. Ее книгу. Письма Ван Гога брату.

Она о ней и забыла.

Забыла — не бросила.

— Я открыл ее, чтобы удержаться, не ломануться в дверь... Просто не нашел ничего другого, и знаешь что она со мной сделала?

Камилла покачала головой.

— Это, это и вот это.

Он стукнул себя томиком по макушке и по щекам.

— Я в третий раз ее перечитываю... Она... Она как будто специально для меня написана... В ней все есть... Я знаю его как облупленного... Он — это я. Он мой брат. Я понимаю все, о чем он пишет. Как он срывается с катушек. Как страдает. Как он повторяется, извиняется, пытается объясниться с окружающими, как его отвергают семья, родители, которые ни черта не понимают, потом он в больнице, и... Я... Не бойся, я не стану пересказывать тебе мою жизнь, но это поразительно, до чего все совпадает... Его отношения с женщинами, и любовь к этой снобке, и презрение — он его кожей чувствовал, и женитьба на шлюхе... Той, что забеременела... Не буду вдаваться в детали, но совпадений столько, что я чуть с ума не сошел, решил, что брежу... Его брат — больше в него никто не верил. Никто. А он — слабый, сумасшедший — верил. Он ведь сам это написал: я верю, я сильный и... Я эту книгу залпом проглотил в первый раз и не понял надпись курсивом в конце...

Он раскрыл томик.

— *Письмо, которое было при Винсенте Ван Гоге 29 июля 1890 года...* Я только на следующий день и потом, когда читал и перечитывал предисловие, сообразил, что он покончил с собой, этот идиот. Что он его не отослал, это письмо... Я чуть с ума не сошел, понимаешь... Все, что он пишет о своем теле, — я это чувствую. Его страдание — не просто слова... Это... Знаешь, мне плевать на его картины... Да нет, конечно, не плевать, но я читал не об этом. Я понял другое. Если ты не соответствуешь, не оправдываешь чужих ожиданий — будешь страдать. Страдать, как животное, и в конце концов сдохнешь. Но я не сдохну. Нет. Я его друг, я его брат, и я не сдохну... Не хочу.

Камилла онемела от изумления. Апчхиии... Пепел с сигареты упал в чашку.

— Я говорю глупости?
— Да нет... напротив... я...
— Ты ее читала?
— Конечно.

— И ты... Тебе не было больно?

— Меня больше всего интересовала его живопись... Он поздно начал писать... Был самоучкой... Таким... Ты... ты знаешь его работы?

— Подсолнухи, да? Нет... Собирался сходить посмотреть или альбом полистать, но, честно говоря, нет желания, предпочитаю собственные образы...

— Оставь себе эту книгу. Дарю.

— Знаешь, однажды... если выберусь, я тебя отблагодарю. Но не сейчас... Сейчас я похож на кочан капусты, ободранный до кочерыжки. У меня ничего нет, кроме вот этого бурдюка с блохами.

— Когда ты уезжаешь?

— Если ничего не случится — на той неделе...

— Хочешь меня отблагодарить?

— Если смогу...

— Попозируй мне...

— И все?

— Да.

— Обнаженным?

— Если согласишься...

— Черт... Ты не видела, что у меня за тело...

— Могу себе представить...

Он завязывал кроссовки, а пес возбужденно прыгал вокруг него.

— Уходишь?

— На всю ночь... Постоянно... Брожу до изнеможения, иду за дозой к открытию центра, возвращаюсь и ложусь, чтобы продержаться до следующей ночи. Лучшего способа пока не придумал...

В коридоре раздался какой-то шум. Шерстяной волчок сделал стойку.

— Там кто-то есть... — Венсан запаниковал.

— Камилла? Все в порядке? Это... это твой верный рыцарь, дорогая...

В дверях стоял Филибер с саблей в руке.
— Барбес, лежать!

— Я... Я сме... смешон, да?
Камилла рассмеялась и представила их друг другу:
— Венсан, это Филибер Марке де ла Дурбельер. Мой генерал, это Венсан... тезка Ван Гога...
— Счастлив познакомиться, — ответил Маркиз, пряча саблю в ножны. — Смешон и счастлив... Ну что же... я... Я, пожалуй, пойду...
— Я с тобой, — объявила Камилла.
— Я тоже.

— Ты... Зайдешь в гости?
— Завтра.
— Когда?
— Во второй половине дня. Можно с собакой?
— Ну конечно, вместе с Барбесом...
— Боже! Барбес... Еще один ярый республиканец! — расстроился Филибер. — Я бы предпочел аббатису де Рошешуар!
Венсан бросил вопросительный взгляд на Камиллу.
Она только плечами пожала.
Обернувшийся в этот момент Филибер вознегодовал:
— Черт знает что такое! Имя несчастной Маргариты де Рошешуар де Монпипо не должно стоять рядом с именем этого негодяя!
— Де Монпипо? — переспросила Камилла. — Ну и имена у вас... Кстати... Чего бы тебе не поучаствовать в викторине *Вопросы для чемпиона*?

— Стыдись! Сама прекрасно знаешь почему...

— Ничего я не знаю. Объясни.

— К тому времени как я сумею нажать на кнопку, начнется выпуск новостей...

11

Она не спала всю ночь. Кружила по комнате, изводила себя, пугалась призраков, приняла ванну, встала поздно, поставила под душ Полетту, кое-как причесала ее, и они отправились на прогулку на улицу Гренель. Зашли в кафе позавтракать, но ей кусок не лез в горло.

— Ты сегодня нервная...

— У меня важное свидание.

— С кем?

— С собой.

— Ты идешь к доктору? — всполошилась старая дама.

После обеда Полетта, как обычно, задремала. Камилла забрала у нее вязанье, укрыла пледом и на цыпочках удалилась.

Она закрылась у себя, раз сто переставила табурет и придирчиво осмотрела кисти и краски. Ее тошнило.

Франк только что вернулся и отправился прямиком к стиральной машине. После истории с испорченным свитером он сам закладывал белье в машину, комментируя, как клуша-домохозяйка, изъяны сушки, растягивающей трикотаж и расслаивающей воротнички.

С ума сойти до чего увлекательно.

Дверь открыл Франк.

— Я к Камилле.

— В конце коридора...

Потом он закрылся у себя в комнате, и она была ему благодарна за проявленную в кои веки раз тактичность...

Оба они чувствовали себя неловко, но по разным причинам.

Вранье.

Причина была одна и та же: страх.

Ситуацию спас он:

— Ну что... Начнем? У тебя есть ширма? Хоть что-нибудь?

Она возблагодарила Небо.

— Видишь? Я натопила. Ты не замерзнешь...

— Потрясный камин!

— Черт, мне кажется, что я попал в кабинет врача, меня это нервирует. Я... Трусы тоже снимать?

— Если хочешь, можешь не снимать...

— Но, если сниму, будет лучше...

— Да. Но я в любом случае всегда начинаю со спины...

— Вот же непруха! Уверен, у меня там полно прыщей...

— Не беспокойся на этот счет: поработаешь голый по пояс на свежем воздухе, и они исчезнут — даже прежде, чем ты успеешь разгрузить первую машину навоза...

— Знаешь, из тебя бы вышел первоклассный косметолог.

— Может быть... Давай, выходи и садись вот сюда.

— Ты бы хоть у окна меня посадила, что ли... Все было бы развлечение...

— Не я решаю.

— А кто же?

— Свет. И не жалуйся, потом тебе придется все время стоять...

— Долго?

— Пока не упадешь...

— Уверен, ты сдашься первой.

— Угу... — буркнула Камилла.

Она хотела сказать: «Это вряд ли...»

Она начала с серии набросков, кружа вокруг него. Дурнота отступила, в руке появилась легкость.

А вот он чувствовал себя все скованнее.

Когда Камилла подходила слишком близко, закрывал глаза.

Были ли у него прыщи? Камилла не заметила. Она видела напряженные мышцы, усталые плечи, шейные позвонки, выступавшие под кожей, когда он наклонял голову, позвоночник, напоминающий изъязвленный временем горный кряж, его нервозность, выступающие челюсти и скулы. Синяки под глазами, форму черепа, впалую грудь, худые руки с темными точками — следами уколов. Прозрачная кожа, синие прожилки вен, следы, оставленные жизнью на его теле. Да. Именно это она подмечала в первую очередь: печать бездны, следы гусениц огромного невидимого танка и невозможную, немыслимую застенчивость.

Примерно через час он спросил, можно ли ему почитать.

— Да. Пока я тебя приручаю...

— А ты... ты разве еще не начала?

— Нет.

— Ладно. Ты ничего не имеешь против чтения вслух?

— Давай...

Он раскрыл книгу.

Я чувствую, что отец и мать реагируют на меня на уровне инстинкта (не разума!).

Они не уверены, что хотят видеть меня у себя, — так человек сомневается, стоит ли пускать в дом собаку. Лапы вечно грязные, да и кудлат ужасно.

Он всем причинит неудобство. И лает слишком громко.

Одним словом, грязное животное.

Так-то оно так, но ведь у зверя человеческая история, у пса — пусть он всего лишь пес — человеческая душа. Тонкая душа, чувствующая, что думают о ней окружающие, тогда как обычная собака на это не способна.

Да ведь этот пес — сын нашего отца, но его так часто выпускали на улицу, что он, сам того не желая, стал очень злым. Ну так что же! Отец давно забыл эту деталь, так зачем о ней говорить...

Он откашлялся.

Ес... Ох, извини... Естественно, пес сожалеет, что притащился сюда; на пустыре его одиночество было менее тяжким, чем в этом доме, несмотря на все их любезности. Животное явилось с визитом, дав слабину. Надеюсь, мне простят этот ложный шаг, я же, со своей стороны, постараюсь...

— Стоп, — скомандовала Камилла. — Довольно. Остановись, пожалуйста. Хватит.

— Тебе мешает?

— Да.

— Прости.

— Все. Теперь я тебя знаю...

Камилла захлопнула блокнот, и к горлу снова подступила тошнота. Она задрала подбородок и запрокинула голову назад.

— Все в порядке?

— ...

— Так... Ты повернешься ко мне лицом, сядешь на стул, расставишь ноги и положишь руки вот так...

— Уверена, что мне стоит раздвигать ноги?

— Да. А руку.. ты... Согни ее в запястье, а пальцы держи расслабленными... Подожди... Не шевелись...

Она порылась в своих вещах и показала ему репродукцию картины Энгра[1].

— Вот так...

— Кто этот толстяк?

— Луи-Франсуа Бертен.

— Кто он?

— Будда буржуазии — сытый, богатый, торжествующий... Это не моя характеристика — так написал о нем Мане... Изумительно точно, согласен?

— Хочешь, чтобы я принял такую же позу?

— Да.

— Ну... Ладно... Расставить так расставить...

— Эй... Оставь в покое свою пиписку... Вот так... Меня твой прибор не интересует... — успокоила его Камилла, листая свои наброски. — На, посмотри. Вот он какой...

— Ох!

Одним коротким словечком он выразил разочарование и растроганную нежность....

Камилла села, положила планшетку на колени, встала, подошла к мольберту... Ничего не получается... Она занервничала, обругала себя последними словами, прекрасно сознавая, что просто пытается оттолкнуть от себя пустоту, сделать шаг назад от края пропасти.

В конце концов она поставила лист вертикально и решила сесть на одном уровне со своим натурщиком.

Наконец решилась, набрала в грудь воздуху и тут же разочарованно крякнула: сангины в коробе не было. Графит, перо, сепия.

А модель ясно дала понять — только сангина.

Она оторвала локоть от стола. Рука повисла в пустоте. Пальцы дрожали.

— Главное — не двигайся. Сейчас вернусь.

Она кинулась на кухню, нашла бутылку джина и утопила свой страх. Постояла с закрытыми глазами, держась за край раковины. Так... Еще глоток... На дорожку...

Когда она вернулась, он поднял на нее глаза и улыбнулся.

Он знал.

Эти люди всегда узнают друг друга. Даже самые униженные и смирившиеся.

Это как зонд.... Или радар.

Деликатное участие, отпущение грехов...

— Тебе лучше?

— Да.

— Тогда вперед! Пора начинать!

Он держался очень прямо и слегка отчужденно — совсем как она. Заставив себя успокоиться, посмотрел прямо в лицо той, что унижала его, сама того не понимая.

Его взгляд был печальным и просветленным.

Больным.

Доверчивым.

— Сколько ты весишь, Венсан?

— Около шестидесяти...

436

Шестьдесят кило вызова здравому смыслу.

(Зададим себе неприятный, но интересный вопрос: Камилла Фок протянула этому парню руку, чтобы помочь ему, как думает он сам, или для того, чтобы усадить его, голым и беззащитным, на красный пластиковый стул в кухне и препарировать?

Что это было? Сочувствие? Любовь к человечеству? Да неужели?

А может, она все просчитала заранее?

Его водворение наверх, собачий корм, доверие, гнев Пьера Кесслера, уход с работы, тупик...

Все художники — чудовища.

Нет. Невозможно. Это было бы слишком неприятно... Истолкуем сомнения в ее пользу и помолчим.

Эту девушку понять не так-то просто, но хватка у нее бульдожья. А что, если ее врожденное благородство именно сейчас и проявляется? В этот самый момент, когда зрачки у нее сузились и взгляд стал совершенно безжалостным...)

Они не заметили, как стемнело. Камилла машинальным движением зажгла свет. Оба — художница и натурщик — одинаково взмокли от пота.

— Остановимся. У меня судороги. Все тело болит.

— Нет! — закричала она.

Ее жесткий тон удивил обоих.

— Прости... Не... Не шевелись, умоляю тебя...

— В брюках... в переднем кармане... Транксен...

Она принесла ему воды.

— Потерпи еще немножко... Очень тебя прошу... Можешь прислониться к стене, если хочешь... Я... Я не умею работать по памяти... Если ты сейчас уйдешь, мой рисунок можно будет отправить в помойку... Извини меня, я... Я почти закончила.

— Все. Можешь одеваться.

— Это серьезно, доктор?

— Надеюсь... — прошептала она.

Он потянулся, погладил собаку, прошептал ей на ухо несколько ласковых слов. Закурил.

— Хочешь взглянуть?

— Нет.

— Да.

Он выглядел потрясенным.

— Черт... Это... Это круто. И жестоко...

— Нет. Это нежно...

— Почему ты остановилась на лодыжках?

— Хочешь, чтобы я сказала правду или мне что-ни-будь придумать?

— Правду.

— Я не умею рисовать ноги!

— А еще почему?

— Да потому... Тебя ведь мало что держит на этой земле, так?

— А мой пес?

— Вот он. Я только что его нарисовала — вид из-за твоего плеча...

— Господи! Какой же он красивый! Какой красивый, какой красивый, какой красивый...

Она вырвала листок из блокнота.

— Вот так и живем, — пробурчала Камилла, изображая обиду, — стараешься, расшибаешься в лепешку, даришь им бессмертие, а их если что и волнует, так только портрет дворняги... Нет, клянусь честью...

— Довольна собой?

— Да.

— Хочешь, чтобы я пришел еще раз?

— Да... Попрощаться со мной и оставить свой адрес... Выпьешь?

— Нет. Пойду лягу, мне что-то худо...

Провожая его по коридору, Камилла хлопнула себя по лбу.

— Полетта! Я о ней забыла!

Комната была пуста.

Черррт...

— Проблема?

— Я потеряла бабку своего соседа...

— Смотри... На столе записка...

Не хотели тебе мешать. Она со мной. Приходи, как только сможешь.

P. S.: Псина твоего парня наложила кучу у входа.

12

Камилла вытянула руки и полетела над Марсовым полем. Задела Эйфелеву башню, коснулась звезд и приземлилась перед служебным входом в ресторан.

Полетта сидела в кабинете шефа.

Ее переполняло счастье.

— Я о вас забыла...

— Да нет же, дурочка, просто ты работала... Закончила?

— Да.

— Все в порядке?

— Есть хочу!

— Лестафье!

— Да, шеф...

— Пришлите толстый стейк с кровью ко мне в кабинет.

Франк обернулся. Стейк? Да у нее же зубов совсем не осталось...

Сообразив, что заказ сделан для Камиллы, он удивился еще больше.

Они попытались объясниться жестами:

— Для тебя?

— Дааааа... — она кивнула.

— Толстый большой стейк?

— Дааааа.

— Ты что, с горы упала?

— Дааааа.

— Эй! Знаешь, ты жутко хорошенькая, когда тебе хорошо.

Этих слов она не поняла, но на всякий случай вернула.

— О-хо-хо... — прогудел шеф, ставя перед ней тарелку. — Может, и не стоило бы этого говорить, но... есть же везунчики на этом свете...

На тарелке лежал стейк в форме сердца.

— До чего же он хорош, этот Лестафье, — вздохнул толстяк, — до чего хорош...

— И такой красивый... — добавила бабушка Франка, которая уже два часа пожирала внука глазами.

— Ну... Так далеко я бы заходить не стал... Что будете пить? Вот... «Кот-дю-Рон»... И я с вами выпью... А у вас как дела, мамаша? Что, вам все еще не подали десерт?

Грозный рык главнокомандующего — и вот уже Полетта лакомится помадкой...

— Надо же... — шеф прищелкнул языком. — Он здорово изменился, ваш внук... Я его не узнаю...

Он повернулся к Камилле:

— Что вы с ним сделали?

— Ничего!

— Продолжайте в том же духе! Ему это идет на пользу... Нет, правда... Он в порядке, этот малыш... В полном порядке...

Полетта плакала.

— Эй, в чем дело? Что я такого сказал? Пейте, черт возьми! Пейте! Максим...

— Да, шеф?

— Принесите мне бокал шампанского, пожалуйста...

— Получше?

Полетта высморкалась и принялась извиняться:

— Знали бы вы, через что нам пришлось пройти... Его выгнали из одного колледжа, потом из другого, из училища, с практики и...

— Да какая, к черту, разница, откуда его выгнали, а откуда нет?! — воскликнул шеф. — Взгляните на своего внука! Как работает! Все они пытаются его переманить! Ваш котенок закончит с одной или двумя макаронинами в заднице, вот увидите!

— Что-что? — изумилась Полетта.

— Я имею в виду звездочки...

— А-а-а... Но почему не три[1]? — спросила она разочарованным тоном.

— Ужасный характер... И он слишком сентиментальный...

Он взглянул на Камиллу.

— Вкусно?

— Изумительно.

— Естественно... Ладно, пошел... Если вам что-нибудь понадобится, постучите в стекло.

Вернувшись в квартиру, Франк первым делом зашел к Филиберу. Тот точил карандаш при свете ночника.

— Помешал?

— Конечно, нет!

— Мы почти не видимся...

— Ты прав... Кстати... Ты по-прежнему работаешь по воскресеньям?

— Да.

— Так приходи по понедельникам, если заскучаешь...

— Что читаешь?

— Я пишу.

— Кому?

— Пишу текст роли для моего театра... В конце года каждый должен будет выйти на сцену...

— Ты нас пригласишь?

— Не знаю, хватит ли мне решимости...

— Слушай... скажи-ка... Все в порядке?

— Я не понимаю...

— Между Камиллой и моей старушкой?

— Сердечное согласие.

— Тебе не кажется, что ей поднадоело?

— Ты действительно хочешь знать?

— А что такое? — вскинулся Франк.

— Ей не надоело — пока, но это неизбежно случится... Ты не забыл, что... Ты обещал помогать ей... Говорил, что дважды в неделю будешь сменять ее на вахте...

— Да, я знаю, но...

— Стоп, — скомандовал Филибер, — избавь меня от перечисления причин, по которым ты этого не делаешь. Они меня не интересуют. Знаешь, старик, тебе пора повзрослеть... Это как моя роль... — Он кивнул на исчерканные поправками страницы своей тетради... — Хотим мы или нет — все в один прекрасный день через это проходим...

Франк встал.

— Она скажет, когда ей надоест, как думаешь? — озабоченно спросил он.

Филибер снял очки и начал протирать стекла.

— Не знаю... Она загадочное создание... Ее прошлое... Ее семья... Ее друзья... Мы совсем ничего не знаем об этой юной особе... Я не владею никакой информацией — за исключением ее блокнотов, — которая позволила бы мне выдвинуть хоть какую-нибудь версию о ее прошлом... Она не получает писем, ей никто не звонит, у нее не бывает гостей... Вообрази, что случится, если она в один прекрасный — о нет, ужасный!

443

— день исчезнет, мы даже не будем знать, куда кидаться и где ее искать...

— Не говори так.

— Буду. Подумай, Франк, она меня убедила, она ее забрала, она уступила ей свою комнату, сегодня она с невероятной нежностью занимается ею, да нет, не занимается, а ухаживает. Они все делают вместе... Я слышу, как они смеются и болтают, когда сижу дома. После обеда она пытается работать, а ты не хочешь пальцем о палец ударить, чтобы сдержать обещание.

Филибер снял очки и несколько секунд не отрываясь смотрел на Франка.

— Я не горжусь вами, пехотинец.

Франк на ватных ногах потащился к Полетте — подоткнуть ей одеяло и выключить телевизор.

— Подойди ко мне, — прошелестела она.

Черт. Оказывается, она не спит.

— Я горжусь тобой, мой мальчик...

«Ну надо же...» — подумал он, кладя пульт на тумбочку.

— Ладно, ба... Пора спать...

— Очень горжусь.

Конечно, как же иначе...

Дверь комнаты Камиллы была приоткрыта. Он толкнул ее и вздрогнул, когда тусклый свет из коридора упал на мольберт.

Мгновение он стоял неподвижно, чувствуя изумление, священный ужас и восторг.

Итак, она снова оказалась права? Значит, можно что-то понять и почувствовать, даже ничего о том не зная?

Выходит, он не так уж и глуп? Раз он инстинктивно протянул руку к этому согбенному телу, чтобы помочь ему распрямиться, значит, далеко не тупица?

Вечерняя депрессия, хандра... Он прогнал тоску, открыл банку пива.

И оставил его выдыхаться на столе.

Ему не следовало ошиваться в коридоре.

Все эти глупости только сбивают его с толку.

Черт...

Ладно, все путем. Жизнь налаживается...

Он отдернул руку ото рта. Ногти он не грызет уже одиннадцать дней.

Мизинец не в счет.

Расти, расти... Он только этим и занимался в своей гребаной жизни...

Что с ними со всеми будет, если она исчезнет?

Он рыгнул. Так, это все прекрасно, но ему еще нужно поставить блины...

Он взбил опару венчиком, чтобы не включать миксер, — верх самоотречения! — прошептал несколько заклинаний, накрыл миску чистой холщовой тряпкой и ушел с кухни, потирая руки.

Завтра он угостит ее такими блинчиками, что она никогда его не покинет.

Ха, ха, ха... Стоя в одиночестве перед зеркалом в ванной, он изображал зловещий смех Сатанаса из *«Сумасшедших за рулем»*[1]...

У-ху-ху... А вот так смеется Дьяболо.

Ужас до чего смешно...

13

Он давно не ночевал дома. Ему снились чудесные сны.

Утром он сходил за круассанами, и они позавтракали все вместе в комнате Полетты. Небо было ярко-голубым. Филибер и Полетта мило беседовали, Камилла и Франк молчали. Он раздумывал, стоит ли ему поменять простыни, а Камилла размышляла, стоит ли ей начать действовать. Он пытался поймать ее взгляд, но она была не здесь, а на улице Сегье, в гостиной Пьера и Матильды, готовая проявить малодушие и сбежать.

«Если я сейчас сменю белье, мне не захочется валяться на нем среди дня, а если сделаю это после того как посплю, это будет полный идиотизм. Уже слышу, как она хихикает...»

«Или все-таки пойти в галерею? Отдам папку Софи и тут же смоюсь...»

«И вообще, все как-то... Может, лежать и не придется... Будем стоять, как в кино, уф...»

«Нет, это плохая идея... Если он окажется там, вцепится в меня, затеет разговор... А я не имею ни малейшего желания беседовать... Плевать мне на его мнение. Может взять или отказаться, а треп пусть прибережет для клиентов...»

«Приму душ в раздевалке, перед уходом...»

«Возьму такси и попрошу водителя подождать меня у входа, но во втором ряду...»

Озабоченные и беззаботные, все вместе со вздохом смахнули крошки и разошлись — каждый отправился по своим делам.

Филибер был уже на выходе. Одной рукой он придерживал дверь Франку, в другой держал чемодан.

— Уезжаешь в отпуск?

— Нет, это аксессуары.

— Что за аксессуары?

— Для моей роли.

— Надо же... О чем пьеса-то? История плаща и кинжала? Будешь метаться по сцене, выкрикивая угрозы, и все такое прочее?

— Конечно... Раскачаюсь на занавесе и прыгну на зрителей... Ладно... Проходи, или я тебя заколю...

Погода обязывает — Камилла и Полетта спустились «в сад».

Старая дама ходила все хуже, и на аллею Адриенны Лекуврер у них ушел почти час. Камилла старалась подстроиться под ее мелкие шажки, у нее затекла рука, ноги сводило судорогой от напряжения. Она улыбнулась, заметив табличку: *Только для всадников... Просьба соблюдать умеренный темп...* Они останавливались, чтобы сфотографировать туристов, пропустить бегунов или обменяться шуткой с другими марафонцами Мафусаилова возраста.

— Полетта...

— Да, деточка...

— Вы не рассердитесь, если я заведу речь об инвалидном кресле?

— ...

— Ладно... Значит, вы рассердились...

— Неужели я такая старая? — прошептала Полетта.

— Нет! Вовсе нет! Совсем наоборот! Но я подумала, что... Мы так мучаемся с вашими ходунками... А кресло... Вы могли бы толкать его перед собой, а потом садились бы и отдыхали, а я увозила бы вас на край света!

— ...

— Полетта, мне осточертел этот парк... Видеть его больше не могу. Думаю, я пересчитала все камешки на аллеях, все скамейки и все решетки. Их одиннадцать... Я устала от этих пузатых автобусов и от экскурсантов с тупым выражением лица... Мне осточертели постоянные посетители, и бледнолицые охранники, и тот тип с орденом Почетного легиона, от которого воняет мочой... В Париже так много интересного... Магазинчики, тупики, задние дворы, крытые проходы, Люксембургский сад, букинисты, сквер Нотр-Дам, цветочный рынок, набережные Сены... Он великолепен, наш город... Мы могли бы ходить в кино, на концерты, в оперетту... Мы заперты в квартале старичья, где все дети одеты как близнецы, у всех нянек одинаково свирепое выражение лица, где все так предсказуемо... Пустое место.

Полетта не отвечала, повиснув тяжелым грузом на руке Камиллы.

— Ладно, хорошо... Буду с вами откровенна. Я пытаюсь заговаривать вам зубы, но дело совсем в другом... Я прошу вас об услуге... Если у нас будет кресло и вы согласитесь время от времени на нем кататься, мы сможем ходить по музеям и я буду самым счастливым человеком на свете... Сейчас полно выставок, на которые я мечтаю попасть, но сил стоять в очереди у меня нет...

— Нужно было так сразу и сказать, дурочка ты этакая! Если речь об услуге — никаких проблем! Доставить тебе удовольствие... Да мне только того и надо!

Камилла кусала губы, чтобы не улыбнуться. Она опустила голову и прошептала: «Спасибо» — прозвучало напыщенно и немного искусственно.

Вперед! Нужно действовать быстро и ковать железо, пока горячо... Они галопом помчались в ближайшую аптеку.

— Мы отдаем предпочтение Classik 160 от Sunrise... Это складная модель, у нее замечательные характеристики... Кресло очень легкое — весит всего четырнадцать килограммов, без колес — девять. Подножка съемная, высота подлокотников и спинки регулируется... Сиденье наклонное... Ах нет! Это при условии доплаты... Колеса легко снимаются... Умещается в багажнике машины... Можно регулировать и глубину... э...

У Полетты, пристроившейся между шампунями для сухих волос и витриной товаров фирмы Scholl, был такой расстроенный вид, что провизорша решила остановиться.

— Ну, я вас покидаю... У меня покупатели... Вот, возьмите инструкцию...

Камилла опустилась рядом с ней на колени.
— По-моему, ничего, как вам кажется?
— ...
— Честно говоря, я ожидала худшего... Выглядит очень спортивно... И шикарно — благодаря черному цвету...
— Скажи еще, что оно придает шикарный вид пассажиру...
— Sunrise Medical... Названия они выбирают те еще... 37... Это ведь рядом с вашим домом?
Полетта надела очки.

— Покажите...

— Вот... Шансо-сюр-Шуазиль...

— О, конечно! Шансо! Прекрасно знаю это место! Дело в шляпе.

Благодарю тебя, Господи... Одним департаментом дальше — и пришлось бы покупать педикюрный набор и тапочки на резиновом ходу...

— Сколько оно стоит?

— 558 евро без НДС...

— Нехило... А... Напрокат его взять можно?

— Эту модель — нет. Напрокат мы даем другое — оно прочное, хоть и тяжелое. Но... Полагаю, у мадам есть страховка... Вам ничего не придется платить...

Ей показалось, что она беседует с двумя помешанными старыми девами.

— Вы получите кресло бесплатно! Сходите к своему врачу и возьмите у него рецепт... Учитывая ваше состояние, проблем не будет... Вот, держите... В этом буклете указаны все параметры... Вы наблюдаетесь у терапевта?

— Э-э-э...

— Если возникнет необходимость, покажете ему вот этот код: 401 А 02.I. Все остальные проблемы решит НКМП[1]...

— Конечно... А... Что это такое?

Как только они вышли на улицу, Полетта «поплыла»:

— Если ты поведешь меня к врачу, он отошлет меня назад, в приют...

— Эй, Полеточка, крошка моя, спокойно... Ни к какому врачу мы не пойдем, я всех докторов ненавижу не меньше вашего, придумаем другой выход...

— Они меня найдут... Найдут... — плакала старушка.

Есть она не захотела и всю вторую половину дня провела в постели.

— Что с ней? — встревожился Франк.

— Да ничего. Мы ходили в аптеку, насчет кресла, и, как только провизорша заговорила о визите к врачу, она расстроилась...

— Насчет какого такого кресла?

— На колесиках...

— Зачем это?

— Чтобы ездить, идиот! Путешествовать по миру!

— Что еще ты, черт возьми, придумала? Бабке здесь хорошо! Зачем трясти ее, как бутылку газировки?

— Эй... Ты начинаешь меня утомлять! Давай подключайся. Подтирай ее время от времени — сразу мозги встанут на место! Мне нравится заботиться о твоей бабушке, она прелесть, а не старушка! Но я не могу жить без движения, мне нужно гулять по улицам, дышать воздухом, проветривать мозги, ясно тебе?! У тебя сейчас все классно складывается, так? Все путем, да? Вам — Филу, Полетте, тебе — хватает пространства этого дома: поели, поработали, поспали... А я — другая! Я начинаю задыхаться в четырех стенах! Кроме того, я люблю ходить, и хорошие деньки на подходе. Так вот, повторяю, мне нравится работать сиделкой, но при одном условии: я хочу путешествовать! В противном случае выкру...

— Что?

— Ничего!

— Не стоит так возбуждаться...

— Еще как стоит! Ты так эгоистичен, что, если я не буду орать как резаная, пальцем о палец не ударишь, чтобы мне помочь!

Он ушел, хлопнув дверью, она закрылась у себя, а когда вышла из комнаты, они что-то делали у входной двери. Полетта была на седьмом небе от счастья: любимый внук заботится о ней.

— Давай, девочка моя, садись. Тут ведь все как в мотоцикле: хочешь хорошо ездить — отладь его заранее...

Он сидел на корточках и дергал за ручки и рычаги.

— Ноги на месте?

— Да.

— А руки?

— Высоковато...

— Так, Камилла, иди сюда. Рикшей будешь ты, так что ручки отрегулируем по тебе...

— Отлично. Мне пора... Проводите меня до работы, проведем испытание...

— Оно помещается в лифт?

— Нет. Нужно его сложить, — занервничал он... — Ничего страшного, бабуля вроде не парализована, или я ошибаюсь?

— Тррр, тррр... Пристегни ремень, Фанжио[1], я опаздываю.

В парке они развили гоночную скорость, и, когда остановились на светофоре, волосы у Полетты растрепались, щеки раскраснелись.

— Ладно... Оставляю вас, девочки. Как доберетесь до Катманду, пришлите мне открытку...

— Эй, Камилла! Не забыла про вечер?

— Ты о чем?

— О блинах...

— Черт!

Она прикрыла рот ладошкой.

— Я забыла... Меня не будет.

452

По лицу Франка Камилла поняла, как он расстроился.

— Это правда важная встреча... По работе... Я не могу отменить...

— А как же Полетта?

— Я попросила Филу подменить меня...

— Ладно... Тем хуже для тебя... Съедим все сами...

Он стоически перенес удар и удалился, виляя бедрами.

Ярлык новых трусов натирал поясницу.

14

Матильда Даенс-Кесслер была самой красивой женщиной из всех, кого Камилла встречала в жизни. Очень высокая — намного выше мужа, очень худая, очень веселая и очень образованная. Она ступала по нашей маленькой планете без страха и сомнений, интересовалась всем на свете, умела удивляться самой малой малости, все ее забавляло, возмущалась она — если возмущалась! — этак походя, с ленцой, в разговоре то и дело легонько касалась рукой руки собеседника, никогда не повышала голос, в совершенстве владела четырьмя или пятью языками и более чем умело пряталась за обезоруживающей улыбкой.

Матильда была так прекрасна, что Камилле никогда не приходило в голову нарисовать ее...

Это было слишком рискованно. Матильда была слишком живой.

Впрочем, нет, рисовала — однажды, небольшой набросок. Ее профиль... Пучок и серьги... Пьер украл у нее рисунок, но это все равно была не она. Недоставало низкого голоса Матильды, ее блеска и ямочек на щеках, когда она улыбалась.

Матильда была доброжелательной, надменной и беззастенчиво-свободной — как все, кто вырос в богатых семьях. Ее отец был знаменитым коллекционером, она всегда жила среди красивых вещей и никогда ничего не считала — ни деньги, ни друзей и, уж конечно, ни врагов.

Она была богата, Пьер — предприимчив.

Она молчала, когда он говорил, и сглаживала его неловкости, стоило ему отвернуться. Пьер находил и обтёсывал новичков. Этот человек никогда не ошибался — именно он раскрутил Вулиса и Баркареса, а Матильда занималась тем, что удерживала их при себе.

А удержать она могла любого.

Их первая встреча — Камилла прекрасно помнила тот день — произошла в Школе изящных искусств, на выставке курсовых работ. Матильду и Пьера окружала особая аура. Грозный торговец и дочь Витольда Даенса... На их приход надеялись, их побаивались, с тревогой ждали их реакции. Она почувствовала себя жалкой букашкой, когда они подошли поздороваться с ней и её убогими дружками... Она опустила голову, пожимая им руки, прошептала несколько восторженных слов и при этом судорожно искала взглядом, куда бы спрятаться.

Это случилось в июне, почти десять лет назад... Ласточки устроили концерт во дворе школы, а они пили дрянной пунш, благоговейно внимая речам Кесслера. Камилла не слышала ни единого слова. Она смотрела на его жену. В тот день на той была синяя туника, подхваченная широким серебряным поясом: стоило Матильде шевельнуться, и крошечные бубенчики начинали звенеть, как безумные.

Любовь с первого взгляда...

Потом они пригласили их в ресторан на улице Дофин, и в самом конце обеда с обильными возлияниями один приятель начал приставать к Камилле, уговаривая показать им свой альбом. Она наотрез отказалась.

Несколько месяцев спустя она снова пришла на встречу с ними. Одна.

У Пьера и Матильды были рисунки Тьеполо, Дега и Кандинского, но у них не было детей. Камилла так никогда и не осмелилась спросить почему и без раздумий кинулась в расставленные силки. Но она разочаровала охотников, и петля удавки ослабла.

— Что ты творишь? Ну что ты творишь? — орал Пьер.

— Почему ты так себя не любишь? Ну почему? — мягко вторила мужу Матильда.

И она перестала ходить на их вернисажи.

Когда супруги оставались одни, Пьер в отчаянии вопрошал:

— Почему?

— Она обделена любовью, — отвечала его жена.

— Это мы виноваты?

— Все...

Он стенал, положив голову ей на плечо:

— Боже... Матильда... Раскрасавица моя... Почему ты позволила ей ускользнуть?

— Она вернется...

— Нет. Она все испортит...

— Она вернется.

Она вернулась.

— Пьера нет?

— Он обедает со своими англичанами, я не сказала, что ты придешь, мне хотелось спокойно с тобой поговорить... Скажи-ка... Ты... ты что-то принесла? — она наконец заметила ее папку.

— Нннет, пустяки... Кое-что, ерунда... Я ему обещала...

— Можно посмотреть?

Камилла ничего не ответила.

— Я хочу его дождаться...

— Это твое?

— Ну-у-у...

— Господи! Когда он узнает, что ты приходила не с пустыми руками, то просто взвоет от отчаяния... Пожалуй, я ему все-таки позвоню...

— Ни в коем случае! — вскинулась Камилла. — Не стоит! Говорю вам, это пустяк, вроде квитанции об оплате жилья...

— Прекрасно. Ладно, идем к столу.

Все в их доме было красивым — вид из окна, мебель, ковры, картины, посуда и тостер — все! Даже сортир у них был дивной красоты. Висевший на стене гипсовый слепок украшало четверостишие Малларме, которое поэт сочинил, сидя в своем туалете:

> *Облегчая свое нутро,*
> *Ты не смотришь в окно,*
> *Но можешь петь и покуривать трубочку,*
> *Не хватаясь за тумбочку.*

В самый первый раз она чуть не рухнула от изумления:

— Вы... Вы купили кусок уборной Малларме?!

— Да нет же... — рассмеялся Пьер, — просто я знаком с парнем, делавшим отливку... Ты была в его доме? В Вюлене?

— Нет.

— Надо будет как-нибудь съездить туда вместе... Ты влюбишься в это место... Влю-бишь-ся...

Даже *пипифакс* в доме Матильды и Пьера был мягче и нежнее, чем в любом другом месте...

— До чего же ты хороша! — радовалась Матильда.

— Прекрасно выглядишь! Как тебе идет короткая стрижка! Ты поправилась или мне только кажется? Как я за тебя рада! Я так по тебе скучала... Если бы ты только знала, как они меня подчас утомляют, все эти гении... Чем меньше таланта, тем больше гонора... Пьеру на это наплевать, он в своей стихии, но я, Камилла, я... Как же мне скучно... Иди сюда, сядь рядом, расскажи мне...

— Я не умею рассказывать... Лучше покажу тебе наброски...

Матильда переворачивала страницы, а Камилла комментировала.

Вот так, представляя свой маленький мирок, Камилла вдруг отчетливо поняла, как дорожит им.

Филибер, Франк и Полетта стали самыми важными в ее жизни, и она именно сейчас осознала это, сидя на диване, в персидских подушках XVII века. Она была взволнована.

Между первым и последним по времени рисунком — сияющая Полетта в кресле перед Эйфелевой башней — прошло всего несколько месяцев, но манера изменилась... Карандаш держала другая рука... Она встряхнулась, сменила кожу, взорвала гранитные блоки, которые столько лет мешали ей двигаться вперед...

Этим вечером ее возвращения ждали люди... И этим людям было глубоко плевать на то, чего она стоила как художница... Они любили ее совсем за другое... Возможно, за нее саму...

За меня саму?

За тебя...

— Ну и? — Матильда не могла скрыть нетерпения. — Почему ты замолчала? Кто она, эта женщина?

— Джоанна, парикмахерша Полетты...

— А это что?

— Ботинки Джоанны... Чистый рок-н-ролл, согласны? Как девушка, которая проводит весь свой рабочий день на ногах, может носить подобную обувь? Элегантность превыше всего...

Матильда смеялась. Обувка и впрямь выглядела чудовищно...

— А вот этого парня ты часто рисуешь, я права?

— Это Франк, повар, я вам о нем недавно рассказывала...

— Красавчик!

— Вы правда так думаете?

— Да... Похож на молодого Фарнезе с картины Тициана, только лет на десять постарше...

Камилла закатила глаза.

— Полная чушь...

— Вовсе нет! Уверяю тебя, я права!

Она поднялась и сняла с полки книгу.

— Вот. Смотри. Те же темные глаза, те же нервные ноздри, тот же выдающийся вперед и загнутый кверху подбородок, те же слегка оттопыренные уши... И тот же внутренний огонь...

— Чушь, — повторила она, глядя на портрет, — у моего на лице прыщики...

— Боже... Ты все портишь!

— Это все? — огорчилась Матильда.

— Вообще-то, да...

— Хорошо. Очень хорошо. Это... Это великолепно...

— Ну что вы!

— Не спорь со мной, девушка, я не умею рисовать, зато умею видеть... Когда других детей водили в кукольный театр, отец таскал меня за собой по всему свету и сажал к себе на плечи, чтобы мне все было видно, так что не спорь со мной, уж пожалуйста... Оставишь их мне?

— ...

— Для Пьера...

— Ладно... Но сохраните их, хорошо? Эти листочки — мой температурный график...

— Я все прекрасно поняла.

— Не подождешь его?

— Нет, мне пора...

— Он будет разочарован...

— Ему не впервой... — ответила Камилла-фаталистка.

— Ты ничего не рассказала мне о матери...

— Неужели?.. — удивилась она. — Хороший знак, не так ли?

— Просто замечательный... — На пороге Матильда расцеловала ее. — Беги и не забудь вернуться... В вашем кресле с откидным верхом проехать несколько набережных — пара пустяков...

— Обещаю.

— И продолжай в том же духе. Будь легкой... Наслаждайся жизнью... Пьер наверняка скажет тебе обратное, но именно его не следует слушать ни в коем случае. Никого не слушай — ни его, ни кого другого... Кстати...

— Да?

— Деньги тебе нужны?

Камилле следовало бы ответить «нет». Двадцать семь лет она отвечала «нет» на этот вопрос. Нет, все в порядке. Нет, я ни в чем не нуждаюсь. Нет, я не хочу быть вам обязана — ничем. Нет, нет, оставьте меня в покое.

— Да.

Да. Да, возможно, я сама в это верю. Да, я больше никогда не стану ходить в подручных у придурков и жуликов. Да, я впервые в жизни хочу просто тихо и мирно работать. Да, я не хочу корчиться всякий раз, когда Франк протягивает мне свои три сотни. Да, я изменилась. Да, вы мне нужны. Да.

— Замечательно. И приоденься немного... Нет, правда... Эту джинсовую куртку ты носишь уже лет десять...

Все так.

15

Она вернулась пешком, разглядывая витрины антикваров. Мобильник зазвонил именно в тот момент (воистину, хитрость провидения безгранична!), когда она проходила мимо Школы изящных искусств. Высветился номер Пьера, и она не стала отвечать.

Она прибавила шагу. Ее сердце срывалось с тормозов.

Еще один звонок. На сей раз Матильда. Ей она тоже не ответила.

Она вернулась назад и перешла на другую сторону Сены. Эта малышка очень романтична и ко всему относится романтично, хочется ли ей прыгать от радости или прыгнуть с моста. Мост Искусств — лучшее место в Париже... Она облокотилась на парапет и набрала трехзначный номер автоответчика...

У вас три новых сообщения, сегодня, в двадцать три ча... Еще можно прервать — как бы невзначай... Бэмс! О... Какая досада...

«Камилла, перезвони мне немедленно, или я самолично притащу тебя за шкирку! — вопил он. — Немедленно! Ты меня слышишь?»

Сегодня в двадцать три тридцать восемь: «Это Матильда. Не перезванивай ему. Не приходи. Не хочу, чтобы ты это видела. Он рыдает, как бегемот, твой торговец... Честно тебе скажу — хорошего в этом зрелище мало. Нет, он-то сам хорош... Даже очень, но... Спасибо, Камилла, спасибо... Слышишь, что он говорит? Подожди, я передам ему трубку, иначе он оторвет мне ухо...» «Я выставлю тебя в сентябре, Моржонок, и не говори „нет", потому что приглашения уже ра...» Сообщение прервано.

Она выключила сотовый, скрутила сигаретку и выкурила ее, стоя где-то между Лувром, Французской академией, Собором Парижской Богоматери и площадью Согласия.

Занавес эффектно опускается...

Она укоротила ремешок сумочки и понеслась со всех ног, чтобы не опоздать к десерту.

16

В кухне припахивало горелым, но посуда была вымыта.

Полная тишина, все лампы потушены, под дверьми их комнат света тоже нет... Пфф... А она-то в кои веки раз готова была слопать еду вместе со сковородкой...

Она постучалась к Франку.

Он слушал музыку.

Она подошла к его кровати и подбоченилась:

— Ну и?! — В ее голосе прозвучало неподдельное возмущение.

— Мы тебе оставили несколько штук... Завтра я их подогрею...

— Ну и?! — повторила она. — Ты будешь меня трахать или как?

— Ха-ха! Очень смешно...

Она начала раздеваться:

— Ну уж нет, папашка... Не вывернешься! Мне был обещан оргазм!

Он привстал, чтобы зажечь лампу, пока она швыряла куда попало свои вещи.

— Что, черт побери, ты вытворяешь? Эй, что за цирк ты тут устраиваешь?

— Ну... Вообще-то, я оголяюсь!

— Только не это...

— В чем дело?

— Не надо так... Подожди... Я слишком долго мечтал об этом моменте...

— Погаси свет.

— Зачем?

— Боюсь, ты расхочешь, если увидишь меня...

— Черт возьми, Камилла! Прекрати! Остановись! — заорал он.

Разочарованная гримаска.

— Ты передумал?

— ...

— Погаси свет.

— Нет!

— Да!

— Не хочу, чтобы это так между нами происходило...

— Что значит «так»? Ты что, собираешься кататься со мной на лодке в Лесу[1]?

— Не понял...

— Будем кружить по глади озера, ты станешь читать мне стихи, а я опущу ладонь в воду...

— Сядь рядом со мной...

— Погаси свет.

— Ладно...

— Выключи музыку.

— И все?

— Все.

— Это ты? — застенчиво спросил он.

— Да.

— Ты здесь?

— Нет...

— Вот, возьми одну из моих подушек... Как прошла встреча?

— Очень хорошо.

— Расскажешь?

— О чем?

— Обо всем. Сегодня вечером я хочу знать все подробности... Все. Все. Все.

— Знаешь, если уж я заведусь...Тебе тоже потом придется подставлять мне свою жилетку...

— Так... Тебя что, насиловали?

— Ни в коем случае.

— А то знаешь... Это я могу тебе устроить...

— Вот спасибо... Как это мило... Э-э-э... Так с чего же мне начать?

Франк произнес голосом Жака Мартена из «Школы Фанов»:

— Где ты родилась, деточка?

— В Медоне...

— В Медоне? — воскликнул он. — Но это же замечательно! А где твоя мамочка?

— Жрет лекарства.

— Вот как? Ну а где твой папочка?

— Он умер.

— ...

— Ага! Я ведь тебя предупреждала, дружок! У тебя хоть презервативы-то имеются?

— Не наседай на меня так, Камилла, ты ведь знаешь, я слегка придурковат... Значит, твой отец умер?

— Да.

— Как?

— Упал в пустоту.

— ...

— Так, повторяю еще раз по порядку... Придвинься поближе, не хочу, чтобы другие слышали...

Он натянул одеяло им на головы:

— Поехали. Никто нас тут не увидит...

17

Камилла скрестила ноги, пристроила руки на животе и пустилась в долгое плавание.

— Я была самой обычной и очень послушной маленькой девочкой... — начала она детским голоском, — ела мало, но прилежно училась в школе и все время рисовала. У меня нет ни братьев, ни сестер. Моего папу звали Жан-Луи, маму — Катрин. Думаю, поначалу они любили друг друга. Впрочем, не знаю, я никогда не решалась спросить... Но когда я рисовала лошадей или прекрасного героя Джонни Деппа из сериала «Джамп Стрит, 21», любовь уже прошла. В этом я совершенно уверена, потому что папа больше с нами не жил. Он возвращался только на субботу и воскресенье, чтобы увидеться со мной. Он правильно сделал, что ушел, на его месте я бы сделала то же самое. Кстати, каждое воскресенье, вечером, я мечтала уйти с ним вместе, но никогда бы на это не осмелилась, ведь тогда мама снова бы себя убила. Когда я была маленькой, моя мама убивала себя чертову прорву раз... К счастью, чаще всего в мое отсутствие, а потом... Я подросла, и она перестала сдерживаться, вот... Помню, однажды меня пригласили на день рождения к подружке. Вечером мама за мной не пришла, и чья-то другая мама отвезла меня домой, а когда я вошла в гостиную, она лежала мертвая на ковре. Приехала скорая помощь, и я десять дней жила у соседки. Потом папа сказал ей, что, если она еще хоть раз убьет себя, он отберет у нее опеку надо мной, и она прекратила. Но таблетки глотать не перестала. Папа говорил мне, что вынужден уезжать из-за работы, но мама запрещала мне в это верить. Каждый день она талдычила, что он лжец и негодяй, что у него есть другая жена и другая маленькая дочка, с которой он каждый вечер играет...

Камилла заговорила нормальным голосом.

— Я впервые об этом рассказываю... Видишь, как бывает: твоя мамаша избила тебя, прежде чем посадить в поезд и отправить обратно к бабушке и дедушке, а моя только и делала, что промывала мне мозги. Только и делала... Нет, иногда она бывала очень милой... Покупала мне фломастеры и уверяла, что я ее единственное счастье на земле...

Когда папа появлялся, он запирался в гараже со своим «Ягуаром» и слушал оперы. «Ягуар» был старый, без колес, но это не имело значения, мы все равно отправлялись на нем в путешествие... Он говорил: «Могу я пригласить вас на Ривьеру, мадемуазель?» И я садилась рядом с ним на сиденье. Я обожала эту машину...

— Какая модель?

— По-моему МК...

— МКI или МКII?

— Да что же это такое, черт побери?! Я тут пытаюсь тебя растрогать, а единственное, что тебя интересует, — это марка машины!

— Прости.

— Да ладно, проехали...

— Продолжай...

— Пфф...

— «Итак, мадемуазель? Могу я пригласить вас на Ривьеру?»

— Да, — улыбнулась Камилла, — с превеликим удовольствием... «Вы взяли купальник? — продолжал он светским тоном. — И вечернее платье! Мы обязательно отправимся в казино... Не забудьте свою чернобурку, ночи в Монте-Карло прохладные...» В салоне машины изумительно пахло. Старой-старой кожей... Я помню, какое там все было красивое... Хрустальная пепельница, изящное зеркало, крошечные ручки для опускания стекол, отделение для перчаток, дерево... «Ягуар» напоминал мне ковер-самолет. «Если повезет, мы доберемся туда к вечеру», — обещал он. Вот таким был мой отец — великий мечтатель, способный часами переключать скорости в стоящей на приколе машине, он уносил меня на край света, не покидая стен гаража на окраине города... А еще он с ума сходил по опере, и в дороге мы слушали «Дон Карлоса», «Травиату» и «Женитьбу Фигаро». Он рассказывал мне истории: о грустной судьбе мадам Баттерфляй, о невозможной любви Пелеаса к Мелисанде, когда тот признается, что должен ей что-то сказать, но не может выговорить ни слова, о флирте графини с Керубино, который только и делает, что прячется, и о прекрасной колдунье Альцине, обращавшей своих ухажеров в диких зверей... Я могла болтать в свое удовольствие — он поднимал руку, если хотел, чтобы я замолчала, а в Альцине он это часто делал... Tornami a vagheggiar¹, не могу слушать эту арию. Она слишком веселая... Но чаще всего я молчала. Мне было хорошо. Я думала о другой маленькой девочке, которая всего этого не имела... Все было очень сложно для меня... Теперь я ясно понимаю: такой человек, как мой отец, не мог жить с такой женщиной, как моя мать... С женщиной, которая рывком выключала музыку, если пора было садиться за стол, и все наши мечты лопались, как мыльные пузыри... Я никогда не видела ее счастливой, она вообще не улыбалась, я... А вот мой отец был очень милым и добрым. Как Филибер... Он был слишком милым, чтобы выносить подобное. Не мог позволить, чтобы маленькая принцесса считала его чудовищем... и однажды вернулся и снова стал жить с нами... Спал в своем кабинете и уезжал на выходные... Не стало вылазок в Страсбург и Рим на старом сером «Ягуаре», походов в казино и пикников на берегу моря... А потом однажды утром он устал... Очень, очень устал и упал с крыши...

— Упал или прыгнул?

— Он был деликатным человеком — он упал. Мой отец работал страховым агентом. В тот день он находился на крыше башни — вроде как осматривал воздуховоды или что-то там еще, я не уверена, раскрыл папку с документами и шагнул не туда...

— Странная история... Сама-то ты что об этом думаешь?

— Я вообще об этом не думаю. Потом были похороны, и моя мать все время оборачивалась — посмотреть, пришла та женщина на поминальную службу или нет... А потом она продала «Ягуар», и я перестала разговаривать.

— Надолго?

— На много месяцев...

— Что было дальше? Слушай, можно опустить одеяло, а то я задыхаюсь?

— Я тоже задыхалась. Я превратилась в несчастного, одинокого подростка и занесла номер психушки в память нашего телефона, но он мне не понадобился... Она успокоилась... Превратилась из самоубийцы в депрессушницу. Это был прогресс. Жизнь стала спокойнее. Думаю, ей хватило смерти отца... Потом во мне поселилось одно-единственное желание: смыться. В первый раз я ушла жить к подружке, когда мне исполнилось семнадцать... Однажды вечером — не из тучи гром! — заявилась мать с полицейскими... А ведь прекрасно знала, зараза, где я обретаюсь... Полная байда, как говорят подростки. Я помню, мы ужинали с родителями моей подруги и говорили о войне в Алжире... И тут — нате вам — полиция. Я ужасно себя чувствовала перед этими людьми, но мне не нужны были неприятности, и я ушла с ней... 17 февраля 1995 года мне исполнилось восемнадцать лет, и вот 16-го без одной минуты полночь я ушла, бесшумно закрыв за собой дверь... Сдала бакалавриат и поступила в Высшую национальную школу изящных искусств... Четвертой из семидесяти принятых на первый курс... У меня была потрясающая конкурсная работа — я сделала ее по детским воспоминаниям об оперных рассказах отца... Работала как зверь и удостоилась похвал жюри. В то время я совсем не общалась с матерью и ужасно мыкалась, перебиваясь с хлеба на воду, потому что жизнь в Париже была чертовски дорогая... Жила то у одних знакомых, то у других... Прогуливала много занятий... В основном по теории, ходила по мастерским и наделала много глупостей... Во-первых, мне было скучновато. Знаешь, я не умела играть по правилам: сама не воспринимала себя всерьез, и окружающие стали относиться ко мне так же. Я была не Художником с большой буквы, а всего лишь хорошим ремесленником... Из тех, кому самое место на площади Тертр, где копируют Моне и маленьких танцовщиц Дега... И потом... Я ничего не понимала. Я любила рисовать, а не слушать треп преподавателей, предпочитала рисовать на лекциях их портреты, меня бесили рассуждения о «пластических искусствах», хеппенингах, инсталляциях и прочей ерунде. Я отчетливо понимала, что ошиблась веком. Мне бы хотелось жить в XVI или в XVII веке и учиться в мастерской какого-нибудь великого художника... Готовить для него холсты, мыть кисти, смешивать краски... Может, я не была достаточно зрелой? Или у меня отсутствовало эго? Или во мне не горел тот самый священный огонь? Не знаю... Во-вторых, к несчастью, я еще встретила одного типа... Банальная история: юная дуреха с коробкой пастели под мышкой влюбилась в непризнанного гения. В проклятого, в падшего ангела, во вдовца, в безутешного меланхолика... Настоящая лубочная картинка: кудлатый гений, мученик, страдалец... Его отец был аргентинцем, мать родом из Венгрии — гремучая смесь, он был блестяще образован, сквоттерствовал и нуждался в одном: чтобы маленькая глупая гусыня готовила ему еду, пока он будет творить в жестоких муках... Я прекрасно подходила на эту роль... Отправилась на рынок Сен-Пьер, купила рулон мануфактуры, задрапировала стены нашей «комнатки», чтобы придать ей «кокетливый» вид, и начала искать работу — надо было поддерживать огонь в семейном очаге... Н-да... Очаг тут, конечно, ни при чем — готовила я на плитке... Бросила институт и предалась раздумьям на тему *«Какое ремесло прокормит вас в жизни лучше всего...»* Противней всего, что я собой гордилась! Смотрела, как он пишет, и ощущала собственную значимость... Была сестрой, музой, великой спутницей великого человека, той, что кормит учеников, выбрасывает окурки из пепельниц и вселяет бодрость духа в гения...

Она засмеялась.

— Я гордилась собой и пошла работать смотрительницей в музей — очень умно, правда? Ладно, избавлю тебя от описаний сотрудников, ибо мне на своей шкуре довелось узнать, что такое власть госслужбы... Честно говоря, плевать я на это хотела. Мне было хорошо — я ведь наконец попала в мастерскую великого мастера... Краска на полотнах давно высохла, но там я узнала об искусстве больше, чем в любой художественной школе мира... Спала я в те времена мало, и ничегонеделанье в тепле стало для меня манной небесной... Одно было плохо — я не имела права рисовать... Даже в маленьком жалком блокнотике, даже если не было посетителей — а Бог мне свидетель, случались дни, когда народу приходило совсем мало! — все равно я должна была сидеть и предаваться раздумьям о жизни, подпрыгивая на стуле всякий раз, когда в зале раздавалось чмоканье подметок заблудившегося посетителя, и судорожно пряча карандаш, услышав звяканье ключей Серафина Тико... Это стало его любимым развлечением... Серафин Тико — чудное имя! — подкрадывался бесшумно, как волк, чтобы застать меня врасплох. Как же он веселился, этот кретин, приказывая мне убрать карандаш!

А потом он уходил в раскоряку, и яйца у него просто лопались от счастья... Сколько же набросков я испортила по его вине! Нет! Терпеть дольше было нельзя! И я начала играть по правилам... Я его подкупила.

— Не понимаю.

— Я ему заплатила. Спросила, сколько он хочет за то, чтобы оставить меня в покое и дать спокойно работать... Тридцатку в день? Ладно... Такова цена часового пребывания в уютной теплой коме? Хорошо... И я их ему дала...

— Черт возьми...

— Да-а-а... Великий Серафин Тико... — мечтательно произнесла она. — Теперь, когда у нас есть кресло, мы с Полеттой обязательно навестим его...

— Зачем?

— А я его очень любила... Он был честный пройдоха. Не чета тому простофиле, который делал козью морду из-за того, что я, возвращаясь домой с работы, забывала купить курево... А я, как полная идиотка, тащилась за сигаретами...

— Почему ты его не бросала?

— Потому что любила. И восхищалась его работой... Он был свободным, раскованным, уверенным в себе, требовательным... Полная моя противоположность...

Он бы скорее сдох с голоду, чем пошел на компромисс. Мне было двадцать, я содержала этого человека и находила его восхитительным.

— Ты была растяпой...

— Да... Нет... Это было лучшее, что могло со мной случиться, учитывая, какое у меня было детство... Вокруг все время были люди, мы говорили только об искусстве, о живописи... Мы были смешными, странными, но очень цельными и честными. Питались вшестером по двум талонам в бесплатной столовой, мерзли, стояли в очереди в общественные бани и считали, что живем лучше всех... И каким бы парадоксальным это сегодня ни казалось, думаю, мы были правы. У нас была страсть... Такая роскошь... Я была счастливой растяпой. Когда мне надоедала одна комната, я переезжала в другую, а если не забывала купить сигарет, это вообще был праздник! Мы много пили... У меня появились дурные привычки... А потом я встретила Кесслеров — я тебе о них рассказывала...

— Уверен, это был счастливый случай... — насупился он.

Она проворковала:

— О да... Наисчастливейший... Ох... У меня мурашки бегут по всему телу от одной только мысли о том дне...

— Ладно, ладно... Все ясно.

— Да нет, — вздохнула она, — не так уж все и ужасно. Как только миновали первые неофитские восторги, я... ну... понимаешь... Он был таким эгоистом...

— А-а-а...

— Да-да-да... Ты, кстати, тоже тот еще фрукт...

— Но я хоть не курю!

Они улыбнулись друг другу в темноте.

— Потом мы поссорились. Он мне изменял: развлекался с первокурсницами. Потом мы все же помирились, и тут он признался, что принимает наркотики —

о, не всерьез, просто чтобы расслабиться... Из любви к искусству... Но об этом мне совсем говорить не хочется...

— Почему?

— Да потому что это очень грустно. Ты не представляешь, с какой скоростью эта мерзость ставит тебя на колени... Из любви к искусству, черт возьми... Я выдержала еще несколько месяцев и вернулась к матери. Мы не виделись три года, она открыла дверь и сказала: «Предупреждаю, еды в холодильнике нет». Я разрыдалась, легла и пролежала два месяца... В кои веки раз она оказалась на высоте... Сам понимаешь, таблеток у нее для меня хватало... Когда я наконец смогла встать, тут же вернулась к работе. Есть я могла только кашку и протертые супчики. Привет горячий доктору Фрейду! После цветных фильмов со стереоизображением, dolby-звуком и спецэффектами я вернулась к плоской жизни в черно-белом ее варианте. Смотрела телевизор, и, как только оказывалась в метро на краю платформы, у меня начинала кружиться голова ...

— Ты думала о смерти?

— Да. Представляла, как моя душа поднимается на небо под звуки арии *Tornami a vagheggiar, te solo vuol amar...*[1] и папа раскрывает мне объятия и радостно смеется: «А, вот и вы наконец, мадемуазель! Увидите, здесь еще красивее, чем на Ривьере...»

Она плакала.

— Не надо, не плачь...

— Буду. Хочу и буду.

— Ладно, тогда плачь.

— С тобой так просто...

— Что да, то да, недостатков у меня вагон, но усложнять жизнь не люблю... Может, бросим этот разговор?

— Нет.

— Хочешь чего-нибудь попить? Теплого молочка с апельсиновым цветом, меня таким Полетта в детстве поила?

— Нет, спасибо... На чем я остановилась?

— На том, что у тебя кружилась голова...

— Да, да... Честно говоря, мне бы тогда хватило щелчка по спине, чтобы свалиться, но вместо этого как-то утром Случай тронул меня за плечо рукой в черной лайковой перчатке... В тот день я сидела в музее, согнувшись в три погибели на своем стуле, и экспериментировала с персонажами Ватто. За моей спиной прошел мужчина... Я и раньше часто видела его здесь... Вечно крутился вокруг студентов, разглядывал исподтишка их рисунки... Вообще-то, я думала, он просто хочет прикадриться, у меня даже возникали сомнения насчет его сексуальной ориентации, я смотрела, как он болтает с польщенной молодежью. Однако выглядел он на все сто: классные очень длинные пальто или плащи, потрясные костюмы, шелковые шейные платки и шарфы... Итак, был перерыв, я сидела, скрючившись, и видела только его ботинки — мягкие и безукоризненно начищенные. «Могу я задать вам нескромный вопрос, мадемуазель? Насколько тверды ваши моральные устои?» Я понятия не имела, куда он клонит. Решил пригласить «в номера»? Ладно, и все же: как обстоит дело с моими устоями? Я ведь подкупаю Серафина Тико. «Не очень», — ответила я, и эта короткая реплика привела меня прямиком в навозную кучу... Вляпалась я по самое «не хочу»...

— И чем ты стала заниматься?

— Тем же, что и раньше. Но раньше я жила у сквоттера и была служанкой психа, а теперь я переселилась в самые шикарные отели Европы и стала подружкой мошенника.

— Ты... ты

— Продалась? Нет! Хотя...

— Что ты делала? Фальшивые банкноты?

— Нет, копии... И хуже всего, что меня это забавляло! Во всяком случае, вначале... Потом-то эта маленькая шутка обернулась почти рабством, но поначалу я жутко веселилась. В кои-то веки я на что-то сгодилась! Я жила в невероятной роскоши... Все было мне доступно. Я мерзла? Он дарил мне потрясающие кашемировые свитера. Знаешь мой любимый синий свитер с капюшоном, я его все время ношу?

— Угу.

— Он стоил одиннадцать штук...

— Нееет...

— Даааа. И таких у меня было не меньше дюжины... Девочка проголодалась? Дзинь, дзинь, звонок в ресторан — и вот ваш омар, ешь не хочу. Крошка хочет пить? Шампанского даме! Заскучала? Театр, магазины, концерты! Тебе стоит только захотеть, *и Витторио все сделает...* Под запретом была одна-единственная фраза: «Я выхожу из дела». Эти слова действовали на красавца Витторио как красная тряпка на быка... «Уйдешь от меня — пропадешь...» — говорил он. Да и зачем мне было уходить? Меня холили и лелеяли, я развлекалась, делала то, что любила, ходила по музеям, о которых всю жизнь мечтала, встречалась с интересными людьми, попадала иногда в чужие спальни... Не скажу наверняка, но мне даже кажется, что я спала с Джереми Айронсом[1]...

— А кто это такой?

— Ох... Ты безнадежен... Ладно, неважно... Я читала, слушала музыку, зарабатывала деньги... Оглядываясь сегодня назад, могу сказать: это было самоубийство... С удобствами... Я изолировала себя от внешнего мира и тех немногих людей, которые меня любили. В том числе от Пьера и Матильды Кесслеров — они, кстати, смертельно на меня обиделись, от приятелей по Школе, от реальной жизни, морали, чести и себя самой...

— Ты все время работала?

— Не покладая рук. Сделала я не так уж и много — из-за технических трудностей приходилось по тысяче раз переделывать одно и то же... Патина, грунтовка и все такое прочее... Сам рисунок труда не составлял, проблема была в том, как его правильно «состарить». Я работала с одним голландцем, Яном, — он поставлял нам бумагу. Рыскал по всему миру и возвращался с рулонами бумажной древности. А еще он был химиком-самоучкой и не переставая искал способ превращать новую бумагу в старую... Фантастический тип — я от него ни разу ни одного слова не услышала... Я утратила представление о времени... В каком-то смысле я пыталась уморить себя. Это была не жизнь... Невооруженным взглядом этого было не заметить, но я превращалась в жалкую развалину. В шикарную развалину... В сильно пьющую развалину, одетую в эксклюзивную одежду и питающую стойкое отвращение к самой себе... Не знаю, чем бы все это кончилось, если бы меня не спас Леонардо...

— Какой Леонардо?

— Леонардо да Винчи. Тут я встала на дыбы... Пока мы подделывали малоизвестных художников, эскизы и наброски, пока я подправляла чужие фальшивки в надежде обмануть не слишком добросовестных торговцев, все было ничего, но подделывать гения... Я сразу поняла, как это опасно, и объяснила ситуацию Витторио, но им овладела алчность... Не знаю, куда он девал свои деньги, но, как говорится, аппетит приходит во время еды. Скорее всего, у него имелись свои слабости... Ну я и заткнулась. В конце концов, это была не моя проблема... Я отправилась в Лувр, в отдел графического искусства, и выучила кое-какие документы наизусть... Витторио хотел сотворить одну «маленькую штучку». «Видишь этот трактат? Возьми его за образец, но вот этот персонаж сохрани...» В то время мы жили уже не в отеле, а в огромной меблированной квартире. Я сделала, как он хотел, и стала ждать... Витторио нервничал все сильнее. Он часами сидел на телефоне, бегал из угла в угол по комнате и богохульствовал. Однажды утром он как безумный ворвался ко мне в комнату: «Я должен уехать, но ты отсюда ни ногой, ясно? Сидишь и не выходишь, пока я не скажу... Ты меня поняла? Сидишь как пришитая и не чирикаешь!» Вечером позвонил какой-то незнакомый тип: «Сожги все», — больше он ничего не сказал и повесил трубку. Ладно... Я собрала в кучу свои подделки, сожгла их в раковине и стала ждать... Ждала много дней... Боялась выйти. Боялась выглянуть в окно. Превратилась в законченного параноика. Но через неделю все-таки ушла. Я хотела есть, курить, и мне было нечего терять... Я вернулась пешком в Медон и нашла дом закрытым с табличкой «Продается». Неужели она умерла? Я перелезла через стену и переночевала в гараже, а утром вернулась в Париж. Я держалась на ногах из последних сил. Побродила вокруг нашего с Витторио дома, в надежде что он вернулся. У меня не было денег, я была в полной растерянности, не знала, куда кинуться. Еще две ночи я спала на улице в моем роскошном кашемировом пальто за десять тысяч, стреляла у прохожих сигареты, потом у меня украли пальто. Вечером третьего дня я позвонила Пьеру и Матильде и потеряла сознание у их двери. Они меня выходили и поселили здесь, на восьмом этаже. Неделю спустя я все еще сидела на полу, раздумывая, чем бы заработать на жизнь... Точно я знала одно — что больше никогда в жизни не буду рисовать. А еще — я не была готова вернуться в реальный мир. Люди пугали меня... И я стала ночной уборщицей... Так прошел год. Я разыскала мать. Она не задавала вопросов... Я так и не узнала, что это было — безразличие или деликатность... Я не стала выяснять — просто не могла себе этого позволить: в целом свете у меня осталась только она...

Какая ирония... Я все сделала, чтобы сбежать от нее, и вот... Вернулась откуда начинала, но без иллюзий... Я прозябала, запрещала себе пить в одиночку и мучительно искала «запасной выход» из своей десятиметровой конуры... А потом в начале зимы я заболела, и Филибер на руках отнес меня в эту комнату... Продолжение тебе хорошо известно...

Наступило долгое молчание.

— Ну что же... что же... — несколько раз повторил Франк. — Что же...

Он встал, сложил руки на груди.

— Что же... Такова жизнь... Настоящий дурдом... И что теперь? Чем ты теперь займешься?

— ...

Она спала.

Он подоткнул ей одеяло, взял свои вещи и вышел, ступая на цыпочках. Теперь, узнав, какой была ее жизнь, он не осмеливался лечь рядом. К тому же она занимала всю кровать...

Целиком.

18

Он чувствовал себя потерянным.

Побродил по квартире, зашел на кухню, заглянул для чего-то в шкафчики, закрыл дверцы шкафчиков, качая головой.

На подоконнике валялся увядший огрызок салатного кочанчика. Он выбросил его в помойку и вернулся к столу, чтобы закончить рисунок. Сомнения вызывали глаза. Нарисовать по две черные точки на концах рожек или по одной внизу?

Вот же черт... Он даже улитку изобразить не способен!

Ладно, пусть будет одна. Так красивей.

Он оделся. Проехал мимо ложи консьержки, не включая зажигания.

Пикуш его проигнорировал. Молодец, мальчик, хорошая собачка... Этим летом поимеешь кучу пекинесок... Отъехав подальше от дома, газанул и на полной скорости рванул в ночь.

Он свернул в первую улицу налево и помчался вперед. Доехав до берега моря, снял шлем и долго наблюдал за рыбаками. Шепнул несколько слов своему мотоциклу. Пусть правильно оценит ситуацию...

Ему хотелось провалиться сквозь землю.

Может, это ветер так на него действует?

Он встряхнулся.

Вот что ему нужно: найти кафе! В голове прояснилось... Он прошел вдоль порта до первого открытого кафе и выпил соку среди рыбаков в блестящих прорезиненных плащах. Подняв глаза, он узнал в зеркале старого приятеля.

— Глазам не верю! Неужели ты?

— Ну я...

— Откуда ты взялся?

— Зашел выпить кофе.

— Плоховато выглядишь...

— Устал...

— По-прежнему таскаешься по бабам?

— Нет.

— Да ладно тебе... Скажешь, что не был с девкой сегодня ночью?

— Она не девка...

— А кто?

— Не знаю.

— Ты меня пугаешь, парень... Эй, хозяйка, плесните горяченького моему корешу!

— Брось, не стоит...

— Бросить что?

— Все.

— Да что с тобой, Лестаф?

— Сердце...

— Эй, да ты никак влюбился?!

— Очень может быть...

— Класс! Хорошая новость! Радуйся, старик! Ликуй! Запрыгни на стойку! Пой!

— Перестань.

— В чем дело?

— Ни в чем... Она... Она хороша... Для меня — так даже слишком хороша...

— Вовсе нет... Что за хрень ты несешь! Никто ни для кого не бывает *слишком* хорош... Особенно бабы!

— Я же сказал, она — не баба!

— Мужик?

482

— Да нет...

— Андроид? Лара Крофт[1]?

— Лучше...

— Лучше Лары Крофт? Ну ни фига себе! Значит, сиськи у нее классные?

— Думаю, 85А...

Тот усмехнулся.

— Да, понимаю... Если ты запал на плоскогрудую девицу, плохи твои дела, я в этом кое-что понимаю.

— Ни хрена ты не понимаешь! — взорвался Франк. — Да ты никогда не сек фишку! Только орать умеешь. С детства всех достаешь! Мне жаль тебя... Когда эта девушка говорит со мной, я половины слов не понимаю, ясно тебе? Чувствую себя рядом с ней куском дерьма. Знал бы ты, сколько она всего пережила... Черт, мне она не по зубам... Наверное, брошу все, отвалю...

Его собеседник поморщился.

— Что?! — рыкнул Франк.

— Вот как тебя проняло...

— Я изменился.

— Да нет... Ты просто устал...

— Я двадцать лет назад устал...

— Что такого она пережила?

— Много чего.

— Так это же здорово! Просто предложи ей другую жизнь!

— Что я могу ей предложить?

— Придуриваешься?

— Нет.

— Да. Нарочно хочешь меня разжалобить... Пораскинь мозгами. Уверен, ты что-нибудь придумаешь...

— Я боюсь.

— Хороший признак.

— Да, но если...

— Господа, хлеб прибыл, — возвестила хозяйка. — Кому сэндвич? Вы как, молодой человек?

— Спасибо. Съем.

Конечно, съем.

А там решим, что делать дальше.

Торговцы раскладывали товар на прилавок. Франк купил цветы с грузовика — будет без сдачи, мой мальчик? — и сунул букет под куртку.

Цветы... Неплохо для начала?

Будет без сдачи, малыш? Еще бы, бабуля, еще бы!

Впервые в жизни он ехал в Париж, глядя, как встает солнце.

Филибер был в душе. Франк отнес завтрак Полетте, расцеловал, уколов щетиной щеки.

— Ну что, бабуля, хорошо тебе здесь?

— Откуда ты взялся такой холодный?

— Так, ниоткуда... — ответил он, поднимаясь.

Его свитер провонял мимозой. Не найдя вазы, он обрезал хлебным ножом верх пластиковой бутылки.

— Эй, Филу...

— Подожди минутку, я готовлю себе какао... Ты составил для нас список покупок?

— Угу... Как пишется слово «ривьера»?

— С большой буквы.

— Спасибо.

Такая мимоза растет на ривье Ривьере... Он сложил записку и сунул ее под вазу рядом с блюдом для улиток.

Он побрился.

— Где ты пропадал? — спросил Филибер.

— Да так... Надо было кое-что обдумать...
— Ладно... И удачи тебе.

Франк поморщился.
Кожу щипало от одеколона.

Он опоздал на десять минут, все уже собрались.
— А, вот и наш красавчик... — объявил шеф.
Он улыбнулся и занял свое место.

19

Он сильно обжегся — так случалось всякий раз, когда он слишком выматывался. Помощник хотел обработать рану, и он сдался, молча протянув руку. У него не было сил ни на жалобы, ни на боль. Мотор закипел. Он выпал в осадок, вышел из строя, он не опасен...

Он вернулся домой, покачиваясь, завел будильник, понимая, что иначе проспит до утра, разулся, не развязывая шнурков, и рухнул на кровать, сложив руки крестом на груди. Ладонь так сильно дергало, что он застонал от боли, прежде чем погрузиться в сон.

Он спал уже час, когда Камилла — так легко могла ступать только она — пришла к нему во сне...

Ну надо же, какая несправедливость — он не успел разглядеть, была ли на ней одежда... Она лежала на нем, прижимаясь бедрами, животом, плечами.

— Лестафье, сейчас я тебя изнасилую, — шептала она ему в самое ухо.

Он улыбался во сне. Во-первых, сон ему нравился, и потом, ему было щекотно.

— Да... Покончим с этим раз и навсегда... Я изнасилую тебя, по крайней мере, у меня будет прекрасный повод тебя обнять... Главное — не шевелись... Будешь отбиваться — и я тебя придушу, мальчик мой...

Он хотел сжаться в комочек и закопаться в простыню, чтобы, не дай бог, не проснуться, но кто-то удерживал его за запястья.

Боль была реальной, и он осознал, что это не сон: раз больно, значит, и счастье настоящее.

Уперевшись ладонями в его ладони, Камилла почувствовала, что рука перевязана.

— Больно?

— Да.

— Тем лучше.

Она начала двигаться.

Он тоже.

— Тихо, тихо, тихо, — рассердилась она, — я сама все сделаю...

Она разорвала зубами пакетик, надела на Франка резинку, обняла за шею, оседлала и положила его руки себе на талию.

Сделав несколько движений, она вцепилась ему в плечи, выгнула спину и задохнулась в беззвучном оргазме.

— Уже? — немного разочарованно спросил он.

— Да...

— О-о-о...

— Я была слишком голодна...

Франк обнял ее за спину.

— Прости... — добавила она.

— Извинения не принимаются, мадемуазель... Я подам жалобу.

— Буду очень рада...

— Но не сейчас... Сейчас мне очень хорошо... Не шевелись, умоляю... О, черт...

— Что?

— Я всю тебя перепачкал биафином[1]...

— Ну и ладно, — улыбнулась она. — Авось пригодится...

Франк закрыл глаза. Он сорвал банк. Заполучил нежную умную девушку у которой к тому же есть чувство юмора. Благодарю тебя, Господи, спасибо... Это слишком хорошо, чтобы быть правдой.

Они заснули, натянув на скользко-липкие тела простыню, пропитавшуюся ароматом любви и заживления ран.

20

Вставая среди ночи к Полетте, Камилла наступила на будильник и отключила его. Никто не осмелился разбудить Франка. Ни его рассеянные домочадцы, ни шеф, который, не говоря ни слова, заступил на его место.

Как же он, наверно, страдал, бедняга...

В два часа ночи он постучал в дверь ее комнаты.
Опустился на колени рядом с матрасом.
Она читала.

— Гм... Гм...
Она опустила газету, подняла голову и изобразила удивление:
— Что-то случилось?
— Э-э... господин инспектор, я... я пришел по поводу взлома...
— У вас что-то украли?
Эге-ге, неплохо для начала! Та-ак, успокоимся! Он не испортит все дело сладкими слюнями, не ответит ей «Да, мое сердце...».
— Понимаете... Ко мне вчера влезли...
— Что вы говорите...
— Да.
— Но вы были дома?
— Я спал...
— Вы что-нибудь видели?
— Нет.
— Как это неприятно... Но вы хотя бы застрахованы?
— Нет... — произнес он, изображая уныние.
Она вздохнула.

— Более чем путаные показания... Я понимаю, как все это неприятно, но... Знаете... Правильнее всего сейчас восстановить ход событий...

— Вы полагаете?

— Уверена...

Он в мгновение ока запрыгнул на нее. Она закричала.

— Я тоже подыхаю с голоду! Ничего не ел со вчерашнего вечера, и расплачиваться за это придется тебе, Мэри Поппинс. Вот же черт, все время в животе урчит... Я буду стесняться...

Он обцеловал ее с головы до кончиков пальцев на ногах. Склевывал веснушки со щек, покусывал, грыз, лизал, сглатывал, лениво пощипывал, гладил, щупал, только что не обглодал до скелета. Это доставило ей удовольствие, и она отплатила ему тем же.

Они молчали, не решаясь взглянуть друг на друга. Камилла вскрикнула, изображая досаду.

— Что такое? — вскинулся он.

— Ах, мсье... Знаю, это ужасно глупо, но мне необходим второй экземпляр протокола для архива, а я забыла подложить копирку... Придется все повторить с самого начала...

— Сейчас?

— Нет. Но и затягивать не стоит... Вдруг вы забудете некоторые подробности...

— Хорошо... А вы... Как вы думаете, мне возместят убытки?

— Вряд ли...

— Тяжелый случай...

Камилла лежала на животе, положив подбородок на руки.

— Ты красивая.

— Перестань... — смутилась она, закрываясь от него руками.

— Ладно, ладно.... Дело не в красоте... Не знаю, как объяснить... Ты — живая. В тебе все живое: волосы, глаза, уши, твой маленький носик и твой большой рот, руки и чудная попка, длинные ноги, выражение лица, голос, нежность, то, как ты молчишь, твой... твоя... твои...

— Мой организм?

— Ага...

— Значит, я не красотка, но организм у меня живой. Твое признание — это нечто! Суперпризнание! Мне никто никогда ничего подобного не говорил...

— Не придирайся к словам, — нахмурился он, — это ты умеешь... Ох...

— Что?

— Я еще голоднее, чем был... Нет, мне и правда нужно что-нибудь закинуть в топку...

— Ладно, пока...

Он запаниковал.

— Ты... Не хочешь, чтобы я принес тебе что-нибудь поесть?

— А что ты можешь мне предложить? — поинтересовалась она, потягиваясь.

— Все что захочешь...

И добавил, подумав:

— ...Ничего... Все...

— Договорились. Я согласна.

Франк сидел, прислонясь спиной к стене и поставив поднос на колени.

Он откупорил бутылку и протянул ей стакан. Она положила блокнот.

Они чокнулись.

— За будущее...

— Нет. Только не за это. За сейчас, — поправила она. Прокол.

— Будущее... Ты... ты его...

Она взглянула на него в упор.

— Успокой меня, Франк, мы же не влюбимся друг в друга?

Он сделал вид, что подавился.

— Эк... умр... чхр... Ты рехнулась или как? Конечно, нет!

— Черт... Ты меня напугал... Мы и так наделали столько глупостей...

— Это ты так считаешь. Но сейчас вроде никакой опасности нет...

— Есть. Для меня есть.

— Да ну?

— Точно. Будем заниматься любовью, пить, гулять по Парижу, держась за руки, обнимай меня, позволь бегать за тобой, но... Постараемся не влюбляться... Пожалуйста...

— Очень хорошо. Так и запишем.

— Рисуешь меня?

— Да.

— А как ты меня рисуешь?

— Как вижу...

— И я хорош?

— Ты мне нравишься.

Он вытер хлебом тарелку, поставил стакан и решил вернуться к «урегулированию формальностей».

На этот раз они все делали медленно, а когда насытились и расцепили объятия, Франк произнес, глядя в потолок:

— Согласен, Камилла, я не стану тебя любить, никогда.

— Спасибо, Франк. Я тоже не стану.

ЧАСТЬ ПЯТАЯ

1

Ничего не изменилось, изменилось все. Франк потерял аппетит, а у Камиллы улучшился цвет лица.

Париж похорошел, стал светлее и веселей. Люди улыбались, асфальт пружинил под ногами. Казалось, до всего можно дотянуться рукой, очертания мира приобрели четкость, все вокруг выглядело легким, даже легкомысленным.

Микроклимат под Марсовым полем? Потепление земной атмосферы? Грядущий конец невесомости? Все утратило смысл, ничто не имело значения.

Они перемещались с его кровати на ее матрас, были осторожны, нежны, поглаживали друг другу спинку. Ни один не желал показываться другому обнаженным, оба были чуточку неловкими и слегка глуповатыми и прежде, чем предаться страсти, натягивали простыни на заветные местечки.

Что это было? Они учились любить? Пытались завязать новые отношения? Оба проявляли внимание и усердие, их вселенной стала тишина.

На Пикуша больше не надевали курточку, мадам Перейра вынесла на балкон цветочные горшки. Но для попугайчиков было еще рановато.

— Постойте-ка, — крикнула она однажды утром. — У меня для вас кое-что есть...

На письме стоял штемпель Кот-д'Армора.

10 сентября 1889 года. Откройте кавычки. Болячка в горле проходит, есть мне все еще трудно, но дело пошло на поправку. Закройте кавычки. Спасибо.

Перевернув открытку, Камилла увидела возбужденное лицо Ван Гога.

Она сунула ее в свой блокнот.

«*Monoprix*» лишился их общества. Благодаря трем книгам, подаренным Филибером — «*Париж, загадочный и невероятный*», «*Париж. 300 фасадов для любознательных*» и «*Путеводитель по чайным салонам Парижа*», — Камилла прозрела и перестала подвергать остракизму свой квартал, где, как оказалось, можно было на каждом шагу любоваться образчиками стиля ар нуво.

Они совершали длинные прогулки по бульвару Босежур с его русскими избами, добирались до парка Бют-Шомон, минуя знаменитый «Hotel du Nord», въезжали в ворота кладбища Сен-Венсан, где и устроили в тот день пикник с Морисом Утрилло[1] и Эженом Буденом[2] на могиле Марселя Эме[3].

— Теофиль Александр Стейнлен, художник, мастерски писавший котов и людские страдания, лежит под деревом на юго-западной части кладбища.

Камилла опустила путеводитель на колени и повторила:

— Мастерски писал котов и людские страдания, покоится под деревом на юго-западной части кладбища... Миленькое примечание, вы не находите?

— Почему ты вечно таскаешь меня к мертвецам?

— Что-что?

— ...

— А куда бы вам хотелось отправиться, душечка моя Полетта? В ночной кабак?

— ...

— Эй, ку-ку! Полетта!

— Вернемся. Я устала.

Им снова попался таксист, скривившийся при виде кресла.

Да уж, эта штука — чистой воды детектор придурков...

Она устала.

Устала и отяжелела.

Камилла не хотела этого признавать, но ей то и дело приходилось поддерживать Полетту, подхватывать, чтобы та не упала, пересиливать сопротивление и перебарывать упрямство, чтобы заставить ее одеться, поесть и поддерживать разговор. Даже не разговор — Полетта с трудом могла отвечать. Строптивая старая дама не желала пускать к себе врача, а понимающая молодая женщина не пыталась пойти ей наперекор: во-первых, потому, что это противоречило ее принципам, а во-вторых, уговорить бабушку должен был Франк. Но когда они отправлялись в библиотеку, она погружалась в изучение медицинских журналов и книг и читала ужасные вещи о перерождении мозжечка и болезни Альцгеймера, после чего с тяжелым вздохом захлопывала этот ящик Пандоры и принимала плохие правильные решения: если Полетта не хочет лечиться, если ее не интересует сегодняшний мир, если она не желает доедать то, что лежит у нее в тарелке и ей нравится надевать пальто прямо на халат, прежде чем отправиться на прогулку, — это ее право. Ее законное право. Она не станет доставать старую женщину, а если кто-то захочет увидеть проблеск сознания в ее почти непроницаемых глазах, пусть задаст ей вопрос о прошлом, о ее матери, о сборе винограда, о том дне, когда господин аббат едва не утонул в Луаре, потому что слишком резко бросил накидную сеть и она зацепилась за одну из пуговиц его сутаны, или о ее любимом саде. Во всяком случае, ничего действеннее Камилла не придумала...

— А латук вы какой сажали?

— «Майскую королеву» или «Толстую ленивую блондинку».

— А морковь?

— «Палезо», конечно...

— А шпинат какой?

— Ну... шпинат... «Вирофлейский исполин». Он хорошо всходил...

— Черт, и как вы держите в голове все названия?

— Я даже пакетики помню. Каждый вечер листала каталог Вильморена, как другие мусолят свой требник... Я это обожала... Мой муж бредил охотничьими ружьями и патронами, а я увлекалась только растениями... Знаешь, люди приезжали издалека, чтобы взглянуть на мой сад...

Она ставила ее кресло на освещенное место, слушала и рисовала.

И чем больше рисовала, тем сильнее любила.

Может, не будь этого кресла, Полетта дольше оставалась бы на плаву? Неужели она стала впадать в детство по вине Камиллы, которая то и дело просила ее присесть, потому что так получалось быстрее и проще? Все может быть...

Тем хуже... Зато никто не отберет у них то, что они сейчас переживают — ни понимания с полуслова-полувзгляда, ни протянутых друг к другу рук в истаивающей с каждой минутой жизни. Ни Франк, ни Филибер, ни черта не смыслившие в их странной дружбе, ни врачи, которые все равно бессильны, когда старый человек вдруг вновь становится восьмилетним ребенком, который кричит с берега реки: «Господин аббат! Господин аббат!», горько при этом рыдая, ведь если аббат утонет, все дети из церковного хора попадут прямиком в ад...

— Я бросила ему свои четки, можешь себе представить, как сильно они помогли этому бедняге... Думаю, я начала терять веру именно в тот день: вместо того чтобы просить о помощи Господа, он звал свою мать... Мне это показалось подозрительным...

2

— Франк...

— Да...

— Я беспокоюсь за Полетту...

— Знаю.

— Что нам делать? Заставить ее согласиться на осмотр?

— Думаю, я продам мотоцикл...

— Так. Ладно. Плевать ты хотел на все, что я говорю...

3

Он его не продал. Не продал потому, что обменялся с поваром на его жалкий «Гольф». На этой неделе у него была страшная запарка, но он никому ничего не сказал, и в воскресенье они собрались втроем у постели Полетты.

На их счастье, погода стояла прекрасная.

— Ты не идешь на работу? — спросила она.

— Пфф... Что-то не хочется сегодня... Скажи-ка, э-э-э... Вчера вроде у нас была весна?

Они растерялись: человеку, с головой ушедшему в свои магические кулинарные книги, трудно дождаться отклика от тех, кто давно утратил представление о времени...

Но его это не смутило.

— Так вот, парижулечки мои, сообщаю: на дворе весна!

— Что ты несешь?

Да-а, публика реагирует вяловато...

— Вам что, и весна по фигу?

— Да нет, конечно, нет...

— А вот и да. Вам плевать, я вижу...

Он подошел к окну.

— Ладно, не берите в голову. Я что хотел сказать — обидно сидеть тут и смотреть, как на Марсовом поле прорастают заезжие китайцы, когда у нас, как у всех соседей-богатеев, есть загородный дом, и, если вы чуть-чуть поторопитесь, мы еще успеем заехать на рынок в Азе и купить продуктов, чтобы приготовить хороший обед... Ну, в общем... Ладно, мое дело — предложить... Если вам это не улыбается, я пойду спать...

Похожая на черепаху Полетта вытянула дряблую шею из-под панциря:

— А?

— Ну... Что-нибудь простое... Может, отбивные с овощным рагу... И земляника на десерт... Если будет хорошая. А нет, так я испеку яблочный пай... Поглядим... Бутылочка бургундского от моего друга Кристофа к еде и послеобеденный отдых на солнышке — как вам такая идея?

— А как же твоя работа? — спросил Филибер.

— Плевать! Разве я мало работаю?

— И на чем мы туда поедем? — съязвила Камилла. — На твоем супермотоцикле?

Он сделал глоток кофе и бросил небрежным тоном:

— Перед дверью стоит прекрасная тачка — мерзавец Пику окропил ее уже дважды за сегодняшнее утро, кресло сложено и лежит в багажнике, и я только что залил полный бак бензина...

Он поставил чашку и взял поднос.

— Давайте... Шевелитесь, ребята, у меня еще много дел...

Полетта упала с кровати. Не из-за мозжечка — от спешки.

Сказано — сделано. Они это исполнили. И теперь исполняли каждую неделю.

Как все зажиточные буржуа (но днем позже), они уезжали рано утром в воскресенье и возвращались в понедельник вечером с дарами природы, новыми набросками и здоровой усталостью.

Полетта воскресла.

Иногда у Камиллы случались приступы прозрения, и тогда она смотрела правде в глаза. То, что переживали они с Франком, было очень приятно. Будем веселы, будем безумны, запрем двери, сбросим старую кожу, пустим друг другу кровь, раскроемся, обнажимся, пострадаем немного и «розы бытия спеши срывать весной»[1], и ля-ля-ля, и бум-бум-бум. Да никогда из этого ничего не выйдет. Она не хотела зацикливаться, но их отношения обречены. Слишком они разные, слишком... Ладно, проехали. Она никак не могла собрать в единое целое Камиллу Раскованную и Камиллу Недоверчивую. Одна все время смотрела на другую, морща нос.

Печально, но факт.

Но иногда, иногда... Иногда ей удавалось разобраться в себе, и тогда две зануды сливались в одну — глупую и беспомощную. Иногда ему удавалось ее обмануть.

Как сегодня, например... Машина, послеполуденный отдых фавна, сельский рынок — это само по себе было неплохо, но потом он сделал ход посильнее.

У въезда в деревню он остановился и обернулся к ним:

— Бабуля, вам с Камиллой придется немного пройтись ножками... А мы пока откроем дом...

Гениальный ход.

Видели бы вы, как эта маленькая старушка в мольтоновых носочках, которая много месяцев подряд отплывала в страну воспоминаний, медленно погружаясь в ватное беспамятство, сделала несколько осторожных шажков вперед, а потом подняла голову, слегка распрямила плечи и почти отпустила руку своей молодой спутницы-поводыря...

Это следовало видеть, чтобы понять значение слов «счастье» или «блаженство». Видеть это просиявшее лицо и королевскую поступь, смотреть, как она слегка кивает вырвавшимся на волю газовым занавескам, слышать ее безжалостный диагноз состоянию сада и дверных порогов.

Внезапно она прибавила шагу, как будто воспоминания и запах теплого гудрона заставили ее кровь быстрее бежать по жилам...

— Смотри, Камилла, это мой дом. Это он.

4

Камилла застыла.

— В чем дело? Что с тобой?

— Это... это ваш дом?

— Ну да! Боже, ты только взгляни, как тут все заросло... Ни один кустик не подстрижен... Вот ведь беда...

— Совсем как мой...

— Что?

«Своим» она называла не дом в Медоне, где изнывали ее родители, а тот, что начала рисовать, впервые взяв в руки фломастер. Маленький домик, который она придумала, место, куда она пряталась от мира, чтобы мечтать о курочках и жестянках с печеньем. Ее кукольный трейлер, ее гнездышко, ее синий домик на склоне холма, ее «Тара», ее африканская ферма, ее крепость в горах...

Дом Полетты напоминал маленькую, крепко сбитую сельскую кумушку, которая, вытягивая шею из глухого воротничка, встречала вас, подбоченившись с понимающе псевдожеманным видом. Из тех, что, потупив очи, изображают смирение, излучая при этом довольство и собой, и жизнью.

Дом Полетты был лягушкой, которая мнила себя величиной с быка. Маленькой пограничной сторожкой, возжелавшей сравняться величием с замками Шамбора[1] и Шенонсо[2].

Этакой маленькой тщеславной крестьяночкой-гордячкой, мечтающей о величии и вопрошающей с тревогой:

— Взгляните, сестра моя, и скажите, все ли в порядке. Хороша ли моя черепичная крыша? Стройнят ли меня наличники из белого песчаника над дверью и окнами?

— Вовсе нет.

— Неужели? А мои слуховые окошки? Разве не прелестны эти обложенные камнем окошки?

— Ничуть.

— Ничуть? А карниз? Его тесал мой друг.

— И он не спасает дела, дорогая.

Тощая нахалка от обиды заросла диким виноградом, приукрасила себя цветочными горшками и даже позволила себе повесить над входной дверью подкову — в знак крайнего презрения к чужому мнению. Вот вам, Аньес Сорель и знатные дамы из Пуатье, у вас-то такой прелести нет!

Дом Полетты жил своей жизнью.

Она не хотела входить, ей нужно было одно — увидеть свой сад. Какое запустение... Все пропало... Повсюду пырей... Сейчас ведь самое время сеять... Капусту, морковку, землянику, лук-порей... А земля заросла одуванчиками... Боже мой, боже мой... Счастье еще, что я сажала много цветов... Сейчас для них еще рановато... Где мои нарциссы? Вот они, мои дорогие! А мои крокусы? О, Камилла, взгляни на эту красоту... Я не вижу, но они точно должны быть где-то здесь...

— Маленькие синенькие цветочки?

— Да.

— Как они называются?

— Леопольдия... или гадючий лук... Ох, — жалобно простонала она.

— Что такое?

— Их бы следовало рассадить...

— Да какие проблемы... Завтра же и займемся! Вы мне объясните...

— Ты сделаешь?

— Конечно! Обещаю учиться прилежнее, чем на кухне!

— И душистый горошек нужно будет посадить... Это любимые цветы моей матери...

— Все что захотите...

Камилла пощупала свою сумку. Отлично, краски она не забыла...

Кресло откатили на солнце, и Филибер помог Полетте устроиться. Слишком много волнений.

— Гляди-ка, бабуля, что у меня есть!

Франк появился на крыльце с большим ножом в одной руке и котом в другой.

— Я все-таки приготовлю вам кролика!

Они вынесли на улицу стулья и устроили пикник. К десерту все размякли, вытянули ноги и, прикрыв глаза, наслаждались ласковым деревенским солнышком.

В саду пели птицы. Франк и Филибер лениво препирались:

— Говорю тебе, это дрозд...

— Нет, соловей.

— Дрозд!

— Соловей! Черт, это, между прочим, мой дом! Я тут всех птиц знаю!

— Не спорь, — вздохнул Филибер, — ты же вечно возился с железками, что ты мог слышать. А я читал в тишине и прекрасно изучил их наречия... Дрозд грохочет, а когда поет малиновка, кажется, будто падают капельки воды... Так что это точно дрозд... Послушай, ка-кие рулады выделывает... Словно Паваротти распева-ется... Ба, ну-ка скажи, кто это?

Она спала.

— Камилла?

— Два пингвина, мешающие мне наслаждаться ти-шиной.

— Прекрасно... Раз так... Идем, Филу, будем ловить рыбу.

— А? О-о-о... Да я... Я не слишком хорошо умею... Я всегда... за... запутываюсь...

Франк засмеялся.

— Пошли, малыш, не дрейфь. Ты расскажешь мне о своей возлюбленной, а я объясню тебе, где у спиннин-га катушка...

Филибер с укором взглянул на Камиллу.

— Эй! Я ничего не говорила! — возмутилась она.

— Это не она. Мне мой мизинчик нашептал...

И они удалились — высокий смешной чудак в бабоч-ке и монокле и коренастый разбойник в пиратской бандане...

— Ну, мальчик мой, расскажи дядюшке Франку, ка-кую наживку ты припас... Наживка, знаешь ли, дело тонкое... Рыбешки ведь твари совсем не глупые... Сов-сем... Очень даже неглупые...

Когда Полетта проснулась, они объехали владения на «тачке» с ручным приводом, а потом Камилла угово-рила ее принять ванну, чтобы согреться.

Она нервничала.

Все, что они делали это было не слишком разумно.

Ладно, поживем — увидим.

Филибер разжег огонь, а Франк приготовил ужин.

Полетта легла рано, они сели играть в шахматы, а Камилла их рисовала.

— Камилла...

— Да?

— Почему ты всю дорогу рисуешь?

— Потому что ничего другого делать не умею...

— Ну и кого ты сейчас изображаешь?

— Слона и Коня.

Было решено, что мальчики лягут на диване, а Камилла — на детской кровати Франка.

— Э... — рискнул высказать свое мнение Филибер, — возможно, Камилле было бы удобнее на широкой кровати...

Они одновременно взглянули на него и улыбнулись.

— Я, конечно, близорук, но не до такой же степени...

— Нет-нет, — ответил Франк, — она отправляется в мою комнату... Будем вести себя, как твои кузены... До свадьбы — ни-ни...

Просто он хотел спать с ней в своей детской постели. Под футбольными постерами и кубками за победы в мотокроссах. Это будет неудобно и не слишком романтично, зато он получит доказательство того, что жизнь несмотря ни на что все же милая барышня.

Он так скучал в этой комнате... Так скучал...

Если бы кто-нибудь сказал ему, что однажды он приведет сюда принцессу и будет лежать рядом с ней на этой узкой латунной кроватке, где в матрасе когда-то была дыра, и где он чувствовал себя совершенно потерянным, и на которой он занимался онанизмом, предаваясь мечтам о куда менее привлекательных девушках, чем она... Он бы ни за какие коврижки не поверил... Это он-то, прыщавый голенастый юнец, ни черта не смыслящий в жизни... Нет, любимчиком судьбы он точно не был...

Да, жизнь — большая мастерица преподносить сюрпризы... Годы, проведенные в холоде одиночества, и вдруг — бац! — извольте, юноша, в самое пекло...

— О чем ты думаешь? — спросила Камилла.

— Ни о чем... Так, о всяких глупостях... Сама-то как?

— Не могу поверить, что ты вырос в этом доме...

— Почему?

— Н-ну... Здесь все такое жалкое... Это даже не деревня, а... Ничто... Маленькие домики со старичками, сидящими у окна... А эта хибарка... Здесь ничего не изменилось с 50-х годов... Никогда не видела кухни с такой громадной плитой! И туалет в саду! Как тут расцвести ребенку? Как тебе это удалось? Как ты выбрался?

— Тебя искал...

— Прекрати... Мы же договорились...

— Я с тобой ни о чем не договаривался!

— Ладно-ладно...

— Ты сама прекрасно знаешь, как я выбрался, с тобой было так же... Мне, правда, природа помогала... Я все время торчал на улице. И, что бы там Филу ни вякал, это был соловей. Я точно знаю, мне дед объяснил, а мой дедуля сам был почище всякой пернатой штучки... Ему и манки были не нужны...

— Как же ты живешь в Париже?

— А я и не живу...

— Здесь для тебя работы нет?

— Нет. Во всяком случае, ничего интересного. Но, если у меня однажды появятся дети, клянусь — я не позволю им расти среди машин, ни за что... Ребенок, у

510

которого нет резиновых сапог, удочки и рогатки, — не ребенок. Почему ты улыбаешься?

— Да так. Я нахожу тебя очень милым.

— Я бы предпочел, чтобы ты поискала кое-что другое...

— На тебя не угодишь.

— Скольких ты хочешь?

— А?

— Детей...

— Эй! — она едва не подавилась от возмущения. — Ты нарочно или как?

— Да погоди ты, я же не говорил, что от меня!

— Я вообще не хочу детей.

— Да ну? — Он был разочарован.

— Вот так.

— Почему?

— Потому.

Франк обнял Камиллу за шею, и ее губы оказались у самого его уха.

— Скажи мне почему...

— Нет.

— Скажи. Я никому тебя не выдам...

— Потому что не хочу, чтобы малыш остался один, если я умру...

— Ты права. Вот почему детей должно быть много... Кроме того...

Он еще крепче обнял ее.

— Ты не умрешь... Ты — ангел... а ангелы не умирают... Она плакала.

— Ну чего ты?

— Ничего... ничего... Просто у меня вот-вот начнутся месячные... Каждый раз одно и то же... Везде болит, плачу по пустякам...

Она улыбнулась, шмыгнув носом.

— Видишь, никакой я не ангел...

5

Они долго лежали, обнявшись в темноте, а потом Франк внезапно спросил:

— Кое-чего я не понимаю...

— Чего именно?

— У тебя есть сестра, так?

— Есть...

— Почему вы не видитесь?

— Не знаю.

— Это чистый маразм! Ты должна с ней встречаться!

— Почему должна?

— Потому! Иметь сестру — это же роскошь! Я бы все отдал за счастье иметь братишку! Все! Даже двухколесного друга! Даже свои секретные места, где лучший в мире клев! Даже любимые шарики для электробильярда! Как в песне, знаешь... Пара перчаток, пара оплеух...

— Знаю... Это приходило мне в голову, но смелости не хватило...

— Почему?

— Наверное, из-за матери...

— Да забудь ты о матери... Что хорошего она тебе сделала? Не будь мазохисткой... Ты ей ничего не должна, понимаешь?

— Конечно, должна.

— Конечно, нет. Когда родители плохо себя ведут, дети не обязаны их любить.

— Обязаны.

— Почему?

— Да потому, что они — твои родители...

— Пфф... Родителями стать вовсе не трудно, достаточно просто трахнуться. Это потом все усложняется...

512

Я, например, не буду любить женщину только за то, что она дала кому-то на стоянке и залетела... Ничего не могу с собой поделать...

— Но я-то другая...

— С тобой все еще хуже. В каком состоянии ты возвращаешься после каждого свидания с ней... Просто ужас. У тебя лицо...

— Прекрати. Я не хочу об этом говорить.

— Ладно, ладно, сейчас заткнусь. Но ты не обязана ее любить. Вот и все. Думаешь, дело в том, что я теперь плачу больше взносов по страховке из-за мамаши? Так оно и есть, потому и учу тебя уму-разуму: никто не обязан любить предков, если они ведут себя как говняные придурки.

— ...

— Злишься?

— Нет.

— Прости меня.

— ...

— Ты права. У тебя все было по-другому... Мать все-таки занималась тобой... Но она не должна мешать тебе видеться с сестрой, если уж она существует... Честно говоря, она не стоит такой жертвы с твоей стороны...

— Не стоит...

— Вот именно.

6

На следующий день Камилла возилась в саду, следуя указаниям Полетты, Филибер что-то писал, устроившись под деревом, а Франк готовил им умопомрачительный салат.

Выпив кофе, он уснул в шезлонге. Боже, как же у него болела спина...

К следующему их «выезду на природу» он закажет матрас. Второй подобной ночи он просто не вынесет... Ни за что на свете... Жизнь, конечно, прекрасна, но рисковать собственным здоровьем — верх идиотизма.... Ни за какие коврижки...

Они приезжали сюда каждые выходные. С Филибером или без него. Чаще — с ним.

Камилла — она всегда знала, что в ней есть такие задатки, — на глазах превращалась в завзятую садовницу.

Полетта сдерживала ее пыл.

— Нет, это сажать нельзя! Не забывай, мы появляемся здесь раз в неделю. Нам нужно что-нибудь цепкое, живучее... Люпины, флоксы, космеи... Легкие, воздушные... Увидишь, они тебе понравятся...

А Франк раздобыл через сестру толстяка Тити старую таратайку — ездить на рынок и навещать Рене...

Он выдержал тридцатидвухдневную разлуку со своим могучим двухколесным другом, сам не понимая, как ему это удалось...

Мотоцикл был старый и уродливый, но грохотал на всю округу.

— Вы только послушайте, — кричал он из-под навеса, где обретался, если не возился на кухне, — послушайте это чудо в перьях!

Они нехотя отрывались от дела — Камилла от посевов, Филибер от книги.

«Тррр-ах тах тах тах».

— Ну? С ума сойти можно! Чистый «Харлей»!

О да... Без комментариев...

— Ничего-то вы не понимаете...

— Кто такая Арлетта? — спрашивала Полетта у Камиллы.

— Арлетта Дэвидсон... Суперпевица...

— Не знаю такой.

Филибер придумал игру, чтобы не скучать в дороге. Каждый должен был рассказывать остальным что-нибудь познавательное.

Филибер был бы замечательным преподавателем.

Однажды Полетта поведала им, как борются с майскими жуками.

— Утром, пока они неподвижно сидят на листьях и еще не пришли в себя после прохладной ночи, стелишь клеенку под дерево и начинаешь трясти ветки шестом. Потом толчешь их, засыпаешь известкой и складываешь в яму — получается отличный компост... Да, и о головном уборе не следует забывать!

В следующий раз Франк посвящал их в тонкости разделки говяжьей туши.

— Итак, первая категория: бедренная часть, спинная часть, кострец, поясничная часть, филе-миньон, вырезка, то есть пять первых ребер и три вторых, плечо. Теперь вторая категория: грудинка, завитки и пашинка. Наконец, третья категория: голяшка, подбедрок и... Вот же черт, что-то я забыл.

Филибер проводил дополнительные занятия для невежд, которые если что и знали о Генрихе IV, так только байку о курином супе, фамилию Равальяк[1] да еще анекдот о том, что славный монарх считал свой знаменитый детородный орган костью...

— Генрих IV родился в По в 1553 году и умер в Париже в 1610-м. Он был сыном Антуана Бурбонского и Жанны д'Альбре, к слову сказать — моей «эннюородной» кузины. В 1572 году он женился на дочери Генриха II Маргарите Валуа — она в родстве с моей матерью. Вождь кальвинистов, он отрекся от протестантизма, спасаясь от резни в Варфоломеевскую ночь. В 1594 году короновался в Шартре и въехал в Париж. Нантским эдиктом 1598 года восстановил религиозный мир в стране. Был очень популярен. Опускаю перечисление сражений, в которых он участвовал, полагаю, вам на них плевать... Но вот важная деталь: его соратниками были два великих человека — Максимильен де Бетюн, герцог де Сюлли, оздоровивший финансы государства, и Оливье де Серр, много сделавший для развития сельского хозяйства...

А вот Камилла не хотела принимать участия в игре.
— Я ничего интересного не знаю, — говорила она, — и не уверена в том, что знаю...
— Расскажи нам о художниках! — уговаривали ее.
— О течениях, периодах, знаменитых полотнах, да о твоих кистях, карандашах и красках, наконец!
— Нет, я не сумею все это описать... Боюсь наврать...

— Но у тебя есть любимый период?

— Возрождение.

— Почему?

— Потому что... Не знаю... Тогда все было так прекрасно... Повсюду... Все...

— Что все?

— Все.

— Отлично... — пошутил Филибер. — Спасибо. Предельно лаконично. Для желающих узнать больше сообщаю: «История искусства» Эли Фор лежит в нашем клозете под спецвыпуском «Enduro» за 2003 год.

— Расскажи нам, кого ты любишь... — настаивала Полетта.

— Из художников?

— Да.

— Ну... Если в произвольном порядке, то... Рембрандт[1], Дюрер[2], да Винчи[3], Мантенья[4], Тинторетто[5], Латур[6], Тёрнер[7], Бонингтон[8], Делакруа[9], Гоген[10], Валлотон[11], Коро[12], Боннар[13], Сезанн[14], Шарден[15], Дега[16], Босх[17], Веласкес[18], Гойя[19], Лотто[20], Хиросигэ[21], Пьеро делла Франческа[22], Ван Эйк[23], оба Гольбейна[24], Беллини[25], Тьеполо[26], Пуссен[27], Моне[28], Чжу Да, Мане[29], Констебль[30], Зим[31], Вюйар[32] и... Вот ужас, я наверняка забыла половину имен...

— А ты можешь рассказать о ком-нибудь поподробнее?

— Нет.

— Ну, например, о Беллини... За что именно ты его любишь?

— За портрет дожа Леонардо Лоредана...

— Почему именно за этот портрет?

— Не знаю... Нужно отправиться в Лондон — в Национальную картинную галерею, если я не ошибаюсь, — и увидеть эту картину, чтобы разобраться... Это... Это... Нет, не хочу произносить благоглупости...

— Ладно... — сдались они, — в конце концов, это всего лишь игра. Не станем же мы тебя принуждать...

— Вспомнил! — закричал Франк. — Я вспомнил, что не назвал вам! Шейную часть, конечно! Или шейку... Ее готовят с соусом бешамель...

Так что Камилла ходила в отстающих.

Но в понедельник вечером, когда они стояли после развилки в Сент-Арну в пробках и пребывали в полудреме от усталости, она внезапно объявила:

— Я придумала!

— А?

— Про кого могу рассказать! Только про него! Я много лет назад выучила все про него наизусть!

— Тогда вперед, мы слушаем...

— Хокусай[1], рисовальщик, я его обожаю... Помните его волну? А виды горы Фудзи? Ну как же?! Бирюзовая, обрамленная белой пеной волна? Так вот, он... Это просто чудо... Если бы вы только знали, сколько он создал, это даже представить себе невозможно...

— И это все? «Просто чудо» — и ничего больше?

— Сейчас, сейчас... Я пытаюсь собраться с мыслями...

В опускающихся на унылое предместье — слева завод, справа гигантский торговый центр — сумерках, между серой громадой Парижа и угрюмо мычащим стадом, возвращающимся на ночь в стойло, Камилла медленно произнесла свой монолог:

С шести лет я усердствовал в изображении формы предметов.

518

К пятидесяти годам я опубликовал бессчетное количество рисунков, но все, что я делал до семидесяти лет, ничего не стоит.

В шестьдесят три года я начал постигать структуру живой природы, животных, деревьев, птиц и насекомых.

Полагаю, что к восьмидесяти годам я продвинусь еще дальше; в девяносто лет я проникну в тайную суть вещей; в столетнем возрасте я смогу творить чудеса, а когда мне исполнится сто десять, вдохну жизнь во все мои точки и линии.

Я прошу тех, кто проживет так же долго, убедиться, что я держу свое слово.

Написано в возрасте семидесяти пяти лет мною, Хокусаем, влюбленным в живопись стариком.

«Все будет живым — мои точки и мои линии...» — повторила она.

Остаток пути они проделали в молчании, и каждый думал о своем.

7

На Пасху их пригласили в замок.

Филибер нервничал.

Боялся уронить свой престиж...

Он обращался на «вы» к родителям, те говорили «вы» ему и друг другу.

— Здравствуйте, отец.

— А, вот и вы, сын мой... Прошу вас, Изабель, предупредите вашу матушку... Мари-Лоранс, вы ведь знаете, где стоит виски? Никак не могу найти...

— Попросите помощи у Святого Антония, друг мой!

Сначала они изумлялись, потом перестали обращать внимание.

За ужином гостям пришлось нелегко. Маркиз и маркиза задавали кучу вопросов, но не с целью составить мнение о гостях. Они вообще не ждали ответов. Да и вопросы оказались «на грани фола».

— Чем занимается ваш отец?

— Он умер.

— Ах, простите...

— Э-э-э... А ваш?

— Я его не знал...

— Прекрасно... Вы... Не хотите ли еще салата?

— Спасибо, довольно.

По старинной столовой пролетел тихий ангел.

— Итак, вы... Повар, не так ли?

— Да...

— А вы?

Камилла повернулась к Филиберу.

— Она художница, — ответил он за нее.

— Художница? Как это необычно! И вы... Вы этим зарабатываете?

— Да. В общем... Я... Полагаю, что так...

— Очаровательно... Вы живете в одном доме с Филибером?

— Прямо над ним...

Маркиз судорожно искал на жестком диске памяти светский файл.

— ...Значит, вы — малышка Рулье де Мортемар!

Камилла запаниковала.

— Э-э... Моя фамилия Фок...

И добавила, отчаянно пытаясь спасти положение:

— Камилла Мари Элизабет Фок.

— Фок? Какая прелесть... Я знавал одного Фока... Весьма достойный был человек... Кажется, Шарль... Не ваш ли он родственник?

— О... Нет...

Полетта за весь вечер не вымолвила ни слова. Она сорок лет прислуживала за столом людям их круга и слишком неловко себя чувствовала, чтобы «выступать» на «рауте».

За кофе легче не стало...

Теперь отдуваться пришлось Филу.

— Итак, сын мой... Вы по-прежнему занимаетесь открытками?

— Да, отец.

— Увлекательно, не правда ли?

— Я этого никогда не утверждал...

— Не будьте столь ироничны, прошу вас... Ирония — удел лодырей, думаю, я достаточно часто вам это повторял...

— Да, отец... *«Крепость»*, Сент-Эк...

— Что-что?

— Сент-Экзюпери.

Маркиз сглотнул, дернув кадыком.

Когда они покинули наконец мрачную залу, где по стенам над их головами висели набитые соломой головы представителей местной фауны, в том числе драного павлина и даже олененка, Франк на руках отнес Полетту в ее комнату. «Как новобрачную», — прошептал он ей на ухо и уныло покачал головой, сообразив, что будет спать за тысячу миллиардов километров от своих принцесс — двумя этажами выше.

Он отвернулся и рассеянно держал за ногу чучело кабана, пока Камилла раздевала Полетту.

— Поверить не могу... Нет, вы когда-нибудь видели такую мерзкую жратву? Бредятина какая-то! Дрянь, а не ужин! Своим гостям я бы никогда такого не подал! Лучше уж приготовить омлет или гренки.

— Может, они стеснены в средствах?

— Брось, у любого хватит денег на пышный омлет. Я не понимаю... Просто не врубаюсь... Хлебать дерьмо старинным серебром и наливать дешевый пикет[1] в хрустальный графин — может, я придурок и чего-то не понимаю... Да продай они один из своих пятидесяти двух подсвечников — могли бы прилично питаться целый год...

— Думаю, они иначе смотрят на вещи... Мысль о том, чтобы продать фамильную зубочистку, кажется им такой же нелепой, как тебе — угощать гостей покупным салатом...

— Да у них и салат-то был не из лучших! Я видел пустую коробку в помойке... Leader Price! Не понимаю... Приказывать слугам именовать себя «господин маркиз» — и поливать готовым майонезом салат для бедных, клянусь, этого я никогда не пойму...

— Ладно, успокойся... Ничего такого уж страшного в этом нет...

— Вот именно что есть, черт возьми! Есть! Зачем *передавать наследие* детям, если ты не способен сказать им ни одного ласкового слова? Ты слышала, как он говорил с моим Филу? Видела эту его оттопыренную губу, а? «По-прежнему занимаетесь почтовыми открытками, сын мой?» Читай: «придурок ты гребаный»! Клянусь, я едва сдержался, чтобы не влепить ему по лбу... Мой Филу — бог, он самое замечательное человеческое существо из всех, кого я встречал в жизни, а этот кретин срет ему на голову...

— Черт возьми, Франк, прекрати выражаться, — расстроилась Полетта.

Простолюдин заткнулся.

— Пфф... В довершение всех бед я еще и ночую на выселках... Кстати, хочу сразу предупредить: на мессу я завтра не пойду! Ах-ах-ах, за что, скажите на милость, мне благодарить Небо? Лучше бы мы с тобой и Филу встретились в сиротском приюте, вот так...

— О да! В доме мадемуазель Пони!

— В каком-каком доме?

— Ладно, проехали.

— Ты-то пойдешь в церковь?

— Да, конечно.

— А ты, бабуля?

— ...

— Останешься со мной. Мы покажем этой деревенщине, что такое хорошая еда... Денежек у них нет — ладно, сами их накормим!

— Я теперь мало что могу, ты же знаешь...

— Но рецепт пасхального паштета не забыла?

— Как можно!

— Вот и чудненько! Говорю тебе, мы им покажем! «На фонарь аристократов!» Ладно, я пошел, а то сам окажусь в застенке...

Да уж, госпожа маркиза Мари-Лоранс сильно удивилась, спустившись назавтра в восемь утра на кухню. Франк уже вернулся с рынка и командовал армией невидимых слуг.

Она была ошеломлена.

— Боже, но...

— Все прекрасно, госсспожа маррркиза. Все очень хорошо, оччень хор-ро-шо! — напевал он, открывая шкафы. — Ни о чем не беспокойтесь, обед я беру на себя...

— А... А мое жаркое?

— Я убрал его в морозилку. У вас — совершенно случайно — не найдется дуршлага?

— Я не поняла...

— Может, сито есть?

— А... Да, вот в этом шкафу...

— Замечательно! — восхитился он, доставая охромевший на одну ножку «прибор». — Какого оно века? Думаю, это конец XII столетия, я не ошибся?

Они вернулись из церкви голодные и в прекрасном настроении — Иисус воскрес и вернулся к ним — и расселись вокруг стола в ожидании пиршества. Ох ты господи! Франк и Камилла поспешно вскочили — они снова забыли о молитве...

Отец семейства откашлялся.

— Благословите нас, Отец наш Небесный, благословите эту трапезу и тех, кто ее приготовил (Филу подмигнул повару), и пошлите хлебы голодным...

— Аминь, — хихикнул в ответ выводок юных созданий.

— Что же, воздадим должное этим замечательным блюдам... — продолжил господин маркиз. — Луи, принесите нам две бутылки вина дяди Юбера, не сочтите за труд...

— О, друг мой, вы уверены? — всполошилась его тишайшая супруга.

— Ну конечно, конечно... А вы, Бланш, оставьте в покое прическу брата, мы ведь, кажется, не в салоне красоты...

Им подали спаржу под нежнейшим умопомрачительным соусом, потом фирменный пасхальный паштет Полетты Лестафье, жареного ягненка с печеными помидорами, кабачки с цветками тимьяна, клубничный торт и лесную землянику со сливками.

— Взбитыми вручную, прошу вас...

Вряд ли сотрапезники когда-нибудь чувствовали себя счастливее, сидя за этим столом на двенадцать персон, и уж точно никогда еще они так весело не смеялись. Выпив несколько бокалов вина, маркиз оттаял и даже рассказал пару-тройку запутаннейших охотничьих историй, в которых не всегда выглядел героем в сверкающих доспехах... Франк то и дело отлучался на кухню, Филибер отвечал за подачу. Оба были безупречны.

— Им бы следовало работать вместе, — шепнула Полетта Камилле. — Маленький задира — у печей, высокий сеньор — в зале, это было бы потрясающе...

Кофе они пили на крыльце, и Бланш снова устроилась на коленях у Филибера.

Уф... Франк смог наконец приземлиться. После такого обеда он предпочел бы полежать, но, увы... Он предпочел бы свернуться калачиком, но... рядом была Камилла.

— Что это? — спросила она о корзинке, на которую нацелились все остальные.

— Пончики, — хихикнул он, — это было сильнее меня, я не смог удержаться.

Он спустился на ступеньку и сел, прислонившись к коленям своей красавицы.

Она положила ему на макушку блокнот.

— Тебе неудобно?

— Очень удобно.

— Вот я и говорю, тебе стоит об этом подумать, пышечка моя...

— О чем об этом?

— Об этом. О том, как мы вот тут сидим...

— Не понимаю... Хочешь, чтобы я поискала у тебя вшей в голове?

— Валяй. Ты поищешь вшей, а я кое-что другое.

— Франк... — вздохнула она.

— Да нет, чисто символически! Чтобы я на тебе отдыхал, а ты на мне — работала. Что-то в этом роде, понимаешь...

— Серьезный подход.

— Ага... Ладно, поточу-ка я ножи, раз уж предоставился случай... Уверен, на кухне найдется все, что мне нужно...

Они сделали круг по владениям на кресле и распрощались без неуместных любезностей. Камилла подарила хозяевам акварельный набросок замка, а Филу — портрет Бланш в профиль.

— Какая ты щедрая... Никогда не разбогатеешь...
— А, ерунда.

В самом конце обсаженной тополями аллеи Франк хлопнул себя по лбу.
— Карамба! Я забыл их предупредить...
Никто не отреагировал.
— Карамба! Я забыл их предупредить... — повторил он, повысив голос.
— А?
— О чем?
— Да так... Пустяки...

Ладно.
Они снова замолчали.

— Франк и Камилла...
— Знаем, знаем... Ты хочешь поблагодарить нас за то, что твой отец смеялся впервые с тех пор, как была разбита Суассонская ваза[1]...
— Во... вовсе нет.
— Что же тогда?
— Со... согласитесь ли в... вы бы... быть моими св... моими сви... моими сви...
— Твоими сви что? Твоими свинками?
— Нет. Моими сви...
— Твоими свистунами?
— Н... нет, моими сви... сви...
— Черт, да кем твоими?
— Сви... детелями на моей свадьбе?

Машина резко затормозила, и Полетта ударилась о подголовник.

8

Ничего другого он им так и не сказал.

— Я вас предупрежу, когда сам буду знать больше...

— А? Но... Успокой нас... У тебя хоть подружка-то есть?

— Подружка?! — возмутился он. — Да никогда в жизни! Подружка... Какое мерзкое слово... Невеста, дорогой мой...

— Но ведь... Ей об этом известно?

— О чем об этом?

— Что вы помолвлены?

— Пока нет... — признался он, дернув носом.

Франк вздохнул.

— Узнаю Филу... Ладно, проехали... Только не присылай нам приглашение накануне свадьбы, идет? Чтобы я успел купить хороший костюм...

— А я — платье! — добавила Камилла.

— А я — шляпу... — подала голос Полетта.

9

Как-то вечером Кесслеры пришли на ужин. Они молча обошли квартиру. Два старых «бобо»¹ были в отпаде... Сильное зрелище, что и говорить.

Франк отсутствовал, Филибер был безупречен.

Камилла показала им свою мастерскую. Здесь повсюду красовались изображения Полетты — в разных позах, в разных ракурсах, в разных техниках. Настоящий мемориал ее веселости, нежности, угрызениям совести и воспоминаниям, избороздившим морщинами ее лицо...

Матильда была растрогана, Пьер — воодушевлен.

— Очень хорошо! Замечательно! После прошлогодней летней жары старость вошла в моду, ты знала? Это будет иметь успех... Я уверен.

Камилла была подавлена.

По-дав-ле-на.

— Не обращай внимания, — бросила его жена, — это провокация... Мсье растроган...

— Черт, а это! Вы только посмотрите! Высший класс!

— Она не закончена...

— Оставь ее для меня. Обещаешь?

Камилла кивнула.

Нет. Эту она ему никогда не отдаст, потому что она никогда не будет закончена, а закончена она не будет потому, что ее модель никогда не вернется... Она это знала...

Тем хуже.

И тем лучше.

Она не расстанется с этим наброском... Он не окончен... Он зависнет в пустоте... Как и их странная, немыслимая дружба... Как все, что разделяло их на этой земле.

Как-то в субботу утром, несколько недель назад, Камилла работала и не услышала звонка. Филибер постучал ей в дверь.

— Камилла...

— Да?

— Ца... Пришла царица Савская... Она... зззздесь, в моей гостиной...

Мамаду была просто великолепна. Она надела самое красивое бубу и все свои драгоценности. Волосы на голове были выщипаны на две трети, тюрбан гармонировал с платьем.

— Я же обещала, что приду, но тебе лучше поторопиться, в четыре я приглашена на свадьбу к родственникам... Здесь ты живешь? И работаешь тоже здесь?

— Как же я рада снова тебя видеть!

— Эй! Не трать время попусту...

Камилла устроила ее поудобнее.

— Вот так. Сиди прямо.

— А я всегда держусь прямо!

Сделав несколько набросков, она положила карандаш.

— Я не могу рисовать тебя, не зная твоего имени...

Ответом ей стал взгляд, полный величественного презрения:

— Меня зовут Мари-Анастасия Бамундела М'Байе.

Мари-Анастасия Бамундела М'Байе никогда не вернется в этот квартал в одеянии королевы Дьюлулу — деревни, где она родилась, Камилла была в этом уверена. Ее портрет никогда не будет закончен, и Пьер Кесслер никогда его не получит, ведь он не способен увидеть малышку Були, притаившуюся в руках этой «прекрасной негритянки»...

Если не считать этих двух визитов и вечеринки по случаю тридцатилетия коллеги Франка, где Камилла, совершенно распоясавшись, кричала *«У меня аппетит как у барра-куды, ба-ра-ку-дыыы»*, не произошло ничего из ряда вон выходящего.

Дни становились длиннее, Филибер репетировал, Камилла работала, а Франк каждый день терял капельку веры в себя. Она его очень любила — и не любила, готова была отдаться — и не давалась, она пыталась — и сама не верила.

Однажды вечером он не пришел ночевать. Решил посмотреть, что будет.

Она ничего не сказала.

Он повторил опыт — раз, другой, третий. Напивался.

Спал у Кермадека. В основном один, в день внезапной смерти Полетты — с какой-то девкой.

Довел ее до оргазма и отвернулся.

— И все?

— Отстань.

10

Полетта теперь почти не вставала, и Камилла перестала задавать вопросы, но постоянно, днем и ночью, держала ее в поле зрения. Порой старушка пребывала в нетях, но в другие дни находилась в отличной форме. Камиллу это изматывало.

Где проходит граница между уважением к правам другого и неоказанием помощи человеку, которому угрожает опасность? Этот вопрос постоянно терзал Камиллу, но всякий раз, когда она, лежа среди ночи без сна, принимала твердое решение пригласить врача, старая дама просыпалась веселенькая и свежая, как утренняя роза...

Уже много недель она не принимала никаких лекарств, потому что бывшая пассия Франка — лаборантка из больницы — отказывалась давать ему препараты без рецепта...

В вечер премьеры Филибера Полетта чувствовала себя не слишком хорошо, и им пришлось попросить госпожу Перейру посидеть с ней...

— Да сколько угодно! Я двенадцать лет прожила со свекровью, так что сами понимаете... Я умею обращаться со стариками!

Представление должно было состояться в одном из молодежных клубов на окраине Парижа — им предстояло ехать по линии RER A.

Поезд отошел в 19.34. Они сидели друг напротив друга, мысленно разговаривая.

Камилла смотрела на Франка и улыбалась.

Убери эту чертову улыбочку, мне она не нужна. Только улыбаться и умеешь... Завлекаешь людей, путаешь их... Да прекрати же ты лыбиться! Помрешь одна в своей башне в компании цветных карандашей — ничего другого ты не заслуживаешь. Как же я устал... Земляной червяк, полюбивший звезду, как вам это понравится...

Франк смотрел на Камиллу, сцепив от злости зубы.

Какой ты милый, когда бесишься... До чего же ты хорош в гневе... Почему я не могу довериться тебе? Почему заставляю тебя страдать? Зачем ношу кольчугу под латами и портупею через плечо? Какого черта зацикливаюсь на идиотских мелочах? Да возьми же ты открывашку, черт бы тебя побрал! Поищи в чемоданчике, там наверняка найдется инструмент, чтобы проделать дыру в броне и дать мне дышать...

— О чем ты думаешь? — спросил он.
— О твоей фамилии. Я недавно прочла в одном старом словаре, что «эстафье» — это выездной лакей, человек, бежавший за всадником и державший стремя...
— Да ну?
— Угу.
— Ясное дело — слуга, холуй...

— Франк Лестафье?
— Здесь.
— С кем ты спишь, когда не спишь со мной?
— ...
— Ты делаешь с ними то же, что со мной? — продолжила она, кусая губу.

— Нет.

Они взялись за руки, выныривая на поверхность.

Хорошая вещь — рука друга.

Ни к чему не обязывает того, кто ее протягивает, и очень утешает того, кто ее пожимает...

Место было унылое.

Пахло клеем, теплой «Фантой» и нереализованными мечтами о славе. Ядовито-желтые афиши сообщали о триумфальном турне Рамона Риобамбо с оркестром — музыканты были в безрукавках из меха ламы. Франк и Камилла купили билеты и вошли в зал, где было полно свободных мест, выбирай не хочу...

Зал постепенно заполнялся. Обстановка благотворительного праздника. Мамочки навели красоту, папаши проверяли видеокамеры.

Франк нервничал и, как это всегда бывало в подобных ситуациях, тряс ногой. Камилла положила руку ему на колено.

— Филу сейчас окажется один на один со всеми этими людьми, с ума можно сойти... Боюсь, я этого не переживу... А что, если у него случится провал в памяти? Или он начнет заикаться... Чччерт... Да его придется ложкой собирать...

— Шшш... Все будет хорошо...

— Если хоть один из этих придурков хихикнет, клянусь, я его придавлю голыми руками...

— Спокойно...

— Ну что спокойно, что спокойно?! Посмотрел бы я на тебя на этой сцене! Ты бы согласилась выступать перед толпой незнакомых людей?

Первыми вышли дети. Вы хотели увидеть Скапена, Кено, Маленького Принца, героев с улицы Брока? Извольте!

Зрелище было таким забавным, что Камилле никак не удавалось их нарисовать.

Потом на сцену высыпала группа угловатых подростков, проходящих курс реадаптации. Они дергались, звеня тяжелыми золотыми цепочками.

— Ну ни фига себе! Они что, колготки на головы натянули или как? — заволновался Франк.

Антракт.
Черт, черт, черт... Теплая «Фанта» и никакого Филибера на горизонте...

Когда свет снова погас, на сцену выскочила совершенно немыслимая девица.

Крошечная, как Дюймовочка, она была одета в полосатые многоцветные колготки, тюлевую мини-юбку зеленого цвета и летную куртку, расшитую жемчугом. На ногах у нее были ядовито-розовые кроссовки в стиле «new look». Цвет волос гармонировал с обувью.

Эльф. Горсть конфетти...
Трогательная безумная клоунесса, в которую либо влюбишься с первого взгляда, либо так никогда и не поймешь.

Камилла наклонилась к Франку и увидела на его лице глуповатую улыбку.

— Добрый вечер... Ну... э... Да... Так вот... Я... Я очень долго думала, как представлю вам... Следующий номер... И в конце концов решила... Что лучше всего получится, если я расскажу о том, как мы встретились...

— Ух ты, оно заикается. А рассказ-то нам адресован... — прошептал Франк.

— Так вот... Ээ... Это случилось в прошлом году...

Рассказывая, она отчаянно жестикулировала.

— Вам известно, что я занимаюсь детскими студиями в Бобуре, и... Я его заметила, потому что он вечно крутился у турникетов, считал и пересчитывал свои открытки... Каждый раз когда я проходила мимо, я поглядывала на него, и он всегда был занят одним и тем же: пересчитывал открытки и постанывал. Как... Как Чаплин, понимаете? С тем благородным изяществом, от которого перехватывает горло... Когда вы не знаете, плакать вам или смеяться... Когда вы уже вообще ничего не понимаете... Стоите, как дурак, и на душе у вас кисло-сладко... Однажды я ему помогла и... Ну и влюбилась, чего уж там... Вы тоже влюбитесь, сами увидите... Его нельзя не полюбить... Этот парень, он... Он один может осветить весь этот город...

Камилла сжала руку Франка.

— Ой, вот еще что! Когда он мне впервые представился, он сказал: «Филибер де ла Дурбельер», а я — ну я же вежливая девушка — ответила по географическому принципу: «Сюзи... э... Бельвильская...» «О! — воскликнул он. — Вы из рода Жоффруа де Лажема Бельвильского, который сражался с Габсбургами в 1672 году?» Ну ничего себе... «Нет, — пролепетала я, — просто из Бельвиля... который в Париже...» Знаете, что самое прикольное? Он даже не расстроился.

Она подпрыгивала.

— Ну вот, все сказано. И я прошу вас встретить его бурными аплодисментами...

Франк свистнул в два пальца.

Тяжело ступая, появился Филибер. В доспехах. В кольчуге, с плюмажем, шпагой, щитом и всем прочим металлоломом.

По рядам пробежала дрожь.

Он заговорил, но никто ничего не мог разобрать.

Через несколько минут появился мальчик с табуреткой и поднял ему забрало.

И зал наконец услышал голос невозмутимого оратора.

Люди заулыбались.

Никто пока не понимал, в чем дело.

И тут Филибер начал исполнять свой гениальный стриптиз. Каждый раз, когда он снимал очередной кусок железа, маленький паж громким голосом называл его:

— Шлем... Подшлемник... Латный ошейник... Нагрудник... Перевязь... Налокотники... Наручь... Набедренники... Наколенники... Поножи...

Окончательно разобрав себя на части, наш рыцарь лег на спину, и мальчик снял с него «обувку».

— Наножные латы, — объявил он, поднимая их над головой и ухитрившись дать себе по носу.

На сей раз смех прозвучал искренне.

Ничто не разогревает зал лучше доброй грубой шутки...

А в это время Филибер Жеан Луи-Мари Жорж Марке де ла Дурбельер монотонным и неспешным голосом называл ветви своего генеалогического древа, перечисляя доблестные подвиги славного рода.

Его отдаленный дедуля Карл воевал против турок вместе с Людовиком Святым[1] в 1271 году, другой, не менее отдаленный, дедушка Бертран, был при Азенкуре[2] в 1415-м, дядюшка Бидюль участвовал в битве при Фонтенуа[3], дед по имени Людовик бился на берегах Муаны при Шоле[4], двоюродный дед Максимилиан был соратником Наполеона, а прадед по материнской линии попал в плен к бошам в Померании[1].

Филибер рассказывал все очень подробно. Дети не понимали ни слова. Уроки истории Франции в 3D. Высший класс.

— И вот перед вами последний листок с этого генеалогического древа, — заключил он.

И поднялся. Смертельно белый и ужасно худой, в одних кальсонах с королевскими лилиями.

— Это ведь я, знаете? Тот самый, который пересчитывает открытки.

Паж принес ему солдатскую шинель.

— Почему? — спросил он их. — Почему, черт побери, отпрыск столь славного рода считает и пересчитывает кусочки бумаги в самом непотребном месте? Что ж, я вам объясню...

И тут ветер переменился. Он рассказал им о своем «нежеланном» рождении — *я с самого начала все время попадал впросак, матушка не желала делать аборт в больнице.* Поведал о своем оторванном от внешнего мира детстве, когда его учили «держать дистанцию» с простолюдинами. О годах в пансионе, где его постоянно донимали и он не мог за себя постоять, потому что об этой стороне жизни знал только по сражениям своих оловянных солдатиков, и тогда он сделал своим оружием словарь Гафьо...

А люди смеялись.

Они смеялись потому, что это и правда было забавно. Смеялись над выходкой со стаканом мочи, смеялись над издевками, над очками, выброшенными в унитаз, над жестокостью маленьких вандейских крестьян и сомнительными утешениями наставника. Их смешило смирение голубя, который каждый вечер молился за тех, кто его оскорбил, и просил Господа не ввести его во искушение, и отвечал на вопросы отца, который каждую субботу спрашивал сына, не уронил ли тот фамильной чести, а у него все чесалось, потому что ему снова натерли член хозяйственным мылом.

Да, люди смеялись. Он ведь тоже смеялся, а они, эти люди, уже были на его стороне.

Каждый из них чувствовал себя принцем крови...

Каждому казалось, что он рыцарь в сверкающих доспехах...

Все были взволнованы.

Он рассказал им о своих неврозах, навязчивых состояниях, о лекарствах, которые принимал, о заиканиях и запинаниях, когда язык переставал его слушаться, о приступах паники в общественных местах, о плохих зубах, о лысеющей голове, о сутулой спине и обо всем, что потерял на жизненном пути, потому что его угораздило родиться не в том веке. Он вырос без телевизора и без газет, лишенный общения, юмора и, главное, во враждебной по отношению к окружающему миру обстановке.

Он дал им несколько практических советов, напомнил о правилах хорошего тона и других светских обычаях, цитируя по памяти учебник своей бабушки:

Благородные и тонкие особы никогда не употребят в разговоре сравнения, которое может оскорбить слух кого-либо из слуг. Например: «Такой-то ведет себя как лакей». Знатные дамы былых времен так не деликатничали, и я точно знаю, что одна герцогиня, жившая в

XVIII веке, имела обыкновение посылать свою прислугу на каждую казнь на Гревской площади. Она прямо так и говорила: «Это для вас хорошая школа».

Мы теперь гораздо больше уважаем чувства и человеческое достоинство тех, кто ниже нас по положению, и это делает честь нашему времени...

И тем не менее! — Филибер неожиданно повысил голос. — Тем не менее вежливость хозяев не должна превращаться в фамильярность. Нет ничего вульгарнее, чем слушать сплетни прислуги...

И зал снова улыбался. Хотя это уже было не смешно.

Потом он заговорил на древнегреческом, прочел несколько молитв на латыни и признался, что не видел «Большую прогулку»[1], потому что в этом фильме смеются над монахинями...

— Думаю, я единственный француз, не видевший «Большую прогулку», не так ли?

Кое-кто из зрителей попытался его успокоить:

— Да нет, конечно нет, ты не единственный...

— К счастью, я... Мне лучше. Полагаю, я сумел перейти через подъемный мост... И я... Я покинул свои владения, чтобы просто любить жизнь... Встретил людей куда благороднее себя и... Некоторые из них сидят сегодня в зале, и я не хотел бы смущать их, но...

Филибер смотрел на них, и все повернулись к Франку и Камилле, а они безуспешно пытались... пытались проглотить комок в горле.

Потому что человек, вещавший со сцены, этот верзила, смешивший их рассказами о своих несчастьях, был Филу, их ангел-хранитель, их СуперНесквик, спустившийся к ним с неба. Тот, кто спас их, обняв худыми ручищами за поникшие плечи...

Люди аплодировали, а он заканчивал переодеваться, облачаясь во фрак и котелок.

— Ну так вот... Думаю, я все сказал... Надеюсь, я не слишком утомил вас своими воспоминаниями... Если же я все-таки утомил вас, прошу меня извинить и посочувствовать сей благородной даме с розовыми волосами, ибо это она заставила меня выйти к вам сегодня вечером... Обещаю больше так не поступать, но...

Он махнул тростью в сторону кулис, и паж принес ему пару перчаток и букет цветов.

— Обратите внимание на цвет... — добавил он, надевая перчатки... — Кремовые... Бог мой... Я неисправимый поклонник классицизма... Так на чем я остановился? Ах да! Розовые волосы... Я... Я... знаю, что мадам и мсье Мартен, родители мадемуазель де Бельвиль, сегодня в зале, и я... я... я... я...

Он опустился на одно колено.

— Я... я заикаюсь, не так ли?

Смех в зале.

— Я заикаюсь, и на сей раз в этом нет ничего удивительного, потому что я прошу у вас руки вашей до...

В это мгновение над сценой пронеслось пушечное ядро, и Филибер упал на спину. Его лицо исчезло под тюлевой оборкой, а над залом разнесся истошный крик:

— Йиииииииииии, я буду маркиииизой!!!!

Он кое-как поднялся на ноги, держа ее на руках. Сбитые с носа очки висели на ухе.

— Славная победа, вы не находите?

Он улыбался.

— Предки могут мною гордиться...

11

Камилла и Франк не остались на вечеринку по случаю закрытия сезона — они не могли пропустить поезд в 23.58.

На сей раз они сидели рядом, но разговорчивее не стали.

Слишком много впечатлений, да и потрясений выше крыши...

— Думаешь, он придет сегодня вечером?

— Ннну... Эта девица не очень-то вписывается...

— С ума можно сойти, верно?

— Полный бред...

— Представляешь, какое лицо будет у Мари-Лоранс, когда она познакомится со своей новой невесткой?

— Спорю, это случится не завтра...

— Почему?

— Не знаю... Женская интуиция... Помнишь, в замке, когда мы прогуливались с Полеттой после обеда, он сказал нам, дрожа от ярости: «Можете себе представить — сегодня Пасха, а они даже не припрятали яиц для Бланш...» Возможно, я ошибаюсь, но мне показалось, что это была последняя капля, переполнившая чашу терпения... Его они терзали как хотели, и он все сносил безропотно, но это... Не приготовить подарка для маленькой девочки — это уж слишком... Слишком жестоко... Я почувствовала, что он дал себе волю и принял твердое решение... Ты скажешь: тем лучше... И будешь прав: они его не стоили...

542

Франк покачал головой, и разговор иссяк. Продолжи они, им пришлось бы говорить о будущем в сослагательном наклонении («А если они поженятся, где будут жить? А мы куда денемся?»), а они не были готовы к подобного рода обсуждениям... Слишком рискованно... На грани фола...

Франк заплатил госпоже Перейре, пока Камилла сообщала новости Полетте, потом они перекусили в гостиной, слушая вполне вменяемое техно.

— Никакое это не техно, это электро.

— Ах, простите, пожалуйста...

Филибер действительно не вернулся ночевать, и квартира показалась им чудовищно пустой... Они были рады за него и несчастны из-за себя...

Они вновь почувствовали полузабытый привкус одиночества...

Филу...

Им не требовалось изливать душу, чтобы выразить свое смятение. На сей раз они отлично друг друга понимали.

Женитьба друга дала им повод крепко надраться, чокаясь за здоровье всех сирот в мире. А сирот на земле было столько, что вечер закончился вселенской пьянкой.

Вселенской и очень печальной.

12

Марке де ла Дурбельер, Филибер Жеан Луи-Мари Жорж, родившийся 27 сентября 1967 года в Ларош-сюр-Йоне (Вандея), взял в жены Мартен Сюзи, рожденную 5 января 1980 года в Монтрейе (Сен-Сен-Дени), в мэрии 20-го округа Парижа в первый понедельник июня-месяца 2004 года под растроганными взглядами своих свидетелей — Лестафье Франка Жермена Мориса, родившегося 8 августа 1970 года в Туре (Индри-Луара), и Фок Камиллы Мари Элизабет родившейся 17 февраля 1977 года в Медоне (О-де-Сен), и в присутствии Лестафье Полетты, которая отказалась называть свой возраст.

Присутствовали также родители невесты и ее лучший друг — высокий парень с желтыми волосами и наружностью не менее экзотичной, чем у самой новобрачной....

Филибер в шикарном белом льняном костюме с розовым, в зеленый горошек, платочком в кармане.

Сюзи надела розовую, в зеленый горошек, мини-юбочку с турнюром и двухметровым шлейфом. «Моя хрустальная мечта!» — со смехом повторяла она.

Она все время смеялась.

На Франке был такой же льняной костюм, но цвета жженого сахара. Полетта надела шляпу, которую сделала для нее Камилла. Этакое маленькое гнездышко с птичками и перышками, торчащими в разные стороны. Сама Камилла облачилась в одну из белых рубах, которые надевал под смокинг дедушка Филибера, —

она доходила ей до колен, подпоясалась галстуком и обулась в прелестные красные сандалии. Она надела юбку впервые с... Черт, она уж и не помнит, когда это было в последний раз...

После церемонии весь бомонд отправился на пикник в сады на холмах Шомон, экипировавшись большой корзиной Дурбельеров и приняв меры предосторожности, чтобы не попасться на глаза служителям.

Филибер перевез одну стотысячную часть своих книг в маленькую двухкомнатную квартирку супруги, которой ни на секунду не пришла в голову мысль расстаться со своим обожаемым кварталом — даже ради того, чтобы быть похороненной по первому разряду на другом берегу Сены...

Надеюсь, всем ясно, насколько она бескорыстна и как сильно он любит ее...

Но он все-таки оставил за собой свою комнату, и они там ночевали, когда приходили на ужин. Филибер, пользуясь случаем, возвращал на место одни книги и уносил другие, а Камилла продолжала рисовать портрет Сюзи.

Он никак у нее не получался... Еще одна модель, которая ей не давалась... Что поделаешь! Профессиональный риск...

Филибер больше не заикался — он просто переставал дышать, как только жена исчезала из поля его зрения.

Они очень странно смотрели на Камиллу, когда та удивлялась стремительности их романа. К чему ждать?

Зачем отнимать время у счастья? Это же полный идиотизм — то, что ты говоришь...

Она недоверчиво и одновременно растроганно качала головой, а Франк исподтишка за ней наблюдал...

Брось, ты все равно не поймешь... Ты не можешь понять... Ты ведь комок нервов... У тебя если и есть что красивого, так только твои рисунки... Ты же вся скукожилась внутри себя... Как подумаю, что считал тебя живой... Черт, я, видать, в тот вечер был совсем плох, раз влип в эту историю по уши... Я-то думал, ты явилась, чтобы любить меня, а ты просто оголодала. Ну и кретин же я, право слово...

Знаешь, что нужно было бы сделать? Прочистить тебе мозги, как промывают нутро цыпленку, и выбить оттуда все дерьмо раз и навсегда... Тот, кто тебя раскрутит, будет нехилым парнем... Если таковой вообще найдется на этом свете. Филу уверяет, что ты так хорошо рисуешь именно потому, что ты такая... Черт бы побрал это искусство — ты платишь за него слишком дорогую цену!

— О чем задумался, Франк, дружище?! — затормошил его Филибер.

— Просто устал...

— Брось... Скоро отпуск...

— Скоро... Еще весь июль ишачить... Пойду спать, завтра рано вставать — везу дам за город...

Провести лето в деревне... Это была идея Камиллы, и Полетте она понравилась... Не то чтобы она слишком возбудилась... Но, во всяком случае, не возражала. Она на все легко соглашалась, если ее не принуждали...

Когда она сообщила ему свой план, Франк начал кое-что понимать.

Она может жить вдалеке от него. Она в него не влюблена и никогда не влюбится. Кстати, она его об этом честно предупредила. И это его трудности, если он возомнил, что переупрямит ее и весь мир. Нет, парень, ты вовсе не самый крутой... Придется тебе с этим смириться. Какой же ты самоуверенный болван...

Ты еще не родился, а твоя жизнь уже ничего не стоила, так с какой стати все должно измениться сейчас? На что ты рассчитывал? Думал, если вы спите вместе и ты к ней хорошо относишься, счастье готовеньким свалится тебе прямо на башку?.. Эх ты... Неудачник... Только посмотри на себя... На что ты надеялся? Нет, ну на что, скажи честно?

Она оставила свою сумку и чемодан Полетты у входа и пришла к нему на кухню.

— Я хочу пить.

— ...

— Дуешься? Не хочешь, чтобы мы уезжали?

— Вовсе нет! Я хоть развлекусь немного...

Она встала, взяла его за руку.

— Ладно, пойдем...

— Куда это?

— В постель.

— С тобой что ли?

— Конечно!

— Нет.

— Почему?

— Не хочу... Тебя тянет на нежности только под банкой... Все время жульничаешь, мне осточертело...

— Ладно...

— Ты одной рукой даешь, а другой забираешь... Это мерзко...

— ...

— Просто мерзко...

— Но мне хорошо с тобой...

— «Хорошо с тобой...» — передразнил он идиотским голосом. — Да положил я на это с прибором! Ну да, я хотел, чтобы *ты* была со мной. Но все остальное... Прибереги свои настроения, артистические закидоны и сложности для другого дурака. Этот отдал тебе все что мог. Больше ты с него ничего не поимеешь, принцесса...

— Ты влюбился, да?

— Ой, да не занудствуй ты, Камилла! *Ты влюбился, да?* Не разговаривай со мной как с больным! Веди себя прилично! Такого я все-таки не заслуживаю! Ладно... Ты отвалишь, и мне полегчает... Что я вообще делаю рядом с девкой, которая заводится от мысли провести два месяца в жалкой дыре вдвоем с древней развалиной? Ты ненормальная... Хочешь совет? Сходи к доктору, прежде чем хватать за яйца следующего мужика, так будет честнее.

— Полетта права. Ты иногда бываешь немыслимо грубым...

Дорога на следующий день показалась им бесконечной.

Он оставил им машину и уехал на старом мопеде.

— Приедешь в следующую субботу?

— Зачем?

— Ну... Отдохнуть...

— Там поглядим...

— Прошу тебя...

— Я же сказал: поглядим...

— Не поцелуемся на прощанье?

— Не-а. Я приеду трахнуть тебя в следующую субботу, если не будет дел поинтересней, но целоваться с тобой больше не буду.

— Хорошо.

Он попрощался с бабушкой и исчез.

Камилла вернулась к своим банкам с краской. Она занималась внутренней отделкой...

Начала было размышлять о случившемся, но тут же плюнула, достала кисти из растворителя и долго их вытирала. Он прав: там будет видно.

И их жизнь пошла своим чередом. Как в Париже, только медленнее. И под солнцем.

Камилла познакомилась с четой англичан, ремонтировавших дом по соседству. Они обменивались инструментами и красками, пили джин с тоником, глядя на танцующих в небе стрижей.

Камилла с Полеттой отправились в Музей изящных искусств в Туре. Полетта ждала под огромным кедром (слишком много лестниц в здании!), пока Камилла осматривала сад и общалась с очень красивой молодой женщиной и внуком художника Эдуарда Деба-Понсана. Его фамилии не было в энциклопедическом словаре... Как и имени Эмманюэля Лансье — несколько дней назад они посетили его музей в Лоше. Таких, как они, называют художниками средней руки. Провинциальными мастерами, чьи полотна можно увидеть лишь в картинных галереях их родных городов. Первый навсегда останется дедом Оливье Дебре, второй — учеником Коро... Ну и ладно... Без ауры гениальности и посмертной славы их картины легче полюбить... А еще, возможно, это чувство было куда искреннее преклонения перед полотнами великих...

Камилла без конца спрашивала, не нужно ли ей в туалет. Недержание — полный идиотизм, но она использовала его, чтобы удерживать Полетту на поверхности... Старая дама один или два раза не сдержалась, и она позволила себе как следует на ней «оттоптаться».

« — Черт возьми, Полетта, только не это! Я здесь ради вас! Так зовите меня! Не покидайте меня! С чего бы вам делать под себя? Вы же не в клетке сидите, насколько мне известно!

— ...

— Эй, Полетта, ку-ку! Я, между прочим, жду ответа. Или вы плюс ко всему еще и оглохли?

— Я не хотела тебя тревожить...

— Лгунья! Вы себя не хотели тревожить!»

Все остальное время она копалась в саду, возилась по дому, работала, думала о Франке и читала — наконец-то! — «Александрийский квартет» Даррелла[1]. Иногда вслух... Чтобы приобщить Полетту... А еще она пересказывала ей содержание опер...

«Вот, послушайте, это очень красивое место... Дон Родриго предлагает своему другу пойти на войну и пасть на поле боя, чтобы забыть любовь к Елизавете...

Подождите, сейчас прибавлю звук... Послушайте этот дуэт, Полетта... Господь, ты посеял в наших ду-у-шах... — подпевала она, дирижируя пальцами.

Прекрасно, да?»

Старушка задремала.

В следующую субботу Франк не приехал, зато их навестили неразлучные мадам и мсье Марке.

Сюзи бросила свою йоговскую подушку в траву, Филибер, сидя в шезлонге, читал путеводители по Испании — они собирались отправиться туда в свадебное путешествие...

— К Хуану Карлосу... Он мой кузен по материнской линии.

— Кто бы сомневался... — улыбнулась Камилла.

— Угу... А где же Франк? Он не приехал?

— Нет.

— А мопед?

— Понятия не имею...

— Хочешь сказать, он остался в Париже?

— Очевидно...

— Ох, Камилла... — расстроился Филибер.

— Ну что «ох, Камилла»... — вскинулась она, — что? Ты же сам сказал мне в самый первый раз, что Франк невозможный человек... Что он ничего не читал за всю свою жизнь, если не считать объявлений в «Motobeaufeland Magazine», что... что...

— Тсс. Успокойся. Я тебя ни в чем не упрекаю.

— Нет. Ты поступаешь хуже...

— Вы выглядели такими счастливыми...

— Выглядели. Что было, то было. На сем и закончим. Не надо все портить...

— Думаешь, это похоже на грифели твоих карандашей? Полагаешь, будто они стираются, если ими пользоваться?

— Кто они?

— Чувства.

— Когда ты в последний раз писала автопортрет?

— Почему ты спрашиваешь?

— Так когда?

— Давно...

— Я так и думал...

— Одно с другим никак не связано.

— Конечно, нет...

— Камилла...

— Угу...

— 1 октября 2004 года в восемь утра...

— О чем ты?

Он протянул ей письмо мэтра Бюзо, парижского нотариуса.

Камилла прочла, вернула листок Филиберу и легла на траву у его ног.

— Что с тобой?

— Это было слишком хорошо, чтобы продлиться...

— Мне очень жаль...

— Прекрати.

— Сюзи читает объявления в нашем квартале... Знаешь, там очень хорошо... Живописно, как сказал бы мой отец...

— Ну перестань. Франк в курсе?

— Пока нет.

Он позвонил и сказал, что приедет на следующей неделе.

— Тебе меня смертельно не хватает? — спросила его Камилла

— Вот еще. Нужно кое-что подправить в мотоцикле... Филибер показал тебе извещение?

— Да.

— ...

— Думаешь о Полетте?

— Да.

— Я тоже.

— Получается, мы сыграли с ней в рулетку... Лучше было оставить ее там, где она была...

— Ты действительно так думаешь? — спросила Камилла.

— Нет.

13

Прошла неделя.

Камилла вымыла руки и вернулась в сад, к Полетте, принимавшей солнечные ванны в кресле.

Она приготовила запеканку... Вернее, пирог со шкварками... В общем, нечто вполне съедобное...

Настоящая маленькая образцово-показательная женщина, ждущая возвращения мужа...

Она стояла на коленях, ковыряясь в земле, и тут подружка-старушка прошелестела у нее за спиной:
— Я его убила.
— Что-о-о?
Вот ведь беда...
В последнее время крыша у нее отъезжает все сильнее...

— Мориса... Моего мужа... Я его убила.

Камилла выпрямилась, но оборачиваться не спешила.
— Я была в кухне — искала кошелек, чтобы пойти за хлебом, и... И увидела, как он упал... Знаешь, у него было очень больное сердце... Он хрипел, стонал, его лицо... Я... Я надела жакет и ушла.
Я тянула время как могла... Останавливалась перед каждым домом... Как поживает ваш малыш? С ревматизмом полегче не стало? Боже, какая гроза собирается... Сама знаешь, я не болтлива, но тем утром была са-

ма любезность... Но самое отвратительное — я купила и заполнила лотерейный билет... Можешь себе представить? Как будто считала, что удача на моей стороне... Ну вот, а потом я... Я все-таки вернулась, а он умер.

Тишина.

— Я выбросила билет — у меня не хватило бы духу проверить выигравшие номера — и вызвала пожарных... Или «скорую помощь»... Не помню... Но было уже поздно. И я это знала...

Гробовая тишина.

— Молчишь?

— Молчу.

— Почему?

— Да просто потому, что тогда пришел его смертный час.

— Ты правда так думаешь? — умоляющим тоном переспросила Полетта.

— Я в этом просто уверена. Сердечный приступ есть сердечный приступ. Вы однажды сказали, что он получил отсрочку на пятнадцать лет. И он их и прожил.

Для большей убедительности она как ни в чем не бывало вернулась к работе.

— Камилла...

— Да?

— Спасибо.

Когда через полчаса она разогнулась, Полетта спала и улыбалась во сне.

Она пошла в дом за пледом.

Скрутила себе сигаретку.

Почистила ногти спичкой.

Проверила свой «пирог».

Сорвала три кустика салата и немного резанца.

Помыла зелень.
Выпила белого вина.
Приняла душ.
Надела свитер и вернулась в сад.

Она положила руку ей на плечо.
— Эй... Полетта, дуся моя, вы простудитесь...
Она тихонько потрясла ее.
— Полетта?..

Ни один рисунок не давался ей с таким трудом.
Она сделала всего один набросок.
Возможно, лучший из всех...

14

В час ночи Франк перебудил всю деревню.

Камилла была в кухне.

— Снова напиваешься в одиночестве?

Он повесил куртку на спинку стула, достал стакан из шкафчика над ее головой.
— Не шевелись.

Он уселся напротив нее.
— Бабуля уже спит?
— Она в саду...
— В са...
Он застонал, когда Камилла подняла к нему лицо.
— О нет, черт, только не это... Нет... Не может быть...

15

— А что насчет музыки? У вас есть пожелания?

Франк обернулся к Камилле.

Она плакала.

— Ты подберешь для нас что-нибудь симпатичное?

Она покачала головой.

— А урна? Вы... Вы взглянули на расценки?

16

У Камиллы не было сил возвращаться в город за диском с «подобающей случаю» музыкой. Да она и не была уверена, что сумеет правильно выбрать... Нет, она не могла.

Она вытащила кассету из автомагнитолы и протянула ее крематорскому распорядителю.

— Менять ничего не нужно?

— Нет.

Этот певец был ее любимчиком... Не верите? Да ведь он даже спел одну песню персонально для нее, так что...

Камилла записала концерт для Полетты, чтобы отблагодарить за уродливый свитер, который та связала для нее зимой: еще вчера они благоговейно внимали голосу певца, возвращаясь из садов Вилландри.

Камилла вела машину и видела в зеркале улыбку Полетты...

Когда выступал этот молодой верзила, ей тоже было двадцать.

Она ходила на его выступление в 52-м, тогда рядом с кинотеатром был мюзикл-холл.

— Ах, до чего же он был хорош... — вздыхала она...

— До чего хорош...

Итак, надгробное слово и «Реквием» поручили монсеньору Монтану.

Когда ты утром собираешься в путь,
Друзей с собою позвать не забудь.
В пыли дорожной оставляет свой след
Ве-ло-си-пед!

Фернан, Фирмен, Франсис, Себастьян,
И каждый не знает, он трезв или пьян.
Ведь влюблены были несколько лет
Мы в красотку По-лет!

Когда она каталась со мной,
Крылья вырастали у нас за спиной.
И напевал нам веселый куплет
Ве-ло-си-пед!

А Филу даже не было в Париже...
Отправился в свадебное путешествие...
Франк стоял очень прямо, заложив руки за спину.
Камилла плакала.

Простая песенка юных дней
Ушла надолго из жизни моей.
Теперь я снова пою «ла-ла»,
Ну и дела!

Город и улицы прошлых лет,
Мальчишки, маркизы, велосипед,
Снова они мне уснуть не дают.
Я их лю-блю!

Она улыбалась... уличные мальчишки, маркизы... Да это же про нас...

Мадам Кармино, всхлипывая, перебирала четки.

Сколько их было в этой псевдочасовне из искусственного мрамора?

Человек двенадцать?

За исключением англичан, одни старики...

Если быть совсем точным — старушки.

Печально качающие головами старые дамы.

Камилла уронила голову на плечо Франку, который все терзал и терзал свои пальцы.

Три маленькие нотки — веселый мотив —
Сбежали от меня, звук с собой прихватив.
Но я их в сердце сохраню своем,
Исчезнет грусть, и мы споем!

Усатый господин сделал знак Франку.

Тот кивнул.

Дверца печи открылась, гроб поехал по полозьям, дверца закрылась и... Чпок...

Полетта дернулась в последний раз под музыку своего любимого шансонье.

...И ушла... шлеп... шлеп... под солнцем... И... ветром.

Люди обнимались. Старушки говорили Франку, как сильно они любили его бабушку. И он им улыбался. Улыбался, стиснув зубы, чтобы не зарыдать.

Все разошлись. Один из сотрудников передал Франку бумаги, другой вручил маленькую черную коробку.

Очень красивую. Даже роскошную.

Она блестела под светом люстры из искусственного хрусталя.

Рассыпалась снопом искр.

Ивонна пригласила их выпить по рюмочке.

— Спасибо, нет.

— Уверен?

— На все сто, — кивнул он, цепляясь за руку Камиллы.

И они остались на улице.

Совсем одни.

Вдвоем.

К ним подошла какая-то женщина лет пятидесяти.

И попросила их поехать к ней домой.

Они поехали за ней на машине.

Они бы за кем угодно сейчас поехали.

Она приготовила чай и вытащила из духовки пирог.

А потом представилась. Она была дочерью Жанны Лувель.

Франк понятия не имел, кто это такая.

— Ничего удивительного. Когда я поселилась здесь, вы давно уехали...

Она дала им спокойно выпить чаю.

Камилла покурила в саду. Руки у нее дрожали.

Когда она вернулась, хозяйка принесла большую коробку.

— Так-так, подождите. Сейчас я ее найду... Ага! Вот! Смотрите...

Это была совсем маленькая фотография на кремовом паспарту с чьим-то кокетливым росчерком в правом нижнем углу.

Две молодые женщины. Правая смеялась, глядя в объектив, левая — та, что в черной шляпе, — стояла, опустив глаза.

Обе были лысыми.

— Узнаете ее?

— Кого?

— Ну как же... Это ваша бабушка.

— Вот эта?

— Да. А рядом тетя Люсьенна... Старшая сестра моей матери...

Франк протянул снимок Камилле.

— Моя тетя была учительницей. Говорили, что красивее нее не было девушки в округе... А еще ее считали ужасной задавакой, эту малышку... Она была образованной и отклонила не одно предложение руки и сердца, несчастная снобка. 3 июля 1945 года Роланда Ф., портниха, заявила... Моя мать выучила текст этого протокола наизусть... *Я видела, как она веселилась, смеялась, шутила, а однажды даже выпивала вместе с ними (с немецкими офицерами) на школьном дворе, полуголая, в одном купальнике.*

Наступила тишина.

— Они ее обрили? — спросила наконец Камилла.

— Да. Мама рассказывала, что ее сестра много дней пребывала в прострации, а потом, однажды утром, к ним пришла ее лучшая подруга Полетта Моген. Она сбрила волосы бритвой своего отца и стояла в дверях, весело смеясь. Полетта взяла Люсьенну за руку и силой отвела ее в город, к фотографу. «Давай, пошли... — говорила она... — Останется снимок на память... Идем, говорю! Не доставляй им этого удовольствия... Ну же... Подними голову, моя Лулу... Ты стоишь дороже их всех, вместе взятых...» Моя тетка не осмелилась выйти из дома без шляпки и отказалась снять ее у фотографа, но ваша бабушка... Только взгляните... Этот озорной вид... Сколько ей тогда было лет? Двадцать?

— Она родилась в ноябре 1921-го.

— Двадцать три года... Храбрая молодая женщина, не так ли? Возьмите... Я вам ее дарю...

— Спасибо, — произнес Франк с перекошенным ртом.

Когда они оказались на улице, он повернулся к Камилле и бросил залихватским тоном:

— Крутая была старушка моя бабуля, верно?

И заплакал.

Наконец-то.

— Маленькая моя старушечка... — рыдал он. — Бабулечка моя... Единственная, кто был у меня в целом свете...

Неожиданно Камилла остановилась как вкопанная, а потом кинулась назад в дом: они забыли черную коробку.

Он спал на диване и на следующий день встал очень рано.

Из окна своей комнаты Камилла видела, как он развеял прах над маками и душистым горошком...

Она не посмела выйти сразу, а когда все-таки решилась отнести ему обжигающе-горячий кофе, услышала рев удаляющегося мотоцикла.

Чашка разбилась, а Камилла уронила голову на кухонный стол.

Много часов спустя она встала, высморкалась, приняла холодный душ и вернулась к своим краскам.

Она начала перекрашивать этот чертов дом и доведет работу до конца.

Она настроила приемник на FM-диапазон и провела несколько следующих дней на стремянке.

Через каждые два часа она отправляла эсэмэску Франку:

09.13 Индокитай, верх буфета.
11.37 Айша, Айша, послушай меня, оконные рамы.
13.44 Сушон, перекур, сад.
16.12 Нугаро, потолок.
19.00 Новости, ветчина, масло.
10.15 Beach boys, ванная.
11.55 Бенабар, это я, это Натали, там же.
15.03 Сарду, помыв кистей.
21.23 Даго, баиньки.

Он ответил всего один раз:
01.16 Тишина.

Что он хотел сказать: конец работы, мир, покой или «заткнись!»?

Пребывая в сомнениях, она отключила мобильник.

Камилла закрыла ставни, сходила попрощаться... с цветами и приласкала кота, закрыв глаза.

Конец июля.
Париж задыхается от духоты.

В квартире царила абсолютная тишина. Как будто он их уже выгнал.

Но-но, окоротила она его, мне еще нужно кое-что закончить...

Она купила красивейшую тетрадь, наклеила на первую страницу идиотскую хартию, которую они сочинили однажды вечером в «La Coupole», потом собрала свои рисунки, планы и наброски, чтобы помнить обо всем, что готово было исчезнуть в мгновение ока.

Только после этого она займется соседней комнатой.
Потом...
Когда истечет срок жизни шпилек и тюбика «Полидента»...

Разбирая рисунки, она отложила в сторону портреты подруги.

Раньше ее не слишком вдохновляла мысль о выставке, но теперь она передумала. Теперь появилась навязчивая идея — продлить ее жизнь. Думать о ней, говорить о ней, показать всему миру ее лицо, спину, шею, руки... Она сожалела, что не записывала рассказы Полетты — например, о детстве... Или о ее великой любви.

«Это останется между нами, ведь так?

— Да, да...

— Так вот, его звали Жан-Батист... Красивое имя, согласна? Будь у меня сын, я назвала бы его Жан-Батист...»

У нее в ушах все еще звучал ее голос, но... Но сколько еще она будет его слышать?

Она привыкла заниматься делом под музыку и отправилась в комнату Франка за плеером.

Она его там не нашла.

Естественно.

Там ничего не было.

Кроме стоявших у стены коробок.

Она прислонилась лбом к створке двери, и паркет превратился в зыбучие пески...

О нет... Только не он... Неужели и он...

Она кусала от отчаяния кулаки.

О нет... Все возвращается... Она снова всех теряет...

О нет, черт бы все это побрал...

О нет...

Она помчалась в ресторан.

— Франк здесь? — задыхаясь, спросила она.

— Франк? Вроде нет... — задумчиво ответил ей какой-то флегматичный верзила.

Она зажимала пальцами нос, чтобы не разрыдаться.

— Он... Он здесь больше не работает?

— Не-а...

Она оставила в покое свой несчастный нос и...

— Не работает — с сегодняшнего вечера... Ага... Вот и он!

Он шел из раздевалки, неся в руках охапку своих вещей.

— Глядите-ка... — присвистнул он, — наша прекрасная садовница...

По ее лицу потекли слезы.

— Что случилось?

— Я думала, ты уехал...

— Завтра.

— Что завтра?

— Отбываю завтра.

— Куда?

— В Англию.

— За... зачем?

— Сначала отдохну, потом начну работать... Шеф нашел мне шикарное место...

— Будешь кормить королеву? — она попыталась улыбнуться.

— Лучше... Буду шеф-поваром в Вестминстере...

— ?..

— Супер-дрюпер.

— А-а-а...

— Как себя чувствуешь?

— ...

— Пошли выпьем по стаканчику... Не расставаться же вот так...

20

— Внутри или на террасе?

— Внутри...

Он был раздосадован:

— Откармливал я тебя, откармливал, а ты раз — и потеряла набранные килограммы...

— Почему ты уезжаешь?

— Ну я же сказал... Это суперпредложение, и потом... Ты скажешь, что я могу продать дом Полетты, но в том-то и дело, что не могу...

— Понимаю...

— Да нет, дело не в этом... Конечно, там столько воспоминаний... Понимаешь... На самом деле не моя эта хибарка.

— Дом принадлежит твоей матери?

— Нет. Тебе.

— ...

— Последняя воля Полетты... — пояснил он, доставая из бумажника письмо. — Держи... Можешь прочесть...

Маленький мой Франк.

Не обращай внимания на почерк, я почти ослепла.

Но я прекрасно вижу, что эта девочка, Камилла, очень полюбила мой сад, потому-то и хочу оставить его ей — конечно, если ты не возражаешь...

Позаботься о себе и о ней.

Крепко тебя обнимаю,

твоя бабуля.

— Когда ты его получил?

— За несколько дней до... до ее... ухода... В тот день, когда Филу сообщил о продаже квартиры... Она... Она поняла, что... Что мы в полной заднице, чего уж там...

Уфф... Так и задохнуться недолго...

Положение спас официант:

— Мсье?

— «Перье» с лимоном, пожалуйста...

— А для мадемуазель?

— Коньяк... Двойной...

— Она пишет о саде — не о доме...

— Ну... Не станем же мы торговаться из-за таких мелочей...

— Ты все-таки уедешь?

— Уеду. Я уже взял билет...

— Когда?

— Завтра вечером...

— Ты что-то сказала?

— Я думала, тебе надоело ишачить на других...

— Конечно, надоело, но что еще я могу?

Камилла порылась в сумке и достала блокнот.

— Нет, нет, хватит... — он закрыл лицо ладонями. Меня здесь уже нет...

Она переворачивала страницы.

— Смотри... — она повернула блокнот к нему.

— Что еще за список?

— Это места, которые нашли мы с Полеттой, когда гуляли...

— Места для чего?

— Пустующие помещения, где ты мог бы открыть свое дело... Мы все обдумали... Спорили каждый раз до хрипоты, прежде чем внести адрес в список! Лучшие подчеркнуты... Особенно вот этот... Маленькая площадь за Пантеоном... Очень старое и очень классное кафе, я уверена, тебе понравится...

Она допила коньяк.

— Ты бредишь... Знаешь, сколько стоит открыть ресторан?

— Нет.

— Ну я же говорю — совсем у тебя чердак отъехал! Ладно... Я должен закончить сборы... Вечером ужинаю у Филу и Сюзи, ты придешь?

Она схватила его за руку и не дала подняться.

— У меня есть деньги...

— У тебя? Да ты же всегда жила как побирушка!

— Да, потому что не хотела к ним прикасаться... Не люблю эти бабки, но тебе хочу их дать...

— ...

— Помнишь, я рассказывала, что мой отец был страховщиком и погиб... от несчастного случая на работе?

— Да.

— Ну вот, он все очень хорошо организовал... Он знал, что покинет меня, вот и решил защитить...

— Не врубаюсь.

— Страховка... На мое имя...

— А почему ты... Почему ни разу даже пары туфель приличных себе не купила?

— Потому что... Не хочу я этих денег. От них воняет мертвечиной. Мне был нужен мой папа — живой. А не это.

— Сколько?

— Достаточно, чтобы банкиры широко тебе улыбались, предлагая роскошные условия предоставления кредита...

Она снова взялась за блокнот.

— Подожди, по-моему, я его где-то нарисовала...

Он вырвал у нее блокнот.

— Прекрати, Камилла... Хватит уже. Перестань прятаться за этим чертовым блокнотом. Кончай... Хоть раз, умоляю тебя...

Она разглядывала барную стойку.

— Эй, я к тебе обращаюсь!

Она перевела взгляд на его майку.

— На меня. Посмотри на меня.

Она подняла глаза.

— Почему ты просто не скажешь: «Не хочу, чтобы ты уезжал»? Я ведь такой же, как ты. Плевать я хотел на деньги, если придется тратить их в одиночку... Я... Я не знаю, черт... «Не хочу, чтобы ты уезжал» — не так уж трудно это выговорить, по-моему?

— Ятебеэтоужесказала.

— Что?

— Я тебе это уже сказала...

— Когда?

— Вечером, 31 декабря...

— Ну-у, это не считается... Это из-за Филу...

Она молчала.

— Камилла...

Он произнес — почти по слогам:

— Я... не... хочу... чтобы... ты... уезжал...

— Я...

— Хорошо, продолжай... Не...

— Я боюсь.

— Чего боишься?

— Тебя, себя, всего.

Он вздохнул.

И снова вздохнул.

— Смотри сюда. Повторяй за мной.

И он начал изображать выступление бодибилдера на конкурсе «Мисс Вселенная».

— Сожми кулаки, округли спину, согни руки, скрести их и заведи под подбородок... Вот так...

— Зачем? — изумилась она.

— А затем... Затем, чтобы треснула наконец эта проклятая кожа — она тебе мала... Ты же в ней задыхаешься... Немедленно вылезай... Вперед... Хочу услышать, как треснет шов на спине...

Она улыбалась.

— Черт, нет, не так... Завязывай с этой дурацкой улыбочкой... Мне совсем другое от тебя нужно! Пусть улыбаются метеодамочки... Так, я пошел, иначе совсем заведусь... Пока, до вечера...

21

Камилла устроила себе норку среди миллиона пестрых подушечек Сюзи, не прикоснулась к еде и выпила достаточно, чтобы смеяться в нужных местах.

Даже без диапроектора им был устроен сеанс *«Знакомства с миром»*...

— Арагон или Кастилия, — говорил Филибер...

— ... — это сосцы судьбы! — повторяла она в качестве комментария к каждой фотографии.

Она была веселенькая.

Грустная, но веселенькая.

Франк рано их покинул — ему предстояла «отходная» с коллегами, прощание с родиной...

Когда Камилле удалось наконец подняться, Филибер проводил ее на улицу.

— Все будет в порядке?

— Да.

— Вызвать тебе такси?

— Спасибо, не стоит. Я хочу пройтись.

— Ладно... Тогда приятной прогулки...

— Камилла...

— Да?

Она обернулась.

— Завтра... 17.15, Северный вокзал...

— Ты придешь?

Он покачал головой.

— Увы, нет... Я работаю...

— Камилла...

Она снова обернулась.

— Ты... Сходи туда вместо меня... Пожалуйста...

22

— Пришла помахать платком?

— Да.

— Мило с твоей стороны...

— Сколько нас?

— Кого?

— Девушек, явившихся помахать платочками и перепачкать тебя с головы до ног помадой?

— Смотри сама...

— Неужто я одна?

— Что поделаешь... — Он скорчил ей рожу. — Тяжелые времена... Хорошо еще, что англичанки такие пылкие... Во всяком случае, так мне сказали!

— Собираешься обучать их французскому поцелую?

— В том числе... Проводишь меня?

— Да.

Он взглянул на часы.

— Ну вот. У тебя всего пять минут, чтобы попытаться выговорить фразу из шести слов, сумеешь? Ладно, если шесть слишком много, я удовлетворюсь тремя... — пошутил он. — Но правильными, заветными, договорились? Черт! Я забыл прокомпостировать билет... Итак?

Тишина.

— Тем хуже... Останусь одиноким волком...

Он повесил свою огромную сумку на плечо и повернулся к ней спиной.

Кинулся на поиски контролера.

Она видела, как он убрал билет в бумажник и помахал ей рукой...

И «Евростар» побежал от нее прочь.
И она заплакала, глупая гусыня.
А он маячил вдали крошечной серой точкой...

У нее зазвонил мобильник.
— Это я.
— Знаю, номер высветился...
— Уверен, ты там сейчас изображаешь романтическую героиню, разнюнилась, захлебываешься слезами и соплями... Уверен, стоишь одна в конце платформы, как в кино, и оплакиваешь любовь, исчезнувшую с облачком белого дыма...
Она улыбнулась сквозь слезы.
— Вовсе... Вовсе нет, — наконец выговорила она, — я... Я как раз выхожу с вокзала...

— Врушка, — произнес голос у нее за спиной.

Она упала в его объятия и прижалась к нему крепко-крепко-крепко-крепко.
До хруста в костях.

Она плакала.

Говорила не умолкая, сморкалась в его рубашку, снова лила слезы, выплакивая двадцать семь лет одиночества, тоски, подлых ударов по башке, она рыдала о недоданных ласках, горевала о безумии матери, о рассеянности отца, пустых хлопотах и своей вековой усталости, признавалась, как часто ей бывало холодно и голодно, и как много ошибок она сделала, и как предавала и ее предавали, и как у нее вечно кружилась голова, словно она стояла на краю пропасти. Она поведала ему о своих сомнениях насчет собственного тела, и о привкусе эфира во рту, и о постоянном страхе оказаться не на высоте. И о Полетте. О доброте и нежности Полетты, за пять с половиной секунд обратившейся в серый тлен...

Он прикрыл ее полами своей куртки и уперся подбородком ей в макушку.

— Ну ладно... Ладно... — тихонько шептал он, сам не зная, что хочет этим сказать: «Ладно, поплачь еще, выплачь все слезы» или «Ладно, все в порядке, довольно лить слезы».

Пусть сама решает.

Ее волосы щекотали ему лицо, он чувствовал себя очень молодым и счастливым.

Очень счастливым.

Он улыбался. Впервые в жизни он оказался в нужном месте в нужное время.

Он потерся подбородком о ее темечко.

— Успокойся, малышка... Не бери в голову, у нас все получится... Может, не лучше, чем у других, но и не хуже... Все получится, обещаю тебе... Получится... Мы ничего не потеряли — ведь у нас ничего нет... Ну же... Пошли.

ЭПИЛОГ

— Черт, поверить не могу... Не могу поверить... — бурчал Франк, пытаясь скрыть, как он счастлив. — Этот придурок пишет только о Филу! Обслуживание то, обслуживание сё... Конечно! Ему ведь это ничего не стоит! У него-то хорошие манеры в крови! И прием, и обстановка, и рисунки Фок, и ля-ля-ля, и жу-жу-жу... А моя кухня? Что, на мою кухню всем плевать?

Сюзи вырвала у него газету.

— *С первого взгляда влюбляешься в новое бистро, где молодой шеф-повар Франк Лестафье тешит наши вкусовые рецепторы изумительными блюдами домашней кухни — ароматными, легкими, радующими душу и тело... Короче говоря, здесь вам каждый день подадут воскресный обед, который не придется есть в компании старых тетушек, и не нужно будет полночи мыть посуду накануне новой рабочей недели...*

— Ну и? Что это, по-твоему? Биржевые новости или жареный цыпленок? Не-не-не, закрыто! — закричал он посетителям, решившим зайти «на огонек». А-а, ладно, давайте, чего уж там... Прошу... Еды на всех хватит... Венсан, позови своего чертова пса, или я суну его в морозилку!

— Рошешуар, к ноге! — скомандовал Филибер.

— Барбес... А никакой не Рошешуар...

— Предпочитаю имя Рошешуар... Не правда ли, Рошешуар? Иди к своему дядюшке Филу, он даст тебе вкусную косточку...

Сюзи расхохоталась.

Она теперь все время смеялась, Сюзи.

— А, вот и вы наконец! Слава богу, в кои веки раз сняли-таки темные очки!

Она слегка жеманилась.

Если молодую Фок он пока не укротил, то старая ела у него с руки. В его присутствии мать Камиллы всегда «держалась в рамочках» и взирала на него томно-влажными глазами любительницы прозака ...

— Мама, представляю тебе мою подругу Аньес... Ее муж Петер. Их малыша зовут Валентин...

Она предпочитала говорить «подруга», а не «моя сестра».

Не стоит устраивать психодраму. Тем более что всем по фигу, кто как кого называет... Кроме того, Аньес действительно стала ее подругой, так что...

— Ага! Ну наконец-то! Мамаду и К°! — закричал Франк. — Принесла, что я просил?

— Принесла, принесла, и ты, давай поаккуратней, это тебе не птичий помет... Что нет, то нет...

— Спасибо, блеск, ты моя суперМамаду, пошли, поможешь...

— Уже иду... Сисси, поосторожней с собакой!

— Не бери в голову, он очень добрый...

— А ты не учи меня воспитывать ребенка... Ну? Где она, твоя кашеварня? Господи, какая маленькая!

— Естественно! Ты же заняла все свободное место!

— Эй, да это же та старая дама, которую я у вас видела, так? — спросила она, кивнув на фотографию в рамке под стеклом.

— Поосторожней, дорогая! Это мой талисман...

Матильда Кесслер соблазняла Венсана и его приятеля, пока Пьер пытался втихаря стибрить меню. Камилла увлеклась изучением «Gazetin du Comestible», гастрономического издания 1767 года, что и подвигло ее изобразить совершенно невероятные блюда... Выглядело просто изумительно. А кстати... Где оригиналы?

Франк был возбужден до предела — он с утра не вылезал из кухни... Раз уж все пришли...

— Давайте, все за стол, остынет! Горячее! Горячее подано!

Он поставил в центр стола огромную гусятницу и убежал за разливной ложкой.

Филу наполнял стаканы. Безупречный, как всегда.

Без него успех не был бы столь стремительным. Он обладал чудесным даром: люди, с которыми он общался, мгновенно расслаблялись, он умел каждому сказать комплимент, находил темы для разговора, шутил, в нем было то, что во всем мире называют «french coquetterie» — «французским обаянием»... Он целовался при встрече со всеми завсегдатаями из квартала... Даже со своими четвероюродными братьями...

Принимая гостей, он быстро соображал и четко излагал, мгновенно находя нужные слова.

Как черным по белому написал давешний журналист, он был «душой» этой маленькой шикарной кафешки...

— Давайте, давайте... — шумел Франк, — я жду ваши тарелки...

В этот момент Камилла, уже час игравшая с маленьким Валентином в прятки, бросила этак небрежно:

— Ох, Франк... Как бы я хотела такого же...

582

Он обслужил Матильду, вздохнул... черт, все приходится делать самому... бросил половник в котелок, развязал фартук, повесил его на стул, взял малыша, отдал его матери, поднял свою любимую, закинул ее на плечо — на манер мешка с картошкой или коровьей туши, крякнул... надо же, как поправилась... открыл дверь, пересек площадь, вошел в отельчик напротив, за руку поздоровался со своим приятелем-портье Вышаяном — он его подкармливал, — кивком поблагодарил за ключи и начал подниматься по лестнице, улыбаясь самому себе и всему остальному миру.

Примечания

Стр. 21. — [1]Игра слов: «touclean» образовано от французского tout (весь, совершенно) и английского clean (чистый), «tourpropre» — «совершенно чистый» по-французски.

[2]Искаженное wonderful dream team — изумительная чудо-команда *(англ.).*

Стр. 22. — [1]Команда мечты *(англ.).*

Стр. 59. — [1]Чжу Да (1625—1705), кит. живописец.

Стр. 76. — [1]Марка мансардных окон.

[2]Чердачное окно.

Стр. 87. —[1]Диана де Пуатье, герцогиня де Валентинуа (1499—1566), фаворитка Генриха II, покровительница искусств.

Стр. 90. — [1]Американская актриса, исполнительница роли лейтенанта Рипли в культовом голливудском фильме «Чужой».

Стр. 95. — [1]Газета, посвященная скачкам и собачьим бегам.

Стр. 114. — [1]Тентен — герой бельгийских комиксов, созданных в 1929 г.

Стр. 116. — [1]Имеется в виду жирондистский Конвент 1792—1793 гг.

[2]Место, где проходили главные сражения Вандейской войны 1793—1794 гг.

[3]Катлино Жак (1759—1793). Один из вандейских вождей, смертельно раненный во время штурма Нанта, которым руководил.

[4]Ларошжаклен Анри дю Вержье, граф (1772—1794). Вандейский вождь. Пал в бою.

[5]Широко известный классик XIX века, автор ряда книг о хороших манерах и правилах поведения в обществе.

Стр. 128. — [1]Анна де Писсле д'Этамп, герцогиня (1508—1580), любовница Франциска I.

Стр. 131. — [1]Сквоттеры — люди, самовольно вселяющиеся в пустующие квартиры или дома.

Стр. 133. — [1]Имеется в виду барон Жорж Эжен Османн (1809—1891), французский политик, префект, осуществил архитектурную перестройку Парижа.

Стр. 134. — [1]Плавленый сыр.

Стр. 140. — [1]Пьер Анри Груэс, именуемый аббат Пьер (Лион, р. 1912), французский священник. В 1949 г. основал движение взаимопомощи «Эммаус». Сообщество очень скоро стало международным.

Стр. 151. — [1]Странный тип.
[2]Игрушечные человечки из цветной проволоки.

Стр. 154. — [1]Готовит специалистов по палеографии и архивному делу.

Стр. 156. — [1]Во время Вандейских войн у солдат-республиканцев была синяя форма, а у роялистов — белая, как и знамя.

Стр. 161. — [1]Capito — понятно *(итал)*.

Стр. 163. — [1]Наконец *(лат.)*.

Стр. 170. — Поль Бокюз — известный кулинар.

Стр. 183 — Начало ХХ века.

Стр. 200 — [1]Семпе, Жан-Жак (Бордо, р.1932) — рисовальщик-юморист, иллюстратор книг о малыше Николя.

Стр. 206 — [1]Дени, Морис (1870 — 1943), французский художник и критик, член группы «Наби».

[2]Боннар, Пьер (1867—1947), художник, гравер и плакатист, интимист и сенсуалист.

[3]Валлотон, Феликс (1865—1925), французский художник и гравер, швейцарец по происхождению, был близок к набистам.

[4]Тулуз-Лотрек, Анри (1864—1901), художник, литограф, плакатист.

Стр. 208 — [1]Стэн Лаурель и Оливер Харди — английские комики. Начали сниматься во времена «великого немого» в 1917 году.

Стр. 210. — [1]Фирма, занимающаяся изготовлением пластиковой посуды, в которой продукты, в том числе парное мясо и рыба, хранятся без замораживания до 30 суток.

Стр. 214 — [1]Хочу вам сказать... Этот альбом посвящен вам... *(англ.)*.

[2]Марвин Гей (1939—1984) — культовый американский певец.

³ Сексуальное здоровье *(англ.)*.

Стр. 216. — ¹Это песня Анны *(англ.)*.

Стр. 223. — ¹Зао Ву-ки (р. 1921) — французский художник китайского происхождения, каллиграф, автор абстрактных пейзажей.

²Понтаванская школа — Э. Бернар, П. Серюзье, М. Дени — сформировалась вокруг Гогена, считается, что именно эта группа создала синтетизм.

³Имеется в виду примитивное искусство жителей Маркизовых островов.

⁴Посмотри на меня, я такая грязная *(англ.)*.

⁵Они не пустят меня в магазин.

Стр. 241. — ¹В старых франках.

Стр. 265. — ¹Фра Джованни да Фьезоле. Прозвище Беато Анджелико, (ок. 1395—1455). Итал. живописец эпохи Раннего Возрождения.

Стр. 287. — ¹Звезда фильма Жана-Люка Годара «На последнем дыхании».

Стр. 290. — ¹Сеть универсальных магазинов.

Стр. 299. — ¹Ex-voto *(лат.)* — здесь: посвящение.

² В память о Венере *(лат.)*.

Стр. 301. — ¹Роман Т. ди Лампедузы, по которому был снят знаменитый фильм Л. Висконти с Бертом Ланкастером, Аленом Делоном и Клаудией Кардинале.

Стр. 314. — ¹Фруктовое мороженое.

Стр. 319. — ¹Синдром навязчивых состояний.

Стр. 324. — ¹Гони природу в дверь, она влетит в окно.

Стр. 325. — ¹Очевидно, имеется в виду авеню Барбес. Арман Барбес (1809—1870), французский политик левый радикал.

Стр. 329. — ¹Порода собак.

Стр. 359. — ¹Французская фирма, созданная в 1922 г. Специализируется на продаже товаров по каталогам.

²«Господин Мишель».

Стр. 360. — ¹Мон-Сен-Мишель — гора Святого Михаила *(фр.)*.

Стр. 366. — ¹Город в Ломбардии, в Италии. 24 февраля 1525 года под его стенами был разбит французский король Франциск I, попавший в плен к испанцам.

[2]Максимилиан I (1459—1519), австрийский эрцгерцог, император Священной Римской империи.

Стр. 390. — [1]Душевное здоровье.

Стр. 392. — [1]Знаменитые герои комиксов, древние галлы.

Стр. 405. — [1]«Большой Мольн» — роман французского писателя А.Фурнье.

Стр. 410. — [1]Здесь: приношение по обету.

Стр. 418. — [1]Жуве, Луи (1887—1951). Театральный актер и режиссер. Директор театра «Атенеум» в 1934—1951 гг.

[2]Гитри, Саша (1885—1957). Актер театра и кино, драматург.

Стр. 420. — [1]Фатима — местечко в Португалии, где в начале XX века Дева Мария явилась трем детям и пророчествовала перед ними.

Стр. 435. — [1]Энгр, Жан Огюст Доминик (1780—1867), французский художник. Неоклассик и романтик.

Стр. 442. — [1]Три звезды — высшая оценка для ресторана по «Мишлену».

Стр. 445. — [1]Мультсериал о гонках в Монте-Карло.

Стр. 450. — [1]Национальная компания медицинской помощи.

Стр. 452. — [1]Фанжио, Хуан Мануэль (1911—1995) — аргентинский автогонщик, был чемпионом мира в 1951 г. и в период с 1954-го по 1957 г.

Стр. 465. — [1]Имеется в виду Булонский лес.

Стр. 469. — [1]Любуйся снова мной *(итал.)*.

Стр. 475. — [1]Любуйся снова мной, одного тебя хочу любить *(итал.)*.

Стр. 477. — [1]Знаменитый английский киноактер.

Стр. 483. — [1]Героиня голливудского блокбастера «Лара Крофт — расхитительница гробниц», суперженщина в исполнении Анджелины Джоли.

Стр. 487. — [1]Мазь от ожогов.

Стр. 496. — [1]Утрилло, Морис (1883—1955), французский художник, писавший в основном Монмартр.

[2]Буден, Эжен (1824—1898), французский художник-маринист, предтеча импрессионистов.

[3]Эме, Марсель (1902—1967), французский писатель и драматург.

Стр. 503. — Пьер де Ронсар, «Сонеты к Елене».

Стр. 505. — [1]Замок в Шамборе (1519—1537). Построен по приказу короля Франциска I.

[2]Дворец эпохи Возрождения, подаренный королем Диане де Пуатье.

Стр. 516. — [1]Убийца короля, религиозный фанатик.

Стр. 517. — [1]Рембрандт, Харменс ван Рейн (1606—1669), голланд. живописец, рисовальщик, офортист.

[2]Дюрер, Альбрехт (1471—1528), нем. живописец и график. Основоположник искусства нем. Возрождения.

[3]Да Винчи, Леонардо (1452—1519), итал. живописец, скульптор, архитектор, ученый, инженер.

[4]Мантенья, Андреа (1431—1506), итал. живописец и гравер эпохи Раннего Возрождения.

[5]Тинторетто, Якопо (1518—1594), итал. живописец эпохи Позднего Возрождения.

[6]Латур, Жорж де (1593—1652), франц. живописец.

[7]Тёрнер, Уильям (1775—1851), англ. живописец и график.

[8]Бонингтон, Ричард Паркс (1801 или 1802—1828), англ. живописец и график, романтик.

[9]Делакруа, Эжен (1798—1863), живописец и график, глава франц. романтизма.

[10]Гоген, Поль (1848—1903), франц. живописец, один из главных представителей постимпрессионизма.

[11]Валлотон, Феликс (1865—1925), швейц. график и живописец.

[12]Коро, Камиль (1796—1875), франц. живописец, один из основоположников нац. пейзажной школы.

[13]Боннар, Пьер (1867—1947), франц. живописец, член группы «Наби».

[14]Сезанн, Поль (1839—1906), франц. живописец, один из основоположников постимпрессионизма.

[15]Шарден, Жан Батист Симеон (1699—1779), франц. живописец.

[16]Дега, Эдгар (1834—1917), франц. живописец, график и скульптор, импрессионист.

[17]Босх, Бос ван Акен Хиеронимус (ок. 1460—1516), нидерл. живописец.

¹⁸Веласкес, Диего (1599—1660), исп. живописец.

¹⁹Гойя, Франциско Хосе де (1746—1828), исп. живописец, гравер.

²⁰Лотто, Лоренцо (ок. 1480—1556), итал. живописец Позднего Возрождения.

²¹Хиросигэ, Андро Хиросигэ (1787 или 1797—1858), японский график.

²²Франческа, Пьеро делла (1420—1492), итал. живописец эпохи Раннего Возрождения.

²³Ван Эйк — нидерл. живописцы, основоположники нидерл. искусства XV в. Хубер (1370—1426) и Ян (1390—1441).

²⁴Гольбейн (Хольбейн), Ганс младший (1497 или 1498—1543), нем. живописец и график эпохи Возрождения, сын Гольбейна Ганса старшего (1460/70—1524), известного художника, мастера алтарной живописи.

²⁵Беллини — семья итал. живописцев, венецианской школы: Якопо (1400—1700), Джентиле (1429—1507), Джованни (1430—1516).

²⁶Тьеполо, Джованни Батиста (1696—1770), итал. живописец, рисовальщик и гравер, представитель венецианской школы.

²⁷Пуссен, Никола (1594—1665), франц. живописец, основоположник классицизма в европ. искусстве.

²⁸Моне, Клод (1840—1926), франц. живописец, импрессионист.

²⁹Мане, Эдуард (1832—1883), франц. живописец.

³⁰Констебль, Джон (1776—1837), англ. живописец.

³¹Зим (Зием), Феликс Франсуа Жорж Филибер (1821—1911), франц. живописец.

³²Вюйар, Эдуард (1868—1940), франц. живописец, член группы «Наби».

Стр. 518. — ¹Кацусика Хокусай (1760—1849). Японский живописец и рисовальщик. Представитель направления укиё-э, реалистического рисунка.

Стр. 522. — ¹Столовое сухое вино.

Стр. 527. — ¹Имеется в виду легенда о Суассонской вазе, связанная с именем короля франков Хлодвига (ок. 466—511).

Стр. 529. — ¹Бобо — «bobo» *(франц.)* — аббревиатура от «bourgeois-bohème» — буржуазная богема.

Стр. 537. — ¹Людовик IX, король Франции.

²В битве при Азенкуре король Англии Генрих V нанес поражение французской армии 25 октября 1415 года.

³В битве при Фонтенуа (1745) французы, ведомые маршалом Саксонским, разбили англичан, австрийцев, немцев и голландцев.

⁴Место самых ожесточенных столкновений Вандейской войны (1793—1794).

Стр. 538. — ¹Область в Польше, на побережье Балтийского моря. До Второй мировой войны — территория Германии.

Стр. 540. — ¹Знаменитая комедия с Бурвилем.

Стр. 550. — ¹Брат Джеральда Даррелла.

СОДЕРЖАНИЕ

Анна Гавальда
Просто вместе
Роман

Права на издание приобретены
при содействии А. Лестер

Составитель серии *Т. Позднева*
Редактор *М. Архангельская*
Корректор *Т. Озерская*
Компьютерная верстка *Н. Кузнецовой*

Художественное оформление серии:
«BoomBooks»

Подписано в печать 04.10.2007
Формат 76 x 108/32
Усл.-печ. л. 28,12. Уч.-изд. л. 15,3
Тираж 30 000 экз. Заказ № 0731200

Холдинг «Городец»
ООО ИД «Флюид»
109382, Москва, ул. Краснодонская, д.20, корп. 2
тел./факс: (495) 351-5590, 351-5580
e-mail: fluid@gorodets.com

Отпечатано в полном соответствии с качеством
предоставленного электронного оригинал-макета
в ОАО «Ярославский полиграфкомбинат»
150049, Ярославль, ул. Свободы, 97